遊山日記

〔清〕舒梦兰——著

车其磊——译

团结出版社

图书在版编目（ＣＩＰ）数据

　　游山日记 /（清）舒梦兰著 ; 车其磊译 . -- 北京 :
团结出版社 , 2024.10
　　ISBN 978-7-5234-0575-8

　　Ⅰ . ①游… Ⅱ . ①舒… ②车… Ⅲ . ①日记 – 作品集
– 中国 – 清代 Ⅳ . ① I264.9

中国国家版本馆 CIP 数据核字 (2023) 第 208357 号

责任编辑：梁光玉
封面设计：萧宇岐

出　　版：团结出版社
　　　　　（北京市东城区东皇城根南街 84 号 邮编：100006）
电　　话：（010）65228880 65244790
网　　址：http://www.tjpress.com
E-mail：zb65244790@vip.163.com
经　　销：全国新华书店
印　　装：北京印匠彩色印刷有限公司

开　　本：148mm×210mm　　32 开
印　　张：12.75　　　　　　　字　数：290 千字
版　　次：2024 年 10 月 第 1 版　印　次：2024 年 10 月 第 1 次印刷

书　　号：978-7-5234-0575-8
定　　价：88.00 元

出版缘起

　　我在偶然之间看到舒梦兰的这本《游山日记》，起初以为是和《徐霞客游记》类似的游记文学。展卷阅读，才发现舒梦兰的这部"日记"和一般的游记作品完全不同，里面不仅有他游览庐山百日的经历，还记录了当时庐山的人情、风貌，对于当时庐山的佛教状况也有十分详细的记载。文中更是随处可见他的人生体悟和哲学思考，其中关于亲情、友情的记叙，感人深切，读之令人动容；其中关于佛教修行、圣贤之学的论述也颇有见地。这部游历庐山百日的日记，让我们感受到的不仅是"庐山之美"，更是一个古代读书人超然物外的人生境界。在古代众多的游记作品中，很难找到能和此书相媲美的作品。过去周作人、林语堂等先生曾大力推荐这部书，确实是有由来的。为此，我邀请车其磊先生将此书译成白话，车兄工于古典诗词，所译白话通俗雅畅，希望借此能令更多读者走入舒梦兰和他的庐山世界。

萧祥剑

2024年6月5日

前　言

提到舒梦兰，可能有很多人不知道"他是谁"，他有何出名事迹，但是若提到舒白香，我相信，就一定会有很多人知道他的大名了。为什么呢？因为舒白香编有一部《白香词谱》，该书被誉为"学词入门第一书"，至今仍风行于世，受人推捧。其实，舒梦兰和舒白香是同一人，"白香"乃其字，"梦兰"乃其名。

舒梦兰一生著述丰富，有十一个文集。乾隆六十年（1795），舒梦兰把他的这些文集汇编在一起，命名为《天香全集》（其号天香居士）。在这部全集中，有两本书较为著名，其中一本即是我在上面所提到的《白香词谱》，另一本则是我即将谈到的《游山日记》。

《游山日记》是舒梦兰四十六岁时在庐山避暑所作，记录了自六月一日至九月十日共一百天的所见所闻和所感所思。从书名来看，本书既是一本日记，也是一本游记，合而言之，即它是一本日记体游记。日记体游记，在此书之前，就已出现，比如《徐霞客游记》，就是一部非常著名的日记体游记。然而，《徐霞客游记》多注重对地理、水文、地质、植物等现象的客观记述，本质上仍是一部以日记体为主的地理著作，不能称之为文学作品。《游山日记》则不同，它里面不仅有对山形水势、云霭雾岚、草木虫鱼的描述，还有许多关于国家大事、史事评价、人物琐闻、三教思想、伦理世情、饮食趣味、剃发浣衣等诸多方面的有趣记述，可谓是意兴所至，无所不包；下笔成趣，不拘一格；粹言妙语，令人解颐；嬉笑怒骂，皆成文章。为此，我们不能只把此书简单地看作是一部日记、游记，而应该把它看作是一部文笔清丽、内容广博、言谈风趣的文学妙作。也正因为如此，很多读过此书的人都对它发出了由衷的赞美。比如，清人黄有华说："华受读，乐而忘寝。……言者无心，听者有味。"清代词人乐莲裳说："《游山日记》汇儒释于存心，穷天人于尺素，无上无等，独往独来，夙根既净，今悟益彻，粹语神解。……文笔之妙，水净林空，冰莹雪化。"现代著名散文家周作人说："《游山日记》确是一部好书，很值得一读，但是却也不好有第二部，最禁不起一学。"现代著名作家林语堂说："我读舒白香日记，喜其文笔闲散，甚得日记体裁……足为日记模范。……此书有大有小，有记蚊记汗，亦有论佛论道。有叙事，有回忆，有会话，有自省，有骂和尚语，有敬樵夫语，有嬉笑怒骂，有巧譬罕喻，有透彻议论，有幽默风格，所以称为模范，而所以最贵在幽默风格，于正经中杂以诙谐，闲散自然，涉笔成趣。"现代著名作家、编辑周劭说："他叙事就好，似乎就是普通随意写写，并不用什么力，而我等看来，却清丽可喜，时时云烟满纸，简直释手不得也。……他文笔所至，一如其心中驰骋，不可有一些拘束，于是乎妙文汩汩不绝矣。"中国当代旅美作家木心，在读到舒白香的《游山日记》时，被其中一些优美的意境和有趣的故事所打动，从而融汇集缀，写成了他那首著名的《白香日注》收录在《云雀叫了一整天》中，诗中说到："晴凉／天籁又作／此山不闻风声日少／泉音雨雾便止／永昼蝉嘶松涛／远林画眉百啭／朝暮老僧梵呗……"真不啻用自己的奇特笔法重现了《游山日记》中的一些精彩片段，令读者神往之、心游之。

苏轼诗云："旧书不厌百回读，熟读深思子自知。"对于一本好书，读者必须亲自阅读，涵泳其中，体悟其味，方能知其妙、味其好，然后深会前人之夸赞绝非虚言浪语，妄传无根，此即所谓"如人饮水，冷暖自知"也。

多说无益，欲知此书之妙，只待诸君开卷深读，躬自体会。

2024年7月1日

车其磊记于蜀中

周作人序

民国十九年从杭州买到一部《游山日记》，衬装六册，印板尚佳，价颇不廉。后来在上海买得白香杂著，七册共十一种，《游山日记》也在内，系后印，首叶的题字亦不相同。去年不知什么时候知道上海的书店有单行的《游山日记》，写信通知了林语堂先生，他买了去一读说值得重印，于是这日记重印出来了。我因为上述的关系，所以来说几句话，虽然关于舒白香我实在知道得很少。

《游山日记》十二卷，系嘉庆九年（1804）白香四十六岁时在庐山避暑所作，前十卷记自六月一日至九月十日共一百天的事，末二卷则集录诗赋也。白香的文章清丽，思想通达，在文人中不可多得，乐莲裳跋语称其汇儒释于寸心，穷天人于尺素，虽稍有藻饰，却亦可谓知言。

其叙事之妙，如卷三甲寅（7月28日）条云：

晴，凉。天籁又作。此山不闻风声日盖少，泉声则雨霁便止，不易得。昼间蝉声松声，远林际画眉声，朝暮则老僧梵呗声和吾书声，比来静夜风止，则惟闻蟋蟀声耳。

又卷七己巳（8月13日）条云：

朝晴，暖。暮云满室，作焦曲气，以巨爆击之不散，爆烟与云异，不相溷也。云过密则反无雨，令人坐混沌之中，一物不见。阖扉则云之入者不复出，不阖扉则云之出者旋复入，口鼻之内，无非云者。窥书不见，因昏昏欲睡，吾今日可谓"云醉"。

其纪山中起居情形亦多可喜，今但举七月中关于食物的几节，卷三乙未（9日）条云：

朝晴，凉适，可着小棉。瓶中米尚支数日，而菜已竭，所谓馑也。西辅戏采南瓜叶及野苋煮食，甚甘。予仍饭两碗，且笑谓与南瓜相识半生矣，不知其叶中乃有至味。

卷四乙巳（19日）条云：

冷，雨竟日。晨餐时菜羹亦竭，惟食炒乌豆下饭。宗慧仍以汤匙进，问安用此，曰："勺豆入口逸于箸。"予不禁喷饭而笑，谓此匙自赋形受役以来，但知其才以不漏汁水为长耳，孰谓其遭际之穷至于如此。

又丙午（20日）条云：

宗慧试采荞麦叶，煮作菜羹，竟可食，柔美过瓟叶，但微苦耳。苟非入山既深，又断蔬经旬，岂能识此种风味？

卷五壬子（26日）条云：

晴，暖。宗慧本不称其名，久饮天池，渐欲通慧，忧予乏蔬，乃埋豆池旁，既雨而芽。朝食，乃烹之以进，饥肠得此不翅江瑶柱，入齿香脆，颂不容口。欲旌以钱，钱又竭，但赋诗志喜而已。

此种种菜食，如查《野菜博录》等书本是寻常，现在妙在从经验得来，所以亲切有味。中国古文中不少游记，但如当作文辞的一体去做，便与"汉高祖论"相去不远，都是《古文观止》里的资料，不过内容略有史地之分罢了。《徐霞客游记》才算是一部游记，他走的地方多，记载也详赡，所以是不朽之作，但他还是属于地理类的，与白香的游记属于文学者不同。《游山日记》里所载的重要的是私生活，以及私人的思想性情，这的确是一部"日记"，只以一座庐山当作背景耳。所以从这书中看得出来的是舒白香一个人。也有一个云烟飘渺的匡庐在，却是白香心眼中的山，有如画师写在卷子上似的，当不得照片或地图看也。徐骧《题后》有云：

读他人游山记，不过令人思裹粮游耳，读此反觉不敢轻游，盖恐徒事品泉弄石，山灵亦不乐有此游客也。

乐莲裳跋中又云：

然雄心远慨，不屑不恭，时复一露，不异畴昔挑灯对榻时语，虽无损于性情，犹未平于嬉笑。

这里本是规箴之词，却能说出日记的一种特色，虽然在乐君看去似乎是缺点。白香的思想本来很是通达，议论大抵平正，如卷二论儒生泥古误事，正如不审病理妄投药剂，鲜不殆者，王荆公即是。"昌黎文公未必不以不作相全其名耳。"

卷七云：

佛者投身饲饿虎及割肉餧鹰，小慧者观之，皆似极愚而可笑之事，殊不知正是大悲心中自验其行力语耳。……民溺已溺，民饥已饥，亦大悲心耳，即使禹之时有一水鬼，稷之时有一饿鬼，不足为禹稷病也。不与人为善，逞私智以谿刻论人，吾所不取。

其态度可以想见。但对于奴俗者流则深恶痛绝，不肯少予宽假，如卷八记郡掾问铁瓦，卷九纪猬髻蛙腹者拜乌金太子，乃极嬉笑怒骂之能事，在普通文章中盖殊不常见也。《日记》文中又喜引用通行的笑话，卷四中有两则,卷七中有两则,卷九中有一则,皆诙诡有趣。此种写法,尝见王谑庵、陶石梁、张宗子文中有之,其源盖出于周秦诸子,而有一种新方术,化臭腐为神奇,这有如妖女美德亚(Medeia)的锅,能够把老羊煮成乳羔,在拙手却也会煮死老头儿完事,此所以大难也。《游山日记》确是一部好书,很值得一读,但是却也不好有第二部,最禁不起一学。我既然致了介绍词,末了不得不有这一点警戒,盖螃蟹即使好吃,乱吃也是要坏肚子的也。

一九三五年十二月八日

知堂记于北平苦茶庵

《游山日记》读法

林语堂

　　我读舒白香日记，喜其文笔闲散，甚得日记体裁，因劝亢德把他翻印。本想略加批注，以明私人好恶，而时间不容如此做法，只好改写一篇读法。然而绝对非摹仿谁何，闲人不必瞎猜。惟吾既称此书足为日记模范，亦应说说其为模范道理，一则可以指出要着，二则可以防入迷途，并非叫人囫囵吞枣把此书整个奉为理想杰作也。

　　日记所以为贵，在私之一字。论文是写给大家读的，尺牍是写给一人读的，日记是写给自己读的。论文材料是天子王侯部长科长之事，尺牍材料是朋友借贷感兴抒怀之事，日记材料是朝夕会谈中夜问心之事。故论文公，尺牍私，而日记私之又私。

　　然就范围言之，日记广于尺牍，尺牍又广于论文。论文谈大不谈小，尺牍日记大小皆可谈。小之又小者，日记可以列入，在尺牍，非至亲至友便不相宜。举例以明之，随意臧否人物，叙述曲直苦衷，可以入尺牍日记，而不可入论文。天池寺牝犬求交，雄鸡守节，今日吃豆，明日吃藕，系小之又小者，可以入日记，而非至亲至友便不宜入尺牍。

故论文只谈要紧事，尺牍可谈要紧及不要紧事，日记并可谈最不要紧事。惟有好的尺牍写来必似日记。谈不要紧事，方是佳翰；写无事忙信，才算知交。牝犬求交雄鸡守节材料皆可收入尺牍，便是尺牍圣手。至牝犬求交雄鸡守节竟能运用入论文，斯为文章大家。孟子鱼与熊掌之喻，小之又小，便是如此随手拈来。

论文能大不能小，日记尺牍能大能小，故日记尺牍范围比论文广。故能写好论文者，未必能写好尺牍；能写好尺牍者，必能写好论文。是故教小学生作文，只须教写日记；日记做得好，能小能大，能叙事，能描写，能发议论，论文可不学而能。

此书有小有大，有记蚊记汗，亦有论佛论道。有叙事，有回忆，有会话，有自省，有骂和尚语，有敬樵夫语，有嬉笑怒骂，有巧譬罕喻，有透彻议论，有幽默风格，所以称为模范，而所以最贵在幽默风格，于正经中杂以诙谐，闲散自然，涉笔成趣。

姑就其小而又小者言之（卷六页一）：

茂林阻雨，留三日始还，尚余藕粉少许，纸数幅，贻之，尔后并纸亦竭。"去年贫无立锥之地，今年贫锥也无。"吾行箧惟纸颇富，今可谓锥也无矣。

此不是怎样了不得文字，然正是学生学作文应学文字。末句似重叠，然正是其自然处。

雄鸡守节牝犬求交事,初见卷二页三:

诸寺多畜一雄鸡,雏而入山,当不知有牝鸡之晨。天池独畜一牝犬,老矣,亦不知有牡。是境可修心之验也。

到了卷六页六:

天池雄鸡忽无疾而毙,老僧为诵《往生咒》,茶毗而瘗之后山。予戏作挽词云:"伏维鸡公……"

隔日丙寅所记是:

山农有欲以伏雌饷我者,素性不喜为口腹杀牲,比曾笑言如不可却,则留作鸡公雏妾,不谓鸡公立时死,西辅疑其命犯孤鸾,予即以为此殆如柳翠前身,虑红莲毁戒体耳。

到了卷八页四,作者自毁"境可修心"之论:

丙子……竟有一牡犬求偶于寺,时时喧争,命逐去而阖其扉,扉又以舆台憧憧,不能久阖,物固以类聚者哉!吾初谓天池牝犬不知有牡,乃竟不然,殊自悔誉过其实。今始悟乐道人善,乃谓之益耳。

全书以议论言，当以卷八丁丑条页五至七"庸人颂"为第一。此盖古今来骂道学第一篇杰作，与袁子才《答杨笠湖书》媲美，真可谓尽嬉笑怒骂之能事了。文长，兹不录。

以罕譬言，当以卷六页九丁卯条以寒热谈国脉盛衰为第一，以卷六页一壬戌条以四时喻贤圣第二。第一条略如：

秦始皇好吃热药，以助火纵欲，其始也亦殊快意，浸假而遂生陈涉之痰，动项羽之火，痰火炽而中风亡矣。唐太宗好吃阴药，故体貌润泽，未尝有疾，浸假而酿成高宗之痿，明皇之泻，赖有徐、狄之参著，挽回元气……

此真所谓妙语解颐矣。第二条略如：

至若孔子之德……则所谓秋分之际……有似卉木落实，为年来种子，正秋分事也。颜子一间未达，则秋分之朝；曾子闻道稍迟，亦秋分之暮……孟子则丹枫黄菊之秋也，风景殊佳，节气则过中矣，原宪清寒，居然十月坤卦也……递降而至于秦皇、汉武、晋祖、唐宗，以及李斯、王莽、刘曜、朱温之徒，苟非酷暑，即是严寒，未尝不生物成物，而炉韀皇皇，宇宙间无宁日矣……

这是罕譬而喻，文字活泼，是吾所谓好文章。

在议论方面，以上几条以外，能发挥独见者，有"不知子都之美无目辩"（卷九页四），"妓功甚巨论"及"老人不应犹好妓乐辩"（卷九页二），而后者尤能议论风生，当与袁子才《与朱石公书》《与杨笠湖书》及龚定庵

《论私》并读之。

但是以日记论，以小品论，以个人笔调论，全书吾却推"想吃肉"（卷五页七）、"喜夜谈"（卷五页八），及"睡状元冤解"（卷九页四）为第一。议论文属阳性，抒怀文属阴性，在日记中，我仍喜欢小品抒怀自由自在之文，故全书推"喜夜谈"文为第一，以其小品风调最纯熟也。因为特别欲表彰此类笔调，故虽略长，亦抄于此。

予比晓钟动即不复寐，辗转待日出始起，亦不为晏。然生平有坚卧不醒之名，竟有薄暮过我，犹问曾否朝餐者，予亦唯唯不敢辩。尝戏语白厂："吾属当不睡则醉，不醉则睡；睡与醉，虽有罪不加刑焉。"白厂翻盏大笑，叹为典切。其实白厂未尝醉，予未尝睡也。拙性喜昼夜不寝而长谈，惜世人多忙，谁肯过我？或问"曾见某人"？辄云"彼长睡何由得见"，其不相识者，恶得不信？今试举一二长谈之人以证。吾往初入都，因吴茗香、兰雪而识乐莲裳。三子者，或同来，或一二人来，谈辄达旦。往往一人病，二人引以为戒，不复来，然予必往问其疾，则又谈达旦，病者或因谈而愈，辄又悔其相戒也。莲裳比戏语兰雪，与舒白香谈，可以令人死，兰雪则谓子犹未尝读白香小词，乃真令人死耳。三子皆奇才宿慧，声入心通，虽欲不谈，亦忍俊不禁。即此可信，予不睡非难，不谈难，谈亦非难，能使我敢于妄谈者，难其人也。……大空敏绝有鉴裁，以冲度掩其机锋，鲜有知其善谈者。每觞佳客，辄相约一谈。否则虽适在坐，必私语曰"某某客且至，君可去矣"，其风趣如此。至亲中曾连榻长谈而不厌，自少至老，未尝笑我渴睡者，则别有西桥姊丈、果泉廉使，及朴园外甥，家从子长德、建侯诸人可证。然则相识朋旧之不屑过我，不肯过我，不暇过我长谈者，相遇虽疏，其过亦不专在我（语案：日记文字至此为上乘）。顾疑我无时不睡，以致传闻异辞，一若区区在世犹未下床也者（所谓闲适笔调，娓语笔调，便是指此种语句），此睡名之所以重乎？抑果众人皆醒而我独梦乎？冤之久者不易白，故历举同乡诸公之曾久处而长谈者，以证吾梦而常醒，盖谈非梦中事也。脱诸子都复不承，谓予妄证，则予且自疑是梦，正好酣眠，亦不暇哓哓辩矣。

上乘小品，上乘幽默，皆见于本段，而末句"脱诸子都复不承"一转，乃行云流水之笔，不可强求，非才子莫办也。试以此文笔调与周作人笔调合读，便知娓语笔调平淡文章之趣。学者果能夺破古文笔法重围而出，学学亦当不甚难，即使学不像，亦较画今夫天下好也。呜呼，吾提倡闲适笔调，有何辜哉！

白香之幽默，来得自然轻松，以幽默化其讽刺，斯不流于尖酸。姑举二例。卷一页九：

妙华欲重诣都下，住西山戒坛之太阳洞。谓此洞一虎守门中……心偶妄动，则虎有怒色，若严师之督弟子者……此虎数十年守洞，未尝食僧。戊午春，一道士谓能伏虎，乞居此洞，僧亦惮是役之险，乐让道士。居才五日，戒坛巡山僧过之，不见虎守洞，以为道力所驱也。入洞相访，则道衣与一足存焉。予笑曰："此虎既善护法，仍旧茹荤，殆亦若萧居士（白香化名）乎？"……猎者：矢不虚发，近诸山皆有获，独黄龙虎不入彀，足见其高纵远遁，不婴外患，惜予留连信宿，闻声相慕而已……（白香曾谓闻虎吼，大慰岑寂故云。）

又举一例。白香高雅，自然觉得俗人可笑，但亦平平温温，不涉酸刻。卷九页三壬午条有煮鹤之喻：

亭午，数游人相过，知客僧延款甚殷。一猬髯蛙腹者叹曰："真好庐山，南北行半日不尽，脱可种菽麦，何难致富。敝乡之山甚宜树艺，惜宽广逊之。故古人独夸此山。"予闻之甚乐。昔人有酷好鹤而蓄其种者，一贵人见而乞焉，不得已笼献其一，甚有德色。翌日造请，贵人者殊不称谢，其人不能耐，遂自夸鹤美。贵人颦蹙摇首曰："昨已尝试，味反出雁鹅之下，奚足贵耶？"

此段作者以"予闻之甚乐"了之，若在不善用幽默者，便多事矣。不能幽默者始需要辱骂。此种杀风景事书中甚多，而尤以俗僧势利者尤多。卷三页八，甲午条知客僧与行者在清净禅林互骂便是。又卷四页七，己酉条"知客僧忽请化斋，意在化缘"一节。最好是卷八页五丁丑条，描写一些掾吏"说官话，唾官痰，着官衣……。亦不屑赏鉴天池，但仰面望铁瓦问曰'生铁乎？熟铁乎？'……"一段。卷七页三悔不失节条亦幽默。余数例已见黎厂跋。

大概此书不必人人读，问生铁熟铁之徒更不可读，以其读了"全然无事"也。然则谁可读，谁不可读，何为凭准？曰，先读卷八页五丁丑条庸人论看看。读此条而不觉手之舞之足之蹈之者，非把全书读完不可。读了得一二句喜者，便可将卷八卷九（尤其是卷九前五页）读完，余随意翻读，卷一亦须一读。至读庸人论而觉全然无事者，决不可买此书，免花冤枉钱也。

卷二平常。卷三叙家世亡姊亡兄亡弟事，不觉得有何可取。卷三末，页九,丁酉条,初叙佣仆宗慧甚好,后发议论便觉乌烟瘴气。白香好由小见大,而大处便道学气。真奇怪,中国文人究能须臾不谈忠孝节义否? 中国人看了此类文章,习以为常,我以西洋眼光读来,觉其奇怪。卷四页十"理明则心开"一类文章太平常而太多,大可不读。

卷五页二"天池一雄鸡"条,可见幽默与道学之高下。夫鸡只美矣,称其"五德"便是中国人之道学,最令人作呕。"六德""七德"("吃得"与"笑东家吃不得")便是幽默可喜,到了"八德九德"又是道学。倘非有第六德第七德,便全条索然无味,惟其中插入第六德第七德,便觉得幽默之润饰,化板重为轻松矣。使正经与诙谐相调和,是提倡幽默之意义,及将来中国散文解放后必走之路。

卷五页三至四"文人之事"条,记作者对文章之见解,甚重要。"文人之事,所以差胜于百工技艺,岂有他哉? 以其有我真性情,称心而谈,绝无矫饰,后世才子可以想见陈死人生前面目,如聆謦欬,如握手促膝,燕笑一堂,不能不爱,则称之,称则传,传斯不朽。"寥寥数语将一切文章神秘道破,胜过读一部文章百法万万。其比摹仿者为勒石人亦妙。

卷五页五记见纪晓岚事,称之为"纪丈"。又记其少在乌鲁木齐,他处亦记其少在"塞外""西塞"归来。书中言其在"恭亲王""怡邸"事多节。记乐莲裳亦有几条。

卷七页六辛未条第一节,用个人笔调。页七"危峰冷月"条便是所为"遐想"。

卷九页七八,骂僧不骂佛,可见其对二氏之思想。惟学问未到者可不读。大概此老思想观点与袁枚相近,而又确实能谈。莲裳谓"与舒白香谈,可以令人死"，白香自谓人家"不屑过我，不肯过我，不暇过我长谈……其过亦不在我"。今白香长睡地下矣，然得黎厂、海戈把他校点，知堂先生给他作序，我给他作读法，亢德给他印行，而倘使世人仍旧多忙，大家不屑读他，不肯读他，不暇读他，而聆白香夜谈，其罪当亦不在黎庵、海戈、知堂、亢德及区区也。但勿以"坚卧不醒"之罪加白香，则幸甚矣。

原 序

（清）黄有华

舒天香先生将夏坐于庐山绝顶，华欲从游，先生则谓华兄弟五人，四人应乡举，华必当留侍重闱，不从其请。独携胡西辅蜡屐入山，蔬餐寺宿，踞石披云，静观有会，亦间与管城对语，丹崖碧叶上戏墨殊多，西辅辄从而录之。九秋始返，凡得日记文十卷，诗赋二卷。

顷华与计偕，舟过章门，詹朴园进士，先生甥也，出是编相示，且谓言："吾舅老友见及者，各具品目，彭丈秋潭叹此文不亚《志林》；恽丈子居则叹为苦心喻道，识解圆通，滑稽曼衍中泪痕斯在；晴川季父复称其精理妙笔，一切以迂言寓之，司马子长之酒肉账也。吾仲实雅有鉴裁，以为孰当？"

华受读，乐而忘寝，诘旦语吾友龚沤舸曰："文者见之谓之文，道者见之谓之道，诸前辈于先生之文无间然矣。吾与若同事先生，所收录诗文草稿，不难俟他年共辑成书，是编特偶然游戏之作耳。言者无心，听者可味，即使不文者嗤为口业，亦只如《艾子杂说》，不足为坡仙文璧之瑕，而况乎微讽曲譬，力倍礐磕，未始不可为瑚琏助也。"是用同朴园、沤舸，命梓人倍工锓之，兼旬可毕，印数本载诸行箧，虽未得从游庐山，今且挟庐山从我游矣，岂不快哉！

　　时嘉庆九年仲冬既望，受业都昌黄有华仲实甫敬书。

目　录

[译文]　游山日记卷一 / 1

游山日记卷二 / 022

游山日记卷三 / 042

游山日记卷四 / 065

游山日记卷五 / 088

游山日记卷六 / 109

游山日记卷七 / 128

游山日记卷八 / 148

游山日记卷九 / 170

游山日记卷十 / 190

[原文]　游山日记卷一 / 209

游山日记卷二 / 221

游山日记卷三 / 233

游山日记卷四 / 247

游山日记卷五 / 263

游山日记卷六 / 275

游山日记卷七 / 287

游山日记卷八 / 299

游山日记卷九 / 312

游山日记卷十 / 325

游山日记卷十一　天香手稿 / 337

　　晓入庐山二首 / 337　三峡桥 / 337　宿三峡桥寺楼 / 338　招隐泉 / 338　宿栖贤寺北楼 / 338　栖贤寺北楼晚眺四首 / 338　游白鹿洞用王文成、舒文节两公《独对亭》韵 / 339　万杉寺和王公十朋韵 / 339　游秀峰寺用张曲江《瀑布泉》韵 / 339　望开先瀑布寄沤舸 / 340　三峡桥寄内 / 340　十三日登庐山绝顶,度含鄱岭 / 340　过芦林 / 340　宿黄龙寺 / 340　黄龙潭即事题茂公方丈 / 342　初至天池望西南诸峰 / 342　朴园来书,谓胡芝云丈迁楚臬,闻而喜之 / 342　凌虚台看雨 / 342　天池七夕 / 343　天池山月夜远望 / 343　题天池聚仙亭壁 / 343　石门涧 / 343　山居漫兴 / 344　天池寺夏坐七首报章门见忆诸君 / 344　天池寺晓起看云 / 346　天人歌 / 346　北　崖 / 347　天池即事 / 347　四仙祠燕坐题壁 / 347　聚仙亭晓望 / 347　文殊塔望东林西林诸寺 / 347　缘崖望九奇诸峰 / 348　白

云天际岩 / 348　寻清凉石不得漫题 / 348　舍身崖独立有悟 / 348　山居梦觉 / 348　问访仙亭故址 / 349　白鹿升仙台 / 349　南　岩 / 349　颠仙人碑亭 / 349　中秋凌虚崖望月有忆 / 350　偶憩叔封寺宝树下作 / 350　佛　灯 / 350　罗汉池 / 350　访仙亭 / 351　游仙石 / 351　与山僧问答偶成 / 351　游佛手岩 / 351　佛手岩一滴泉 / 353　留别僧卓岩 / 353　凌虚台看云戏柬内子 / 354

游山日记卷十二　天香手稿 / 355

天池赋 / 355　天池杂诗（二十一首） / 360　自天池至五老峰寺示胡生西辅 / 363　九月九日五老峰登高（九首） / 363　醉　石 / 365　留别天池 / 365　归途题石 / 365　欢喜石 / 365　云际下庐山二首 / 365

跋 / 368

题词 / 369

附录：周劭跋 / 374

游山日记卷一

　　嘉庆九年六月一日戊午（1804年7月7日）　　我偕同胡西辅、仆人宗慧去庐山游玩。正午，我们三人登船，那时卢修常、詹朴园、我的外甥涂人烈已经先行站在船头等我了，我与他们一笑而别。江水湍急，张帆行驶，岸上送别之人见我神情非常愉快，都说"舒天香自此远离我们了"。

　　不过片时，我们的行船已过樵舍镇，胡西辅大声念诵我的旧作《吊娄妃》结尾的四句："樵舍江头阵云黑，汨罗溪水同呜咽。燕王若果移南昌，龙子龙孙亦鱼鳖。"我不禁相视而笑。

日晡（下午三时至五时），我们的行船停泊在雷洲，船夫的家就在那里。当时南风习习，细雨蒙蒙，雨落在脸上凉爽舒适，于是我们绕堤而游，望见远处的树梢、楼窗与船桅齐接云天，江水上涨得是多么快啊! 未到傍晚，我们已抵达吴镇，这一路行来大约有一百八十里。

晚饭，我一共吃了三碗粗米，下饭的食物只有盐豉、干菜而已。于是，我对胡西辅说："苏东坡评论颜斶'晚食当肉'（意为饿了再吃，粗茶淡饭也像吃肉一样可口。语见《战国策·齐四·齐宣王见颜斶》。颜斶，战国时齐国人），是善于处贫的行为，既然如此，那吃饭时面前一丈见方的桌上摆满食物却无处下箸，就是不能够享受快乐的验证了。"

起初，我担心船中多蚊，但因风吹雨打，蚊子竟然未来。入夜后，天空稍稍放晴，眺望断云掩映的远树，它们好像芜湖铁花（工艺美术的一种。用铁片打成的线条构成图画，涂上颜色，做成挂屏、挂灯。相传是明末清初安徽芜湖的铁匠汤鹏所创，以后逐渐传到外地）盘绕天空，互相比美。花间有一个火把放射出绮丽的光芒，照亮人间，这个火把就是天上的长庚星。不久，天又阴暗而雨，我便关闭篷窗，灭烛歇息。我通宵咳嗽不断，汗出不干，天亮时才进入梦寐。

己未（7月8日）　阴雨而风，船夫不敢独自驾船驶进鄱阳湖，与邻船结队驶过，停泊在东岸的湖神庙前，里面供奉的大概是所谓的"鼋将军"吧? 入夜后，风声如潮，我反而睡得香甜，这就是动中生静的道理。

庚申（7月9日）　风渐停息，此前船夫便已解缆启程。刚到中午，船已抵达南康。船队在辽阔的湖面上张帆疾行，有千军万马席卷而来的气势，也算壮观了。我们把船停泊在一面荒废的城墙下，便登上城墙，由此入

明·沈周·庐山高图

城，住在观察第附近。旅店的主人是一位羊姓老叟，头上戴着皮帽，一只眼睛突出，几乎与鼻梁争高，我觉得他是患了某种疾病。不久，我看见他的两个儿子也是如此，方才相信人有奇异的形体，不仅是上天赋予的。为之一笑。

傍晚忽然下起暴雨，入夜后放晴。

辛酉（7月10日）　入山，到三峡桥，止息于僧舍。桥下有百尺深谷，两面的岩壁如削成的一般，潭水汇集众多泉水，猛注狂奔，激涛翻雪，声势浩大，犹如暴风雷霆。我坐在高楼上，惊视屏息，有一种坠落后又飞腾的感觉。几天来的奔波劳苦，至此一洗而空了。

桥畔的小泉干净清冽，山僧用竹筒将泉水引入厨房，煮成的茶水非常芳香甜美。我询问泉名后得知，这泉叫作"招隐泉"。吃完饭，我偕同胡西辅缓步走出一里多地，见到一座寺院，门匾上写着"栖贤"二字。我喜爱通过其楼北的两扇窗户可以眺望五老、太乙诸奇峰，便借居下来。入夜后，我仍旧返回三峡桥畔的小楼住宿。夜静烛灭，我闭上眼睛，耳朵里却仍能听到众泉注潭的声音，犹如暴雨倾盆，雄风拔木，百千雷电迅疾地击打在松涛海波之中，声音一刻也不停息，全都灌进我的双耳。这声音有亘古不休之势，（听着这声音，我不知）何时才能入睡。我卧在暗处，辗转反侧，咳嗽的次数更多，我只觉得小楼不断摇动，岌岌可危，不知是我咳嗽时身体的抖动带动了床榻的颤动，还是迅疾喧腾的流水触击着小楼才这样的。半夜，我点燃油灯，从床上坐起，暂且记下这些内容。

我对人说，住在此楼三天，一定会耳聋。有人反问我："那寺里的僧人怎么办呢？"殊不知寺僧三天听不到这声音，就会疑心自己闻根已断，身将入灭，此种忧心更甚于耳聋之忧。想到此，我不禁大笑。

壬戌（7月11日）　晴。我搬到栖贤寺的北楼居住，文海大和尚竟对我这个身穿破旧葛衣、头戴草笠的客人不加轻视，用儒家的礼节接待我。我观其才智卓越，可以谈论佛法，便说如今佛法中道衰落，僧人不受世网所缠，必被禅语束缚，于是大力倡导"达摩西来，直指人心"以及"心念死灰，净土即现"之论，又说僧人如果没有超出世人的定慧，不如死心塌地地念佛，远承净土宗的风尚，这样或许便能心中有主，不堕邪障。众弟子昏昏欲睡，只有文海大和尚欣然听受，其神情也愈加恭敬。不久，大和尚对胡西辅说："老僧访学南北数十年，见过无数的士大夫道友，没有像萧居士这样议论精辟的，他难道不是当代的维摩居士（即维摩诘，著名的在家菩萨）吗？"西辅笑着点头。我自避喧入山，怕人找寻，老妻戏书了十多个字给我，我从中拈出"萧"字为姓，取名"尚名"，字志君，二者的意思颇能相接，所以我偶尔以"萧"为姓。

王逸少选定庐山而居，正巧西域僧人拿着佛舍利前来拜访，逸少以礼相待，于是让出住宅，作为寺院，它就是现在的栖贤寺。佛堂有一座生铁铸成的七层宝塔，宝塔下藏有舍利子，还有一颗舍利子藏在楼上，不知是何代的大德高僧遗留下的，我尚未借来观看。王逸少让出的住宅本是现今的归宗寺，这大概是栖贤寺僧转述时的随笔之误，我也懒得予以纠正了。云水无心，于此可见。有华记。

我用凹砚从招隐泉打来几滴水，携带到寓居的小楼中，用此记下这数行日记，并且题写了款识。

癸亥（7月12日）　晴。昨夜，我咳嗽得非常厉害，头也胀闷作痛，已正

明·唐寅·庐山三峡桥

（上午十时）方才起床。

寺中藏书颇富，多半已残破，被虫蛀过，我暂且整理出《资治通鉴》《释氏通鉴》《王凤洲纲鉴》《净土资粮》等书，这些书皆有缺失，我为之怅惘叹息了很久。胡西辅极力劝我，说我为了躲避喧闹来此，今又整理这些没人管的书籍，自损游兴，不是良谋。我笑着答应。

西辅独自前往天池、黄龙、五老诸峰，为我通关开路，为了躲避蚊虫，他正午方才启程。

日晡（下午三时至五时），我阅读《镡津集》，略感疲倦，便去方丈处寻找老僧谈话。路上，我听见一阵念经之声，循声而去，于是又绕铁塔一游，在檐前徘徊着阅览《戒坛律仪》。《律仪》尚有家法，只是偶尔有些错别字。傍晚，群蝉鸣叫，与潺潺的流水声互相混杂，非常值得一听。

甲子（7月13日）　晴热，蚊子增多，幸亏它们愚而不诈，很容易扑杀，然而今天我更觉烦劳，被咳嗽搅扰得十分苦恼。如果深山里的宝刹都是这样，那与在章门（指南昌。舒梦兰家在南昌城南。又舒梦兰乃江西靖安县人，当时靖安属南昌府）城中焦灼苦恼有何区别呢？如此，不但我不想在此居留，也不希望我的好友龚沤舸（即清代诗人龚钺，字适甫，号沤舸，南昌人，舒梦兰好友）来此了。晚饭时，西辅自五老峰归来，兴冲冲地告诉我说："山上有天池、黄龙两寺，高耸入云，老僧们都穿着棉絮僧衣度夏，全无蚊蛇的踪迹。并且两寺距离李青莲、白香山的草堂不远，又有所谓的佛手崖，崖上只有一个老妇和一个僧人居住，老虎肆意横行，他们一点儿也不惧怕。僧人说每年都有猎户上崖射虎，猎户每次都有收获。僧人很是讨厌射虎，说老虎受过僧戒，不伤人，为何要（杀死老虎）弄得血肉狼藉，污秽我所居住的寺院呢？如此，天池、黄龙两寺，真可谓人间仙境了。"我听闻后，十分高兴，多吃了一盂饭，随即便决定迁居绝顶，禁足坐夏（佛教语。僧人于夏季三个月中安居不出，坐禅静修，称"禁足坐夏"），这样或许就不会辜负此次游山之行了。我唯一觉得可惜的是龚沤舸不能前来，大概他害怕登高临深，并且我游踪不定，他无法料定我是否会更上一层山峰，到时他去哪里寻找我呢？希望朴园能为我传话给沤舸。

五老峰常遮掩在云雾中，不能轻易见到它的真面目。山峰半腰的僧舍被赌徒占据，不可居住。西辅去往峰腰的寺院时，正是云雾缭绕之际，他到了寺门前，什么都没看见，只听到赌徒们赌博时的吆喝声，他也不知道五峰绝顶，距离此寺还有几千丈。

天香馆的墙壁间有一芭蕉扇，弃置多年，来时朴园将《恕堂诗笺》粘贴在上面，顺便放置在我的行李箱内，于是我携带着它一同入山了。西辅拿着扇子去五老峰游玩的路上，在山崖上跌了一跤，芭蕉扇随即飞入云中，翱翔于万古无尘之地。这把扇子有如此仙缘，真足以为我舒天香增重身价啊。我便笑着对西辅说："你如果是这把扇子，便已到极乐之境，而我就苦了。"

我咳嗽得愈加厉害，彻夜不眠。西辅对此十分忧心，叮嘱人去郡城购买蜂蜜。三天后，那人才买回来。僧人说蜂蜜这东西即使在郡城也不常有，既然如此，斋钵（人名，后文有交代）在寺院找不到蜂蜜，也就无足奇怪了。斋钵，是我天香馆里的童仆，我爱其愚而用之。龚沤舸曾戏笑说："斋钵所到之处，人们往往围观，正像南康军（军，行政区划名，大体相当于府、州）人观看白鹿一样。"

乙丑（7月14日）　　晴热苦闷，舆夫顺遂我出游的愿望，于是我便坐着竹舆来到白鹿洞。我观览《朱子学规》，感叹其能遵照修道的教义亲身力行。石洞好像一道桥梁，是好事者开凿的，当年李渤（**唐朝人，字浚之，号白鹿先生。唐德宗贞元年间，与兄李涉偕隐庐山**）隐居于此时没有这石洞。山川曲折迂回，环顾四周皆有景致，从外面观看，这道石梁无异于石洞。接着我前往万杉寺游玩，并到开先观欣赏瀑布注成的水潭，这水潭就是所谓的"龙潭"。我捧起潭水清洗双目，然后才观看古今磨崖文字，很少有写得好的。主持请我到禅室，品尝用泉水煮成的茶，风味与用招隐泉煮成的相近。大概这座山里的泉水，无不甘甜芳香，几天来，我的舌根不再枯燥，就多亏了这些泉水。接着，我又恭敬地观赏了主持所珍藏的仁皇帝（**即康熙帝**）御书的《心经》，上面钤着金石印章，佛光宝气，充溢于帝王的墨迹之间。我过去在怡贤亲王府邸所见的数十轴圣祖墨宝，笔法与此卷无异，它确实是真迹。还有一轴画，是宋牧仲（**清代文学家宋荦，字牧仲**）布施给寺院的阎立本《地狱变相图》，里面的人物栩栩如生，十分精妙，可惜上面的《陀罗尼经赞》书法与精妙的画技难以相称。回来的路上，我们遇到一个钓鱼之人，那人钓到一条尺长的鲜鱼，西辅向他买下，提着鱼走在布满松荫的小径上，见者无不惊诧垂涎，觉得稀有。我自入山以来，共吃了三次豆腐，皆酸涩得难以下咽，此地连蔬菜也无法买到，今天竟然可以烹鱼而食，虽然觉得过分，但暂且自我娱乐一番，我知道这免不了要受到僧人的嫉妒。

我认为庐山品格极高，与陶渊明非常相似：其不产一物，像陶渊明的贫穷；无日不在云雾中，像陶渊明的北窗高卧、醉意醺醺；拔地干霄，绝无

明·丁云鹏·庐山高图

倚傍，像陶渊明的孤高品节；泉水悬立，岚霭迅疾，泉吟石啸，像陶渊明的飘逸才华；未曾有不合祭祀规制的神庙，召人祈祷，何异于陶渊明的"屏绝交游"；永不生仙枣玉芝，以招引帝王前来封禅，正有如陶渊明的埋名不仕。我恐怕后世的贤者不甘淡泊，厌恶鄙视此山，因此用陶渊明作比，以彰明此山的品格声望。

丙寅（7月15日）　晴，热。西辅把蜂蜜和鸡蛋汁调和在一起，让我饮用。我饮用后咳嗽稍稍缓解了些。吃完饭后，天气炎热得不可穿衣，白天蚊子就气势汹汹地出来螫人，倘若天池、黄龙两寺也是这样，那还不如回家避暑呢，这岂不让人发笑。

丁卯（7月16日）　晴，犹热。西辅买回一斤黄精（草药名，其根茎可入药），说吃了它可以延年益寿。我与长老约好要去观赏舍利子。我写信给朴园，西辅想抄录我这一旬以来所写的日记，寄给庄溪、修常、沤舸、武承，代为问讯。

我封好家书后，有个僧人见我收拾笔砚，他猜想我必然识字，便请我作一副楹联，我随笔题写道："剧怜山色经旬住，喜听泉声彻夜醒。"后句暗喻我因咳嗽而彻夜不眠之事。

日落时，我偕同西辅出游三峡，我们坐在石头上玩弄浅水，把手洗得极为洁净。接着，我们又搬来巨石，掷在峡口，水势受阻，流入下面的潭中，声音轰轰如雷，从下方传来。于是我悟出古人以水喻民的道理：当水平浅时，任人洗脚玩弄，它软弱得好像载不起一支羽毛。等到众泉奔涌汇合时，它便乘势兴波，气势犹如身处旱地的蛟龙奔赴深渊大壑，又像阵前勇猛的战马挫败敌军的锐气，即使像贲育这样的勇士也为之躲避，这与陈胜起义、三户亡秦（意为楚虽仅存三户，终于灭亡秦国）有何不同，他们最初都是可欺可辱的百姓啊。我身边的诸学子、诸同窗，谁不期望将来自己能封帅拜相呢？希望他们能对这些话予以深思。

戊辰（7月17日）　早晨微雨，辰时（上午七时至九时）天晴，洗漱后，我与长老打开铜塔上的锁，长老拿出珍藏的舍利子让我观赏。舍利子共有二种，琉璃瓶内所贮的十三粒，大如黄豆，有的像宝石，有的像玛瑙珠，有的是紫色，有的是玻璃色，有的是玉色，都不很圆，但却有光彩。僧人说这些舍利子曾在夜间自塔中放光，看见的人都疑心是野烧云。其中有些小粒的与碎珍珠略微相似，也兼有多种颜色，共计二千二百五十七粒，它们就是所谓的"坚固子（一种小型的舍利子）"。宋牧仲中丞布施给寺院一个赤金盘和一把金匙，作为盛放舍利子之用，以供人观赏，后来赤金盘竟被某个无赖僧换成镀金盘，可笑啊。我阅览其相传的记载，记载上说舍利子只有十二粒，我问僧人为何会多出一粒，僧人回答说他曾从坚固子中选了一粒较大的放入舍利子中，然而两者终不相似。于是我让僧人拣出，仍旧分别贮藏，以去伪存真，将确信的事实传告于人，我这样做不也是合情合理嘛。据传舍利子是从三峡桥砫那里挖出的，石盒共二层，中有一个石钵贮藏着舍利子，这大概是晋唐时的某位皇帝下令贮藏的物品吧。饭后，西辅带领宗慧去郡城的街市购买物品，以作迁居的准备，同时他也寻觅驿站邮寄我写给朴园的书信。

小僧叫来待诏（旧时俗称理发师为"待诏"）为我剃发，待诏小心谨慎，手持剃刀，剃刀摇摇欲坠。我担心他剃伤我的头，剃到一半，便让他停止了。僧人面带惭愧之色，我说："没事。他剃僧头时，或许能任意驰骋，圆通无碍。现今他看见我的头与僧头不同，因此不能游刃有余，这没有什么值得奇怪的。"昨夜我把卧席浸在玉渊潭中，今天晾晒不久就已干了，浸过的卧席散发香气，简直可以命名为"玉渊香簟"。

己巳（7月18日）　　早晨起床后，我命奴仆取来被囊、食箱，一同来到玉渊潭边，在一条立有大石的溪水中，慢慢洗涤，如去心垢。我仰头观望五老诸峰，感觉它们像是在面对面谈话。很快山峰隐没，不知是山峰耸立进了云雾中，还是云雾下漫遮住了山峰。拘泥于文字描写的人总认为山川直插云霄，这就可笑了。

饭后，西辅去往附近的山村，寻找竹舆，打算迁居。午时（**十一时至十三时**）、未时（**十三时至十五时**）之间小雨。晡（**下午三时至五时**），风起，天气变得凉爽，我重新梳理发辫。

庚午（7月19日）　　早晨，风起云涌，炎热略减，我打算攀登庐山绝顶。卯时（**早晨五时至七时**），我从栖贤寺出发，向着山壁攀登十数里，渐渐与云层接近，于是更加意气风发。很快我进入云中，不久又走出云上，俯视山下的人家以及山腰的塔庙，它们全都被遮没在云雾中了。山高万仞，多悬崖，望之令人目眩。从云雾中飘来的风，凉爽得像水浇在背上一样，舆夫害怕得颤抖，我步行为之前导，慢慢登上几处陡峭的山壁，这才出现一条稍微平阔、可以令人安心行走的山径。然而山上的山峰，又层层拔高了数里。我经过芦林，来到黄龙寺，寺院周围林木茂密，有上千株可以用作建材的大树。我绕着树林走了数百步，忽然看见一条山犬迎吠，原来是黄龙寺的主持茂林禅师（**译者按：原文中的"茂禅师"，后文又屡作"茂林禅师"，故此处译作"茂林禅师"**）已经立在寺门前等候我了。黄龙寺比栖贤寺高七千三百五十丈，天池则比黄龙寺还要高。寺中风凉更甚，夏已入伏，僧人们都穿着棉絮僧衣。进入寺中后，我便收起了扇子，夜晚我将毯子盖至半臂之处，拥被而眠，风声瑟瑟，酷似人间对着菊花饮酒的时节。傍晚，寺中也稍微有几个蚊子，但可以不放帐帘而卧。有这两般好处（指凉爽和少蚊），我原以为可以安睡，谁料我咳嗽复发，连打喷嚏，增加了唾涕之扰，至此我才彻悟人间没有十全十美的快意之事，趋利避害正是白费工夫，不如忍耐烦恼，听任命运的安排，这样反得便利。想到此，我不禁为之一笑。

黄龙寺周围多有老虎，每逢月初就连吼数夜，木石皆被其吼声震动。我来的时间较晚，没能听到老虎的吼叫，太可惜了。寺门前有一条犬，颇为狡诈狠毒，一天，这犬忽被老虎抓去，僧人群起追赶，犬才得以不死，然而其腹项已经被虎咬裂了。寺院周围也有非常多的蛇，巡山的行者（在寺院服杂役但尚未剃发出家之人）说，在茂密的树林中往往会遇到蛇，长老则说寺院中没有蛇，不知他的话可信否。因此，我又萌生了迁居的想法。

辛未（7月20日）　　我因咳嗽没吃早餐，服药后咳嗽稍愈。行脚僧与我闲话，他说他游走尘寰时所见的名胜古迹，像峨眉山、五台山、普陀山、落伽山，都有灵异之处值得观赏。此僧认识彻公（即后文所说的"彻悟和尚"，或作"彻和尚"），并且知道启元和尚圆寂时曾预定圆寂日期，端坐而逝。我在京城时与启元和尚为邻，心中颇轻视其不达禅观，不料他死时竟能如此，看人真不可只看其外在啊！

壬申望（7月21日）　　晴，凉。我登上藏经楼，观看里面所藏的七百二十牍梵文经书。接着又同主持到后山御碑亭下，观读碑文，御碑是前朝万历十四年万历皇帝为其母后修福，向黄龙寺颁发了一部《大藏经》，然后下令建造的。碑石白色，非常坚固，碑亭也是用石块建筑的，写经纸也还不坏，因此没有随着明朝的灭亡一同变为废墟。

癸酉（7月22日）　晴。茂林禅师设宴款待我，请我为他的画像作赞。饭后，我偕同西辅出游天池，宗慧扛着铁锹、拿着笔砚随从。我们翻越长长的山岭，进入深沟大谷，向北蜿蜒走了七八里，见到的多是石室废址，绝无人烟，由此可知庐山的兴废。那里只有天池寺一座寺院，孤独地耸立在云端，虽然如此，寺院也只是叠砌乱石为墙，禅房简陋，没什么值得观赏的，只有正殿仅存的铁瓦，是明朝初年的旧物，大概也已经历过数次火劫了。天池水清而深，在寺院中，深达二尺，涝时不溢，旱时不涸，也从来没有一滴水流出山下到人世间。我笑着对西辅说："这水像燃灯古佛，声味皆无。其俯视三峡奔流，正像金刚怒目，不值一提。瀑布的天资虽然极高，未免受才气牵累，自炫新奇，声名震动天下，让人见了听了心生惊骇。世俗之士忽视天池而惊叹于瀑布，这无异于说子贡贤于孔子，对此我怎能不加以分辨呢？"于是，我从天池中汲取一些水来煮茶，气味清美，胜过其他的泉水，不知陆鸿渐品评后会将此水列于几等呢？池中有数十条金色鲫鱼，是寺中僧人所养，（它们虽然生长在天池中），却没有因为天池而被人重视。寺院的后面临近山崖，站在那里眺望九江、鄱阳湖，清波可掬，数以千计的远山曲折重叠，俯视之下，也只如湖涛起伏，不觉得它们高于水面。举目万里，胸怀也好像随之开阔万里。司马子长（即司马迁，字子长）登庐山，一定也曾在天池居留度夏。我是从哪里知道的呢？我是通过阅读他的文章知道的。

傅抱石·望庐山瀑布

山崖上是聚仙亭，据传是明太祖为了祭祀仙人周颠以及用金丹治好他的疾病的诸位禅客所建造的。不久前，有一个贫穷百姓，经商失利，家人竞相责难，他便登山来此，在祠中上吊自杀了，寺僧因为这事受到官府差役的搅扰，也几乎上吊自杀。于是，我笑着说："焉知这个吊死鬼不是在五老峰庵里聚众赌博的其中一人呢？因此他死也喜欢像赌博一样选择高处。"

庐山圣母祠坐落在高耸的山岩上，四周有石栏围护，倘若坐在其旁构思新句，想出的诗句必然艰涩怪异。于是我与寺僧约定，两三日间我将移居此山。并且此处附近的山峰全都光秃秃的，没有茂密的树林，不会妨碍游览，蛇也少，而它蚊少且凉，又无异于黄龙寺，因此可以留居。日晡（下午三时至五时），我回到黄龙寺，刚一入寺就听到三声虎啸，心中大感快意。这只老虎大概想接续"虎溪三笑"（相传东晋高僧慧远居庐山东林寺时，送客不过虎溪。一日，陶渊明、陆修静来访，相谈颇欢，相送时不觉过溪，虎忽号鸣，三人大笑而别）的风范，待我不薄。回房躺下后，我更留意细听，辗转不寐，直到夜深灯灭，怪风满林，我才又听见虎吼之声远远地传来，寂寞之情也大得慰解。西辅说我不怕虎而怕犬，不怕龙而怕蛇，不怕王公君子而怕市侩小人，这话说得可谓有见识。

甲戌（7月23日）　晴，略热，只可穿夹衣（有面有里，中间不衬垫絮类的衣服）。午饭时，我出了一点汗，但终究没用扇子扇凉。有人自山下上来，说人间正是酷热的时候，不可忍受。没有办法将这清凉的风分享给世间的人们，让我独享凉爽，想到这我就觉得心有愧意。

万树鸣蝉，（其噪声）实在与三峡山涧间的涛声无异。寻找清静之境，到深山里来就足够了,可我还是厌烦这尘世之外的喧闹。说到清旷宜人,天池最好。

今天我补剃七天前没有剃净的头发,这实在是世间少有之事啊。日晡(下午三时至五时),我为茂林禅师的画像题赞,赞辞为:"三衣瓦钵,外无长物。万劫离尘,一心念佛。任他千偈如翻水,不及老僧伸一指。山中顽石点头时,座右枯藤独无语。"赞不是诗,因此附记于此。

乙亥(7月24日)　凌晨起床,洗沐一番,然后赶着与僧人同吃早斋,(我之所以这样做)是不想让僧人再我为做饭,破坏了常住于此的客人与僧人一同吃饭的规矩。否则,我起床较晚,仅能赶上午餐,未免觉得饥饿。

我在四把扇子、五面壁障上题了辞。西辅掘出一条黄龙竹根为我制成手杖以作游山之用,手杖非常轻洁,但我对其上端与蛇头相似有些不满,授意西辅镌刻成佛手状,将来我一定要为这根手杖做一篇铭文才行。我咳嗽仍未痊愈,怎么办!

晴,略热,我穿着三层丝葛制成的薄衣就足够了,仍无须用扇扇凉。不知道章门城中炎热如何,想必城中人人都想来此深山乐国躲避暑热吧。

丙子(7月25日)　今天是龙树菩萨的生日。我晨起焚香,沏龙井茶以作供奉,然后转头向亡母超升净土的方向叩头九次。接着我到主持的房内告别,说自己明天早上打算迁居天池寺,并嘱托主持如果有我的家信到来,请他务必命人传送于我。

僧人妙华,瑞州人,四处云游,也就是曾经结识彻公及启和尚的那人。听说我要离去,他恋恋不舍,面带别离忧伤之色,把他在峨眉山所得的张三丰草帖和一片万年松的叶子赠给我，我收下松叶而把草帖还给他，随即在一张大纸上横书几个大字，劝其不要忘了彻公的念佛百偈。我对他说，参悟圆顿（**即圆满顿足，一切圆满无缺。佛家认为，以圆顿之心参佛，可以立达悟境、顿时成佛**）极其困难，（**修佛犹如渡河**），凭借木头或船只渡河，或许才能不被淹死。妙华也非常认同我的这种说法，所以我写下此语作为回报。于是，我对西辅说："任你神通盖世，也敌不过对人真诚。"我自入山以来，未曾写下任何参佛之论赠人，这次竟没想到被妙华得到了，由此可以确信真诚能感动他人。妙华打算再去京城，住在西山戒坛的太阳洞，他说此洞有一只老虎守卫，只有瓦钵可以做饭。心中如果胡思乱想，老虎便有怒色，犹如严厉的老师督促弟子一般，果真有志修行，居住在此洞最好。我也趁机力劝他，倘若一定要住在此洞，则只有死心塌地地念佛，不作盲参瞎证之事，以免触犯虎威。此虎数十年守洞，未曾吃过僧人。戊申年春天，有一个道士说能伏虎，请求入洞居住，僧人也担心在此修行有危险，乐意让道士居住。才五天，戒坛巡山僧路过，不见老虎守洞，以为是被道士用法力驱逐了。巡山僧入洞相访，发现道士已被老虎吃掉了，只剩一件道衣和一只脚尚存。我笑着说："此虎既然喜欢为僧人护法，却仍旧吃荤，难道不也像我萧居士一样吗？"在座的人听了都大笑。黄龙寺附近的老虎，其洞窟在寺院后面，牙齿比僧人还高，形大如牛。猎户供奉一位山神，把纸剪作五折伞的样式，杀鸡祭祀，口中低声念诵数千百字的伏虎咒语，然后在弩机上抹上毒药，箭无虚发。猎户们在邻近各山都能捉到老虎，独有黄龙寺附近的虎不入陷阱，足见其行踪隐秘、计虑深远，不受外患所扰。可惜我在此只居留了两夜，对老虎只能闻声相慕而已。主持又在堂中设下丰盛的素斋

清 · 石涛 · 庐山草堂图

款待我，并一再叮咛我下山时再来相会。我随即想起妙华倘若入京再次参拜彻公，彻公如果向他询问我所亲笔写下的短论之事，应该知道萧居士就是我舒白香，这样我不是破了妄语戒了吗？其实像虎吃道人这样的事，只是偶然发生的罢了。

丁丑（7月26日）　晴，略热。我移居天池寺，手提一根竹杖，头戴草笠与山僧拱手道别。我慢步走出数里，共在宝树之下休息了三次，所谓宝树，来自西天，庐山极高处可种，它们往往能长到一由旬（**古印度长度单位。一由旬的长度，相当于四十里**）之高，树冠圆如车盖，没有丑枝，碧叶高秀，比柏树葱茂，千年不凋，埋下种子即可种植。日后我必当带一粒种子回人间种植，只怕人间之土污秽，它不能生长。

我们到达天池寺约有一顿饭的时间，朴园的信使就已经到了。我高兴地阅读来信，知道所种的罂粟只结了八个果实，虽然这样，双丰将军赠我的名贵植物的后代，在人间已经不会绝种了。庄溪从远方寄来的药物，正可治疗我的咳嗽，今晚我必当服用，以作报答。龚沤舸已经见到我寄给他的日记，并且他打算整理出八册，还要收集众人所弃的稿子，我的这些日记都是受当世之人所非议的，龚沤舸整理它们难道就不怕受到博学之人的讥笑吗？传营、人烈和普儿，也都有来山中享受一会儿清静的想法，读完他们的信，我倍感欣慰。

游山日记卷二

戊寅（7月27日）　早晨，晴。吃罢早饭，西辅带领宗慧下山三十里，只买得一点豆腐，仍旧酸涩难咽。记得十天前给朴园写信，我在信中引用苏轼"归去蓬莱却无吃"一诗自我取笑，不料那诗在今天竟成了谶语。西辅发愤要往返百里，前去九江城中购买食物，并打算买条鲜鱼给我吃。我说："算了吧！现在人间酷热，鱼肉必然腐烂。"他竟毅然出行，这份高情厚谊堪比蔡明远（*唐代鄱阳人，与颜真卿友善，曾不远千里送别颜真卿。事见颜真卿《蔡明远帖》*）。可惜我不能像颜真卿那样书写一幅鄱阳帖，以报答他的辛勤。

日晡，大风摇撼得房屋欲动，这难道就是天池寺以石作墙、以铁瓦覆屋的缘故吗？四面八方的风汇聚于此，如果要仿效列子乘风而行，实在不难，可是我又惭愧自己没有仙骨。

宗慧说："主人大错特错了，您不求做官已是奇事，竟又舍弃富贵的生活，入山与野鹿、野猪为伴，乞食于僧，瘦同野鹤，使我攀着藤条采摘野蔬，腿脚发抖得像飞鸢一样摇摇欲坠，您何必这样呢？"听完他的话，我也只能暗笑、惭愧而已。

目睹我的状貌，山僧怀疑我似乎曾经做过大官，时时到我面前来周旋问讯。我厌烦他来打扰，便指天对水地发誓，说自己不是大官，并且说："那些大官，都上应天星，即使微服来游，夜晚必定放光。我来此地真的是想在您的法座下听讲修心，种下来世做大官的福运，您只将我视作行脚僧收留即可。"于是，僧人的脸上现出高傲之色，我也得以在此自在游玩，久居避夏，不是非常高兴的事吗？

沙弥（**出家未久的男僧**）则疑心我或许是富商，我便说："我曾做小本生意，折本而逃，喜爱此山有虎无蚊，既可避热，又可避债。"沙弥也扫兴地离去。由此可以确知富贵之人多忧虑，贫贱之人却能享乐。

夜深时，风刮得更加凶猛，几乎要拔山而起，这让我时时有飞升的想法。梦醒风息，我反而觉得惆怅。

多数寺院都养有一只雄鸡，这些雄鸡幼时既已入山，应当不知道早晨有母鸡打鸣的现象。唯独天池寺养有一条母犬，犬已年老，应当也不知道世间还有雄犬存在。这种环境真是修炼心性的好地方了。

蝉鸣之声到了绝顶就已改变，其鸣声犹如巨鸟号叫，我走近观察，发现这里的蝉要小于一般的蝉。鹤在水边的高地鸣叫，它站得越高，鸣声就传播得越远，（此处蝉的鸣声如此响亮）难道不也是这个道理吗？

我曾点燃一个大的爆竹，扔下舍身崖，山中之人都惊奇地以为是晴天雷响，四周山谷都有回应。顺着风势呼喊，声音没有加大，传播得却非常远。既然如此，那些高居显位、掌握利权的人，仍不能令行禁止，使人心畏服，他们的声威和影响力反不如响彻山谷的爆竹，这是显而易见的事情啊。

己卯（7月28日）　早晨，风停天阴，天上的云又高于我了。三个行脚僧来寺中挂褡，每人肩挑一副扁担，扁担上用两个木盘盛放着衣钵、拜具。那些木盘折叠起来，大概可以当作卧具，并且可以隔绝路上的泥尘，他们考虑得太完美了。其中一人来自楚地，另二人来自峨眉山，三人皆有饥色。主持咕哝地告诉他们寺中已无斋僧的粮食，只能吃粥。见此我黯然叹息，这些人有谁懂得佛法，其实他们只是没有职业的穷民而已。韩愈《原道》说"一人耕作而六人吃饭"，受到佛、道两家诟病，殊不知日积世累就会滋生繁多的人口，即使给予每个男子一亩田，恐怕仍然不能满足所有人的需求。因此前朝末年，游荡懒惰之民，乖谬不正之行，层出不穷，给世间带来大患，这难道也是佛、道两家所教的吗？唐朝末年的僧人如果都能大振宗风，劝化游荡懒惰之民成为佛门弟子，世间必无人满之患，反而容易粮食丰足，这难道不是士、农、工、商四民的福祉嘛！儒生动不动就要平治天下，可他们又不知道治理天下的方法要以教化为先，即使效仿古代也不能拘泥古代。效仿古代，是道的常规；不拘泥于古代，是道的权变。熟读《伤寒论》而拘泥上面的药方，为人看病时又不察脉理虚实胡乱下药，如此没有哪个病人不会陷入危境的。王安石难道不是名士吗？他的变法受到天下苍生的怪罪就是这个缘故。韩愈没有做宰相，他未必不是因此而保全了名声。

有人问："苏轼、黄庭坚是什么样的人？"我答："他们是通晓古今、学识渊博的儒者。他们不排斥佛教，也不谄媚佛教。"又问："那么排斥佛教之人就做错了吗？"我答："假如这个人一生的言行，皆符合孔子之道，也不能说他做错了，像程颐、程颢、朱熹等人就是这样。他们深入探究有关人之心性、道之体用的全部学说，佛家在阐述心性用处方面较少，专讲出世之理，与中庸相反，因此他们不能不排斥佛教，这也是他们的慈悲救世之心。如果未曾深入探究其旨，只是攻其表面现象，抱着自己的见解以窃取儒者之名，这样必然会被真儒讥笑。所以高僧大德不怕韩愈而怕程朱，因为程朱能深究心性源流，明辨是非。至于鬼神生死的学问，孔子也曾向仲由略微解说过其主旨，从中可以参悟生、死、人、鬼的道理，孔子所讲与佛家所说的色、空、心、佛的道理相同。马大寂（即唐朝著名禅师马祖，僧名道一。贞元七年，唐宪宗赐马祖谥号为'大寂禅师'）如果身居孔门，道力不在孟子之下，我是怎么知道的呢？我是从司马温公评论禅宗五祖、六祖的文章中知道的。上智之人必定赞同司马温公的这种说法，如此则大体可以与苏轼、黄庭坚为友了。"

有人问："因果报应之说，果真可以相信吗？"我答："圣贤不必信，愚人不肯信，机诈小人不敢信，中等之人则不可不信。圣贤想阐明佛教教义，言行只求心有所安，如果每一个念头都想着因果，这种祸福之心反而会束缚仁义之性，这也就不是《礼记》中所说的圣人具备'不勉而中，不思而得（意为不用勉强就能做到，不用思考就能拥有）'的能力了，所以他们不必相信因果。愚蠢的人，就像那些夏天的虫子和朝生暮死的菌类，哪里知道寒冬腊月、月初月末，其不信因果也是理所当然的。至于机诈小人，习惯做不义之事，如果以因果报应来警示他们，则十八层地狱都是他们死后的居所，他们岂敢相信？只有中等之人具备可以行善的资质，他们因为无人教化而有时做出坏事，倘若能以慈悲感化他们，以罪福（佛教以五逆十恶为罪，以五戒十善为福。罪有苦报，福有乐果）开导他们，使他们不至于违背礼教，伤害生命，肆行无忌，这样就有希望形成有刑法而不必使用的太平之世了。商朝人利用鬼神作为教化手段，《周易》上说'积不善之家，必有余殃'，《尚书》上说'忤逆天道必有凶灾'，这些难道不是在讲因果报应吗？因此，我说'不可不信'。"

庚辰（7月29日）　早晨晴，中午炎热，傍晚有风。西辅昨天从九江城回山，说（人间千旱）农家期盼下雨，低洼的田地却仍处在水淹之中。真是让人无奈啊！

吃罢晚饭，我到四仙祠盘腿端坐，眺望平原江湖，所见远达万里。西辅说，在山下仰面瞻望四仙祠，它就像是从九天之上坠下来的，岌岌可危，幸好有云雾环绕才让它得以游走，其突兀之势将要压倒一切。既然如此，我坐在此祠中，呼吸就可以直通玉皇大帝的宝座了。

辛巳（7月30日）　晴，微风。中午时也很热，我只穿着两重丝织衣服而已，不须用扇子扇凉。当时我打算去佛手崖游玩，但未能成行。我隐约听到山下有雷声，难道是将要下雨吗？

我偶然想起黄龙寺佛殿左龛供奉着一面旧的牌位，牌位像竖立的木橛一般大，色泽暗黑，深刻处微微发白，我上前细观，才知是一个中年妇

祁昆·庐山忆旧图

人的画像，面慈而目秀。牌位右边钤有一巨印，印文为：某某皇太后之宝。原来这是藏经寺中万历太后的遗像。御碑上的敕文，是万历十四年颁布的，当时万历皇帝年仅二十四。明朝灭亡已经百余年了，寺僧不知考订，遂误认为是观音大士的画像，早晚对其顶礼膜拜，（**万历太后的遗像能受到这样的礼遇**），未尝不是她生前信仰佛教的报应。万历皇帝颁布敕文的同时，也颁给寺中一块万岁牌，牌上镌刻着九条盘龙，龙头并排而吐水，共同浇在一个僧人的头上。佛座由四大金刚抬着，下面刻有山峦溪谷，由六只大龟驮着，大龟都是用铜铸成的。又有一个大金铜香炉，周长十数尺，还有两个花瓶，与僧人齐高，色泽淳朴古雅，它们都是万历太后所赐。现在我补记于此。

突降暴雨，大约一盏茶的时间就停了，天空又放出日头。大概是龙将要去人间布雨，经过此山（**才降下这一阵暴雨的吧**）。

我三五岁时最为愚蠢，夜晚看见星斗纵横，离人不远，便想用竹竿击落一颗星星以代替灯烛。于是，我踩着垒叠的桌案登上屋顶，手持长竿撞星，星星没撞下来，我反而从屋顶上摔下来，摔断了两颗牙齿。当时幸亏我乳牙未脱，不至于将来废弃长啸歌吟之事。我又曾跟随母亲出城，去某淑人（**古代命妇的封号**）的园亭中饮宴，刚一出城，就看见郊外平远之处天地相接，我不觉大喜喧叫，命车夫鞭马疾驰到天的尽头之处，试着摸一下补天的石头，它们应当与平常的石头不同，然后再返程去往某淑人家饮宴不迟。母亲假装生气地笑着说："傻儿子，你未满周岁时，我带你从江西而来，行程已经有万里之遥了，但仍不知道天的尽头在何处，你竟然还想摸天后才去赴席吗？"现今，我居住在此峰，离人间不到万丈，却已经沾沾自喜、自炫其高了，这愚蠢的心态也正与孩提时相同啊。随笔记下这些文字，聊作自我安慰，或许也能供读者一笑。

壬午（7月31日）　风刮了一整天，夜晚更甚。我服下宗慧所采的萱草后才得以入睡，萱草就是已开花的鹿葱（多年生草本植物，花淡红紫色。因花色与萱稍似，古人多误认为萱），它大概果真有益于睡眠吧？

傍晚，我到寺院后的聚仙亭，观看周颠仙人的画像，其相貌果然有疯癫之意。我又阅读明太祖记载的关于周颠的事迹，文字质朴，毫无虚妄之言。一个朝代的兴盛，必定会有见识深远、未卜先知之人开启先兆，吕公择婿（指刘邦任泗水亭长时，吕公选择其作女婿之事。事见《史记·高祖本纪》），虬髯望气（指虬髯客望气，知李世民将为帝王之事。事见杜光庭《虬髯客传》），陈希夷大笑堕驴（指陈抟入汴州途中，闻听宋太祖赵匡胤登极，大笑坠驴，说"天下于是定矣"之事。事见王禹偁《东都事略》卷一一八、邵伯温《邵氏闻见录》卷七），这些虽然都是无心之举，后来却皆有应验，这岂是那些装神弄鬼、虚张声势的行为所能比的呢？

癸未（8月1日）　早晨有风。吃罢早饭，天气晴热，我只穿着两重丝织的薄衣而已。西辅开始辑录我写的诗，顺便我又写了《宿天池寺》两首绝句，作为卧室中的壁障，西辅想把这两首诗刻在石头上。

傍晚，我到庐山圣母祠前，观赏险峻的山崖，山崖悬在空中，孤立无依，我站在上面向下俯视，感觉自己像在乘云飞升一般，身子正与虚空等同，大概这就是所谓的"舍身崖"吧！庐山旧志上说，此崖极其险峻，没有人敢站在上面往下俯视，只有王阳明先生曾在此俯瞰。"我之所以有大患，是因为我重视自身。"我不能神游崖下，观赏其孤悬奇绝之势，实在是我把自身看得太重，受到了身体的拖累。老子的话，太有深味了。

甲申（8月2日）　晴。无风，天气遂热，我也只是穿着葛布单衣而已，并无须用扇子扇凉。吃饭时，虽然也出了点汗，但静爽之气，毕竟让人觉得舒服，不像城市里那样喧闹污浊，令人无法忍受。疲劳枯淡时能有这样的享受，也算没有辜负这次出游了。

饭后，西辅带领宗慧到黄龙寺附近购买茶、笋、香油，这些东西都是那里的土产品。

黄龙寺既然是明朝太后藏经的道场，在明朝得到的布施最盛，所以至今林木繁盛，在庐山居于首位，至于为何很少有人敢去盗伐，那是因为有老虎守护。老虎的子孙散居各山，每只老虎都守护有一方林木，无人敢去盗伐，因此那里的树木不必担心受到砍伐，得以正常枯亡。由此我悟出封建之制，确实是一个王朝长治久安的根本政体。春秋五霸攻伐叛逆、尊崇周王，就如守护林木的老虎一样，因此圣人也多夸赞他们的功劳。有人说："唐朝末年，藩镇专事征伐，与封建之制正好相同，然而唐朝王室的权力竟因此衰弱下移，封建之制果真可以依仗吗？"我说："这是不探究其本源，只见表面相似就说二者相同。商周之际，版图不过万余里，虽然分封成一千多个国，诸侯之地尚不如唐朝时的一个县，他们哪里能像唐朝的藩镇节度使那样，动不动就统兵数十万，骄奢淫逸，暴戾放纵，不懂得先王之道，不学习周公之礼呢？再加上天子又用人不当，也不能用正确的方法驾驭他们，他们怎能不谋反篡逆呢？怎能因噎废食，由此而诟病封建之制不好呢？"

今天只有十余个僧人陆续前来拜访我，一个年轻僧人托人向我求字，我不想见他，只是在窗缝中看见他是个少年。虽然如此，我仍觉得这些人虽庸俗，但也应该是对佛法和修行有所追求的。然而，不久西辅从黄龙寺归来，他说方丈六年一换，如今的方丈将要退位，有数十人从各山前去黄龙寺集会，通过抽签的方式来决定下一任方丈的人选，百抽一得，众人轮流抓阄，抓到的人受贺登位，便被认为是有道高僧，尊奉他为和尚。我不禁捧腹大笑，这与用糊名的方式遴选有德之人做官治民有何区别呢？然而，众僧冒着炎热奔赴黄龙寺集会，就像有的士人骑着快马去参加科举考试却说自己不追求名誉和地位一样。不说自己俗而说在家之人俗，这些僧人难道就不觉得惭愧吗？

我用天池里的水洗涤自己的白罗汗衫，一共换了八盆水，才将衣服洗净。我打算将这件衣衫命名为"无垢天衣"，并为它题写一篇铭文，这样便可与"玉渊香簟"配对成双了。

"女子炫耀妖冶的容貌，岂是心怀贞洁之意？士人如果真的领会了'道'，岂会羡慕荣名尊位？僧人不能透悟佛法，便多俗世之情。我观天池，无味无声。从中汲水不能令它枯竭，向其注水不能使它满溢；向其投掷脏物不能令它混浊，让其沉淀砂砾不能使它清澈。正因此大海得以风平浪静，大地得以安宁。这就像圣人的心境，时刻追去清净和明。又像虞舜在位，垂衣拱手而天下太平；又像学佛，已证佛果，达到无生无灭之境；又像修仙学道，已经炼就成仙飞升的丹药。（如果一个人能做到像天池这样，）他又怎么会在乎功名利禄而在世间劳苦忙碌呢？（可惜有的人就是不懂这个道理，）而是像行尸走肉一样，不停地争逐虚名虚利。这些人就像妓女一样，甘愿被人轻视。呜呼！人生犹如大梦，他们何时才能醒悟呢？"

我随笔写下这篇偈语，以告诫黄龙寺诸僧。写完后，我检视所作，则通篇用韵，不是偈语的体式，之所以有这样的弊病，大概是因为我喜欢作诗造成的吧。习惯积久难除，以至于如此啊！

乙酉（8月3日）　　湿热，我只穿着一层丝织薄衣，就像人间端午节时那样。我忽然看见诸僧头上明亮了许多，知道是剃发人到了，于是我也梳洗一番，跟随僧人前去剃发。

剃发的工匠终究不擅长理发，大概庐山之上，全是僧人，即使有远客到来，也不过住两晚就返回人间了，何至于让这里的剃头匠为其梳洗剃发呢？因此，这位剃头匠的手艺终究未能练得娴熟。剃头匠说他凭借二寸剃刀周游各寺，每一个月来一回，为僧人剃光头发，其十口之家，赖此为生，衣食丰足。我询问他，既然有这样的好处，其他的剃头匠为何不接踵而来呢？他说："噫！这里多有老虎，日头稍偏，老虎就群游于溪涧山谷，在泉边的大石上磨牙，铮铮有声，谁敢冒着生命危险来博取这点微薄利益呢？"我问："那你就能打得过老虎吗？"他说："哪能啊！我哪里敢啊！只是因为我近视，看不见老虎，因此不会害怕。另外，我是为僧人剃发，对佛教有功劳，按例老虎对我应该像对待僧人一般，不会将我作为食物，因此我不会惊疑畏惧。依仗这两点，所以我才敢在虎狼穴中空手而行。"我感叹道："剃头匠的话说得太精辟啦！因为不闻不见，所以心中没有惊疑恐惧；因为心中没有惊疑恐惧，所以外物的机巧奸诈对他没有作用。即使面对害人的精怪，他也可以将其忘掉；即使面对凶恶的虎狼，他也可以与之同卧。郭子仪独自骑马去见叛军，接受鱼朝恩的召见而不作防备，这都是他心存真诚所以才不疑不怖的缘故。我听完剃头匠的话，从中悟出了养心处世的妙方。"

我嬉戏着用天池水洗涤帽缨，将其洗得非常洁净，这也是一种乐趣。我自入山以来，头上所戴的只有用箬叶制成的斗笠，带有缨子的防雨帽放在行李箱中已经很久了，凌乱得像飞旋的蓬草，因此我将其取出来洗涤一番。天池水虽然不能像沧浪之水那样清澈，但我也不敢奢望了。

夜晚睡觉，我又想铺上凉席了，天气忽然变热，由此可知。对此，我又暗笑自己不知足。我那张凉席自从在玉渊潭浸洗过后，我便不再将其铺设在床榻上了，之所以如此，（是此地较为凉爽），我害怕寒冷的缘故。眼看着六月就要过完了，这时我才想起铺设它，可见我在庐山已经享受了很久的清凉之福啦。

今夜有几个蚊子在帐外飞鸣，这是热可生蚊的验证。我记下这些文字后，又稍稍咳嗽起来，以致不能入眠。

丙戌（8月4日）　山上晴。我在聚仙亭俯视前方几百里，浓云犹如棉絮一般，团团密布在脚下，它们像龙涎香点燃时散发的聚烟，也像微微起伏的海波，广袤无涯，不知边际。浓云之上，有朝阳烘托点染，散发出异彩纷呈的晶莹光芒。我站在云上的悬崖，身旁古松的枝叶犹如车盖一般遮盖我的头顶，朝阳像是从天池中沐浴后升起的一样，幻化成缥缈仙境，这真是一大奇观啊！很快下界的浓云飞出天池，但它们仍能洒下雨水让下界之人听到屋檐流水之声，浓云片刻而散，想来下界的农田已经得到滋润了。浓云的这种行为，就像李邺侯（唐朝李泌，封邺侯）运筹帷幄、平定动乱后退隐衡山一样。

日晡（下午三时至五时），房中湿热，不可久坐，我便出来坐在聚仙亭中，眺望在晴云湿雾中起伏的江湖山冈，顷刻万状，实在观赏不够。人生若能长久享受这样的美景，那该是多么美好的事情啊！我环顾亭中四位仙翁的画像，他们笑容可掬，应该也对能在此享受清福感到快乐吧。

从峨眉山来的僧人说：攀登峨眉山的人，通常要用四天三晚的时间才能登上山顶，山顶离地面约有一百二十里。山顶是普贤菩萨的道场，僧舍层绕着道场向山下排列，数不胜数，上山参拜普贤菩萨的人每天都络绎不绝，寺僧赖此收入颇丰。普贤院后有个小池，豢养着十余条小龙，小龙长约一尺八寸，蛇首而四足，鳞片灿灿，游动时与鱼相同。观看之人都轻视地说这不是龙。有人常常用钵舀取一条湿淋淋的小龙，携入院中，盖上巨石，但是到了早晨搬开石头察看，则钵中已无小龙，只有水而已。僧人疑心其又返回了池中，到池旁察看，小龙果然在池中像往常一样自在游泳。也有人将小龙强置于瓶水中携带下山的，半路上，小龙就会逃逸，而察看封识，则完好无损，于是人们这才神奇地将其视之为龙。然而，从古至今，池中只豢养了这十几条龙，也不见它们有茁壮生长或老死的。我说："龙这东西，变幻莫测，难道只具备这样的技能吗？大概龙的技能，容易伸展，不容易蜷屈，一屈再屈，以致蜷屈成咫尺之小，又能经历千年而不变，然后才具备龙卓绝的德行吧！老子李聃不过是周朝的一个柱下史（**相当于后世的御史。也有人认为是周朝管理国家藏书的官员**）而已，形如槁木，洗完头发不是擦干而是等着阳光将头发晒干，其不修边幅，由此可知；心如死灰，避世隐居时才能终古不感苦闷，其弃绝才智，由此可知。周朝的士大夫多是在犯有过错后才去见他，见过他的人也多是见到他的缺点而已，唯独我们的先师孔子具有生而知之的圣明，双目如朝阳，可以洞察一切隐微，他拜见老子后感叹说：'我见到的老子，大概是龙吧！'既然这样，龙这东西，绝不是因为专会行云布雨才被世人重视的，它们驾云而行，还不惜为天下苍生劳苦降雨，（因为具有这样的德行），最终它们行藏屈伸的妙用，才不会有所加损。由此，我悟出龙贵在能屈，屈至扶寸（**古代长度单位，铺四指为扶，一指为寸。形容甚小**），以养成拙朴无为的品性，这大概就是孔子赞叹老子是龙的原因吧？"僧人说："如果真是这样，那这些小龙忽然变化逃逸，就是炫耀才能了。"我说："哪能这样说！这些小龙忽然变化逃逸正是它们避世隐居的才能。如果关尹不是通过望气而寻找到老子，即使五千字的《道德经》，老子也不愿写作。像龙一样的圣人，难道会乐意借助语言文字留下美好的名声嘛！峨眉山池水中的龙，其德行实在可以与老子媲美。"

　　僧人又说了两件峨眉山上的异事。他说，山寺附近的石崖上有一个名为"雷洞坪"的石洞，平时没什么奇异之处，唯独在天将下雨时，洞下就会发出轰隆隆的雷声，雷声缓缓而上，游客争相聚集在洞旁观看，看见一片云朵从洞口飞出，云中轰轰作响，有一个黑色物体乘云行驶，驶至高空，与风雨相会，这时它便奔腾叱咤，像金蛇一样在天空乱舞，千峰万壑，都为之震荡退避。观看之人皆闭目塞耳，双腿颤抖，屏住呼吸，躲藏起来，这是一件异事。另一件异事，民间称作"万盏神灯供普贤"，事情是这样的：每晚午夜时，人们会远远地看见四面八方的平原上，有数千百点像萤光一样的火星熠熠闪动，火星绕着天空上升，渐渐靠近人群时就会变得像火烛一样明亮，等升到山顶时就已变得大如满月了，它们既圆且明，飘忽不定，时而离散，时而聚合，时而隐藏，时而显现，最终全都来到佛堂，

南宋·陈容·十一龙图部分

然后盘旋飞翔而出。观看者目眩神迷，一会儿看见它们近在眼前，一会儿又忽见它们轻盈远飘，瞬间又看见它们径自重回普贤菩萨座前，它们像蜻蜓一样映水而飞，凭空而立，人们用手抓取，又空无一物，圆光依旧，这些东西每晚都来，回转不尽。自古以来的大智之人都不知晓这是何种道理，于是只能叹息说这是佛光了。我笑那些迂腐的儒生既不信佛，也不信鬼，他们有的人看见鬼火，就说这是忠臣烈士流出的血所化，就像腐烂的草能化成萤火虫一样。假如这样的人登上峨眉山，看见那些怪异之光，一定会疑心它们是古人之血凝聚此山而化成的，这样的解释难道不是很可笑嘛！

丁亥朔（8月5日）　　晴。早起后，我燃了一炉香供奉于佛前。我之所以这样做，是因为我父母的忌辰都在本月，时序的变化引发我的思念，我不免殷切盼望他们能在西方净土过得快乐，于是我借此为他们祈求冥福。七月，阳气消退，阴气增长，古人据此制定了"否卦"。我追忆少壮之时，十年之间两次遭遇丧亡，内心觉得不孝，因此这才敢把七月视作"否月"。

戊子（8月6日）　　晴。早晨洗头未罢，西辅报说山下的白云凝如玉脂，于是我握着湿漉漉的头发前去观看，白云层叠千丈，其状犹如雪色的灵芝，万万朵映日耀目，像高山般岿然不动。假如真有一个这样的物体，塞满天空，凝立不动，我一定要在上面建筑一处隐居之地，终老于此。

中午，有木匠来游，我便让其将寺中所有不能关闭的以及旧钉脱落的门窗整修了一番，焕然一新，傍晚吃饭时，木匠方才离去。

西辅砍了一枝细竹，安置在六合帐内让我搭衣，十分方便。我顺便也整理了下书架，将衣箱从书架上拿走，专门摆放我行李箱中的书籍，我把一半的书摆放在书架上，另一半则散置在"玉渊香簟"上，我这样做是为了卧着时可以阅读《南华经》、坐起时可以观赏山中之云而准备的。

己丑（8月7日）　卯时（早晨五时至七时）我正熟睡间，沙弥敲窗报说："文殊崖又有云雾升起来了。"于是，我半睡半醒地披上衣服前去观看，它们都是将要布雨的云朵，与那些凝脂玉叶、雪峰堆絮般的云雾不是同类，虽然这样，可它们也是浓密飞布，遮掩得山峦溪谷全部隐没，使我与僧人对面而立也不能相互看见对方，只能听见彼此的笑语声。我早已乐于久居天池，静观天地造化，所有云的性情心迹，全都十分熟悉，我曾想写一本《云谱》，分别叙述云的美妙，但又终日为了看云而忙碌，无暇顾及于此。

饭后果然下起大雨，雨水像瀑布般从屋檐流下，声响不断。我来到天池缓缓观察，天池得了雨水反而有些混浊，大概这云是从地面升起的，所禀之气未能极清，因此天池不乐意接受吧！下智之士认为韩信、樊哙受封的爵位大致相等，韩信却不屑与樊哙为伍，因此招来灾祸，殊不知韩信即使终身穷困，也会耻于与樊哙为友。韩信的这种志向只有萧何知道，所以也只有萧何爱惜韩信罢了。

日晡，又下起大雨，但这雨只下了一顿饭的时间，云势铺展得很宽，不知南昌下雨否？我曾与家人相约要各自记下每天的晴雨情况，等我回去时相互对验。民间说"百里之间，天气不同"，但这场雨或许应当相同吧。

山寺清晨的钟声清脆悠扬，我静心细数，一遍共有三十六声，如此三遍，则是一百零八声。傍晚敲钟则是以十八下为一组，缓急各三遍，也是

黄宾虹·庐山雅居图

一百零八声。每声必伴有诵咒之声，钟声缓慢时一次钟声可以诵读数十句，钟声急促时则一字一声，僧人早晚都要诵经，不敢懈怠，伴随钟声诵经是一种收心入定的方法。那些沙弥，既然抛弃亲人而出家，又没有一点结婚、做官的念头，并且年纪幼小，哪里懂得参禅修道呢？只因师父是这样教育他们的，他们不敢不如此，久而久之，习惯而安心，身心俱寂，虽不能入禅，却也可以减少罪过了。我担心老妻对儿女太过宽容，不让他们勤苦学习，所以一并记下这些文字，作为劝诚。

天池寺在明朝初年香火极其旺盛，供奉用的器具多是由制造帝王所用器物的尚方署等机构颁赐的，香客们为此布施更广。所以《庐山志》上说，当时天池寺房舍宏丽，在庐山诸寺中位居第一。王阳明先生曾写有"庐山最高处"五字牌匾张挂于山门前，后来皆被火烧毁了，现今的寺院只剩下几十间破屋，众僧用一个瓦钵熬粥而已，见此情景，我不免黯然，因而我在此也甘于粗茶淡饭。然而，我认为如果真要修习禅定，则宁做今日天池寺里的僧人，也不要做明代天池寺里的僧人。学习儒业，难道不也是这样吗？世代享受俸禄的家族很少有能坚持遵循礼教的，其子弟未必不贤，实在是受了生活环境的影响。安乐的环境往往拖累人的品德，这与贫穷拖累人的品德相比更甚百倍，因此我劝世人不要徒然因为贫穷而为子孙担忧。我时常告诫儿女不要贪恋鲜衣美食，老妻听后便常常露出气愤不平之色，她又见我身处贫穷却不寻求谋生之道，不免暗地里有些忧心，所以我在此又借天池寺众僧的事例以作告诫。

游山日记卷三

　　四日庚寅（8月8日）　　今天是我母亲吴太恭人的忌日。我斋戒沐浴，回向参拜观音、势至二位菩萨，共叩头九次。

　　我父母的隐德慈恩，我即使毕生讲述，也不能讲完其万分之一。昔日的丧亡不幸，我在为我父母所写的行状（记述死者世系、籍贯、生卒年月和生平概略的文章）、墓志中已有约略陈述，家有藏本，子侄外甥之辈应该不难读到并知晓一二。至于我们兄弟，本有四人，二兄小名地官，记在族谱上的名字为克叙，他与我最小的弟弟舒宁，又名安保，一个下殇（八至十一岁间死亡为"下殇"），一个还未到下殇的年龄就死了，他们又都是跟随父亲前往外地做官时死去的，皆埋在长城以外，因此我家乡的族人、亲戚很少有人知道他们的名字和排行。等我父母从塞外归来后，身边只有我的长兄庆云和我这个不孝子舒梦兰而已，人们猜测我之所以排行第三，大概是与涂氏姊并列排行的吧。殊不知我的长兄之上还有大姐，小字铭姑，七岁夭折，倘若男女一起排行，则我的长兄尚为二弟，何况我舒梦兰呢？既然如此，我这一姊一兄一弟的卓绝孝友品德以及奇异早慧的才智，只因短命夭折，就连我现在的兄弟子孙，也都无人知晓了，这岂不是我舒梦兰的罪过嘛！古礼有云："对下殇之人的祭奠，在父母身亡后就要结束。"我长久地怀念他们已经十六年了，每逢春秋祭奠大姐、二兄、小弟时，我焚烧进献纸钱，从不敢有所缺少，不是我超越常礼，而是我不能抑制住敬德怀恩之情，终其一生，我也不忍废止祭奠。我担心我的子侄外甥，既然没有听说过我这一姊一兄一弟的幼年德行，久而久之，必定也会将其名字、排行一并忘记了，我的一姊一兄一弟像梦幻泡影般倏忽消亡，（却无人知道他们），这难道不是遗憾之事吗？于是我在这古寺斋居、追思亡父亡母之际，恭敬地记下我大姐、二兄以及小弟的一两件端庄德慧遗事，以晓示我的子侄们。

我的大姐铭姑生于乾隆庚午年，先天资质聪慧，我的祖母、外祖父、外祖母都很喜爱她。其孝顺好学的异禀，我在这里姑且不作详论。丙子年，我家中的堂兄玉书娶妻，设筵请客，数百个亲戚聚集一堂，一个族姐与铭姐玩耍，不小心推了铭姐一下，铭姐碰在热水壶上，壶中沸腾的热水，全部倒入我铭姐的衣裤中，她全身都被烫得溃裂，族姐因害怕而逃走，有个婢女见到后急忙跑来告诉我的父母，众人一齐施救。医生到来，打算解开我姐的裤子敷药，我姐呻吟着极力抗拒，说："死就死吧。我不能将下体示人，这是礼法。"竟不让医生敷药，医生无奈而止。我父母难免要责怪推跌我姐的人，质问我姐说："是某个族姐将你推跌的吗？"铭姐极力辩解说："我是自己跌倒的，不关她的事，怎能把我命中注定要遭遇的事，诬陷前来贺喜的客人呢？"当天午夜，铭姐病危将亡，父母坐在床前流着眼泪守护着她，忽然我姐开始背诵她所读过的《孝经》《小学》，书声琅琅，不漏一字。背完后，她叹息说："这是父母口授给女儿的，现在女儿恭谨地背诵一遍作为告别，以示我不敢忘记。"我父母听后更加悲伤，我姐就尽力劝慰他们说："女儿是被贬凡间的仙人，因父母心慈德厚，我甘愿来此做你们的女儿，我之所以能做你们的女儿，以及我因热水之祸而死，都是前世的因缘所注定的。所以我希望父母不要怨恨某族姐，这样也算为女儿忏悔了罪过。"接着，我姐又对我父亲说："床后似乎有个可怕的东西，爹爹试着前去察看一下。"我父亲起身不过片时，铭姐又语声琅琅地高声说道："积阴德，遗子孙。积阴德，遗子孙。"她把这话又重述了一遍后，便气绝身亡了。呵，怪异啊！从未听说七岁女郎重伤濒危时，还有反为导致其身亡者深深隐瞒、极力辩解的，并且她还能说出"积阴德，遗子孙"的告诫之语，以报答父母的养育之德。对生死透彻了悟，看重礼法，轻视生命，世间还有谁能像我大姐铭姑一样呢？难怪我父母在世时每年遇到她的生辰、忌日，说起她来就会相对流泪。我出生得晚，虽然没赶上见大姐一面，但经常听父母说起她的死因，事情是如此怪异。我将其事迹详细记录下来，不敢说一句假话。

我的族长兄礴亭生于辛未年，归西桥涂姓二姐生于癸酉年。我的亲二哥地官生于丙子年，死于甲申年。当时，我父亲正在宁夏做官，全家不论老幼，都染上了瘟疫，独有我二哥无恙，那时他才九岁。他昼夜惶恐不安地侍奉父母汤药，按摩劝慰无所不至，略有空闲就照看兄姊两弟，即使对患病的仆妇，也一一按照药方熬药，依次为其治疗。医生来时，他便迎接参拜，哭着请求医生为家人治病。夜晚，他用好言招来老成持重的仆役，让他们坐在门外报时守护，每晚用钱、酒犒劳他们，仆役为之感动，都不忍心偷懒。漏凡数十刻（即夜深时），全城之人都已就寝，这时他便叫来厨役点起灯笼在前引导，前往城北门的无量佛殿叩头恸哭，并祈祷说："我家是江西人，父母兄弟断然不能死于此地，我愿以身相代，虽死犹生。"说完，又叩头痛哭，然后离去。守门的老僧见我二哥每夜必至，祈祷时翻来覆去只有这几句话，也为之感动流泪，不忍夜睡，而是坐等我二哥前来。如此祈祷了两旬后，老僧见我二哥不再前来，料定病人已经痊愈了。忽又一夜，老僧梦中转醒，迷迷糊糊中听见我二哥在殿上痛哭，悲痛之声更胜于初次祈祷时，哭罢又继而大笑，好像有很多人在击打节拍，我二哥时哭时笑为之应和。老僧大为疑惑，起床察视，只看见湿萤群飞，紧紧关闭的重重门户前落满树叶。清晨，老僧一打开门，便听见路人叹息，说是舒二郎是个孝子，九岁的小儿在患病的父母跟前侍奉了一个多月，毫不懈怠，如今他的父母兄弟大病初愈，舒二郎却积劳卧病，数天便死去了。老僧闻言，忍不住惊恐大叹，拉住路人告诉了他们我二哥每夜前来祈祷、愿意以身相代以及昨夜所闻之事。路人听后皆为之悲伤流泪，那时只有我的母亲尚未知道此事。我母亲是家中最后一个病愈之人，她病愈后仍旧喑哑了一个月，期间不能说话。我二哥初病时，家中无人知晓，他卧床上的帘帐被老鼠弄得倾覆下来，压在他的脸上，通宵不能呼吸。早晨，乳母前去探视，这才见到我二哥病恹恹地躺在床上，乳母以为他还在睡觉，便上前揭开帘帐，刚一伸手，乳母便听见我二哥呻吟着说："不要让我父母知道我病了。昨夜三更时，帘帐就已坠下来压在我的脸上了。"呜呼，痛哉！我二哥具有天赋卓绝的品性并且为人至孝，临死还具有这种不想让父母辛酸痛苦的用心。他的病与死，以及不让父母知道他的病情，都在婉转地成全他的孝心。然而当时我家的家事已经败乱，久病之人昏沉迷糊，九死一生，不再知道生之可幸，死之可悲，到了这种地步，还有什么办法可想呢。我二哥病后不服一药，如其所愿，默默而死，试想他在未病时愿意用自身代替父母生病，将生病视为快乐，生病之时，以死为安，唯恐让病母伤心，只是叮嘱说"死了就随便埋掉我"，这样的人品、志向，我舒梦兰实在找不到恰当的词语加以形容比拟，我也不忍歪曲事实，夸大描述，只能追思哽咽而已。

宁夏有个姓毕的贡士（考中会试者），富裕多财，他在所住的宅院旁扩占了邻居数十百间房屋，建造了一家当铺，已经有很多年了。一夜，空中飞落一个碌碡（liù zhou，碾压用的圆柱形大石），砸裂了他家石阶，其全家震惊，放置典当之物的架子随即烈烈燃烧起来。救火的兵士群集，大肆喷水，却发现根本不是火。其妻妾聚在一起商量，说是明天应当去某庄躲避，还有人说去时应当穿上某种颜色的绣衣，戴上某种宝珠，她们去拿衣、珠时，却发现绣衣、宝珠不知被谁凌乱地扔在地上，其眷属更加惊恐，手持兵器防卫。这时，她们忽然听见有个小儿在庭院中的树上啼哭，有人登上梯子去接，原来是其妻刚才抱着的小儿。接着，厨房中的婢女跑来禀告说："大锅中的早饭将要熟时,我忽然听见锅中有角角(象声词,此处形容鸡叫声)的鸡叫声传出,我揭开锅盖察看,鸡飞去,饭仍是生米。"话未毕,正逢贡士请了一个符箓道士来驱邪,道士被门槛绊了一跤摔倒于地。婢女随即摇头瞪眼,披散头发,一掌掴在道士的脸上,用陕西口音呵斥说:"你来此干什么,我难道是妖怪吗? 毕贡士毁了我家的房屋建成当铺,我回来看见,岂能不怒,因此我才来惊扰他。这事与你何干? 你为何前来驱赶我?"说完,又掌掴道士。毕贡士遮护道士,婢女便一掌掴在毕贡士的脸上。毕贡士大怒,命令众仆人捉住婢女,欲加鞭笞,这时楼上测风用的竹竿忽然倒地,竹竿横撞在众仆人的脚踝上,众仆无不蜷缩倒地,嗷嗷大叫着说"不敢,不敢"。婢女鼓掌狂笑,瞪着毕贡士说:"你还认为我是你家的婢女吗?"至此,毕贡士才相信鬼神附体之说,长跪在婢女前,惴惴不安地说:"我开当铺用的房屋都是从邻居那里购买的,并签有契约,我从未强逼侵占,神为何迁怒相责?"婢女忽然收敛怒色,转现凄惨之容,她叫毕贡士起身,然后径直走入闺房,毕贡士的妻妾都挽着手躲在帘幕后偷看,她们看见婢女挥泪指着北院的老枫树说:"它是我丈夫亲手种下的。崇祯间,我丈夫死于乱贼之手,我担心不能保全贞节,遂在这棵枫树上上吊自杀。我既然是为了保全贞节而死,不忍心寻找替身,又没有投胎转世之期,我便前往兰州圣母处久住下来,学得五通之术(一种邪术),但仍不愿祸乱世人以求血食。有了这种阴德,我应该托生于固原州(今固原市)副将家为女儿,路经瓦亭,正巧遇到神差前来迎接舒二郎归位,我因想到我的家在此地,便随之前来,看见这棵枫树在你毕贡士家,感伤凄恻,心中发怒,于是加以惊扰。你开设当铺的房屋虽然是从邻居手中购买的，但你如果能为我做场佛事，我将感恩于你。"毕贡士诺诺连声，点头答应。随即，婢女径直走入一间放置木炭的房中倒卧，众人都不敢上前窥视。第二天，这个婢女忽然大声喧哗，奔跑前来禀告主母说："奴婢不知何时熟睡于炭上，刚才醒来，旁边坐着一个黑毛人，捂住我的嘴叮嘱说：'你家主人已经答应做场佛事超度我，我不会惊扰你们了。主母又在厅堂中摆设酒宴款待我，我醉后倒卧在捣衣石上，主人看见我随即吓得跌倒，这太让我惭愧了，你替我向主人道谢，让他们都不要害怕躲避，只是一定要尽快做法事，你能为我传话，我就不附在你身上作祟。'"并且那个黑毛人还给了婢女一把铜钱。婢女等黑毛人离开后，立即扔下钱大呼起来。当时，毕贡士正卧在床上小睡，听见婢女这话，大声说："有这事！我刚才去祠堂拜祭祖先，看见捣衣石上有两只大眼，目光闪亮，时开时闭，吓得我几乎要死。"毕贡士的妻子也说早晨她曾备下丰盛的酒食前去祠堂祷告，请求鬼祟不要惊扰家人，这两件事都是婢女被魔熟睡于炭室后所不知道的。众人更加畏服，急忙招来僧人，做起佛事。当地之人都认为这是一件奇异之事，争相传言。当时，毕贡士有一次来拜见我的父亲，我父亲询问他传言是否属实，于是他这样详细叙述了事情的经过。既然如此，那我二哥的孝德必然感动了上天，上天仍让他回去作瓦亭山的二郎神了。

那时，母亲已经知道我二哥去世的事，她拍胸大恸，泪如雨下，虽然哭泣，却听不到她的哭声，原来母亲热虽退，但嗓音还未恢复，病情尚令人担忧。我父亲暗自悲伤，便嘱托毕贡士在鬼祟前卜问我母亲的病势。第二天早晨，毕贡士欣然传话，说昨天他已命那个婢女去鬼祟前叩问我母亲病势的吉凶，婢女害怕不敢去，他强迫了数次，婢女才徘徊着进入炭室。

明·徐贲·庐山读书图

婢女刚进去，黑毛女就已起身迎接。黑毛女说："舒二郎母亲的病原本是好不了的，她肺气已无又语音全失。二郎曾告诉我，音在东方日出处，县君（古代妇人的封号，此借指舒二郎的母亲）只要支撑病体登上高楼，向东而跪，在瓦上点燃七支粗壮的艾草，向着太阳吸入咽喉，便立刻可以发出声音，快让你的主人前去告知。"毕贡士闻言惊骇，想让我父亲试一下此术是否灵验，所以早早前来传话。我父亲虽然不信，但又想，不妨按照鬼祟所说的试验一下，便命婢妇扶掖着我母亲登上西楼，点燃七支艾草，向着朝阳跪而乞音。当时我已六岁了，跟随母亲跪在楼上，目睹了此事。我仍记得艾草还未燃尽，我母亲就已呼唤着我说："儿啊，你也患了病在此跪下乞音吗？"说完，便放声大哭。楼下之人听到后都惊喜地说："太太又活过来了。"呜呼，痛哉！我二哥孝顺的品德竟能在祈求代死之后，又治好了我母亲的重病。长命百岁的人世间多有，可说到不论生死都竭尽心力地孝顺父母，有谁能像我二哥这个九岁的童子一样呢？如果有，我二哥的寿命也无异于活了百岁；如果没有，我二哥的寿命反而正好可以千年不灭。我二哥的夭折，也正是我二哥长寿不灭的原因。有的人只是可惜我二哥幼年进入私塾学习，已通六经，假如上天让他活得长一些，（至于功名利禄），何求不得呢？这都是世俗之人的功利之见，绝不会受孝子看重。孔子拜项橐（春秋时人。相传年七岁而为孔子师）为师，肯定不是为了能够长寿才这样做的，这道理很明显。我家本是小族，单传数代，到了曾祖父以后，才生有从兄弟一十五人，族中排行十二的就是我二哥。一个夭折的小孩，兄和弟都不忍割舍，因此这才按年龄的大小排行，（将其列在了族谱中），这实在是具有成年人的德行就可以算作成年人了，并非有意偏爱我的二哥。

　　我舒梦兰生于己卯年，四弟舒宁，又名安保，生于壬午年正月，他与我二哥是同一年死的。其未死时，只要一得到饼类食物就会供奉在二哥的灵前说"哥哥可怜"，然后自己才吃。玩耍时，他常自称将军，让我做他的衙官，执戟在旁侍候。我那时已经六岁了，非常喜爱这个弟弟，对于他的要求，我从不推辞，乐意为他充当杂役。我父母及其以下的子侄辈，无不怜惜其聪慧可爱。某天他忽然得了痘病，病情非常危险，家中所请的痘医殷老先生察看病情后，眉头紧皱，束手无策。我心中十分害怕，长跪在殷老先生面前，请求说："救救我的弟弟吧。"接着，我放声大哭。殷老先生感动地拽起我，并哄骗我说："没事，老夫一定能治好三郎的病。"我这才大喜。官署东面有三间新屋，中间一间是客堂，左右各建有二间复室（古代称具有双重椽、栋、垂檐的屋宇为"复室"），镂窗饰彩过于紧密，因此内室很难有阳光照射进来，客堂也常常锁闭，几榻上落满灰尘，可以在上面写字。第二天傍晚，涂氏姊忽然召唤我说："三弟过来，婢女说猫产四子，在东院左边的室内，你何不随我避开别人，偷偷地前去看看，然后各抱回一只呢。"我闻言，跳跃着跑在前面导路，走进东院两层，开门进入左边的室内，没有听见猫声，我唤了一声，猫才在复室里回应，于是我循声找到猫巢，打算抱走一个幼猫，这时涂氏姊站在窗户旁看到猫母绕着幼猫盘旋号叫，便说："算了，且让它们吃够一个月的奶后，再来取吧。"我随即不再取猫，跟随姐姐走出外室，这时我听见堂前传来一声尖厉的怪声，推门察看，看见靠近西面墙壁的第二把椅子上坐有一个黑物，其黑色的躯体在昏暗中看来犹如烟雾中的人形，我不能看清其雌雄、面目，但能听到它划划作声。没过一会儿，这黑物又站立在椅子上，头顶碰触到屋梁上的灰尘，接着他又坐下，时起时坐，起坐不定。我看得眼花，便闭上眼睛，盘腿端坐在地上，涂氏姊非常害怕，想拉我起来，但因为力弱拉不动我，我们也都不敢啼哭，害怕黑物扑过来。官署中有只猎犬，非常狞恶，听见怪声，循声来到东堂，边跑边吼地径直登上椅子，这时那个怪物却忽然不见了。我仗着有猎犬相助，扶着二姐，因此而归。刚一到家我就听到母亲在内室哭泣，原来四弟刚才已经因痘病而去世了。全家人都号啕痛哭，我也忘记了刚才的恐怖之事。涂氏姊又告诫我切不可说出见鬼之事，以致惹父亲生气，然而至今我每次与涂氏姊说起那天的所见，仍旧历历在目，但最终我还是不知道那天见到的是什么东西。有人数："那是你四弟的魂魄。常言道'人小鬼大'，况且你四弟聪慧，爱恋兄姊，所以他的魂魄向着你们啼叫踊跃。魂魄既然是怪异之物，其声音、形态必然与人大不相同，因此你见了会大感恐怖。"

也有人认为那是毕贡士家的鬼祟，二郎命其来迎接四弟，也未可知。说这话的人大概是因为我四弟患病时眼皮上的病痘遮挡了双眼，时时见到我二哥到来，所以才这样说的。涂氏姊曾认为这两种说法都有道理，询问我相信哪一种，我不敢决断。总之，这两种说法提到的都是鬼。迂腐的儒者说世间没有鬼，可信吗？四弟陪葬于我二哥的墓中，墓在中卫宁安堡西木厂侧，墓前立有两块石碑。我舒梦兰不肖之极，年过四十仍不能领会"道"是何物，又全无一事之知、一技之长，只能依赖父祖遗荫，不耕而饱；又幸亏我的长兄贤劳，三十年在外做官，为双亲养老送终，使我不必求取禄位，也不致有不孝的名声。另外，我能游览山川湖泊，观赏鱼鸟，久居天池，闲散度夏，这都是受父母长兄所赐，我哪敢在父母的忌日不追思、记述我大姐、二哥、四弟的孝顺友爱逸事，以安慰我父母九泉之下的灵魂，使他们的孝义精神在家族永远流传下去呢，这或许也可以稍微减轻我这个不肖子的平庸懒惰之罪吧。我还希望我的子侄外甥能熟读这些记载，借以勉励他们多做善事啊！

天气阴凉，我穿着僧衣同老僧在方丈室内斋戒，衣上无汗。自从上月月末铺上凉席而睡后，我通宵便冷得睡不着，忽有一种自己又要患病的感觉。撤去凉席、铺上棉褥后，我就能安睡了。

辛卯（8月9日） 大雨下了一整天，昨天我还说凉爽，今天忽然就变得寒冷了。西辅把出行时带来的衣服全都穿上，脸上仍有惧寒之色，看来我们难免为了避热而来，又要为避寒而归了，回去后城中必定仍然十分炎热，那时恐怕又要追忆天池寺的清凉了。人生哪有两面便宜之境？这个道理值得深思。

夜晚，天晴。峭壁之下泉声隆隆作响，使我忘了天池寺地处高峻，此情此景恍然间让我觉得像是在栖贤寺北楼寄居听着玉渊潭水构思诗句的光景。银河清晰明亮，倒影在天池的鱼藻之中，泉水也时时沸涌泛泡。寺僧说："云从地面升上来了。"原来云从山下升起，池中便会泛泡，每次验证都无差错。山川湖泊气脉相通，难道不是这样嘛！

壬辰（8月10日） 早晨寒冷，我觉得棉被还是薄。洗漱刚结束，老僧便又邀请我前去看云。我坐在凌虚台枝叶大如车盖的松树下，望见山岭上白云像棉絮、白帽一般纷纷升起，绵绵不断，雾气缭绕，连缀成片，渐渐布满山谷，顺着山崖升腾，充满视野，四处弥漫，浮游荡漾，浩如沧海，不能望见其边际。片刻后，它们随即四散消失，山河大地重新显现于眼前。这

明·陆治·天池晚眺图

真是造化之奇象, 山川之壮观啊! 可是有人对此觉得习以为常, 不加在意, 暴殄天物, 还有更甚于此的嘛。这就像阅卷官漫不经心地黜落一篇好文章, 不免受到有才之人的讥笑, 不可不引以为戒。

晡时, 天晴, 渐暖。宗慧见山下百合花争相开放, 扛着锄头前去挖掘, 挖了一筐百合回来。西辅狂喜着说, 如果没有食物吃, 可以吃这些百合。我笑着命令他煮了一点食用, 味道发苦, 想来史书上说伯夷、叔齐在西山采薇而食, 野薇的味道也未必甘甜吧。

我觉得一天的早晨、夜晚就像人的呼吸, 山中之云就像人的梦中之思。朝云的变化, 好比人的闲情妄想; 夜云的变化, 好比人在锦衾香帐中做的美梦。既然如此, 我想写《天香云谱》不仍是以绮丽的文辞造作罪业而破戒的行为吗?

癸巳(8月11日) 　　阴, 凉。我服食秋季丸药三天了, 睡起后觉得口里发苦。于是我想起入山这四旬以来, 因为咳嗽而停药, 没再觉得口里发苦, 以为我在家的时候因为熬夜少睡, 才导致口里发苦的, 这几天我则戌时(晚上七时至九时)睡觉、辰时(上午七时至九时)起床, 却仍觉得口中发苦, 难道是药丸害的吗? 薛公望是当代的名医, 他曾连续数旬为我把脉诊治, 赠我这个药方, 因此庄溪极力劝说我服用, 还算有效, 似乎不能因为口中发苦而停药。我随笔记下, 以待回去后询问庄溪。

山蜂在山洞间酿蜜, 每逢正午云气飘浮入窗时, 蜜蜂也随之嗡嗡飞入, 满屋子飞动, 云散时, 蜜蜂也随之散去, 大概它们是要采云酿蜜吧。因此, 我在《天池杂诗》中写道"山中蜜有烟霞气, 世外云无富贵心", 记录的正是这种异象。

今夜星河明亮，我低头看见天池中倒映着牛郎、织女二星相会的景象，才记起今夜是十夕。如果我是二十几岁又恰在异乡为客，见此情景，一定会作首小词，但如今我已是四十岁的老人了，不能再像少年人那样游戏填词了。

甲午（8月12日）　晴，早晨凉爽。我在床上听见知客僧与樵夫在山门前吵闹，更不愿起床了，很久吵闹声才停息，大概是他们吵闹地疲倦了。我起来后缓缓洗漱，到天池观鱼，池水清澈，我的状貌清晰地倒影在水中。昨夜我所说的牛郎、织女二星的倒影，现在已渺无踪迹，不可再见了。人间之事何尝不是如此呢？愚蠢的世人小心谨慎地守护妻子货财，其实这些东西犹如石火电光，不过一瞬就都会化为梦幻泡影，这与刚才僧、樵二人的吵闹不是同样可笑嘛！

辰正刻（上午八时左右），天空又阴暗起来，想来人间必定秋雨不断。离此十余里，有金竹坪，那里的泉石值得赏玩，我打算雨霁天晴后去游玩一番。写到此处，檐上的雨水声潺湲作响，云雾又透过我新换的竹帘飘入，犹如筛漏的玉屑。这时有一股气味传来，我停笔细嗅，是烹制笋子的味道，难道是僧人正在烹笋，从厨房飘出的气味吗？可惜云不能说话，它只能看着我默默枯坐，握笔对着虚空喃喃自语而已。

我在云雾缭绕中吃早饭时，看见一只彩蝶驾着云雾游戏飞舞，飞到檐下被蛛网缚住，我赶忙放下碗筷前去解救。这时有一个云游僧到来，知客僧见其衣服破旧，高傲地询问对方曾拜访何山。云游僧说："五台山、南海珞珈山、普陀山都去过，现今我从曹溪翻越庾岭，特来参拜庐山。"知客僧问："你去这些名山参拜时，都有朱印的文书为证吗？"云游僧说："哪用得着这东西? 我所参的是心印(**佛教禅宗语。谓不用语言文字, 而直接以心相印证, 以期顿悟**), 不是纸上之印。"知客僧怒声叱喝, 认为云游僧说的都是胡话, 便大声嘲笑, 自诩能驳倒对方, 然后让小和尚拿出几个饼挥手打发云游僧离开了。云游僧带着吴地的口音喃喃自语, 似乎是在讥笑知客僧疯狂。知客僧便也高傲地对众人说云游僧疯狂, 宗慧在旁边也随声应和。我从帘子间目睹此事, 只是暗自发笑, 认为两个僧人哪个疯狂姑且不论, 这个云游僧无故遭人白眼, 大概也像那只驾云而游的彩蝶, 忽然撞上蛛网一样。在清静的寺院中, 这种煞风景的恶事屡见不鲜, 僧人虽身处寺院却不离五浊(**佛教认为尘世充满五种浑浊, 即劫浊、见浊、烦恼浊、众生浊和命浊**), 这样的言行想不让人在帘后暗笑, 又哪能做得到呢!

乙未(8月13日)　　早晨晴, 凉爽宜人, 可以只穿一件薄棉衣。缸中的米尚可支撑数天, 但菜已没有了, 这就是所谓的"馑"。西辅以戏耍的态度采来南瓜叶和野苋煮食, 十分甘美。我仍是吃了两碗饭, 并且笑着说: "我与南瓜相识半生, 竟不知其叶子有如此美味, 谁说贫穷就没有快乐呢! 从前我曾陪侍怡恭亲王进食, 桌上摆着几十盘美味佳肴, 可怡恭亲王还是问我说: '近来有什么新的可口食物可吃吗?' 我笑着对答: '您把桌上这些食物都撤了, 随意留下一物, 到太阳偏西时才吃, 那时不论吃什么就都可口了。' 怡恭亲王也大笑。今天我食用南瓜叶也觉得甘美, 就是这个道理。"

丙申(8月14日)　　白天阴晴不定, 非常凉快, 夜晚忽然风雷大作, 我躺在床上听着大风摇门掀瓦之声, 反而不在意雷声了, 只是闪电时时照亮窗户而已。这或许是大风吹动树木, 风声与万树摇动之声齐响, 掩盖了雷霆叱咤声威的缘故吧?

丁酉(8月15日)　早晨,风息,天空放晴。碧天如洗,池水蔚蓝得像是可以在里面染布,红色的鲤鱼畅游其中,看起来好像金色的梭子正在织一匹白色绢帛,实在值得玩赏。只是我昨夜没有睡好,头目胀痛,不愿在此久游,便让宗慧到黄龙寺要来一些炭烧制泉水煮茶。

宗慧在我家厨房里做事,如果不是因为祭祀灶神,我从不进入厨房,所以一年之中我与他见不上几次,我只大体知道他的状貌,似乎短小精悍,因此我这次出游才让他挑着担子跟从。他也很愿意跟随我出游,我这才询问他的姓名,知道他叫宗慧,我又喜爱他的名字有点佛教的味道,更是乐意命他做事,另外,不命他做事,我身边也没有其他仆人可以使唤了。于是乎每天从早到晚,我见到的无非是宗慧的身影,听到的无非是宗慧的声音,好像天下人对于我,没有像宗慧这样亲密的,又好像天下的仆人,也没有像宗慧这样贤劳的。为此宗慧也非常骄傲,常夸耀说主人无菜可食时,我就登上某山,或进入某溪谷,掘蕨采薇,多次划伤腿脚。他又说,有一次他去挖野菜,看见背阳的山崖下有个精神萎靡的人在那里休息,那人看见他立即躲避,他上前问路,那人不能说话,只是仰仰下巴示意他往山北走,然后便忽又不见,那人难道不是鬼吗?我听闻他如此勤劳辛苦,必得慰劳他一番才行,所以常常是我未睡时必会让他先睡,我吃完饭后必会命他赶紧吃,他采挖野菜回来,我必会挥手让他昼眠休息。天下人中值得信任、可怜的,也没有胜过宗慧的了。

事后思量,人的耳目容易被亲近之人蒙蔽,难以广泛听取、明察四方。汉代、唐代的愚暗国君深居简出,不能常与忠心贤良的大臣商议、谋划

清·奚冈·山水册页

治国安邦之策，其耳目所接触的，无非是宦官、宫妾，久而久之，自然也便觉得天下可信任的人，没有胜过宦官、宫妾的；天下的贤劳之人，也没有胜过宦官、宫妾的。宦官、宫妾谁又不自炫其能、自夸其功，以致让国君觉得外廷的官员人人都有家室，谁不想夺取帝位，大权独揽，只有像宦官、宫妾这样的奴婢才能不论生死地始终跟随国君，他（她）们又何须权利呢？于是愚暗的国君对他们宠信无比，他（她）们仗着国君的宠信作威作福，少有不祸害百姓、屠戮将士的。幸亏这些人的作为尚不至于改朝换姓，如果国君的子孙仍是沿袭旧习，牢不可破，甚至于身受其害，犹不醒悟，就像唐德宗追念卢杞，明英宗被俘归来后仍思王振，以至明怀宗（崇祯皇帝庙号）国事已去仍然祭奠太监杜勋，亲近小人之毒，深入国君心中，是这样地根深蒂固，世人能不加以深思且引以为戒嘛！

　　唐明皇才识卓越，开元盛世时，每日与姚崇、宋璟、张九龄、卢怀慎等君子讲习远大宏伟的治国之策，远近之人，无不喜爱，四方之言，无不明察，宦官、宫妾也不能蒙蔽其聪明。等到这些贤臣去世，唐明皇身边的美妾以及谄佞之人开始利用其聪明，满足其嗜欲，这些人做假为祸，胜过平常人百倍，于是酿成了天宝年间的安史之乱，流血万里。像唐明皇这样才识卓越的人，难道不知道这场祸乱是他宠信美妾、宦官造成的吗？可是他在逃难途中听见雨霖铃之声，凄恻伤感，念念不忘杨贵妃，而不思念祖宗创业的艰难和无数百姓的性命，甚至他遭遇劫难，西迁入蜀时，也只是怜悯高力士，仍不悔悟是他宠信小人的过失以及修身教子无方才酿成的这场祸乱，这是多么愚暗不明啊！人之一身，明暗各半，是明是暗要看他耳目所近的是智慧之人还是愚蠢之人，心中宠信的是贤良之人还是不肖之人，与什么样的人相处，久而久之，就会受什么人影响，以致习惯改变、性情变迁，（每个人都是如此），这又不能只讥笑唐明皇一人了。

比如我，前不久在家时，虽然也孤陋寡闻，但每天与我穷经考古的，有私塾教师晴川先生；与我讲论时务的，有外甥朴园；庄溪前来时，我便与他研理析疑，妙趣横生；修常如果前来，我就与他商讨治家之法，和平精实。至于谈论文字用笔之妙、诗歌声态之精，则有龚沤舸、黄仲实等二三同学，他们有时前来与我当面讨论，有时我与他们互通书信相互质疑问难，不论是以书信的形式讨论还是当面对谈，都足以提升情志和思想。这几位亲戚朋友都是贤才，所以对我了解得比较透彻，能消除我的短见狭识。（我不入厨房），宗慧等人，又哪能见到我的面？并且以宗慧的才志、状貌，我即使一年见他一次，也不算疏远，终身不见他也不会思慕，现在他竟然能让我觉得如此可亲可信，难道有其他的缘故吗，只不过因为我离群索居，每天的所见所闻被亲近之人蒙蔽了而已。由此观之，士大夫宠信门仆、杂役，剥削百姓，上负国恩；年轻人贪恋床笫之欢，而渐渐不孝顺父母、不友爱兄弟，以及那些痴憨的纨绔子弟，言行类同土匪，时时游荡于花街柳巷，（他们本是自己行为不检点），反而怨恨良友贤妻不能照管他们，这样的人难道都是不智之人吗？他们由于时常亲近不良之人，便渐渐养成不良的癖好，久而久之，欲望增长，善心泯灭，以至于道德败坏，受人责备，五伦离叛而不止，往往到死都不悔悟，实在可怜。所以我在游戏弄笔时，暂且写下这些东西，以作微言劝谏。

西辅近来求得一点干酱，正巧主持赠给我十几个秦椒（即花椒。以产于秦地，故名），我蘸着干酱食用，（味道很好），赞不绝口。我于是回忆起丙辰年秋天，有一次我与镇国公永珊同在觉生方丈处斋戒，彻和尚修行清苦，吃的全是粗食，供给我们的也只有菜羹、椒酱而已。永公称赞酱的味道鲜美，笑着对我说："不吃长斋的人是不会觉得这东西味美的。"我笑着说："确实如此。只是您已经很久没沾荤腥了，偶尔会不会想尝一下肉味呢？"永公脸色严肃地应答："凡是可贵之事，必贵在难以做到。我如果不知道肉味之美，而绝不吃荤，又有什么值得可贵的呢？"现今我蘸酱吃椒而觉得味美，这才相信永公的话不是胡说，他能诚心禀受十足具戒，可谓真正的居士。

闷坐，我偶然独自前往舍身崖巅，向下俯视，这时脚下的石头忽然松动，我害怕地连连后退。于是我叹息伯昏无人（**春秋时郑国人，一说楚国人。其登崖射箭之事见《列子》**）的射箭之法实在不容易学会。

天池寺主持无思无虑，木讷安静，因此可以与之长久交往。可惜的是他被知客僧教坏，要求我和身边的人下山时必须当面报告，回山后也必须当面报告，他是这样的尊敬我，我和身边的人出寺时又怎能不向他报告呢？我不免穿上破旧的葛袍，整理衣带，前往报告，这样或许就不会引起知客僧的怨恨啦！

这件破旧的葛袍我已经穿了九年了，我并非没有轻纱制成的衣袍，但终究不忍抛弃此袍。前不久，西辅曾疑惑地问过我一次，我叹息着说："这件葛袍是怡太绵王赠给我的。有一次，怡太绵王穿着此袍来找我，我见他穿在身上朴素合体，便大加赞美。事后，绵王脱下此袍授给典衣官，让典衣官缝合歧衩后赠我。如今，绵王逝世已有六年了。他赠给我的笔札和玩赏爱好之物数不胜数，可我一件也没有丢弃，我对他的怀念之情，依赖这些东西而无穷无尽。至于我不把这事经常挂在口边，也不用笔记述下来，是害怕那些小人俗子或许认为我喜欢夸耀与贵人交游，因此我这才绝口不提此事。"

西辅看见后山的月色极美，呼我出来观赏，于是我沿着山崖缓步欣赏。月光凄凉明净，山中寂静如远古之时，我随即想起范德机的诗句"雨止修竹间，流萤夜深至"，这两句诗充满怪谲的趣味，妙合天籁，真是不能改动的句子。昔日印香王子对我说："近来的某天夜晚，我忽然想出'大地惟山静，中天只月明'十字，自己觉得诗句不俗。"我非常赞赏地说他这两句诗是有宿根的悟道之语，乐莲裳写成楹联，嘱托我作好旁注赠给印香，现今这副楹联仍挂在印香书斋的墙壁上，而印香王子驾鹤飞升也已六年了。刚才因为这件破旧的葛袍想起怡太绵王，又因怡太绵王想到他贤良的叔叔印香王子，心中尤其觉得悲伤，于是在此一并记下他所吟诵的好句。

游山日记卷四

戊戌（8月16日） 晴。西辅有事前往沙河，凌晨便行。

我翻寻行李，找到龚沤舸的近作，格调渐高，他将来一定能成为杰出的诗人，但尚须以冷淡制约其才气，以肃穆收敛其聪明，以《离骚》中香草美人的婉约手法掩饰其思路，如果他能做到这样，我就没什么意见了。初唐、盛唐的大诗人，过人处不在才智，而在才智所不到处。

沤舸向我询问宋代初期历史的得失，非常有见识。文人喜欢议论，也不是没有缘由的。范杲、窦仪等人，在五代风俗礼教大衰之时，没有殉主而死，以成就其经世济民的抱负，未尝不是国君的贤能辅佐,天下苍生莫大的幸运。等到他们遗留的恩德断绝,世人对他们的批评也随即出现,人们之所以给予他们严厉的批评,难道不是根据《春秋》所载的大义吗?所以,君子不论出仕还是退隐,都要权衡自身平生的学识,身世境遇,以及当时之功、后世之名,只有这些都合乎"义",然后才可以以身许人,否则此身必将受到天下世人的非议。韩王赵普是从担任宋太祖的幕僚发达的,世宗时他虽然也出来为官,但他的发达不是因为受到了宋太祖的赏识提拔,所以世人对他的责备稍微轻些,他只能算晚节不保而已,议论之人将其视作管仲、魏征之类而加以宽恕。既然如此,那么宋太祖手下的其他贤臣之所以不如韩王赵普而倍受世人非议,只是因为他们不幸过早地发达罢了。

日将落时,西辅登山回来,他一边流汗一边喘息地说山下炎热得让人无法忍受。我一边迎接他一边笑着说:"前天突然变冷,你觉得人间已经不热,大概可以下山一趟,当时我就料定你下山后必然后悔,结果怎样?"挑担人在一旁斜视微笑。然而,西辅怨恨人间炎热胜于担夫,并非西辅懦弱,实在是他在天池寺住了一个月,这里的清凉增添了他对人间炎热的怨恨。富贵之人一旦贫贱,更容易失去节操,道理与此相似。

我认为可以把严寒比作贫穷,把酷暑比作卑贱,如果能做到耐寒暑而不怨不避,也是一种美德。我有时做出失德之事,应当以此自警。

天池寺山崖下方约一里之地,有一座竹影寺,本是一个石洞。有个老樵夫曾在少年时攀升而入,洞中两壁磨崖上的刻字比樵夫的身体还高,最上面有间石室,可以坐十余人,几榻都是岩石,洞外则有王阳明所题写的"庐山高"和"竹影寺""白云天际"等石刻。不料三十年来,两壁渐渐

文為山水仇人
物分畫其精合
擅長何獨今人
延古者試看聯
句也成章有荔
東坡等礧去堂
必緗而不納黃
者恐公麟隱以
笑一之已甚再
吳當
癸卯仲春下澣
徵明

明·文徵明·摹李公麟蓮社圖

合拢，我只能在洞口侧着身子望见里面一点未合之处，阳光斜射而入，石壁上的刻字隐约可读。如果这石洞不是昔开今合，哪个技艺精湛的工匠能进入石洞刻下这些比人身还高的大字呢？我于是悟出古人往往从木石或水晶中，看见里面有书画和竹叶桃花，惊诧地叹为奇绝，其实都是这个缘故。山河大地，与天同气，本就时时生长，时时变迁，一瞬之间，可使沧海变为桑田，何必像《庄子》里所说的要有一个大力之人背负而走，才感叹造化之难测呢！

天池里的水本自芳香清澈，不料用这清澈的水，也能洗去脏物的污垢，这就是"无浊不净"的道理。我在此住了两旬，头巾、衣服全都洁净得像新制的一般，于是我暗自叹息这水既有本体又能作用于外物，真是圣水啊。我离开时一定得截取一根大竹，用竹筒汲取贮存几碗，回去后拿给莲根诗社中的诗友饮用，以彰明此水不为人知的美德。

为西辅挑担的刘姓樵夫，每天早晨都为人砍伐香木，然后寸寸截断，背到南边山涧的水碓中，舂为香末，庐山各寺供佛用的香就是从他这里购买的。庐山深处的水碓皆被人呼作"香碓"，就是这个缘故。我近来所写的《山居杂咏》中有句"深溪转水舂香碓，几树蝉声挂夕阳"，就是我有次眺望南边山涧时所作。山上听不见舂声，只能听见蝉鸣声。

刘姓樵夫说："砍伐香木的樵夫，常常失足跌落悬崖，一旦跌落就绝无生存的希望。曾有一个樵夫被崖石压住，群人赶来营救，搬开大石，那樵夫的脚已经糜烂得犹如肉酱一般。"被崖石压住的樵夫一个接连一个，可上山砍伐香木的人还是络绎不绝，如此就能确知山中百姓的生活是多么艰难了。

刘姓樵夫询问宗慧工钱多少,宗慧说:"有七八千文。"樵夫羡慕地赞叹说:"您是怎么修来这种清福的!我每天挑着香木,攀登危崖,不断流汗,回到家中也是多蚊且热,不能合眼睡觉,清晨我又带着干粮上山砍伐香木,一年到头都是如此,可我挣到的钱才是您的一半而已。"西辅询问樵夫:"像您这么勤劳,生活也应当过得安逸吧?"樵夫说:"我难道不想安逸地生活吗,可我的父母都老了,我兄弟六人,都是下苦力担香的,虽然如此,也只能不让父母挨饿受冻而已,岂更忍心娶妻养子,以拖累自己的职业。"我听闻此言肃然起敬,感叹道:"这真是太平盛世的良民啊。古代的贤君任用宰相,负责教化百姓,假如能使天下民心人人如此,即使辅助皇帝成为尧舜那样的贤明君主也不是难事,为何有的人反而疑心夏、商、周三代的治国正道,不在于此呢?我自信不识时务,却曾阅读历代史书,见到古时卿相以下,以及府、县一级的官吏论辛劳很多人都不如樵夫,可他们却享受丰厚的俸禄,自千石以至万钟,却仍贪婪酷虐,不体恤百姓,以致触犯国法,受到罪罚,抄没赃产,其赃产动不动就超过数十百万。更有甚者,其家中的婢仆戏子都履珠炊玉(形容生活豪奢),而其父母却眉头紧锁、艰难窘迫,从他那里得不到一文钱以救济亲戚族人,反而还要受到他们儿子宠爱的仆、妾的轻视和讥笑,这样的事例比比皆是。如此,也就难怪我对这样的人深恶痛绝,而对刘姓樵夫肃然起敬了。"我自从听完刘姓樵夫的话,再也不顾念宗慧为我一人的私情勤劳,而只仰慕刘姓樵夫为众人而勤劳的义气。随即我又想到唐明皇入蜀避乱时,田间父老当面指责他的过失,他不但不生气,反而大加叹赏。唐明皇天资固然卓越,其实他的品德、智慧也是从他屡次遭遇忧患中得到验证的。假如他居安思危,能在开元方盛时，殷切地明察四方之言，从民间卑微的人中访求贤能的辅佐之臣，我料想他一定可以避免安史之乱的发生。事情的发生固然是天命，惟有君主、宰相不能把事情的发生归之于天命，这是《春秋》要求国君做到尽善尽美的大义，也是臣子勉励国君做难为之事的忠心。

己亥（8月17日）　晴暖。正午雷响，难道将要下雨吗？天气阴凉舒适，我便在四仙祠外的粉壁上题写了两首绝句。写完后，我数了下，共七行，从上首横读，竟然形成"天仙一人枝上飞"七字，居然也像一句诗，难道是周颠仙人正在古松枝梢上玩耍，暗中将扶乩之意传授于我的笔端，以此寻求开心吗？这虽是无意中的巧合，却也实在令人惊喜，于是我一并记录下来。

庚子（8月18日）　晴。剃头匠昨天晡时（下午三时至五时）经过此寺，他因为害怕老虎，留宿寺中，寺僧也担心剃头匠被老虎吃掉，所以常常留他在寺中吃饭、歇宿。于是，今天早晨剃头匠为我煎香（指利用高温烘烤将沉香香气慢慢散发出来）洗发，他用天池中的水为我洗了三次，可以说是彻底把我的头发洗干净了。

中午非常热，于是我命人取来天池泉水，加热烧温，沐浴其中，洗涤身上的尘垢，共用尽三颗香皂，然后整衣而起。这时，忽然风雷大作，真是山中无处不出云，一旦出云必定下雨。天气忽然变冷，让人准备洗澡水稍微迟些就不敢沐浴，这真可谓机会难得，我平生遭遇的快意之事，莫过于此。沐浴后，我全身都散发出青莲般的香气了。

辛巳望（8月19日）　世尊在今日投托母胎，到第二年四月八日出生，因此后人常在七月十五这天作盂兰会，以报答母亲的怀胎之苦。早晨起来后, 我先为亡母拜佛, 接着将一些黄精 (**一种药草**) 赠给老僧。今天一整天都晴明凉爽, 气候犹如深秋, 只是不知道人间是否还热。

日将落时, 我经过南边的山涧, 沿着山崖攀登而上, 到文殊塔眺望东林、西林二寺, 二寺在平原山岭间, 没什么清丽的景色, 想来它们是因为曾有高僧名士居住才受古人重视的吧。远眺之下, 九江郡仿佛巴掌那么大, 被那弥漫的秋江围绕, 实在可以称得上一座水城。人们何苦在滚滚黄尘中长久地争逐名利, 而不怕热呢?

我踏着月色回到寺中, 看见老僧背着手声声叹息。天池中有一条半尺长的金色鲫鱼, 已经豢养二十年了, 最近因产子不落, 死浮于水面, 见者无不叹惜。我认为一条小鱼能有这么长的寿命, 也相当于人世中一个老妇可以见到七世孙了, 这么大的年龄还要产子, 岂能没有灾祸呢? 况且它有幸生长于天池, 在清澈甘甜的水中享尽了福气, 又长久地蒙受佛祖的庇护, 今天在中元节而死, 缘分不小, 依据因果报应之理推测, 应该有庄姜 (**春秋时卫庄公的夫人, 容貌美丽**)、钩弋 (**即钩弋夫人, 姓赵, 汉武帝时封婕好, 貌美**) 这类人出生在江西吧。凡是乙丑四月生的女子, 就当是此鱼的化身。随笔而记, 供人一笑。

壬寅 (8月20日)　晴, 凉。我命宗慧洗涤我破旧的葛袍。

西辅抄录编辑我年少时所写的词曲残稿, 共整理出一卷, 交我订正。

癸卯 (8月21日)　晴, 凉甚。我穿着四层丝葛衣服, 在太阳下行走, 却一点也未出汗, 可见天气十分凉爽了。

我翻寻行李, 找到龚沤舸所选的毛泽民小词, 读后大加赞赏。我为其作了批点，标识出精神所在，装订成一卷。

甲辰（8月22日）　　凉爽如昨日，只是微阴而已。我解下枕头套，在天池中洗涤，洗得十分洁净，随即晒在矮松上。枕着它安睡，应该能梦见陶贞白（即陶弘景，号贞白先生，南朝梁齐间隐士）、张志和（唐朝人，曾隐居江湖，自号烟波钓徒、玄真子）这些人吧。

乙巳（8月23日）　　冷，雨下了一整天。早饭时，已无菜羹，只能吃炒乌豆下饭。宗慧还是给我拿来舀汤的小勺，我问拿它何用，宗慧说："用小勺舀豆入口比用筷子爽快。"我忍不住喷饭而笑，说这把汤勺自成形受役以来，我只知道它的长处在于不漏汁水，谁料今天它的遭遇竟会如此窘迫。这何异于苏老泉（北宋文学家苏洵，字明允，号老泉）本是将才，国君已然接受朝中大臣的荐举，召他入朝，授予官职，谁料授给他的竟是文安县主簿一职，对此苏老泉也拜受不辞，君臣二人的做法均有不当，君主的不当在于知人不明，苏老泉的不当在于自信不足，我因可怜汤勺的遭遇而想到这些，（于是随笔记下）。

丙午（8月24日）　　早晨起床后，我打开门，白色的云气透过竹帘飘进室内，弥漫于房梁、帷帐间，枕头、被褥全被打湿。我这才醒悟，晓钟响时我感觉盖在身上的棉被寒冷如冰，难道是我睡觉时不小心把浓云误当作棉被而盖了吗？想来楚襄王游览高唐（战国时楚国台观名），以及宋玉的多情，也只是如此罢了，谁料后人冒犯神女，讥刺襄王，猜议蜂起，（说楚襄王在梦中与神女幽会）。前有这些愚蠢之人为例，我也不能说我方才的感觉是梦中的感觉啦。

宗慧试采荞麦叶，煮成菜羹，竟然可以食用，其味道的柔美胜过南瓜叶，只是略微有点苦罢了。

我如果不是处在深山，又一旬多时间断绝了蔬菜，岂能知道这种东西的味道？于是我暗自感叹每餐必肉的人错过了野蔬野菜，出门乘轿的人错过了山峦溪谷，生长在富贵之家的人不了解民间疾苦。如果有人真想立志清修进道，希望他们能对我的这番话予以深思。

夜晚，塔铃摇响，凉月照窗，蟋蟀哀吟，我感觉极其凄凉孤寂。我恭敬地回想起丑时（凌晨一时至三时）是我父亲逝世的时辰，像我这样的不孝子，在父亲死后苟活人间二十余年，（不能继承父志，光大门楣），还能算是人吗，想到此，我又怎能安寝呢？

二十一日丁未（8月25日）　　今天是我父亲守中甫保斋图六府君的忌辰。清晨我洗漱后，手捧香柱，恭敬地到佛殿中叩首九次，替我亡故的父亲在佛前乞求冥福，这天我终日斋戒。

我的父母都是己酉年出生的，父亲死于己亥年，当时只有五十一岁。那时我的长兄在广西永宁州担任太守，他将父亲迎接到广西侍养，我的二伯父在广西宾州担任太守。七月初，我二伯父因事前往桂林，在那里病倒，父亲冒着酷暑前去探望，为我二伯父亲手调药，应着其呻吟按摩，守护在我二伯父的床前通宵不睡。我二伯父疾病痊愈时，长兄接到朝廷让他帮办科考事务的诏命，即刻交割州事，父亲又冒着酷暑返回永宁州官署。桂林多山，轿夫夜晚行走在危险狭窄的山路上，不小心跌了一跤，父亲因此受到惊吓。我父亲生性好做善事，他做官时不论在一地任职多久，常常喜欢去做造桥、疏通沟渠以及兴复有功之人的祠庙等事，即使家中贫乏，他也必会节省开销，完成所做之事。永宁州有许多与父亲同乡的商人，他

陈树人·桂林山水图

们想建造一座许仙祠（许仙，指许逊，东晋人，曾任旌阳令，后为道士。相传他在太康二年八月一日，携带家人飞升成仙。世称"许真君"或"许旌阳"。《太平广记》卷十四载其事），已经过去多年了，仍未建成。我父亲既然居住在州治（一州最高行政长官的官署），便捐资倡议。七月，许仙祠建成，众人都等着我父亲回来后让他主持祭祀。我父亲入城后，第一件事就是去拜谒许真君。各位主事恭敬地在祠庙门前迎接他，并说："您捐资倡议，乐善好施，我等无法酬谢您的美德，只能恭敬地将您的生主（为活着的人所立的牌位）立在许真君塑像的旁边，祈求您长寿延年。"我父亲谦逊地再三推辞，众人不答应。然后我父亲手捧酒爵祭神，众人也随之祭拜，并且也祭拜了我父亲的生主，这时音乐在祠庙中响起，我父亲心中非常高兴，意有所感，满饮数爵，而后回家。当时，正值初秋炎热之时，他一到家就赶忙叫人准备洗澡水沐浴，沐浴完后他就觉得头脑晕眩，身体潮热（中医学谓发热起伏如潮水涨退有时的病症），随即病倒。我长兄惊慌万分，求医祷神，并且还请来巫师疗治。我父亲躺在病床上听见祝祷咒语之声，生气地说："你们何必这样？我试着诵读我自己的咒语让你们知道。"于是，他穿戴好衣冠，坐起来，低声诵读了数百字，当时有一个僧人听见后说："这是楞严咒。"可是我父亲生平不仅未曾学过咒语，也并不相信咒语。接着，他大声呼唤我长兄的名字，我长兄跪在父亲的膝下，心意诚恳地捧着官印，仿佛是在驱赶邪祟。我父亲说："傻儿子，世人有谁不死，我已受命担任接引官，今晚就要启程。与我同事的有周元理以及某某等人，他们都是善士，我绝对不会寂寞的。那些骑马的侍从有这么多人，他们已经等候迎接我一整天了，你也不拿出钱酒犒劳他们一下，反而表现得这样？"我长兄痛哭流涕，在庭院中焚香祝祷。我父亲说："婢女等都要回避，不可靠近屋门。"我母亲站在帷帐后哭泣，父亲远远地对她说："你不要哭，只是应当远避。"说完，他起身站立床前，整理衣服、头巾，知道自己还未系上腰带，便赶紧叫人拿来衣带系上，并且叹息着对我长兄说："我活着是正直之人，死后成为正直之神，又有什么遗憾呢？只是我不应该让梦兰同乡参加乡试，以致我临死时他都不能见我一面，让他抱憾终生，我实在为他可怜啊。"

说话之间，他又盘腿而坐，诵念咒语，瞑目而逝。呜呼！痛哉！呜呼！恸哉！我在此记录的父亲的几种言行，稍近神怪，又不被世俗之人敬信，因此在我父亲的墓志行述（**又称行状，是古代记述死者世系、籍贯、生卒年月和生平概略的文章**）中，以前从未记载，然而我这个不孝子从母、兄的讲述中听说后，铭记于心，二十多年来不敢忘记一字，我也担心我的子侄、外甥辈未曾听闻此事，所以在父亲的忌日，我为之恭敬地斋戒之时，补记下这些内容。至于我的不孝之罪，我即使受到粉身碎骨的惩罚也难逃其咎，这是我终生难忘的丧事，因此在今天我倍感伤痛。我还记得这年科考，我的试卷因钱坤一先生的搜遗（**科举时代，主考在发榜前复阅落选的考卷，发现优异者临时补取，称"搜遗"**）而得到荐举，当时余额已够，只有解元（**乡试第一名**）尚无人选，主考官这才搜寻落选的考卷，承蒙钱先生赏识我文章中的四股义法，想让我替补入选，但主考官又见我所写的五篇策论太过冗长，多有不合实际的言论，便仍旧大肆搜寻落选的考卷，最终让陈君入选了。此时，谁料数千里之外，我的父亲已经去世十多天了，可我还一点也不知晓，这怎能不让我悔恨无穷啊！所以，我从此不再参加乡试，不敢以不孝之身名列于众多上榜的士子之间了。

戊申（8月26日）　昨夜风势凶猛，几乎卷屋而去，我通宵未眠。山僧说窗外有老虎出现，大概老虎是想乘风而游吧。今天一整天都阴晴不定，我有时高于山云，山云有时高于我，或又暴雨倾盆，不能见雨，因为房间之内、两眼之外全是云雾，（云雾遮住了大雨）。

吃罢晚饭，我瞻拜佛像后趁着欢喜来到凌虚台，夕阳反射在石崖上，金翠耀眼。我俯视山下的平野，浓云纷繁错杂，四面笼罩，仿佛锦制的垫褥上铺着一层不均匀的棉絮。湖上也是如此，湖面上的云气好像河冰积雪形成的大山。我每天早晚常来此地观云，有时顾不上吃饭，哪还有闲情思念俗尘之事呢。

己酉（8月27日）　凉。老僧邀请我到后山看云，当时云已挟雨飘至山门，顷刻间大雨如注，白昼昏暗。西辅坐在云雾中抄诗，衣袖寒湿，他急忙关窗，说是担心云中有龙抓取我新作的诗稿而去。

知客僧忽然请我去参加斋筵，其意在向我化缘。我笑着说古时有一个僧人携带着经书和两个铜钹入山，路上忽然遇到老虎，僧人掷出铜钹击打老虎，铜钹被老虎吞入肚中，僧人又掷出经卷，老虎大惧而逃，僧人认为他是依仗了佛法的威力才吓走老虎的。雌虎见雄虎仓皇归来，急忙询问缘故，雄虎说：“我遇到一个僧人。”雌虎说：“你何不把他当作一顿斋饭吃掉呢？”雄虎吐着舌头说：“我刚吃掉他两张又薄又脆的饼，他就取出化缘簿来了，我哪还敢去参加斋筵啊？”听完，知客僧也笑得前仰后合。我所带来的金钱实在都已用完了，无法布施于他。

门前庭中的浓云，直到夜晚也久久不散，难道又将有狂风暴雨作灾生祸吗? 我久居山顶, 方知有灵气的山上, 其晴雨温凉, 竟不能以天气变化的常理推测, 这就犹如美人才子, 其性情行事必然不同于庸俗之人。

庚戌（8月28日）　晨钟响时, 我便从梦中醒来, 再也不能入睡, (但**因为房中云气缭绕**), 看不见床下的任何物体, 所以我还是卧在床上, 久久未起。寺僧吃早饭时, 钟声又响, 然后我下床开门, 看见浓云弥漫四方, 不知连日来为何会这样, 难道云雾是想借此驱逐我这位客人吗? 可是这里虽然早晨没有阳光, 但终究不像在俗世中那样令人觉得昏闷, 损害人的性灵, 所以我乐意在此久居。

西辅可怜我已长时间未吃蔬菜, 便托春香人买回鸡蛋和小鱼二物, 厨房中居然又响起了锅碗瓢盆的碰撞之声。刚才, 我正在洗漱的时候, 稍稍听见宗慧对西辅说: "应当吃鱼, 还是吃蛋? " 西辅问宗慧这两样东西还有多少, 宗慧回答: "蛋只有一枚, 二寸鱼则有三条。" 我忍不住吐水暗笑, 这算什么大事, 宗慧还要请命后才敢做, 由此可见, 我此时是多么穷困, 而宗慧也有些近似古板。

我近年朋友散落, 独居少欢, 惟有庄溪住得与我最近, 常来与我见面会谈。今年春天, 正值他哥哥的儿子病殁, 他的爱女又因难产而死, 每次相见, 他也不再欢声笑语地与我相谈。我家中聘请的塾师晴川先生, 专心教学, 也不轻易与我谈笑。龚沤舸新春归乡, 他来与我会谈时, 我尚有些许喜悦, 有时他在我家与庄溪相遇, 我们三人聚在一起, 这才又有了欢笑之声。上元县的胡黄海从岭外乘船归乡, 路过我家时前来拜访我, 我俩相谈甚欢, 笑声不断。他又带来李绣子所写的怀念我的诗篇, 因此那两天我屡屡欢笑。不久, 吴白厂辞官回乡, 来拜访我, 我设酒款待, 彭秋潭也不约而至，正巧庄溪、沤舸、王省堂、黄仲实也在我家，于是众人纵谈狂笑，有了极大的快乐。彭秋潭的笑声清脆中正，吴白厂的笑声则如蒲牢（蒲牢，传说中的一种生活在海边的野兽。据说它的吼叫非常洪亮，所以古人常将它的形象铸刻在钟上。因此后人也常以"蒲牢"作为钟的别名）鸣响，声震瓦屋。于是，我又忆起去年秋天胡果泉北上时来拜访我，他极力称赞吴白厂为人爽快，说吴白厂生平于痛饮狂笑之外，别无所求，看来他这话确实不错。黎湛溪在南昌任职期满，（将要离任时），也来我的天香馆，与我谈笑半日，他的笑声严冷而娇媚，三尺之外，几乎就听不见了，这与吴白厂正好相反，但其谈话的幽默风趣却胜过吴白厂，因此我也乐意与他会谈。刘恕堂与我交往已有两年了，我与他交谈却未曾真正开怀大笑过。一天，他将要去弋阳县做县令，我为他送行，风雨忽来，久久不停，于是我俩略迹深谈，我这才知道他胸中大有见识，我为此感到痛快，如果不是这次当面交谈，我几乎又一次错过发笑的机会了。唐诗中叹道："一月主人笑几回。"有人说这诗形容得过头了，而我却认为这是作者广交朋友后的心得体会之语。由这句诗，我又忽然记起自己半年以来真正畅快地发笑，只有这几回，算来大概是一月发笑一次吧。云雾中闷坐无聊，我随笔记下这些内容，供自己一笑。

午时（上午十一时至下午一时）、未时（下午一时至三时）之间，云散日出，我居然可以辨清秃头者是僧人，而有头发者是西辅、宗慧了。先前，主持从外面入寺，寺中的狗迎着他乱吠，主持怒声叱喝，我笑着说："您与犬都在云雾中，（互相看不清），他听到脚步声怎能不疑心乱吠呢？"我随即记起《笑林广记》中的一则笑话：有个耳聋之人去拜访朋友，其友外出，狗在门前迎着来人狂吠,可他却一点也听不到。不久,他在回去的途中遇到友人,他询问友人说:"您家中有什么事搅得您彻夜不眠呢?"其友摇头而辩,聋人不信,说:"如果不是彻夜不眠,您家的狗为何频频打呵欠?"

寺中有个小和尚早晚撞钟,他撞完钟便用舒缓的声音诵念诸佛号,其声像老妇夜哭,让人听后极为感动,如果是在风雨之时倾听,更会觉得声音凄惨。这个小和尚的状貌也劳苦可怜,他终日扛着锄头除草或为寺中僧人做饭,毫无厌倦之色。他的师父和师兄弟们都轻慢他,但我心里知道,这个小和尚来生一定会是一个子孙满堂的贵人或诰命妇人,享福寿,或做官,然而他必须凭借多年的劳绩才能受到越级提拔,等待晚年方能过上无灾无祸的生活,只是其一生碌碌无为,缺乏奇特的节操罢了。寺中还有一个小和尚眉目颇为美好,其师对他宠爱有加,请知客僧教他诵经。知客僧教他诵经时,常对他责打诟骂,其声终日不绝,甚至知客僧有时还会以摇铃或击鼓的方式引导他,知客僧的教学可谓勤恳了。我窃听知客僧所教的内容,全是世俗中荐亡祈福之语,对佛祖立教的本意、僧人为何出家为僧,却一点也不讲,知客僧这样做大概是利有所图,想让他为寺中博得一些斋衬钱(**布施给佛寺的钱币**)吧。这个小和尚早晚击鼓,平时说话、诵经多急躁轻率,闻之令人生厌,这固然是由于他天资拙劣,但也未尝不是教育者的过失。

夏、商、周三代人才兴盛,他们自童年在父母跟前,以及后来从师学习、交友,所受的良好教育,无非是修身养性,尽到自己作为儿子、臣子、兄弟、朋友的职责,利欲的戒律又深入其心而不敢触犯。等到他们学识养成,朝廷这才考察其德行然后授予官职,衡量其才能然后委派任务,因此他们做事都有可观之处，如果不是当时的风俗教化能得其根本，哪能出现这种现象呢？沤舸今年在某户人家教读，他常对学生说读书一定要身心投入地求得解悟，这样才能真正受益。他的学生们听完这些话都很惊讶疑惑，认为书本的那些说教都是圣人所制的题目，是留给后人求取禄位的，与身心无关。有一次，沤舸笑着向我讲述此事，我说："你不要笑！你学生的那些话真值得痛哭伤心，你为何还能忍心发笑呢？（不管他们了），我们只能自我勉励，不能让真正的读书人因为这几个学生卑劣的志向而轻视我们才行啊。"今日我看见知客僧教育小和尚，徒劳无益，反而不如那个扛着锄头除草或为寺中僧人做饭的和尚，清真寡欲，不失为人之道，从中我们可以悟出教人贪求私利，竟不如不教为好。

龚沤舸本字适甫，立志谨修言行，文学也大有长进。昔日我乘船行驶在汉江，曾在船中作了一篇偈语寄给他，偈语为："打通人身上的灵关是有秘诀的，多经历世事它就会为你常常开启一次。人的灵关中藏有美妙之人，它可以让人在世间成为矉眉西施那样的美人。也可以让人成为大豪杰，甚至成为圣贤。常有避世隐居之心就能修道成仙，常怀救度众生之心就会慈悲成佛。这都与人的宿命相通，其中到处都有福慧。它有时会遭遇灾厄，造就奇妙非常之人。它柔静如处女，神态美好俏丽。它对所有的事都不屑一顾，而是高傲地遨游于虚空。它只要嗅一下曼殊花，就能化吐出五色茧。剥茧抽丝制成法网，万物不能逃脱其中。万物都受它的驱使，世法与它相较不过是粗略的形迹罢了。它只让百姓遵守它的指令，百姓每天都使用它却不知道它是何物。大道之妙，用言语是说不清的，如果能说清，那世间的神圣之物就没有奥秘了。本性之道是容易说清的，如果能说

鐘聲傲子
聞之似江南
秋末老遠
峯狎見黛
螺紋

雲開遙馬山三山
出嶺起寒空雨
岈聞落畫丹楓
秋鏡澗野鷗飛
點亂沙文陸治

治末句沙文之
文應是紋字誤
書甲申秋日書
誠治拿

明·陆治·丹枫秋色图

清，就说明领会神圣之道是有秘诀的。道不能在本性之外存在，大道犹如酒母。不论酿造哪种酒，片刻都离不了它。大道又如春来花开，不论结出何种果实，一朵花就是一个春天。世人只知道花好，却不知道花就是春；只知道才华美妙，却不知道道的灵验。《易经》所载是道的根源，《礼记》所载是道的枝干，《尚书》所载是道的果实，《诗经》《离骚》所载是道的花朵。声音节奏是道的芳香，华美的辞采是道的色泽。其实它们原本都统属于道，是道幻化出的不同形体而已。舍本而逐末，就像在缝隙中捕捉影子，到死也一无所得，这就是所谓的俗学。距今不远的古代很少有通才出现，原因在于读书人多半被俗学误导了。有的人甘心只做名扬一世的学者，这也难怪他钻研俗学了。如果想要百代留名，那就必先探求道的本源。要做到心与天为伴，把自己看作已死之人，死去的人又怎能贪恋富贵呢？也要把自己看作还未出生的人，未出生的人又怎能有嗜好欲望呢？顺应世俗是为了办好人间之事，但其心绝不可俗，这样的人才称得上奇特非常之人。要做到把继承圣人之道作为自己安身立命的根本，并且还要做到不惜数十年的时间去拼尽全力地修习奉行。另外，还要有一种甘愿给圣人做牛做马的精神。人身上的灵关险要牢固，但我相信你龚适甫一定可以打通。"沤舸立志修习的，绝非俗学，因此我写给他这样的偈语。我写这段文字原本是为了证实小和尚所学的佛学是错误的，感叹之际，忆及沤舸，于是一并记述于此。

穷究事物的道理，能够扩充心中的良知，这种修习应当片刻不停，就像宇宙不停地运转一样。在现在所处的地位上修养身心，安静无为，效仿大地的镇定有常，这就是儒家所提倡的安居现状以等待天命的学说。

心如果妄动就会受到欲念的搅扰，身如果妄动就会受到人事的搅扰，这都是咎由自取，最终没有益处。明白事理而德行增进，这就是我所谓的益处；拼命追求名利而满足不当的欲望，最终会带来损害。

观察一个人在平常的生活中或闲居无事时，能做到不随波逐流地追求嗜欲，就可以委派他任务，这样的人必定能忠于职守。观察一个人在听到别人可以给他快乐、显荣的机会时，他没有为之动容纵情，就可以给予他宠信，授予他大权，这样的人必定可以有所作为。然而一定要在他平常的生活中以及他不防备的情况下加以观察，这样即使他偶然伪饰，也必定只是暂时的，不可能长久如此，虚伪的东西一定会露出马脚，也终究是骗不了人的。

明白了事理，心智就会开窍；气性中正，心态自然平和。这样才有希望可以借助学问改变气质。如果不能穷究事理、培养正气，读书虽多，气质仍还会像从前那样没有变化，这样还不如不去学习。

胡西辅问我："颜渊爱好的是哪种学问？程颐、程颢二人对他是如何评价的？"这个问题问得最是耐人寻味。

"心性必须依靠天理来培养"，刚才我忽然想到这几个字，一并记录于此。

要做到心不妄动，不能只在培养美德上下功夫，即便想学佛、道二家的"韬光养晦""修炼元神""长生久视""超脱生死"，也不外乎这样。一个人的心性如果真能永不妄动，渐如止水，明白世间万物不过像镜中之影那样虚幻不实，毫无算计，这也可谓是寻求安乐的最好方法了。我非常向往能达到这种境，但深愧未能，我这才悟出世间的英雄才子不过是驱使了自己的妄动之心，以创作奇文、建立事业、媚世惊人，其自性本心因此而全部泯灭。我最初只是以为人的智慧中有剑，或许可以降魔，殊不知妄动之心、放纵智慧就已入魔道。这就像浇油救火，火永远不可能熄灭，必须拆毁房屋，断绝火路，让火自己熄灭才行，但这又不是喜爱夸耀才华、争强好胜的人短时间内所能做到的。因此我从前说培养道心需要花费很长的时间，没有捷径，必须先消除妄念，这样或许才能使意念诚实，不自我欺骗，从而扩充智勇之量，如果能做到每天消除一点妄念，那诚实的意念也便能一天天增长、显著起来了。沤舸在家塾教学，应当知道这个道理是否得当？

有人问我人品高下的差别应当如何评定？我说："这个问题问得好。自从后人把归隐山林、忘却世俗当作高尚的志行以来，百姓、国家几乎就成了贪污者谋求私利的渊薮，这实在是学道之人应当加以分辨的。大体而言，高尚地学习必须旨在培养自己的德行，高尚地出仕必须无愧于自己的所学，高尚的工匠、商人必须自食其力，只取利润的十分之一，并且不作假、不欺人。农业是国家之本，从事农业的农夫的行为本已近乎高尚了，只要他们能勤劳耕作、持之以恒，侍养好父母，就算品行高尚了。这是评定士、农、工、商四民品行的标准。至于学士用心于义利诚伪之间的高下之分，（因为人与人迥异），所以他们的品行也有天差地别的不同。高尚的学士一心想着仁义，做事出于诚心，即使为人放牧、佣工，也不会妨碍他像梁鸿（**东汉贤士，曾以为人舂米为业**）一样的志向；品德低下的学士一心只想着私利，并且经常作伪，这样他即使对人谦恭、做事尽力，也终将像王莽一样，虽然表面上是在效法周公摄政，其实反而加重了自己的罪行。一个人人品的高下，实在是外人难以全知的，只有他自己知道得最清楚。离道越近则品行越高，离欲越近则品行越卑。一个人的出仕隐退、显赫困厄与他所从事职业的同异，只是所谓的表面现象而已，通过这些是看不出他真实的人品高下的。伊尹、吕望、伯夷、叔齐同属于品德高尚之人，夏桀、盗跖、王莽、曹操同属于卑鄙下流之人。"

游山日记卷五

辛亥（8月29日）　晴。天刚蒙蒙亮时，我便起床，命人到黄龙寺求取宝树种子以及大竹截筒，（我命人求取大竹截筒）是为了从天池、招隐、聪明、瀑布等名泉中汲取些水，回去时带给我自入山以来对我思念不止的亲戚朋友们。一念之德，胜过一饭之恩，所以对于他们价倍常金的恩德，我必然带些泉水回去作为报答。如果是那些嘲笑我迂腐的人，就与这些泉水无缘了。

我偶然来到前山，看见两只黑绿色的蝴蝶，大于手掌，又有一对大粉蝶，生动活泼地在花丛间穿梭对舞，或两两接翅翻身，胜过歌女的娇媚，许久不去。我急忙叫西辅出来观赏，可惜西辅出来时只剩一只蝴蝶了。道家的仙师庄子是千古第一高明才子，其论述"道"的学说，是对伏羲《易经》中仁爱敦厚、化生万物的阐发，却没有一句话落入阴、阳、卦、气的藩篱。其讽喻纪事，格物抒情，寓意无不精深，但凡其动笔开口，便让我死心塌地地佩服，（这种佩服之情），到老不减。啊！不知天地为何把一石才华（典出《南史·谢灵运传》："谢灵运尝曰：'天下才共一石，曹子建独占八斗，我得一斗，天下共分一斗。'"）全部托付给庄子，而又使其精神永存，著成《南华经》，以娱乐二千年后的道家弟子，这种恩德太巨大了。因此我在祭祀庄子时常常祈祷，希望先生永远不要因为轮回而落入尘世，终身化为蝴蝶在花丛间嬉戏，以满足其在香艳的花丛间清雅欢娱的愿望，食尽高雅才情的福报。刚才我看见这些蝴蝶，禁不住感叹庄子的文章是多么高妙啊。

近来，我已穿上夹衣（有里有面的双层衣服），刚才我暗数了下，丝衣、布衣共六层，想来山下的人间一定还有人光着膀子吧，这就是所谓的"天时不如地利"。桂林有个汪秀才，耳聋，生性喜欢刻印，他整天独自端坐。形如槁木，对身外事不闻不见，心如凝冰，所以盛夏之时，他穿着棉絮衣服也不觉热，这是所谓的"地利不如人和"。汪秀才又会弹琴，坐客听后，（听不上几遍），居然也能学会弹琴。蒋香雪非常赏识汪秀才所刻之印，便将其介绍给我认识，我很快与汪秀才成为朋友，也渐渐能像他那样枯寂而坐，心无热恼，非常愉快，于是我便留他在家中度夏，他为我刻了五十多枚印章。汪秀才，字道几，贫穷而有傲骨，但又最怕冷。某学政赏识他的才华，将其招至京城，让他做一些抄录工作。为了入仕考虑，汪秀才不久便进入史官供职。到了冬天，汪秀才嫌京城太冷，便弃职而去。有一次他告诉我说："我从前觉得京城的士大夫也没有什么太过人之处，等我在京城亲身经历严寒，立刻弃职而去，这时才叹服我是不如他们的。"这事发生在丁未年。己未年，伍雨田进京会试，见到我说汪道几已经穷困潦倒而死。我常常怀念汪秀才，故在此补记他的言貌行事。

吃饭时，西辅忽然问我："有时二人的诗文所用的是同一字、同一章句，为何有妙与不妙之分呢？诗文能否传于后世，难道不是有幸运与不幸运之分吗？"我说："姑且避开这个话题，你懂刻印，我姑且与你谈谈《说文解字》。'妙'原本说的是少女之目，你试想一下少女之目与老妇之目，妙不妙是在于眼眶，还是在于眼神呢？"西辅说："眼眶全是肉，有什么值得喜爱的？"

我说："既然如此，你就不难知道同字、同章句的诗文为何有的能传于后世而有的不能了，你何必疑心这是幸运或不幸运造成的呢？"

天池寺有一只雄鸡，脚爪长三寸，行走时必须大腿放松，然后才能迈步。日出时，它挺立在太阳下晒太阳，对周围人的惊扰从不畏惧。早晨，它站在大殿西廊；傍晚，它便移动位置，站在大殿东廊。每天，它站立的方向都有一定规律可寻。我在寺中住了一个月，从未听到过它的啼叫，最初我心中觉得奇怪，便询问僧人这只鸡的年龄，僧人说："它是乾隆四十八年蓄养的。一生没有配偶，所以能如此长寿。"这只鸡年高德进，已经悟出虚假的声势对它在世间的生存是没有益处的，所以它从不鸣叫。（有个笑话），从前有人说鸡有五种德行（文、武、勇、仁、信五德），那人家里的塾师则说鸡有七种德行，五德之外还有二德，一是指自己吃得（与"德"谐音)、一是讥笑主家舍不得(与"德"谐音)。而天池寺里的这只鸡则还有耆德(年高德劭、素孚众望者之称)、口德,它九德齐备,竟可以用它来命名官职了(传说少皞氏以鸟纪官,以鸟名官,谓之鸟师)。

黄龙寺附近有万竿竹子,西辅选了一竿特大的,截取制作成八个竹筒。我让宗慧穿联起来放在天池中浸泡一个月,然后按照次序分别镌刻上天池、竹影、黄龙潭、栖贤、三峡、招隐瀑布、聪明泉、佛手露八个名字,总命名为"八功德水"。能将这些竹筒装满水带回去,我略感自豪,只怕老妻看见我一身之外只带有八个大竹筒,说不定会嘲笑我是"乞丐总管",想到此我不免大笑。

千年宝树下竟然长出新枝,茂林禅师答应赠我一株,我将它连根带土地盛放在竹器中,一定能移植到天香馆,让它生根发枝,由扶寸(古代长度单位,铺四指为扶,一指为寸。形容甚小)长为一尺,由一尺长为一丈,由一丈长为寻常(寻、常,皆古代长度单位。八尺为寻,一丈六尺为常),由寻常长为百仞(八尺为仞。百仞,形容极深或极高),入云参天。然而到了那时,我又在何处呢?

壬子(8月30日) 晴,暖。宗慧的言行本配不上他的名号,可这段时间以来,他长期饮用天池之水,渐渐变得通达聪慧了。他担心我吃不上蔬菜,便在天池旁埋了一把豆子,雨后,豆子生芽。今天早饭时,他烹制了豆芽端上饭桌,我在此能吃到这东西无异于吃到江瑶柱(江珧的肉柱,即江珧的闭壳肌。是一种名贵的海味),豆芽入口香脆,我对之赞不绝口。我想嘉奖宗慧一点钱,但我的钱又用光了,只能赋诗一首表达我今天的喜悦之情。我从前作有一首《观音土》诗,其中有"昔贤忧民有菜色,欲求菜色安可得"的句子,从今以后,我恐怕也要面有菜色了。

茂林禅师派弟子前来问候我疾病好些了没有,并说前不久他路过栖贤寺,文海禅师时时念问我的近况,又不知道我寄居何处,疾病是否痊愈。我不禁感叹,古道热肠之人在乡野间是确实存在的。西辅、宗慧到黄龙寺时,茂林禅师必设宴款待,(现今,他的弟子来此),我也想设宴款待其弟子一番,可不巧的是豆芽又没有了,似乎不该以白饭款待,于是我大肆搜索携带的食物,寻到一点炒熟的米和蔗浆熬成的糖霜,让宗慧混合着煮了一下,共盛满两碗端出去献客,知客僧也一同吃了一些。二人都表示感谢,我心中既感惭愧也感快乐。我又找到庄溪寄给我的几包存金丹,让来人带给茂林禅师,以作报答。自此我出游带来的食物都已用尽,只剩茶具和八个大竹筒而已。

与茂林禅师派来的弟子品茶谈话时,我偶然问及黄龙寺附近的老虎是否无恙。弟子回答说:"自从您那天进入山门,老虎啸吼了三声后,便很长时间没再啸吼了。"听完,我不觉为之流泪。知音难遇,老虎尚且知道爱惜啸声,更何况钟子期死后,俞伯牙岂能忍心弹琴以取悦世人呢?

癸丑(8月31日) 晴,暖。我剃完头发,到天池洗头,这是我第三次到天池洗头了,洗掉的头发全都顺着天池水灌入文殊岩中,我的迂洁可笑大多如此。从前,我见过一个狂放的后生,他可怜我无知无求,每次都感情激昂地对我说:"丈夫在世,应当建立不朽的功业,因此我每次参加科举考试都对天发誓,不作第二名想,不像您正值壮年就贪图酣睡,甘心自弃。'君子就怕死后没有好的名声被人称颂',这难道不是圣人所说的吗?"我恭敬地应答,只觉惭愧而已。树立德行、建立功业、创立学说,这

清·高其佩·庐山瀑布图

是古人所谓的"三不朽"。我十分不才,何敢谋求不朽呢?刚才偶尔想到此事,我忍不住发笑。人身上只有头发不易腐朽,我的头发既然流入文殊岩,那里高爽坚固,浊秽不侵,比起寻常的头发更不容易腐朽了。可惜那个狂放的后生,不能见到我的头发不朽之时了。

文人之事,之所以略胜于百工技艺,难道有其他原因吗?只因诗文中展现了作者的真性情,作者在诗文中称心地畅谈,绝无矫饰,后世的才子在阅读古人的诗文时可以想见死去已久的作者的生前面目,就像当面听其谈笑,或像二人握手促膝相谈,欢笑一堂,不能不爱,这样阅读者就会加以称颂。有人称颂,其作品就能流传于世,作品流传于世,也就可以不朽了。至于诗文中承载的道理、记叙的事情、表达的情感,(**因为作者的经历不同**),又各自有他们苦心经营的创作热情和巧妙的构思。有见识、有才学的人读到,便会感叹其阐述的经书义理,有关于世道人心,借助微言劝谏、暗中讽喻,以劝化风俗,这未尝不是文人的功绩。又或者可以凭借作品的语言,考证作者的出仕隐居情况,窥察作者的志趣,从而评定作者一生在孝、友、忠、信等大的方面,是诚实还是虚伪的,是敦厚还是浅薄的,是忧世还是无情的,是儒士还是墨徒,这些都不难从作者的遗作中得出定论,另外从作品中也可以看出文人的德行。这虽是一个方面的"不朽",但未尝不能兼备"三不朽",因此诗文创作受到士大夫们的青睐和崇尚。但如果仅仅是为了一己的荣耀,或者甚至炫己骄人,祸害百姓,放纵欲望,因为身世而诟病,这样的人属于浅俗无赖之徒,是没有资格谈论诗文之事的。《兰亭序帖》,是妙绝百世的书法作品,直到今天人们之所以仍能临摹、仿效其当时书写时所表现的意态情致,未尝不是依赖了刻石之人的摹拟刻画，才使这幅书法作品保存了不朽之形的；圣贤的遗言，是治理天下的经典，直到今天世人之所以仍能家喻户晓、儿童皆知我们的圣人姓孔、贤人姓曾、私淑之贤人姓孟，未尝不是依赖了举子业（**指为应科举考试而准备的学业**）的摹拟刻画，才使圣贤的功德发扬光大的。用这两件事作比，虽然十分不伦不类，但其道理却是可以借此说明的。我喜爱《兰亭序帖》已经二十年了，对它的临摹从不敢间断，可我最终也未考证唐朝以来哪个刻石之人摹刻得最工，（虽然这样），我也不觉得遗憾。《兰亭序帖》蕴含性情，没有矫饰摹拟之态，展现了王右军的风流面目，言论高雅，说理精妙，咳唾成珠（**形容诗文或言谈优美不凡**）。对于《兰亭序帖》，我敬之爱之，每次临摹，必先拜揖。普天下的人诋毁《兰亭序帖》，我不愤怒；普天下的人赞誉《兰亭序帖》，我不喜悦。至于刻在石上的《兰亭序帖》的好坏，我并非不知，只有某某工人所刻的最好，然而我绝不肯花费时间以作考证，无非是因为石工刻石只是为了追求财利，专事摹刻，展现不出书法的性情、真面，不足流传罢了！既然如此，那些才德出众的青年如果确有才识，能写出与当代优秀文章比肩的作品，写作时也是本着自己的真性情，用自己的好学深思载道纪事，在文章中凝聚自己的热血冷泪，以感动后世的豪杰，这样或许就能使人种不绝、社会安定了，这样做不是比那些徒事摹拟古人、整日持斧登登（**象声词，此指凿石声**）凿石，以刻石终老一生的人强多了嘛！

世俗之人常常说某人名利兼收，这是对他的讥笑，而非赞誉。因为死后犹有名声被人称颂的事，是与小人无关的，更何谈"名利兼收"呢？试想一下，晋代的石崇用锦缎做成长达五十里的步障（**古代权贵出行，在道旁设**

置用来遮蔽风尘或禁止人们窥视的幕布），唐代的元载家藏八百斤胡椒，当时的世俗之人未尝不羡慕他们名利兼收，（但其悲惨的结局、留世的恶名），也不过只供后世君子一笑罢了。

甲寅（9月1日）　　晴，凉。又刮起了风。在此山中，听不到风声的日子很少，泉声则会随着雨停天晴而止，不容易听到。白天有蝉声、松声，远处的树林中有画眉鸟声，早晚则有老僧的诵经声和我的读书声。近来，一到静夜，风便止息，夜晚只能听到蟋蟀声。

秋声容易触动人的心怀，让人倍感时光荏苒、季节更替，百年犹如一日。人的一生，每时每刻都在明抽暗换，（久而久之），以至于骨化形销，而后回归本来面目，有些人昏昏不知此理，动不动就说人的形体是可以久恃的。山中没有镜子，两个月来我隐居山野的身姿、白发黑发的消长，无从辨识，只有在写字的时候，方见自己的双手布满风吹日晒之色，并且渐露筋骨，我身体的消瘦由此可知。我的发辫仅存三四尺长，发梢细于手指，这不免让我黯然悟出老之将至了。于是我忆起家兄在乌鲁木齐结婚时的一些事情，当时我十二岁，追随父兄在姚氏嫂子家饮宴，姚氏伯伯握着我的手遍示诸客说："我从未见过谁的手像这个小孩的一样，竟然柔若无骨。"当时纪晓岚先生也在场，他夺过我的手放在眼前观看，我这才知道纪晓岚先生近视。距离这次聚会，倏忽之间已经过去三十多年了，屈指细数当时在座的宾主，如今尚存的，除了我兄弟以外，只有纪晓岚先生一人而已。我这从前被人疑说柔若无骨的手，现今已然露出了筋骨，由此可见我的手是不足久恃的。我少年时头发最盛，三十岁时头发渐脱，但犹能垂及脚踝。某天，我正在芳阴别墅梳洗头发，恰巧怡恭亲王来访，他坐在一旁看我梳洗。等我细细地分解发辫时，怡恭亲王惊讶地说："最初我私下厌恶你也喜欢在发辫中掺杂假发，今日一见竟然毫无假发啊！这也是你将来必定显贵的征兆。"我笑着答说："我最初也觉得自己可以显贵，但自从见到您的发辫仅有三尺而贵极人臣后，我就知道长发是明显的卑贱的征兆了。"怡恭亲王大笑而去。如今我的头发仅存一半垂地，由此可见我的头发是不足久恃的。它们反不如流入文殊岩中的诸多短发，或许能够凭借名山而不朽。可是有人却认为形体是可以久恃的，像秦皇、汉武，绝世聪明，仍妄想留住童颜，放低天子的尊严去追求长生，他们这样做恰恰是祸国殃民、招致动乱的行为，何必如此呢！

乙卯（9月2日）　晴，暖。我派宗慧到黄龙寺，报问长老，并且求米。日方斜时，我偶然走出山门，立在崖顶的宝树之下，凉风习习，夕光洒照，苍翠的山色仿佛流满衣襟，远山层峦，洁净得犹如刚沐浴过一样，山间溪流潺潺，我站在数百仞高的山顶仍能听到，此时人鸟全无，其清静不可名状。我喟然长叹，对西辅说："可惜我不会辟谷之术啊！如此胜境，我在此待的再久也终要回去，这也是饥寒所迫而没有办法的事。"

老僧说这山里一到九月深秋就会变得寒冷，还要降雨降雪、地冻结冰，到了春深时节才能解冻。幸亏寺中多有木炭，我可以闭户围炉，仅使身体不僵，早晚听任狂风摇动房屋而已。

丙辰（9月3日）　晴，无风。日出时我出来活动，西辅报说后山的云雾又升起了，离地仅有一百余丈。我欣然前去观看，宗慧烹了一壶龙井新茶，挟带着小桌、笔砚来到聚仙亭中，我便以桐叶为垫，坐在地上。西辅说："先生入山五旬了，诗文渐多，但还没有赋，您何不戏作一篇《天池赋》，记述一下您在此山隐居的清雅兴致呢?"说完,他便拿出十数幅长笺为难我,还开玩笑说:"一定要写满这些长笺才算快意。"我笑着答应,任意挥毫,眼看要写完最后一页纸时,云已升到山顶,而《天池赋》也恰在此时完结了。我对着周颠仙人的图像朗诵一遍,然后相视而笑。文章本是游戏之枝,晋代的左思创作《三都赋》,花费了十年的时间,虽然文章工整,可人太劳累了。我的这篇赋完成于顷刻之间,虽然极不工整,却很是飘逸,这纯是我自娱自乐而已,不足以向深解文章之道的行家一提。

蔡眉山曾说:"创作文章以纸尽为限,(在这方面)我服膺舒白香。"我说:"瞬间成文不是难事,真正有才华的人,为了炼就一个字能思考一天,所以左思花费十年的时间创作《三都赋》,正因如此,《三都赋》才能流传千古。创作文章岂能以落笔快速和数量多为贵呢?"

丁巳秋八月初一(9月4日) 晴,凉。西辅抄录我的旧诗,共二十二卷,分卷装订。

刘樵兄弟来山中春香,果然为我买回一袋米,极尽孝友之道的人没有不忠信的。我近来已吃了两餐的粥,急需要米。我犹能记起白乐天有一首诗的尾二句说:"莫怪气粗言语大,新编十五卷诗成。"(句见白居易《编集拙诗成一十五卷因题卷末戏赠元九李二十》)想必白居易作此诗时,正值朋友饮酒欢会,其新编诗卷刚刚完成,因此其出语甚有醉态。我的这些诗比白居易自编的"十五卷"还要多出七卷,可我却是在无米吃粥时编辑成的,古今人的差距于此可见一斑。于是,我笑着对西辅说:"你如果生在唐朝,为白居易录诗,今天不但不用吃粥,身边一定还有小蛮为你举杯劝酒、清歌致谢。"西辅说:"如果白居易真能甘心吃粥,他必定不会写出这么粗率的诗句，我难道乐意为他抄诗吗？”我随即想起宋元间有一士人喜爱白居易的诗成癖，这人每天诵读翻阅，歌之哭之，仍是不感厌烦，竟至于请人在他的身体上写满白居易的诗，然后用针密刺，浸以墨汁，使其文字终身不灭。这个士人喜爱白居易的诗成癖，其身体反而因此弄得乌黑，谁料西辅竟敢说出这种亵渎古人的话，其在此没有朋酒之乐，受吃粥之苦，太应该了。古代能留名后世的人岂是容易企及的啊！

戊午（9月5日）　晴，暖。日头刚出时，我即起床，到凌虚台看云，这时的云浓厚得仍聚作一团，薄的已散漫成雾，不值得观赏了。这就像人间的富贵，如果是凭借勤俭艰难得来的，或许可以久享，如果是通过垄断获得的，即使聚集很多也容易散失，因此圣人把富贵比作浮云，徒然地阻碍人清游远眺而已。

宗慧行走数里，求来一个南瓜、一个鸡蛋。我一连数日吃的都是南瓜，昨天宗慧才将鸡蛋烹制端给我吃，我又让西辅吃，当时我肠胃疼痛，随便夹了几筷子，终究不能独享，便分与西辅食用了。今天我已能吃上菜饭，却又想吃肉，人心不足，与得陇望蜀有何区别呢？庚申年，我从京城的幕府归家，这才渐渐贫窘，但我仍未顾及家事。我的妻子、姊妹见家中儿女渐多，我也担心她们受寒饿之苦，便自行过起艰苦的生活，往往二十多天不吃肉，（她们问及），我便托言自己持斋。我的长甥媳妇也甘于淡泊，与我们一同吃斋而毫无怨言，有时她们会拿出一点肉让我单独在外屋食用。有一回，我走过后堂，看见她们聚餐的食物只有一味菜品，心中哀怜不安，从此便经常劝告她们：“贫穷就贫穷吧，何必远虑？况且我难道是想吃肉的人吗，何必内外异食，使我心怀独自吃肉的惭愧呢。”现在我竟

南宋·马远·雪景

然想吃肉，（如果我的妻子知道此事），恐怕会惹她讥笑吧？古人说望梅可以止渴，对着肉店的大门空嚼一阵可以解馋。杜甫也不以食用残杯冷炙为耻，因此他去世当天，仍吃了许多牛肉白酒。我的才华是万万不如杜甫的，此刻不独不敢希望有烤肉与熟牛肉吃，即使想找一家肉店对着其店门大嚼，庐山之上也是没有的。因此我窃取望梅止渴之义，用想肉的方法来解馋。早年整日食肉的日子，已经全不能追忆了。我的生活自从陷入穷困后，吃肉的日子逐渐减少，我又没脸像《孟子》中所载的齐人那样去坟间乞食，并且人们见我生活贫穷，又没有谋求富贵之志，又有谁肯邀请我前去赴宴呢，因此三年以来，我能吃饱饮醉的日子屈指可数。前年六月，双丰将军忽然绕道而来，邀请我陪他前往西湖游览。我说游览西湖固然快乐，但我不喜欢暑中骑马，双丰将军便向黎侯借了一乘凉轿，让人抬着我同去。我私下想这次出行虽然要冒炎热，或许可以饱食几顿肉，但没想到沿路禁止屠杀牲畜，双丰将军又为了祈雨而只吃素，我既然与他同桌而食，即使饭馆有肉，也不便索要。有些贤良的县令为了招待我们往往杀鸡烹燕窝，凌晨送来，必定用两件器物分别盛放，这样看来我似乎可以独享了，但我又苦于胃寒，凌晨起床后厌食荤腻之物，并且我生性不喜欢食用这些东西，便将它们赏给随行的仆人以作犒劳了。等到下雨之后，我想遇到有肉之处可以饱餐一顿了，谁知双丰将军疟疾发作，神情甚是委顿，我何忍独自大吃呢。等到住进官署，我又必须做些自己该做的事，为双丰将军分担一些忧愁，陪医制药，（不久，双丰将军去世），我又帮忙处理其丧事，共计数月不知肉味，那时虽然有肉可吃，每次吃饭我也独据一桌，但吃下去却味同嚼蜡。今天回想起桌上那些肉，我反而垂涎欲滴，由此一事，足见我实在没有口福，徒然增重妄想的罪孽而已。当时，我冒着炎热出游，既已与肉无缘，现今我避热而游，想吃肉又得不到，难怪我要吟出"四箸纷争半鸡子，五餐同饱一倭瓜"的诗句，不觉其苦，仍以为乐了。我这样的行为可谓太无耻而不知悔了。

　　己未（9月6日）　早晨，晴，微风。饭后，雨只下了数点便停止了，中午才注如倾盆，窗前光线昏暗，不能读书，我便躺在床上暂时小睡一会。我忽然梦见自己试饮马尾泉水，其风味与瀑布无异，我猜它们应该是来自同一源头吧。朦胧间我又作了一首诗，其中有"戏爇南柯瀹新茗，梦中犹为品泉忙"的句子，我自以为这是记述梦境，实则也是梦中之事。现在，雨已停止，我打开窗户，提笔在纸上记下诗句，这时我思路清晰、落笔果断，自以为已经睡醒了，但又焉知不是梦呢？人之一生时时被贪欲、嗔恨、痴迷、妄念等事包围，何必认真呢？对待人生也应当将其视作梦幻一般。

　　这次出游时，我所乘坐的船只行到鄱阳湖，便望见二条悬挂在山崖的白水，等我登上高峻秀美的庐山，观赏瀑布，游览各处山峰，有一僧人对我说："这条瀑布的左边，还有一条瀑布，不是很直，水沫像跳珠一样散落飞溅，有如马尾，所以我们称这条瀑水为瀑布，而称那条瀑水为马尾瀑，这都是以其形象命名的，实在未曾听说它们同出一源。"我说它们同出一源只是梦中的猜测，将来一定得翻阅《庐山志》查证一番才行。

　　近来我只要一听见早晨的钟声响起便不能继续入睡，这时我便躺在床上辗转反侧，等到太阳出来方才起床，时间也不算晚。然而我生平有久睡不醒之名，有一次，竟然有人傍晚来拜访我，仍询问我是否曾吃过早饭，对此我也只是恭敬地答应而不敢争辩。我曾与白厂开玩笑说："像我们这样的人应当在不睡时饮酒大醉，在不醉时蒙头大睡；睡与醉，即使有罪也不应该受到惩罚。"白厂大笑得打翻酒杯，赞叹我用语典雅贴切。其实白厂未曾大醉过，我也未曾大睡过。我生性喜欢昼夜不眠地与人长谈，可惜世人多忙，谁肯与我昼夜长谈呢？有时有人问"你曾见过舒白香吗"，对方便回答"他终日久睡，我哪里能够见到呢"，那些不熟悉我的人，听完对方这话怎能不信呢？现在我试举一二位与我长谈之人以证明我未曾久睡过。从前，我刚入京城时，通过吴茗香、吴兰雪的介绍结识了乐莲裳。他们三人，有时同来，有时一二人来，我们一旦相谈便通宵达旦。又常常是一人生病则二人引以为戒，不再来与我长谈，然而（遇到这种情况）我必会前往病者的家中探视，则又与其通宵达旦地长谈，病者有时因长谈而病愈，这时他便又后悔曾劝诫另外两人切勿通宵达旦地长谈了。乐莲裳曾与吴兰雪开玩笑说："与舒白香谈，可以令人死。"吴兰雪则说："你还未曾读过舒白香的小词，他的词才真是让读到的人欲死啊。"他们三人都具有奇异的才华、先天的聪慧，听到我说话的声音就能心领神会，我即使不想与他们长谈也不能克制自己。由此就能证明我昼夜不睡绝非难事，不能与人长谈才是难事；与人长谈也不是难事，只是能使我敢于与之妄谈的，难逢其人而已。我未出游时，蒋藕船还未任职县令，每隔两三天我俩就一定相聚一次，我喜爱他的惊才雄辩，每次与之长谈必至深夜方罢，所幸我俩都寓居城南，不必担心触犯城中禁止夜行的法令。当时戴莲士大空曾与我开玩笑说："我生性不喜欢变更之事，现今忽然望见进贤门，却是多么幸运地看见它改筑在塔寺之外啊。"我不禁大笑，说："汉朝的李广将军能不害怕霸陵县尉吗？"大空聪敏绝顶，善于识鉴人、物，但他常以冲淡的胸怀掩藏

南宋·玉涧·庐山图断简

過溪一笑意何踈千載
風流入畫圖雪晉社賢
無瓦看寒爐拳香冷水
雲孤

玉澗

其机锋，因此很少有人知道他善于辩论。他每次与佳客宴饮时，都会邀请我前来一谈，否则即使我恰巧在场，他也一定会小声地与我开玩笑说："某某客人将至，你可以离开了。"他就是如此地风趣。在我的至亲之中，我曾与其连榻长谈且不觉厌烦，自少至老，未曾嘲笑过我瞌睡的，则有我的姐夫西桥、按察使果泉和我的外甥朴园，我家中的侄子长德、建侯等人皆可为此作证。既然这样，那些不屑于拜访我、不肯拜访我或无暇拜访我以作长谈的相识旧友，我们会面的次数虽然少，但其过错也不只在我一人，大概他们猜测我无时不在睡觉，以致传闻之事说法不一，好像我活在世上，就从未下过床一样，这或许就是我贪睡之名盛大的原因吧。又或许果真是众人皆醒而我独梦吧。我蒙受贪睡之名的冤屈已经很久了，难以辩白，所以我在此列举出同乡之中曾与我久处而长谈的诸人，以证明我虽觉人生如梦却时常清醒，因为我与人长谈绝非是在梦中进行的。倘若他们都不承认我所说的，认为我是胡乱举证，那我只能把每次的长谈视作梦中之事了，这样我正好可以酣睡，也不用费这么多时间哓哓申辩了。

庚申（9月7日）　天气因风雨而变得寒冷。茂林禅师冒雨来访，让我欣喜感动地亲自出门迎接，这样的礼节胜过我接待旧交的礼节，因为茂林禅师实在太诚恳了。我想留他吃一顿斋饭，却没有菜，我便仍用他赠给我的盐笋作为招待，并叮嘱寺中的主持也前来一同食用。

茂林禅师即将离开黄龙寺，面有惜别之色，我看到后心情黯然。东晋时东林寺惠远法师的弟弟住在西林寺，一日忽然飘然入蜀，不肯为惠远法师稍作停留，便是担心他对兄长的友爱之情不能彻底了断，难以修成无生无灭的佛果。我与茂林禅师的交往难以如此。

寺僧迎接新到任的方丈时，按例应该有一篇四六句式的启事文，茂林禅师拿出当年他担任方丈时的启事文问我说："这篇启事文是从前的一个才子所作，庐山各寺在迎接新方丈时都是用的它，您认为写得如何？"茂林禅师之所以询问我，是想麻烦西辅抄录校正一下以迎接新来的方丈。我读之不能断句，便对茂林禅师说："既然是才子创作的文章，我何敢轻发议论？只是有几个错别字，似乎应该在改正后抄录。"

傍晚，风雨渐大，阴云满屋，我有些头晕目眩，便上床早睡。我肚子胀了一夜，直到天亮仍旧感到不舒服。

辛酉（9月8日）　　早晨寺钟一响我就立即起床，雨仍不止，我叫童仆煎了一碗建曲（一种中药，可治呕吐腹胀）饮下。

唐代诗人刘挺卿，名眘虚，江西靖安县桃源乡人。桃源乡有青溪和白云岭，因此他的诗中有"道由白云尽，春与青溪长"的句子。王渔洋在《唐贤三昧集》中说此诗没有题目，大概是他不知道刘挺卿的籍贯吧。我年少阅读县志时，就佩服这首诗的中间四句，后来稍微懂了些诗的风格，才叹赏"幽映每白日，清辉照衣裳"这结尾一联尤其妙绝，如果不是初、盛唐的作诗高手绝不能写出这样的诗句，可是《全唐诗话》《唐诗纪事》都没有记载刘挺卿是何处人士，唐史也未曾为其立传，我想这大概是由于刘挺卿隐居不仕，又没有文集，只有十多首诗孤行于世，流传千年，人们只知道他的名字，而无从考证其乡里籍贯。我从前阅读《南州新志》，在此书中刘挺卿忽然被编入奉新（今江西奉新县）人物，近来我见到编修此书的人，对他说：靖安、奉新二县在唐朝初年皆属于建昌一地，南唐时才分地增置靖安县，到了宋代又分置奉新县。如果按照刘挺卿生活的年代定其出生之地，则应当将其载入《建昌志》；如果以他的所居之地、所赋之诗、所遗之书堂、古迹考定其乡里，则皆在桃源乡。如果当时桃源乡属于奉新县，则应该将其载入《奉新县志》；如果当时桃源乡属于靖安县，则应该将其载入《靖安县志》。这没有什么可疑虑的，（如果能这样），又何必剥夺其真实籍贯而将其归入《南州新志》，以引发争端呢。编修《南州新志》的人不听我的劝告，只是叹息他家乡的山水缺乏清雅的缘分，即使有刘挺卿这样一个古代的高名之士也不能独自占有。我每次读到刘挺卿诗中"时有落花至，远随流水香。闲门向山路，深柳读书堂"的句子，就会为之惆怅叹惜。今日我见到刘挺卿《登庐山峰顶寺》一诗，其结尾一联说"方首金门路，未遑参道情"，我不觉哑然失笑，原来刘先生也有这样的胸怀啊！靖安县虽然不能独自占有他，却也没什么遗憾的了。

禅房的门也可以验证此山具有灵气。将要下雨时，我即使用力去推也关不上。久雨将晴时，（我即使不用推），风一吹，门就开了。这大概是它专一地禀受了自然之气的缘故吧。

游山日记卷六

壬戌（9月9日） 天气晴爽。早晨我先于众僧起床，我之所以能这样是因为近来早睡，梦醒后便再也睡不着了。西辅吃罢早饭到九江去了，当时我根据日影推测，才刚到辰时（**上午七时至九时**）而已。

茂林禅师因雨受阻，滞留三日方才回去，我这里尚余少量藕粉、几幅纸，一并赠给他，此后我就既无藕粉又没有纸了。"去年穷得连插锥子的地方都没有，今年穷得连锥子也没有了。"原先我的行李箱中存纸最多，如今可以说是连纸也没有了。

　　人的自性本就是圆满的，这是自然的法则，所以人人都可以成为尧舜。狗儿也有佛性，它的佛性也是专一不二、不可估量的，这也是自然的法则。因此，尧之后无尧，舜之后无舜，释迦牟尼之后也便再无释迦牟尼了。我私下常用春夏秋冬的轮替比拟圣人的德行和普通人的禀性，不偏向任何一方，无过度无不及，这是最大的中正。如果用时节来比喻，惟有春分、秋分这两天的正中时刻才能比拟。自古以来，一元会（**即十二万九千六百年。元会，古人虚构的计算世界历史年代的单位**）犹如四季，舜的德行犹如春分的中正时刻，孔子的德行犹如秋分的中正时刻，它们的德行都是最为中庸的，这就像用秤称量物体，丝毫不差。然而舜是从尧将女儿嫁给他时，才被征召任用而后登上帝位的，后来他出外巡视，死于途中。舜在位时德行、福气都很盛大，他无为而治，将天下治理得吉庆和协，正像繁荣昌盛的春季，没有什么植物不是生机勃勃的。尧的德行近似春分这天的早晨，禹的德行近似春分这天的傍晚，因此二人的福德与舜相差不是很远。至于孔子的德行，可与大舜媲美，但他平生的遭遇，坎坷不顺，与大舜事事相反，这犹如秋分的中正时刻，没有什么植物不是枯萎凋谢的，它与春分这天虽然昼夜长短相同，但盛衰消长的气机却大不相同。天地的运行既然不能逃脱自然规律，孔子虽具备圣人的德行又怎能改变天数呢？因此，孔子的功业专归后世，这就像花木的果实凋落，可以作为明年的种子，这正是秋分这天应该发生的事。颜回只差一点、未能通达，他就像秋分这天的早晨；曾子悟道稍迟，他就像秋分这天的傍晚。他们二人，或是生活贫困，或是中年夭折，从天数来说这也属于命运不佳。孟子犹如丹枫密布、黄菊盛开的深秋，风景虽然很好，但从节气来说却已晚于秋分了。原宪（**字**

子思，孔子弟子）犹如寒凉的季节，大致相当于农历十月，也就是坤卦所说的收敛之时，伯夷、叔齐所属的季节也与之相差无几。再往后而至于秦始皇、汉武帝、晋武帝、唐太宗，以及李斯、王莽、刘曜、朱温等人，如非酷暑，就是严寒，他们未尝不能生养万物，但冬箑夏炉（**冬天扇扇子，夏天生火炉。比喻做事不符合当时的需要，费力而不讨好。箑，音shà，扇子**），行事令人惊恐不安，搅得天下没有和平安定的日子。他们反不如那些平庸的帝王和滥竽充数的臣子，虽然没有卓著的政绩，也不过是像连绵的春雨、入秋的炎热一般，为害不多，因此从这个方面来说平庸的人近似圣人。

　　癸亥（9月10日）　　晴，暖。入夜，行脚僧都散去了，西辅也已去往九江，山寺之中，只有三四个人而已。我忽然梦见看戏，戏剧无声，只有几个花脸在我眼前一闪而过，我醒来后，想到但凡我做过的梦，其梦兆无不应验。从前，我也曾梦到看戏，第二天必然会见到扭打纷争之事，深山之中应当不会如此吧。我在床上辗转反侧时，听到窗外似乎有脚步声，疑而起坐，残灯尚未熄灭，灯光如豆，我便挑亮灯火，读书自娱。宗慧此时肯定还未睡醒，他的居所离我稍远，叫他也是无益，并且我卧室的窗户是在石墙上开凿的大窗，可容二人通过，稀疏的窗棂上只是蒙了一层纸用以挡风而已。窗户外面临近深谷，深谷与窗户之间没有栅栏，老虎如果想进入我的室内，就像归洞一般容易，不只是盗贼易生贼心。天将明时，我再次上床就寝，所以今天直到辰时初刻我才睡醒，刚一醒来，我便听见知客僧撞钟击鼓，请求护法僧击贼。知客僧屡屡言说寺中贫穷，众僧人只依赖数畦玉米煮粥过活，谁料昨夜地里的玉米全被贼人剥下偷去了。盗贼让寺僧没有粮食吃，佛祖难道不会发怒吗？最初我尚讨厌知客僧一遇到事就大声喧哗，如今听他诉苦，我反而心中凄恻、自感愧疚，这都是我的过错。我如果不梦见花脸，或者即使醒来不去想梦兆之事，应该能够继续入睡。盗贼见我入睡，必定会从窗户进入我的室内偷窃行李而去，我行李中只不过有几件破旧的衣裳，失去它们对我没什么伤害。现今寺僧没有粮食吃，实在是由我造成的，这难道不是过错吗？贼人恨我不能久睡，便把怒气发泄在他处，偷走了寺僧两石多的玉米，由此足以看出这绝对不是一个盗贼干的。我将来必须用两石谷米直接酬答寺僧，以弥补我的过错才行。

包粟，在陕西被呼作"玉米"，于是我戏作了两句诗："本欲偷香反偷玉，人嫌我睡贼嫌醒。"可以为之一笑。杜少陵诗云："是非何处定，高枕笑平生。"既然如此，那杜少陵先生也是欲睡而不能入睡的人了。

日落时，西辅从九江回到山上，刘姓樵夫挑着担子随行于后，其脚步徐缓，有儒士之风。我出门迎接并予以犒劳，刘姓樵夫十分谦让，不自夸其功，这就是孝悌之人不会犯上作乱的显明验证。卜子（即子夏，姓卜，名商，字子夏，孔子弟子）说"侍奉父母能竭尽全力"，又说"同朋友交往，说话诚实且恪守信用"，这两种美德在刘姓樵夫的身上都可以见到，难道只有读书、会作文章的人才能叫作"士"吗？

西辅说山下棉花大丰收，我禁不住为那些老衰、贫穷的山下百姓感到欣慰幸运。

西辅六月份到九江时，所住旅馆的主人正将娶妇，欣然告诉西辅说："我买的这个妇人美艳无比，并且价格低廉，您能留住一晚，观赏我的盛大婚礼吗？"西辅答应必当重来观礼。西辅回山后对我讲起此事，我笑着说："这是苦味的李子，怎么可以食用呢？旅馆必当衰败。"刚才我向西辅询问此事，西辅说那个妇人喜好奢华，旅馆供应不足，主人逃走了，他竟没赶上观赏盛大的婚礼。我说："怎么样？路旁李树上果实累累，必然是苦味的李子。市侩之徒动不动就说某事便宜，所幸他们所说的便宜只是专门针对钱财而言，其得失无足轻重，倘若是食君之禄、掌管民命的官员，为人谋划，与人交往，或是为了祖宗、子孙的家业传世久远、延续后嗣，只应该喋喋不休地反复劝其甄别，哪能贪图便宜呢？这样做很少有不败事失德，被世人耻笑的，这种人都属于旅馆主人之流。"

和尚也从九江回山了，他带回纸、白绢、便面（古代用以遮面的扇状物）等数十件物品，并说行者看见我题写在四仙祠墙壁上的诗句，非常欣赏我的书法，已将此事告诉庐山上的各个寺院，各寺的主持都请求我定价作字。我不禁默然，自叹其道术浅薄，欲求人作字却像施舍一般，对这样的人我既轻视之，也懒得与他争辩，他的这种行为与瀑布之水学天池之水有何区别呢？真正读书穷理的人，一定要参破此关，然后才可以明察才、德的区别，学习治理政事的方法，庸德庸言才是教化百姓、使风俗淳厚的良药。卖弄才华，崇尚聪明，这样会使百姓中的狡黠之人竞相趋附这种不良风气，从而导致巧诈纷起、风俗渐薄，贪吝之人和倾轧之事渐多，即使父子兄弟之间也可以不顾亲情，更何况对于外人呢？更何况对于治下的百姓呢？言语上减少过失，是为了让平常的言语尽量谨慎；行为上减少悔恨，是为了努力实践平常的道德。得到官职俸禄的机会就在这里面，不用刻意去求。卖弄才华近似刻意求取官职俸禄，这样即使学到了求取官职俸禄的方法也不会久固，培养才华不是难事，难的是有了才华而能深藏不炫。

甲子（9月11日）　天气晴暖。我派宗慧去答谢黄龙和尚，让他带上西辅所买的大月饼相赠。

我拿出行李箱中的书籍晾晒，只有数函而已，其中尚有一些不能记诵，年少时我竟自夸每日能记诵万字，实在是自己欺骗自己。读书不贵在能死记硬背，即使死记硬背下来，过一段时间忘记了也如同没有记诵过一样，读书广博而不精，这样的广博是徒然的。雄伟华丽的辞赋，不合乎道，无补于人心风俗，只是徒然地闭门造车而已，因此具有雄心壮志的人是不屑于创作的。

我幼年进入私塾读书，读所谓的《三字经》，读到"文中子"一句时，我猜想是酒器，但不敢询问。后来年龄大了些，我才知道文中子是指隋代时在黄河、汾水之间教学、著述的王通，唐朝初年的开国将相多出自他的门下，他的弟子们推崇其学问，几乎将其门徒的兴盛比作春秋时在洙水、泗水间聚徒讲学的孔子，其实二人难以相提并论。构筑九层高台，看似困难，实则容易，因为众人可以同时施力。测定时辰的表规（**即圭表，是古代利用太阳射影的长短来判断时间的仪器**）径长只有一寸，但其中枢轴的巧妙设计，运作机制的深微，几乎深通阴阳的奥秘、暗合四季的轮替，创造这东西固然困难，即使后来的制作者也只能心、手合一地默自遵照其制作方法独自制作，这种制作表规的技艺可以用来比喻圣人之学。圣人之学从自身的慎独开始，到发展成公平地治理天下，靠的全是心中的一点至诚，然后不断努力、尽力践行，毫无凭借之物以作谋划。不得志时就隐居避世来成全自己的志向，所谓"成全志向"就是成全自己的诚心；得志时就努力让天下人都得到好处，这是将自己的诚心推广于外。这就是把握圣人之学的要点，即使将其放到后世也完全适用，气数命运，只能使一身一家困厄，对于圣人之道是毫无加损的。因此，孔子的七十二个徒弟多具备辅佐王侯复兴夏、商、周三代之治的才能，岂像房玄龄、杜如晦、李靖、魏征诸人只能辅助贞观之治的形成，仅是贤能的救时宰相而已。学习圣贤本领是人的禀性和天道本如此，作君作相是一个人自身的福命所规定的，二者常常是不能兼具的，夏、商、周三代能兼具的人，除了舜、禹、汤、武、稷、契、伊、周等君王、宰相外，也不多见。圣人之学全赖孔子的徒弟，阐明讲习，相互勉励，甘受贫穷，不改其志，以启发后世的明君良相，因此其功绩大于房、杜，也比房、杜影响久远。至于他们深入修习克制自己、使自己的言行符合"仁"的学问，助推化育，包罗万象，像上天一样无穷无尽，其功德简直可以永远与天媲美，这岂是用百年的锦衣玉食、数代的尊荣显贵所能报答和酬谢的呢？孔子及其弟子身处穷困并非是儒学的不幸，这实在是千秋万世的君王、宰相的福气；文中子的弟子们能成为唐朝的开国将相而显荣一世，却仅仅是其君王、老师以及贞观一代的百姓的福气而已。这就犹如集合万人之力建筑九层高台，不是一日就能谋划成的，也不是一人就能建造成的。并且建成高台的人多数不是创始谋划之人，其功绩即使巨大，也无法与制作测定时辰的表规的人相提并论，其中蕴含的巧妙匠心，这道理是非常明显的。

我清楚记得，隋朝大业年间作为平民的文中子向隋炀帝献策，隋炀帝未加采用，文中子这才退居讲学，把天下优秀的人才聚集起来予以培养，因此唐朝初年创业功臣的才能器识远远胜过前代，由此可知文中子的学术既有本体也有作用，虽然不能继承、媲美于孔子之学，却实在已经超越近古之人的学术了。但它有一点不足，就是审时度势、见机行事的时机把握不够准确，没有早一点认清形势。古今的豪杰、真儒，没有不知己知彼、预先决定是出仕还是退隐以适应当时局势的，而文中子却只是随意地轻视自身去迎合当时的君主。隋炀帝不孝不友，无礼无义，当时朝中执政的元老像杨素等人，也骄奢傲慢，他们哪里还有访求贤能以辅佐朝政的想法呢？有见识的人必定洞晓这种局势。可是文中子明知隋朝政权不能久存，却仍以盖世之才、过人之学，懵懂地以献策的方式求取官职，以致自辱其身，降低志向，违背正道，轻贱了自己的儒士身份，终究也是徒劳无益，这难道不是仁心有余而智慧不足吗？所以，我自从读了《三字经》后，心生怀疑，欲加辩白，就是觉得不应将他列在老、庄这样的高品人物之后（译者按：《三字经》云："五子者，有荀扬，文中子，及老庄。"故舒白香有此言）。只是文中子在朝门前献策一事，又似乎是在隋文帝时，深山之中没有史书供我考证，我只得随笔臆断，狂妄地诋毁前贤，这未尝不是我舒白香的过错，我的这种行为与我前天猜测刘挺卿的胸怀一事略同。然而，如果文中子的学识人品不如王渔洋、刘挺卿，我又何必花费这么多时间去非议他呢？王、刘二先生如果地下有知，必定会原谅我爱才敬德的诚心。

诸葛亮先生是辅佐帝王创业治国的大才，他在志向、事业方面难道就没有遗憾吗？后世之人，即使是迂腐浅陋的学子，也不敢以成就的大小将诸葛先生的才能列在房玄龄、杜如晦之下，难道是这些迂腐浅陋的学子能洞彻真理吗？大概他们曾读过《三国演义》，知道刘皇叔三顾茅庐相请，而后诸葛先生才肯以身许人，由此可知诸葛先生绝不是贪图功名利禄的人。他们也必定读过《隆中对》一文，这篇文章对时事大局的预测犹如观卜辞一般清晰，这也说明了事有前定，天数难逃。诸葛先生虽然志业未

清·钱维城·庐山高轴

成，也不足诟病，大概他们也能对诸葛先生不得已而答应出山、明知事情不可为而不忍心不为的苦心深加谅解。诸葛先生学识高超，反而因为能降低身份、不炫耀才华，忧虑勤政至死仍不悔不变，这足以媲美于夏、商、周三代的英杰，为后世之人立下为臣之道的标准，因此千秋万世的真儒、伪学都不敢予以非议，都对他衷心佩服。假如诸葛先生也曾向昭烈皇帝（**指刘备，谥号昭烈皇帝**）献策以求取官职，请求昭烈皇帝委派他承担匡复汉业的重任，而他最终又二十年鞠躬尽瘁，六出祁山而无功，这样那些迂腐浅陋的学子必定也会对其加以轻视嘲笑，因为他们知道这两种做法虽然取得的劳绩相同，但所展现的学识却大不相同。真正的读书人在闻道后，对于出处大节难道不应该加以谨慎吗？

乙丑（9月12日）　整日阴寒，云时时飘入我的卧室，四周的山谷也都布满云雾。昨天我打算在今天沐浴，这想法不能实现了。

我翻遍了所有的积蓄，勉强凑了五金，我把这些钱全都给了寺僧，并赠给他们一些月饼，借此补偿其玉米之失。自今以后，我的橐中没有一文钱了。西辅很是为饥乏忧心，我则为没有辜负自己的本心感到快乐。

我忽然想起龚沤舸今天一定会写破题之类的八股文，不知道他还有闲情想念我这个山中人否？

主持拿出一尊自己珍藏的乌金（**即铁**）太子像，说是明朝的某位帝王之子，用乌金自铸其像，颁赐供奉在天池寺，它是一件稀世珍宝。明朝中期，天池寺被火焚毁，太子的塑像从火中跃入天池，被阶石撞折了一条手臂，后来用白银补上，因此现存乌金太子像的一条手臂是白色的。我拿过太子像来观赏，笑着对主持说："你们读佛经，也很像现在的士子们读书，都是不求甚解。释迦牟尼在王宫出生后，向四方各走八步，一手指着天，一手指着地，说'天上地下，惟我独尊'，这是佛经里记载的。因此，这尊太子像在铸成后以乌金命名，实际上是仿照的佛经经义，可是后人却讹传这是一尊明朝太子指天指地的塑像，多么谬误啊！这尊塑像其实是黄金所铸，质地很重，最初的珍藏者担心有人偷盗，故意在上面涂上黑漆，以致又被人讹传是乌金铸造的了。塑像上这只折毁的手臂，实际是有人因为贫穷而盗取的，但盗取者用银换金，这才又编造出塑像因要逃脱火灾而撞折手臂的谣言，以迷惑众人的耳目。我这样说难道是要向您炫耀我的博学吗？我只是为了辩明有关这尊太子像的讹传，为释迦佛祖护法而已，希望禅师您不要辜负了身上的这件袈裟以努力进取啊。"主持应答着退出，自此就把这尊塑像称作释迦佛祖的塑像了。

天池寺里的雄鸡忽然无病而亡，老僧为其念诵《往生咒》，然后将其尸体焚烧，埋葬在后山。我戏作了一首挽词为之送葬，词曰："想到您这只雄鸡，蒙受佛祖的恩德，在庐山这座名山上长寿生存，有幸免于被人用刀宰杀，最终得到回归净土的正果。佛祖对六畜（指马、牛、羊、鸡、狗、猪，泛指各种牲畜）施以恩惠，给与您的恩惠也可谓盛大；凡是具有智、信、仁、勇、严五德的牲畜都会得到福报，但只有您能全身而亡。我可以料知您孵育繁殖的后代，必定全都羡慕您这位先辈能得到善终。噫！一鸣惊人，只有大名士才能长寿而死；行事具备九种优良品格，这足以慰藉您这一生了。"

丙寅（9月13日）　　天气阴晴不定，渐渐变寒，我已穿上夹衣，戴上纱领小帽了。因昨夜被褥单薄没有睡好，我的心情也忽然郁郁不乐起来。天池之水依旧清澈，对着它就像对着一双明亮聪慧的眼睛，即使它不能说话，我也依依不舍地不愿离去。

我听说佛手岩老僧因病卧床，命宗慧带了些钱和月饼前去探望。我至今未与这位老僧会面，只是近来他曾借给我数斗米，我觉得此情此恩不可忘记，（所以这才命宗慧前去探望）。

山中有个农民想赠给我一只母鸡，我素来不喜欢因为口腹之欲而杀牲，可他前不久曾笑着说如果不愿杀牲，可以留下它作为雄鸡的小妾，不料我留下这只母鸡没多久那只雄鸡便死了。于是西辅疑心那只雄鸡命犯孤鸾（即命中注定婚姻不顺），我则以为它大概像民间故事中传说的一样，是柳翠翠的前身，担心吴红莲损毁了他的修行之体罢了（事见冯梦龙纂辑《喻世明言》第二十九卷《月明和尚度柳翠》）。

刘姓樵夫赠我一升绿豆，我欣然接受，并立刻命人煮粥款待，我这样做是不想辜负他的美意。西辅说："我自从认识先生，跟随您四处出游已有十年之久了，见到王公大人赠给先生许多重金，您往往再三推辞，不肯接受。现今您竟对赠给您一只母鸡、一点绿豆的农夫、樵夫，斤斤计较地想着回报，喜形于色，这难道不是在贵人面前假装廉洁，而借穷民之口沽名钓誉吗？"我说："你问的太好啦！你既然跟随我出游已久，我就容易为你剖析疑惑了，我与你简要地分析一下吧。赠予和接受之间，我是不在乎贵贱、轻重的，我主要看赠我之人是否心诚，以及我的接受是否符合道义，这是不能以我的表面形迹拘泥而论的。从前，我在怡恭亲王府邸时，最初怡恭亲王只是以文士待我，所以我只接受作为幕僚的餐食，却不接受金玉之物，其原因在于我原本就没有才华，怡恭亲王也不重视文章，对人无益却接受厚赠，这与道义不合，我如果接受了心中也会不安。第二年，怡恭亲王对我了解渐深，也对我礼遇有加，他不仅设醴相待，即使是为我安装便器等秽物，也一定会命世子亲自监视。世子又待我如贤兄，我哪敢与朋友的父亲论平民之交？因而，我对怡恭亲王更加敬畏，即使是金玉重礼，如果他是因为我有功劳而赐给我，按照礼节我也不敢因为自己贫贱而推辞；如果我没有功劳，即使怡恭亲王赐予我重金，按照道义我也不能损伤自己的廉洁而接受。你大概见过我推辞别人的所赠却不明白我为何推辞，因此便疑心我是在装模作样。至于某些人，本不屑与我做朋友，只因怡恭亲王敬重我，他们这才放下身份与我交往。怡恭亲王生性廉洁，不接受馈赠，因而他们便将东西赠给其所敬重的人，所以对此我断不敢接受，并非是我装模作样，（我之所以这样做）正是为了成全怡恭亲王的廉洁并报答他对我的知遇之恩。至于对有所请托的那些人，即使一言片纸，答应赠给我万两黄金，我也唯有面色严肃地坚决推辞，不徇私情，也不泄露这机密。这些人有的难免不笑我迂腐，不疑心我矫情，但这些又都不值得我辩解了。大体而言，辨别君子小人，不外乎看其在公私义利之间是如何处置的，其中尤其是要看他处置时是诚心还是伪装。按照道义而心诚做事的，是君子；按照道义而心诚做事又不怕蒙受不义之名，以婉转地成全其道义的，这样的人是大君子。一心谋利的，是小人；一心谋利而又以廉洁之名作为掩饰，从而暗中窃取利益的，这样的人是低贱的小人。我虽然不敢将自己列入君子的行列，但确实深以小人为戒。我也曾接受过要做君子的教导，诵读过圣贤的遗言，恪守父亲的教诲，不敢不在出仕、隐居之际，得到、失去之间，以及收受给予、投赠报答等小事上，尽心深思熟虑。如果

清·王翚·庐山白云图（局部）

是符合道义并且是出于诚心的馈赠,即使一只母鸡、一点绿豆,我也是再三拜谢而受领,欣然感动之情就像接受了别人优厚的馈赠一样。如果是不符合道义并且是借此引诱我作假的馈赠,那么对方所赠的越多,我感觉对我的羞辱越大,我也便一而再、再而三地坚决推辞,这并非是我矫情。佛手岩的老僧和刘姓樵夫虽然非常贫贱,但其修养高尚美好,对我的爱敬出于诚恳,与王公贵人相差不远。并且对方所赠的虽然仅是一只鸡,但从恩情来说,即使王公贵人赠我以太牢(牛、羊、猪三牲具备谓之'太牢')也无法与其相比;对方所赠的虽然仅是一升绿豆,但从情谊来说,即使王公贵人赠我以满仓的谷米也无法与其相比。如果忽略贫富贵贱这些外在的东西,从其内心深处的爱敬诚伪观察,依照其所处俭约、安乐的处境衡量,那么我推辞重金,不是因为我假装廉洁,我感动于鸡、豆之赠,不是因为我沽名钓誉,这又有什么可疑心的呢!"

西辅惊愕地自我勉励说:"我在这将近四十岁的年纪,才确信人的可贵不在于自身的遭遇,我处此贫穷也没有什么怨恨了。我冒昧地问一下,按照道义而心诚做事,不怕蒙受不义之名,以婉转地成全其道义,可以以哪些人为例,我能听一下吗?"我说:"你问的很好!就像吴泰伯,本是周王的嫡长子,周王有意将王位传给小儿子季历之子姬昌(即后来的周文王,故文中曰'文'),这虽是周王暗中传位于贤者的行为,却实在有违于宗法,况且泰伯并非不贤之人,可是他甘心违背侍奉父亲之职,逃往吴地终其一生,因此当时的百姓找不出恰当的词语来称颂他。愚蠢之人,未必不说泰伯的潜逃是一种不义的行为。假如泰伯说出自己委曲成全大义的隐情,那么愚蠢之人必定又会非议其父亲违背宗法而做出不义之事,因此泰伯(不作辩解）而甘愿承受他人对他的污蔑。如果不是我们的圣人孔子具备像上天一样的鉴察力，能洞察、阐述隐微之情，毅然长叹，将泰伯视作具有极高道德的人，夏、商、周三代以后，谁又敢将泰伯称作贤者呢？像泰伯这样的人就是我所谓的大君子。其次像孟子，具有亚圣的资质，国人耳闻并且亲眼见到，他曾甘愿与那些有不孝之名的人交游。他的入门弟子疑惑地请问，然后他大声明辩，阐明被误认为不肖之子的特殊情怀，论定真正不孝之人的实际罪行，正人伦而辅教化，以婉转地成全在交际方面应当遵循的道义。再其次像狄梁公（即狄仁杰，死后追封梁国公，故称），也是一位大君子，然而在武则天篡政时，识时务的君子们躲避惟恐不及，生怕玷污了自身，他们未必不质疑狄仁杰为何不能讨贼，觉得他不是贤能之才，而他又模棱两可，居官不去，这难道符合做大臣的道义吗？可是此时狄公甘愿蒙受不义之名，不忍辞官，苦心孤诣，以成全自己反周为唐的大义，天下后世之人这才全都明白君子的用心，在于使天下人民得到快乐和利益，（为了实现这一理想），君子是没有时间顾及自身的荣辱毁誉之名的。其他的像伊尹放逐太甲，周公蒙受流言的毁谤，在当时，小人的怀疑、讥谤，如潮如雾，甚而无时无地不叫嚷吵闹、愚昧议论，乱人耳目，整个朝野，能深信二公绝无异心的，想必没有几个人。假如二公不愿蒙受这种恶名，那么太甲登上王位后，最终不能立德，伊尹又哪能以宰相的身份匡救商朝、实现中兴呢，这样反而不符合作为臣子的道义了。以上我说的这些，有大事有小事，有的事情隐微，有的事情显明，但它们都能表明君子的心迹，（像这样的人），古往今来数不胜数，我只是依据你曾读过的书、听过的言谈，举出几个事例以引申说明。大君子按照道义而心诚做事，不怕蒙受不义之名，以婉转地成全道义，其实这种议论不是我舒白香首创的，你不必疑心。"西辅高兴地自我慰藉说："我最初以为圣人遗留的经书，先王遗留的史书，全都不过是文章典实，以供人用之考取功名罢了，现今才确信先生的学问，不可非议。我虽然不才，（听了您的这番议论）也可以学做君子了。"

丁卯（9月14日） 天气晴凉。因昨夜睡觉时我盖的被子太厚太暖，今天我的风嚏之症又复发了，难怪薛公望责备我有肺热之病。肺属金，秋季也原本属金，入秋天气转凉，但人如果穿盖地太暖，那肺金必然干燥，干燥则极易引发肺热，嚏涕纷来，毛孔又因此张开，外风容易侵入体内，因此每年秋天我一旦患上伤风之病便会久而不愈，我的这病是不能以外感风寒的病症来诊治的。人体之脉与国家之脉相似，尧帝在位时洪水滔天，商汤在位时七年大旱，以尧与汤的品德，国家不应该有此灾难，他们的内心也为此深感不安。其实这就像儿童患有痘疹，元气越厚则发的越多，发的多了则血气渐新，到了老年就不用担心再患此病了，实在不必为儿童患上此病而心生抱怨。所以，最完善、最美好的政治，以培养元气为主，不崇尚修饰，不追求虚名，勤恳不倦地关心、解决民众的疾苦。教给百姓织布耕田的方法以使其自养自足、肢体勤劳，这样百姓就不会贪图安逸、放纵欲望，教化起来也自然容易许多；教给百姓忠信孝友的道理，以启发他固有的良善，这样道理就容易说明，无论是智是愚都可以学道，这样的百姓则容易驱使。作为统治人民的天子，能使治下的人民不饥不寒，易于教化、驱使，他即使不愿久居其位、不想长治久安，也是不能推辞、无法做到的。这是培养国脉元气所应该讲究的。秦始皇好吃热药，以助火而纵欲，起初也甚快意，但渐渐地便引发出陈涉之乱，煽动起项羽之祸，这种祸乱像痰火一样越发越盛，很快他便中风而亡，秦朝也随之毁灭了。唐太宗好吃阴药，所以他和他的王朝体貌润泽，未曾生病，但渐渐地便酿成高宗之痿，明皇之泻，幸赖有徐世绩、狄仁杰这样的朝廷元老发挥像人参一样的作用挽回元气，有郭子仪、李光弼这样的新臣贤将发挥像肉桂一样的作用扶助阳气，即使国家陷入危局也没有灭亡，这绝不像强阳之症那样，难以急救。至于东晋像患有痰火之症的老年人，南宋像半身不遂的残疾人，元气将尽，攻补难施，由此而历观往古，每一个朝代都有病症，百出不穷，虽说是定数，也实在是由于缺少国手良医治病于未萌，（即使有国手良医）也不能虚心地使君主防患于未病而甘心头晕目眩后才求医诊治。然而如果不是上智之士，经世济民之才，杜绝自私自利的名利之念，读千古圣贤之书，察百王兴废之脉，辨别元气之虚实，兵力之强弱，受病之浅深，再加以精准切脉，才能不胡乱下药，这样即使是久治不愈的病也能立即起效。假如略有才智便自骄自大，贪图私利而崇尚名声，甚至幸灾乐祸地等待他人生病以验证自己的古方，掩饰自己的浅陋而售卖自己的医术，这样的诊治（不但无效）反而会加重病情。难怪各代的君主不能取信于民，而百姓的疾苦也最终得不到解决。我联系疾病而演绎古代的史事，因肺热而想到求医，于是就有了这些游戏笔墨的文字。

游山日记卷七

戊辰（9月15日）　听见晨钟声响、寺僧念经，我便起床，径直前往文殊崖看云。正当我看云看得惬意时，剃发匠又来了，我觉得不值得为了剃发而舍去欣赏奇妙云雾的机会返回寺中，便让人将剃发匠叫到山崖上来为我洗头剃发，伴着云雾梳理头发，黑白分明，香气与云气混合为一，可以真正算得上与云为伴了。盥洗后，云雾才升上山崖，我命宗慧点燃一个大爆竹抛入云中，轰然一声巨响，四面的山峰一齐回应，我忍不住与周颠仙人的画像相视而笑，这是一件极为快乐的事。

西辅为了寻找紫竹，去往天池寺崖下，春香人沏茶款待，指示哪里有紫竹。西辅回来后还说，昨夜有一只老虎睡卧在竹林中，毛色斑斓可爱，春香人不忍惊扰其睡觉，只是对着老虎微笑，老虎醒来后也对春香人的微笑不感奇怪，这是彼此都见惯的。西辅又说："崖下怪石层叠，阴森恐怖得犹如奇形怪状的恶鬼，望之令人害怕。崖下的泉声刺耳，山涧中有许多石头，大的能有房屋一般大。可是现在我站在崖上观望，崖下的怪石不过拳头般大小，山涧、泉声也见闻不到了，人的见闻因环境的不同而改变，这个道理原本就是容易领悟的？"

我说："嘻！你没听过这样一个故事嘛，京城一甲（*殿试的第一等，明清时仅三人，即状元、榜眼、探花*）胪唱（*殿试后，皇帝召见考中者，按甲第唱名传呼，称"胪唱"*）当天，守门的一个校尉问另一个校尉'刚才是在干什么'，对方说：'似乎是在挑选状元。'那人又问挑选几个，对方回答：'有人说只选一个，大概是参加考试的人太少了吧！'我从前听到此言，嘲笑这人糊涂无知，殊不知少见则多怪，见的多了也就不觉得奇怪了。那两个问答的校尉虽然愚笨，然而他们在宫门旁边值守，应该能经常看见朝廷举办重大典礼时许多达官贵人从禁门出入，这就犹如春香人经常观看老虎睡觉一样；王公大人在入朝觐见皇帝时都会急步径直由宫门进入朝堂，并且相互恭敬地鞠躬，大概时间久了那两个校尉渐渐忘记了王公大人们的显贵，也无暇细辨其官职，计数其多少，更何况对于那些官职低微的人呢？这也就像独立天池之上，观看山涧中的石头，我说它们只有拳头般大小，你说它们大得犹如房屋，这没什么可奇怪的。唐朝时刘秉仁来江州（*今江西九江市*）任刺史，到任后他将自己蓄养的骆驼放归入山，山民见之大惊，便聚众射杀了骆驼，并写好呈辞向刘刺史禀告请赏，说是猎杀了一个'庐山精'，刘刺史前往观看，发现山民射杀的正是他放归入山的骆驼。骆驼只是一种寻常的牲畜罢了，没有见过的山民却将它尊称为'庐山精'，这难道不就是所谓的少见多怪吗？你平时生活，既不爱读书穷理以弥补自己见识少的缺陷，又常以个人的偏识偏见胡乱猜测，栩栩然（**得意的样子**）自感得意，如此时光蹉跎，转眼之间进入壮年，智慧与肌骨暗自衰弱，即便想要充实学识，也很困难了。我经常与平民交往，不忍看到他们甘于堕落，也不会盯着他们过去所犯的错误，不管是第一次会面还是已经相识多年，只要诚心询问，我必会诚心解答，以礼来求学的，我也一定会以礼予以教授，对方稍有向善之心，我必定会千方百计地予以奖励诱导，引之入道。我虽然明知对方未必听我的，但同在这个世间生存，总会有情义在，况且又怎知愚蠢的人不能变得聪明，柔弱的人不能变得坚强，我怎能阻碍他人增进道德呢？知道害怕凶恶的老虎却不知道怜爱卑贱的狗，见到奇怪的石头感到恐怖却不知道害怕民心不齐引发的祸患，这样的行为很难说是已经接近大道了。你近来总非议我与不该言谈的人大讲道理，如果一定要遇到应该与之言谈的人才大讲道理，这是智者所做之事，像我这样迂腐且热心肠的人怎么忍心做出这种事呢？"

己巳（9月16日）　早晨晴，整日暖和。傍晚云雾满室，有一种焦曲（**又名焦神曲，一种中药**）的气味，即使点燃大爆竹也无法驱散，爆竹的烟与云不同，二者不能混同。云太密反而无雨，令人坐在混沌之中，看不见任何物体。如果关上门，飘入室内的云就不能出去；如果不关门，飘出室外的云很快就会再次飘进来。不管哪种情况，（**坐在室内**），人的口鼻都会吸入云雾。我想读书，但看不见，于是昏昏欲睡，我今日可以说是"饮云而醉"了。

庚午（9月17日）　我昨天因为"云醉"，以致忘记了时日，剃发本是昨天之事，西辅说昨天是十二，宗慧说昨天是十三，我则茫茫然毫无主张，姑且模棱两可，但最终我还是觉得西辅的话可信，便以十二日为记。今天早晨我听见僧房传出磨豆子的声音，恍然醒悟他们一定是在制作豆腐，以为即将到来的中秋节准备丰盛的饭食，（如果这样，）宗慧说昨天是十三就可信了。商纣王因为整夜饮酒而忘记时日，他忘记时日是应该的，因为他整夜饮酒，可我饮过什么东西呢？想了片刻后，我只能说自己终夜"饮云"了。

今天早晨的云和昨天早晨一样，我起床后仍到文殊崖徘徊远望，草上的露水把衣裳沾湿得犹如洗过一样，但我没有察觉，也可谓夜醉未醒，又饮晨酒了。我因"云醉"而忘记时日，难道不是应该的吗？

我庚申年腊月从北方回来，就立即前往靖安县拜谒高曾祖墓，我之所以前来扫墓拜祭，是因为我长期寄居远地致使高曾祖墓草荒已久。祭拜完后，我便前往扬鹤观游览。我喜欢它地处高僻，于是在那里连住了几个晚上以待过年。当时，我为观里的道士写了十副春联，其中一联是"遥闻爆竹知更岁，偶见梅花觉已春"，意思颇与"山中无历日，寒尽不知年"二语相近。现今我竟然对昨天是十二还是十三这样的琐事斤斤计较、力求考订，德业真是太没有长进了！人说我舒白香高明，不是这样，我觉得自己昏愦。

人的喜怒哀乐也像云一样，无根而生，因有感于外界的事物而生发，当局者迷，于是它们往往阻碍人的智慧，让人言行无常。因此，儒家说"喜怒哀乐表现出来却能合乎法度，这叫作'和'"，佛家说"扫除痴妄的根源

佚名·名画荟锦册·无款老虎

就是'慧'"，可彻底地摆脱痴妄，毕竟只有下定决心勇敢出世的人才能做到，(像我这样的人)只能时时反省，做每一件事都力求合乎法度罢了。

主持不遵守约定，赠我寺中买来的藕、饼、梨、栗，我皆一一拒绝，是担心有些僧人背后议论。九江诸寺又寄来纸、白绢以及白扇，嘱托主持向我求字，这事我就不好推辞了，可是我如果去做这事却又愧对了道家仙师庄子所说的"灵巧的人多劳累而聪慧的人多忧患"的训诫。人生只要能学会没有能耐便没有追求，填饱肚子就自由自在地遨游，像没有缆索而飘浮在水中的船只一样，便是大本领、大福分，我学习此道已经二十年了，仍未能学会。

我年少时游览秦淮河，偶然同黄星伯登上一座酒楼，见到一个形貌古朴的妓女，独自坐在那里叹息说："粮食歉收，丈夫便逼迫我从事此业，无奈我命运不佳，所遇客人全都看不上我而离去，我住在此处已经有一个月了，仍未有一次失去节操。"黄星伯说："她太幸运啦！这个妓女因为貌丑而保全了节操，她竟不知感恩反而怨恨自己命运不佳。"我笑着说："王莽建立新朝的十八年中，难道就没有求官不得而叹恨自己命运不好的吗？光武帝建立东汉后，反而认为这些人是因为守节而不出仕，这些人也是像这个妓女一样。"甲辰召试(皇帝召来面试，是古代选拔官吏的一种特殊方式)时，黄先生与我父亲在秦淮河一带相聚，交情最好，大概二人的性情、风骨、节操以及言论多所契合，所以他们常常一同骑马出游，也常常并榻而坐，这绝非假话。读到此处，我为之悲痛。舒有华敬题。

云雾升上屋顶，从而檐间有滴雨声，这就像蒸酒，蒸汽上升，甘露才能降下来，又何需龙来布雨呢？大概是龙喜欢驾云而游，有人见之，便有了这种意料之外的赞扬。

"祭神求雨而下了雨""如同不祭神求雨而下雨一样"（语出《荀子·天论》），这不等于说是求雨无益了吗？这是聪明人所说的话，不是有德行的人说的话。有德行的人即使知道事情做不成功也不忍心不做，因此其诚心可以感动上天；聪明之人知道事情能做成功而后才去做，因此其诚心不能感动外物。我二十岁前崇尚智慧，三十岁后才知道这是错的，于是我甘愿去犯"明知事情不能成功而仍不忍心不做"的过错。人们即使笑我愚蠢，（我也不在乎），我这样做只是为了心中略微无愧，不敢说我的行为就是仁者的行为，或许只有这样我才能够不至于浅薄无识，弥补自己缺乏仁德的过错。圣人说"察看一个人的过失，就知道他仁不仁了"，对这个"仁"字不必看得太过深奥，其意义就是我所说的这些。

顺应天意而动，只有上智和下愚之人做得出。介于中间的平常人则喜欢探究混沌的奥秘，结果混沌被打破，他们的心也随之死了。最可悲哀的事莫过于心的死亡，愚蠢的人反而以此为乐，这太悲哀了。

我幼年时极易伤感，不管在哪个季节听到风雨虫鸟、管弦铃铛之类，都会伤心。我只是觉得桓子野（东晋名士桓伊，字子野）每次听到别人清唱，总要连呼几声"奈何"，（他这样做）仍不是对音乐的一往情深；至于颜回一箪食、一瓢饮，居住在简陋狭小的巷子里，不改变自己的快乐，则又似乎显得不近人情。如今看来，凡是富贵子弟中糊涂不明、只知贪图服食声色享乐的，都是愚蠢之人；绝不因富贵感到快乐，却夸耀才能，不可一世，以至于一听到音乐便心中感动，无缘无故地生出感伤，这样的人虽然近乎智者却也近乎痴傻。风雨只是风雨，虫鸟只是虫鸟，听到就像没有听到一样，看见就像没有看见一样，这样的人不是无知的愚蠢者，就是已入定境的参禅悟道之士。幼年的我哪能做到这样啊！从今以后，我也只有尽力追求在贫贱中安贫乐道而已了。

一个妓女因为貌美得到许多富贵男子的青睐，另一个貌丑的妓女妒忌且炫耀地说："她虽然貌美，但贞节不如我。"君子说："自己有善德，才要求他人行善；自己没有同样的过错，才以此要求他人。"

有人问唐朝的关盼盼在燕子楼中守节不嫁可以算是"义"吗？我答："可以，就像豫让难道不是忠臣吗？"因此，君子重视晚节。

有人问《离骚》为何感人至深？我答："虚字多。"《诗经·国风》为何感人至深？我答："比兴多。"老子说："房屋内部是空的，才有了房屋居住的作用。"房梁、屋檐、墙壁，是房屋的本体。有间这样的屋子，用沉檀木作为立柱，用刻有花纹的玉作为墙壁，但却没有让人进入的门窗，也没有一点空隙可以让人安放几榻，这样的房屋能叫作房屋吗？漫游于书山学海，却因找不到治学的门径而苦恼，其道理也都全是如此。

诵经声是最能令人心静的声音，但自从知客僧要赶走行脚僧使行脚僧生气，甚至他在拜佛时呵骂弟子，按例他这种做法与在客人前骂狗一样都是非礼的行为，怎能不让人动怒呢？

今天一整天四周的山谷都像蒸饭一样，云雾腾腾，冷雨不断，到了夜晚忽然云散月明，天空清澈明亮得似乎可以看见其骨髓，这么久的云遮雾蔽，不知道它们都飘向哪里去了，大概仍旧归向所来之处了吧。有的人因积恶而著称，忽然一天做出善事，如果不是伪装，他的这种令人刮目相看的改过迁善、气象清明，也正像这飘散的云雾一样。能改正过错也就没有过错了，谁能不犯错呢，怕的是没有改正过错的坚定决心。过错难道很难改正吗，怕的是有自以为是和护过之心，有志改过的人，先寻找自己的病根所在，每天认真反省就行了。

心如果不妄动，那么即使动也会合理。心中时时刻刻有想法，就是"妄心"，有妄心的人遇到大事必定没有主张。

禁足容易，收敛心神困难，生灭心便是轮回的根源，一刹那便是一个劫数，难道一定要真死、真出世才算劫数吗?

说某人断不可教化，便是这人不接受我教化的根源；说一个地方的百姓不值得爱惜，便是我不能治理好百姓以及百姓总想着背叛我的根源。

佛以身喂饿虎以及割肉喂鹰，这在具有小聪明的人看来，都是极其愚蠢可笑之事，殊不知这正是佛从大悲心中自发地验证自己的行力的啊!就像我们儒家的圣人孔子说"克制自己，一切按照礼的要求去做，这样天下就都归于仁了"，这话本是非常精确的，可是倘若具有小聪明的人不探求其真实之义，泛泛地用孔子世家和夏、商、周三代盛世的政绩去一一验证，那就不很符合了。百姓陷于水深火热之中犹如自己陷于水深火热之中，百姓处于饥饿之中犹如自己处于饥饿之中，这也是一种大悲心。即使禹在位时有一个人淹死，稷在位时有一个人饿死，也不值得因此而诟病禹、稷。不同别人一起做好事，反而要小聪明，刻薄地议论别人，这样的事我是不做的。

能使自己的心像槁木死灰一样，"仁"便能在他的心中生发，如果给予他爵位和权柄，那天下百姓反而会蒙受福泽。一个人的内心像盛夏般炎热，就会产生各种念头，心中也必然存有多种欲望，如果给予这样的人爵位和权柄，那天下的小人都会被他用名利诱惑而来，这样反而败事。所以，要想治理好国家必须先治理好自己的内心，我说"心要像槁木死灰一样"，并不是让人无情，而是让人减少欲望。万物生长的景象，在春天则是近乎仁德，在炎热的盛夏则反而近乎多欲了。

　　辛未（9月18日）　　黎明时，老僧敲着窗子叫我："周颠仙人又将云驱赶到凌虚台下，报答先生作赋的情意了。"我狂喜，披衣穿鞋急忙前往，这时云雾的奇妙，更是我前面的赋文未能写到的。正巧西辅手捧我亲自书写的赋文来到，对着万里晴云朗诵一遍，千峰响应，画眉鸟在山下婉转啼叫，木叶不动，寒蝉不鸣，晶莹的露珠时时从松树的枝梢滴落到我的茶碗中，茶水入口清香，我心中大感快乐。我随即让西辅把这篇赋文粘贴在四仙亭的右壁上，共七张纸、二千余字，于是我对着周颠仙人的画像开玩笑地祝祷说："我用这篇赋文报答您不惜辱没身份而与我交往的雅意，但是如果您能为我驱赶闲云，让没有云雾的地方也布满云雾，连湖面上也一并布满，这样我才能尽兴。"我这话刚说完，铁船峰下便云出如潮，像士兵牵着战马、含着筷子疾速行军，无声有律，顷刻间江湖、远山都幻化成一片云海，云雾在灵峰秀壑间层出不穷、越出越奇，这时明媚的太阳又照耀在云海之上，宝光绚烂，让人惊心骇目，迷醉敬服，于是我忍不住对着亭中四位仙人的画像一拜再拜，接着又面向墙壁响亮地朗诵起自己的赋文。

　　（朗诵完毕）我远远地听见老僧向庐山神祇祝祷的梵唱（**作法事时的歌咏赞颂之声**），其中说到中秋佳节，我这才想起今天是八月十五，不免又为自己的遭遇庆贺。十二万年以来，有天地即有庐山，有庐山即有天池，有天池

清·查士标·晴峦暖翠图

即有云，有云即有人，有人即有中秋节，有中秋的名称才不过二千年而已。这二千年中，住在天池寺、过中秋节、作赋文、观云海的人，在我之前未必没有，在我之后也未必没有，可是如果希望闲云朵朵皆同，赋文字字不异，又恰巧有西辅这样的人，将赋文粘贴在亭中的墙壁上，那除了十二万年后的今日之我，（没有人）能与此尽同了。既然如此，凡是无心巧合之事，不论这人的人品、文章是否值得重视，都堪称独一无二，我这话虽说得夸大但其中的道理却一点也不夸大。回想我平生所度过的中秋，以今天最为快意。

西辅说："从前我在黄州拓苏东坡《赤壁赋》（译者按：《赤壁赋》有前后二篇）和其刻像，登上所谓的二赋亭，突起的屋檐像鸟嘴向上翘起，亭子的装饰金碧辉煌，全是按照《赤壁赋》中的描写修建的。谁又知道这座亭子不会有好事的后贤将先生的《天池赋》雕刻于石壁上呢？"我不禁大笑，说："古时潘岳出游，路上的女子非常喜爱，一起把水果投掷给他，以致他每次出游都能满载一车水果而归，（之所以如此）是潘岳貌美的缘故。左太冲形貌丑陋，却自不量力，也效仿潘岳驾车出游，以致妇人们都向他脸上吐唾沫。你打算为我的《天池赋》筑亭并将其刻在石壁上，妄自比拟苏东坡，这与左太冲效仿潘岳驾车出游有什么两样呢？我生平没有一点长处，只知道自己貌丑，即使中等相貌的人我也不敢攀比，何况像苏东坡这样的古代贤哲呢？一个人要想避免像左太冲一样被人吐唾沫，就得有知耻之心才行。"

西辅竟然杀了一只鸡作为我的餐食，并从九江买回一瓶酒来，登山时不小心跌了一跤，瓶中的酒洒了大半，只剩一点。西辅只饮了一勺就大醉而眠了，剩下的酒被我携带到凌虚崖上对月饮之，我也饮醉了，趁醉写出一首七言绝句，我能写出这首诗全是酒的功劳。从前，我常说没有谁能像我一样不善饮酒，但不料还有人不如我。《笑林》记载了一则笑话，某家款待客人，客人都是海量，独有一个客人未曾饮酒，可是宴会进行到一半的时候，这个客人忽然推开桌了、挥舞拳头，座中的客人都起身躲避。主人急忙招来这位客人的侍从，问道："你的主人有疯癫之病吗？"侍从回答："没有。"主人又问："那他为何忽然如此？"侍从审视了一下桌上的食物，恍然大悟说："难怪我的主人今日大醉，一定是他吃了这盘糟鱼的缘故。"

又有一人终年沉溺于饮酒，其父多次告诫，他仍不知悔改，有一次其父大怒，将其浸入酒瓮中，压上磨盘，加上封条，并发誓说："我一定要让你醉死在里面才开启酒瓮。"这人的妻子则未免担心自己将要守寡，背着公公抱着酒瓮哭泣，忽然她听见酒瓮中有吟哦声，听其词则是："贤妻何必哭哀哉，家父的封条谁敢开？与其死后猪羊祭，不如磨眼里送些小菜来。"

主持看见贴在亭壁上的《天池赋》中有"舒"字，笑着对西辅说："我现在才知道萧居士姓舒，近来我听见山下传言萧居士姓王，又是为什么呢？"于是我大书特书了许多"舒"字，以证实我不姓王，这可算得上因为一个虚假的姓氏而让所有的百姓都感到疑惑了，这虽是一个玩笑，却绝非胡说，也并非是可以轻易触犯的事情。我是暂时为了躲避喧嚣来此，那我就是在开玩笑了；但如果我是为了避债来此，那我就是在胡说了。

峰高月冷，夜长风凄，我恍惚觉得此身介于仙、鬼之间，可是当我触摸到自己温暖的腹部时，才知道自己仍然只是凡人。于是，我想起我明明有家在豫章（今江西南昌）城南，为何就忘了呢？我还有一个詹姓外甥，此时正在天香馆后院种植罂粟，普旗、昌智、霞馥、莱馥、盼儿等我的家人们必定聚作一团正在观赏其种花，或者（我的外甥没有种花）而是正在与表兄们相互喧闹争夺。人烈、匠臣、懋哲、人煦等人，即使有事外出，此时也应该回家了。晴川如果没有回家拜谒父母，此时也一定在看种花。庄溪今晚未必有时间去天香馆。修常一定在家坐着算账，他家虽然与我的天香馆很近，但他此时肯定连吃饭也顾不上，（更不会去天香馆了）。谦十兄如果去我家游玩，不知道会不会饮醉？（我之所以这样说）是我家没有藏酒的缘故罢了。我的长兄、姐姐远在衢州，他（她）们与我的九哥、姐夫、大外甥、众侄儿等对月看戏时，想必一定会念及老三（舒白香自称。因其在家中排行第三，故称）何苦非要去庐山游玩，不知现在他在庐山第几峰。我住在靖安的叔父、众族弟、众族侄或许知道我已来庐山避居，谦三兄和长德、建侯、春侄等则一定认为我还在豫章城南的家中酣睡，他们一定料不到我在此是如此的快乐。懋熙、懋修和恭行尚在矮屋中读书，应该没有时间想到我。只有沤舸此时必定想念我，（我之所以这样说）是因为他想与我一同出游，但没有谋划成功，他肯定久久地闷闷不乐。曾敬修居住在深山之中，没有利禄之念，村塾放假，此时他必然像枯僧入定般孤身独坐，或偶尔回想起庚申年中秋我离开京城那天，他与二三个太监在我的船上与我共卧的情景。这是我随笔游戏记下的文字，以待相见时向他们一一验证。

我自从六月入山，到今天身上才出了一些汗，一是因为我穿的衣服多，二是因为我中午时攀登了一段山路，并不是天气太热的缘故。这几天寺僧们都在为中秋节忙碌，当年我在扬鹤坪过年，看见道士们也都为过年忙碌。今世之人面对俗事的劳苦烦扰，动不动就想出家为僧为道，以躲避烦扰，难道一定得这样吗？即使不做僧人、不做道士，也可以了却尘缘，我对儒释道三教都有很多喜爱，它们可以让我安逸地度过晚年，这大概是我把守拙当作修养身心的宝贵财富的缘故吧。

壬申（9月19日）　　天气晴暖。我为庐山各处的寺庙写了十多幅字，但他们送来的纸太涩，羊毫笔落在这样的纸上，就像跛脚驴驮着重物艰难地行走在上天池的山路上。

癸酉（9月20日）　　早晨晴，后来渐热，只可穿四层丝织布衣。宗慧去锦桥购买物品回来，路上汲取了一瓶甘露泉水，我急忙给予他赏赐，然后用泉水浸泡新茶，慢慢玩赏品味。甘露泉水的清碧或许可以胜过天池之水，但其甜滑冲和之趣，则远远不及天池水。茂林禅师曾说甘露泉胜过山顶的任何泉水，因此宗慧将其汲来让我品评，他这也算有一种清雅的兴致了。

人没有生下来就俗的，故意学人清雅的谈论和高雅的行为举止，自诩风流，反而多显俗态，不如温和恭敬地率真而动，不屑于根据个人的利益做事，或者就像宗慧这样愚笨无求，偶尔也会因为遇到名泉而卸下担子、歇息一会儿，这样的人都可以将其视作风雅之人。

主持嘱托我为寺院题写楹联，我随笔作了长短二幅，其中一幅是："一水印天心，指月证三生之果；六根无我相，饮泉清万劫之尘。"另一幅是："天上有池能作雨，人间无地不逢年。"横批则是"香云绣水"四个大字，这四个字是从我的《天池赋》中采择的。可惜纸笔都不称手，写成的二幅楹联字体丑陋，不免会受到游人的讥嘲。

午时(十一时至十三时)未时(十三时至十五时)之间，云雾布满四周，雷声轰轰，欲雨不雨。夜晚时月亮出现，我久久不能入睡，听见众僧敲打着梆子巡山，他们这样做是担心田中剩余的玉米、白菜等又被贼人偷去。像天池寺这样的寺院与天下其他的寺院相比可谓贫穷到极点了，但寺中的僧人还是担心蔬菜等物被盗，而那些存积丰厚财物的寺院，寺僧们却自诩他们的寺院像泰山一样安稳牢固，难道是他们没有时间深思吗?

甲戌(9月21日)　　早晨晴，不久即风起变寒，我闭门而坐。昨夜我梦见我的母亲卧病在床，神情非常委顿，于是惊惧大哭而醒，静中追思，泪流不止。我的母亲离开我已经十七年了，她去世那天，我的长兄未能回家，当时我已悲痛地昏死过去，母亲的一切丧事礼仪，全赖鲁云岩、熊大司寇、卢青柯、戈咏思、杨执吾、朱璞心、蒋秋竹、谢大中丞诸君子，他们可怜我已经父母俱亡，便急忙替我准备丧葬用品，并极力替我办理母亲的丧事。熊大司寇更是坚决地对我的家人说:"舒白香已昏死过去，一时半会不能康复，我用殓葬自己母亲的礼仪殓葬你们的母亲，这样就能让他对他的兄弟们不感惭愧了。"我苏醒后，听闻他曾说过这样的话，唯有感激得磕头长哭，无法用言语来表达我的感激之情。恩怨一久，人们便会渐渐忘记，我也担心我的子侄、外甥们不曾见过当时这些亲戚朋友的恩义，或者(时间一久)我也渐渐忘记，因此我在这里恭敬地记下这段往事。我深知自己困顿卑贱，又没有一点长处，哪敢说什么报答呢? 对此我只能发誓不忘而已。

荀子说"礼义法度能引导人的本性，兴起后天的人为，使其去恶存善", 这是未曾深入观察而说出的话。古代圣人制定礼义的精深意旨, 其实包含了他们的一片苦心, 荀子只是泛泛地从表面议论罢了。我年少时阅读《丧记》, 读到"哭踊七次""哭踊三次"（哭踊, 古时丧礼仪节, 即边哭边顿足）这类的话语, 便恼怒不悦, 认为这不是仁人孝子所能忍心听下去的, 即使它确实能够去恶存善。不久后我深入思考, 先王制定礼义作为天下后世之人共同遵守中庸之道的途径, 贤能之人不敢逾越, 不肖之人不敢不自我勉励（以求达到）, 因此在繁多的礼仪器物、细致的仪式程序方面, 不妨繁琐一些, 全都是经过折中考虑的, 使人们有明确的规范可以遵守, 这种用心是何等良苦, 这种禁防是何等细微, 只要人们深信不疑而尽力去做, 确实能起到改变本性的作用。按照礼义行事不分巨细, 以恭敬作为根本, 恭敬与虚伪是相反的, 如果真能恭敬做事, 又怎会生出虚伪恶念呢? 不能恭敬做事, 又何处不能生出虚伪恶念呢? 因此, 怎么可以随便地轻视礼义制度呢? 我近来寄居寺院已经过去三个月了, 看见来自各地的行脚僧和各个山寺的禅友相互交往, 不管认识还是不认识, 他们都一早一晚地必定随着主持僧登上殿堂拜佛, 按照顺序站立诵经数刻之久, 而毫无萎靡不振的神情和怨恨的神态, 这就是所谓的百丈清规, 他们在孩童时就已学习, 不论走到哪里都是这样, 不敢不时时勉励自己。只要努力了, 就会心安; 只要心安, 就不会怨恨。懈怠散漫之气, 乖戾不正之行, 都可因相观（佛教术语, 包括水相关、无相观、实相观等）而化除, 这是一种很好的修行方法。佛教日渐衰落, 众僧人不依照禅理参究修行、观照内心, 何事不能发生? 如果不用这种制外养中的方法纠正他们的懈怠散漫, 防备他们的乖戾不正, 其流弊将多得说也说不清。既然如此, 那些遁入佛门、

南宋·佚名·云峰远眺图

万事皆空的人，尚需要依靠先王制定的礼教以承传其衣钵、法脉，为何学校里的师生反而厌恶礼教不屑讲求，放纵情欲，傲慢懒惰，机巧奸诈，相互攻击，好像有喝佛骂祖、立刻修成无生无灭佛果的智慧，他们哪里知道人的欲望放纵天理就会灭亡呢？我希望英才志士不要妄自菲薄，而是要群居讲诵，所以我姑且拿众僧奉佛的事例劝诫他们，敬畏圣人之言，谦和勤谨，如果居住在家乡就态度恭谨，如果在朝为官就神情温和，大体来说，不骄傲是不谄媚的标志，能孝顺父母是能忠于君王的基础，持身恭敬是建功立业的根本，遵守礼义制度是传布王命、教化百姓的本源，像这样的才子，才可谓真正的有才；像这样的立志，才可谓真正的有志。圣人说："如果传统的礼制丢失，就要去民间访求。"庐山上的僧人有谁赏劝，他们尚且这样守其宗法，更何况村塾里教导童蒙要成为圣人的老师和学校里储备的将来要成为宰相一类大臣的学子呢？我还希望这些老师和弟子们都能借助他人之石以琢磨自己这块玉器，并且对人对己都能加以爱护，这样即使想成为珪璋、瑚琏这样的庙堂之器，也不是难事了。

　　一株美好的木材要想成为千株大树中的一株，必须先栽种在盆瓮中，然后移种到深土里，让它的根充分生长，经历岁月的磨砺，静待其成材。至于教养子弟，人们却常常相反，见他小时聪明就想让他快速成材，这无异于把一株美好的小树栽种到盆瓮里，用药水灌溉，让它快速地长出一朵花，花谢之后这株小树也必然枯萎，即使不枯，也一定没有成为拔地参天的大树的那天，这是一种对爱护树木的道理十分明白却对爱护子弟的道理十分糊涂的行为，简直太愚昧了！我的外甥朴园有志于学习教育后代以使他们有所成就的学问，我曾为他阐发过这个道理，现在一并附录于此。

　　早晨起来，我望见云气闲淡，好像没有要下雨的意思，谁料不久后竟下起了雨。这与浓云满天，电闪雷鸣，行人急忙寻找雨伞，农夫则开颜欢笑，但最终却被暴风吹散的云气相比，其功德与其声势并不相称啊！

游山日记卷八

乙亥（9月22日）　　晴，寒。我忽然想起过去在京城时，有一次同胡果泉、吴兰雪去彻悟禅房拜访方坳堂，胡果泉因为当值不能留宿，我与彻公讨论各自参悟的禅理，机锋纷起，午夜不休。方坳堂闭目点头，坐在一旁微笑，吴兰雪则时时左顾右盼，好像怀疑我无心参禅，只喜欢向有名的高僧提问发难，从而显示自己的辩论之才，其实彻公是位参透禅理的人，其言论真的能启发我，所以我乐意与他辩论。一直到四更天，我才与方坳堂、吴兰雪一同去西堂的床榻上睡觉。方坳堂年老，不容易入睡，与我躺在床上聊天，于是我俩各自以阅读"四书"

的心得体会相互询问。方坳堂说："我考中进士后，才立志精读《论语》。我有个同学借住在寺院，他房间上面的一间楼房非常静洁，于是我前去借住。我一旦登梯进入房间，就命人撤去楼梯，手捧一本《论语》，盘腿而坐，谨敬阅读。这样过了三年，我渐觉心中已有真实圆相，不至于再低着头只关注文句下面的注解。"于是，他举出一个"舞"字问我："您对先王用乐舞（有音乐伴奏的舞蹈）教育子弟的深妙意旨理解地透彻吗？对于战阵击刺之事，先王既不忍心明说，又不能不早做准备，于是乎用长勺象征盾斧，（编排成乐舞），让童子们学习，这样既可以用音乐引导他们培养中和之气，也可以使他们锻炼筋骨，作为防身御侮之用，这就是所谓的隐喻式教育，实在是一种好方法。不然，这样的乐舞就近乎儿戏了。"我说："说的好。您读书确实能寻究窍门、心领神会，是我可以与之倾吐心事的人。我年少时阅读《论语》，在注解之外也有几点心得体会，请允许我列举其一。周代祭祀先祖时，卿士子弟要装扮成'尸'（祭祀时代表死者受祭的人。高亨《诗经今注·既醉》：'周代祭祀祖先，有人装祖先的神，其名为尸。'），穿上先祖活着时常穿的衣服，坐在先祖活着时常坐的座位上，往往是卑幼者高坐其上，达尊者居下叩拜。如果是心诚叩拜，那做'尸'的人就处境尴尬；如果不是心诚叩拜，那叩拜的人就是不尊敬先祖。这种祭礼也几乎近于儿戏，不如在宗庙里陈列祭器，摆设出先祖的衣裳，众人对着先祖的牌位拜祭，这样不是拜祭得心安理得吗？对此先儒只解释为子孙是先祖的后代，如果能使先祖的神灵有个明确的依附之处，则容易招致其神灵的到来，（虽然如此）先儒们却独独忘记了祭拜之人的为难，并且先祖神灵所能依附的难道一定只能是其子孙后代吗，谁人不能依附，为何只能依附在一个'尸'人的身上呢？再说今年做'尸'的人未必年年做'尸'，祭拜之人都不敢因卑幼、达尊分别轻重高下，都将其视作祖宗而祭拜，（虽然如此）接受祭拜的人未必就心无愧疚，祭拜的人未必就心无疑惑。上至国家君王、诸侯的祭祀也是这样，每次祭祀都必然如此，无论少长贵贱，都把这种祭礼视作理所当然，合情合理，于是接受祭拜之人渐渐地不再心存愧疚，而拜祭之人也不再心有疑惑，从而写入经典，作为永远的祭祀之法。然而，我个人认为'尸'的名称确立虽然专属于祭，但制订这一礼节的苦心精义，似乎并不专属于祭。我舒梦兰好思考，对此事曾思考了一个通宵，终于豁然醒悟，怡然自得地笑着说：'微妙啊！圣人之道，先王之礼，在让年幼的子弟做'尸'的那一刻，就已经让众人信服，消除了叛逆的念头，而人们却无所察觉，这就是《论语》所谓的'只能让老百姓按照我们的意志去做，不能让他们懂得为什么要这样做。'大概祭祀必须用'尸'的深意，确实是为了维持宗法而巩固国本，让子孙后代知晓其义理和体例，那些愚妄之人未必会深信，于是设置'尸'，让其穿上祖宗活着时常穿的衣服，坐在祖宗活着时常坐的座位上，无论作'尸'者是臣、是子，还是诸多孙子中的一个，一旦作'尸'，祭拜之人都要将其视作祖宗而侍奉，祖宗神灵所依附的那人就是我应该祭拜的，何敢因为自己年高德劭而轻视作'尸'的后辈。习惯于这种祭祀后，祭拜之人对此也就见怪不怪了，以至将来其国、其家一旦有孩童继承爵位，在宗嫡、世禄等大礼中，谁敢对继位者不服从，又有谁敢对继位者不尊敬？这种以祖宗神灵依附于某人身上为借口的继位礼仪，又胜过设置'尸'来祭拜的祭礼了。在祭礼中，'尸'尚且可以受拜而不辞，祭拜之人也应当按照惯例予以祭拜，何况作为祖宗的后代继承爵位、正式登位和临朝听政的人呢？祖宗的神灵，宛如高坐其上，伯、叔、舅等人，谁敢提出异议而不屑臣服呢？整个朝廷上下，只知道有祖宗、社稷以及祖宗神灵所依附的这个人，不论这人是贤是愚、是长是幼，他们都必须像侍奉先王、先公、先大夫一样恭敬侍奉，不能质疑。于是名分确定了，群心服从了，叛逆的念头消除了，这样国本难道还能不牢固吗？然而归根到底来说，这种在事情还未发生之时就推明了义例、在不言中维持宗法的方法，其实还是有赖于尸祭之法，暗中化除了那些强势、尊贵宗亲的不驯之气，以及奸雄、贵戚的犯上作乱之心，让他们在日常的祭祖拜'尸'中，渐渐习惯而不察觉，这样人心也就安定。这就是圣人之道、先王之礼的微妙深远，也是那些浅薄的儒者和俗学之士所不能轻易议论的。宗法是维持世袭爵禄的常规，设'尸'祭拜之法暗含了维持这种常规的精义，只是圣人担心直截了当地说出，人们可能会轻视作'尸'之人，于是圣人忧心于此，苦心孤诣，不免借助鬼神作为教化手段，以辅助继位的天子，赐福于宗亲藩王。设'尸'的意义，不是十分重大吗？假如不设尸祭之礼，只向众人讲明尊祖敬宗的意义，让众人只注重对方所拥有的爵位而不注重对方的才能人品，一旦是卑幼的嫡长子继承爵位，他的尊贵宗亲都要向他臣服，这时恐怕他的这些宗亲定然心生不满而危及他这位少主的地位。假如放任这些宗亲傲慢不服则于'义'不合，假如将这些傲慢的宗亲绳之以法则损伤了亲情，因此必须设置尸祭之礼，在平日里就让这些宗亲按例遵行，使这种礼仪深入其心，不论智愚，都能通过观看、参与而心生感动、受到教化，以保全恩义，巩固宗族的势力，（从这方面来说）还有什么方法比尸祭更好的呢？"方坳堂喟然叹息，说："不料您少年时的

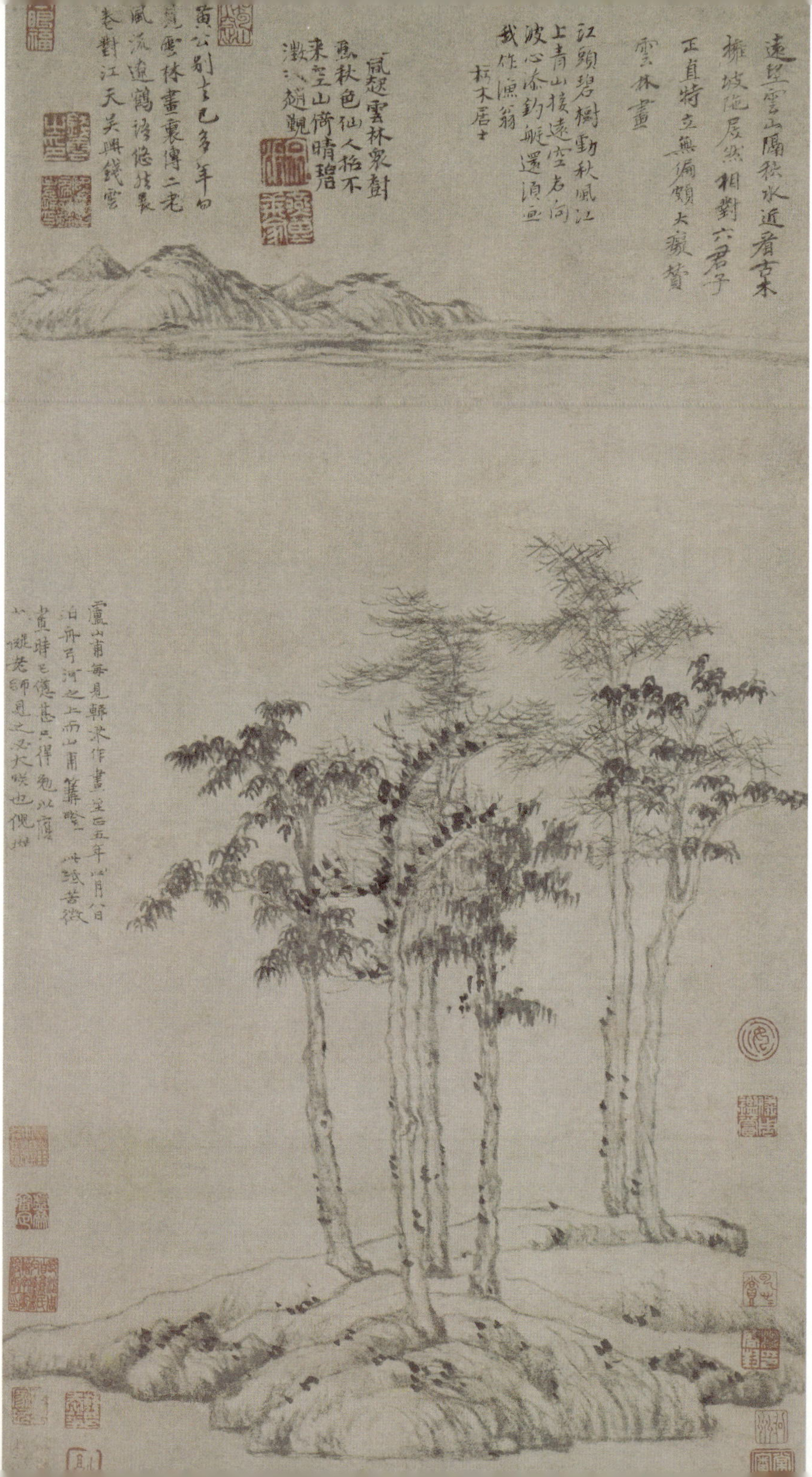
远望云山隔秋水近看古木拥陂陁居然相对六君子正直特立无偏颇大痴赞云林画
江头碧树动秋风江上青山接远空石向波心添钓艇还须画我作渔翁
柘木居士

元・倪瓒・六君子图

一夜之思，能胜过三年的学习。"第二天，彻公告诉方坳堂说："舒居士的言论典雅隽妙，有如明艳的春花，前所未有，我是第一次听到，然而将来携酒入东林寺，不守佛门清净戒律的，也是此人。"方坳堂以为此话有理。

方坳堂是齐地人，性情清廉耿介，有操守，胡果泉与他是同僚，对他十分敬重，将他介绍给我，我因此与他相识，时常以诗唱和。后来我听说他出任江苏布政使，但因病自请辞官，终老于家，其风度品行十分令人怀念。彻公是北平人，二十岁出家，当时不识一字，后来他竟博通佛典，深达禅观，整日穿粗劣的衣服，每天只在午前吃一顿饭，苦心净修，成就辩才，教化僧俗。一时之间王公大人以及各寺道友，无不倾慕。恭亲王最初疑心他是伪装的，于是留心观察，后来知道他确实有出世之志，无好名之心。当时正逢京城缺乏掌印僧，恭亲王前来询问我，说："你所认识的各寺的和尚，有没有可以担任此职的？"我回答说："我生平只认识一位和尚，他就是彻悟，其他的我就不认识了，我哪敢说他人就不能担任此职呢，况且我对他人才能的优劣也不知道啊。"恭亲王说："有人选了，我的见解与你相同。"于是，恭亲王上奏朝廷，让彻悟和尚补任京城的掌印僧一职。彻悟听说后，亲自拿着衣钵前去王府向恭亲王力辞，恭亲王和我都劝说彻公不要为了独享高名，而对佛教的衰败袖手旁观，不予挽救。彻公屡屡陈述僧徒流弊、求道苦心以及无力挽回、徒增业障的隐情，说自己不敢像俗士那样爱好高名。当时，乐莲裳也在场，事后他对我说："我平日里不信佛，也讨厌僧人，今天见到彻公，听其议论，对他十分仰慕。他与你们这些名士交往，受到你们的敬重，这就犹如东晋名士敬重支道林一样。"我的岳父李崧漾也不信佛，但是他特别想观看一下姚广孝所铸的大钟，于是与我同车前去拜访觉生，顺便拜见彻悟。当时恒国公也在场，彻公与我谈话，我的岳父与恒国公在一旁饮茶倾听。许久，恒国公告退，合掌向彻公跪拜三次，彻公站着接受，随即将恒国公送到方丈室门外。随后我也作揖告别，彻公拄着禅杖将我送到山门之外，一直站立着等我登上马车才返回寺中。我的岳父回去后对妻子说："我从前认为当代的和尚都是势利之徒罢了，哪有像戏曲《西游记·北饯》中接受公侯跪拜而无愧色的唐僧那样的人物？今天我竟亲眼见到彻悟和尚受拜不辞，又能远远地恭送一个平民百姓到山门之外，并且一直站立着等到对方登上马车才离开，我恍然觉得虎溪三笑之事距今未过多久。至于其辩论之才的绝妙，分析义理的精深，即使我的女婿舒白香也不能取胜，由此我才相信对于出类拔萃的人是不能以其所处时代、地域来衡量的。"后来，彻公入房山（在今北京市西南）隐居，不知所终。今天我忽然看见主持在寺门内外除草，一连几天都不曾休息，我询问缘故，主持回答说有个县吏要来祭拜庐山，按例必须在天池寺住一晚上，他有数十个侍从，寺中必须典卖僧衣籴米以供给斋饭，（虽然这样）我也担心因为供给的饭食不好而获罪。听完他的话，我心中悲伤地不知说什么好，于是偶然记起彻悟为僧的事迹、恒国公礼敬三宝的事情，以及方坳堂考中进士后，才开始用三年的时间敬读《论语》的往事，这几个人的器局见识，都不是当代的俗僧、俗士所能相提并论的。

西辅向我询问谋生、教子的方法，我说："谋生要选择正当的职业，教育子女要教给他们做人的基本道理。选择的职业正当，就能顺利谋生，子女能顺利谋生，父母也会感到快乐。子女有正当的职业，即使生活贫穷、不能自给自足，做父母的也不会感到后悔。教给子女做人的基本道理，如果子女能继承父志、事业有成，父母也会感到快乐。即使事业无成，做父母的也不会感到后悔。反之，不论是成是败都会招致人们的讥笑，这样的事君子是不会做的。"

月夜，我独自坐在凌虚台上，看见山下几个地方都有火光闪动，便想起《朱子语录》说庐山下面藏有宝贝，因此夜晚常有火光出现。朱子也曾在天池游玩，看见山崖下光影明灭，顷刻间变化出不同的形状，其门下弟子有的怀疑老师是在胡说，朱子回答："僧人说必须祈祷后才有火光出现，这似乎有些荒谬，但难道这些光芒本身也是荒谬的吗？"大概当时之人谣传这些火光是"佛灯"，因此朱子的弟子出来辟谣，朱老夫子真诚厚道、襟怀谦虚，又不肯对此光深加诬蔑，反而为之辩解。不知我昨夜见到的，是不是这种光？

丙子（9月23日）　阴寒，小雨，山路特别滑。昨天听说有个县吏奉命要来祭拜庐山，今天我打算去佛手岩游玩以躲避喧闹，现在看来这愿望难以实现了。

竟然有一条雄犬来寺中求偶，二犬时时喧争，我命人将雄犬赶出去，然后关上门，但奴仆时来时往，门又不能久关，真是物以类聚啊！我最初认为天池寺里的雌犬不知道世间尚有雄犬，然而绝非如此，我非常后悔曾经不切实际地夸赞过那条雌犬。现在我才领悟喜欢宣扬别人的好处，未必有益。

细雨蒙蒙，入夜仍未停止，那位要来祭拜庐山的县吏竟然不能登上山来住宿，田舍僧可以省下一斗米了。

丁丑（9月24日）　晴。县吏来到寺中，我得以通过帘缝看见这个县

南宋·佚名·虎溪三笑图

吏，听其说官话，唾官痰，穿官衣，雍容缓步，到后山主持祭拜。他带来的二十多个仆役在客堂吃斋饭，我听见他们吃饭的吧唧声、牙齿的嚼物声、相骂声、呼笑声、呼噜声，各种声音交织在一起。许久，县吏从后山返回前殿，终究没有拜佛，大概他崇尚儒学，排斥异端，是个有道之士吧。他也不属于观赏天池，只是仰面望着屋上的铁瓦，问道："这是生铁还是熟铁？"僧人回答："生铁。"他又问："下雨时池水会外溢吗？"僧人回答："不溢。"他再问："也应该外溢吧？"（他之所以这样问）是因为僧人怕官而声音不够响亮，他又对僧人傲慢而不肯放低身姿倾听，以至于双方发生误会。县吏吃完斋饭就回去了，竟没有闲暇照例游山，而主持为之预备的瓶中尚有剩米，锅中尚有剩粥，于是主持把剩余的粥饭全部拿给我吃了。我能填饱饥肠，全赖县吏的恩惠，所以我在此恭敬地记下他的高风遗爱。

当今之人是没有什么事情不胜过古人的，即使当今的庸人也全都胜过古代的豪杰，因此我不太害怕古代的豪杰，而极其害怕当今的庸人。我一见到庸人就神色沮丧，言行失措，这并非假装，而是他们粗率的语言行事，反而类似大圣贤，即使是旷古豪杰、命世之才，如果忽略本心而只观察其表面，也全都不如这些庸人，而且他们必然会受到这些庸人的轻视讥笑，因此庸人更令人害怕。现在我姑且粗略比较一番，苏东坡在《上神宗书》中说："士大夫……在为国家效力之余，也想及时行乐，这是人之常情。"语意极其和平，因此可以拿来劝告君父。况且士大夫的取乐之事，不过数件，居家无非是以文章陶冶性情，外出无非是与朋友游山玩水，富贵则声妓狩猎，贫贱则吟风弄月。处境虽然不同，但都是以培养清妙的性情为本，借助风趣的文章达到这个目的。风景优美的山水，可以开拓心胸；

良好适意的朋友，可以增长意气。然而，庸俗的人却不屑于此，并且时常讥笑以此为乐的人。我姑且略举几位与庐山有感情并且时代稍近的人为例：

王阳明，是大豪杰，平日里倡导讲学之风，而那些庸俗之人却讥笑他迂腐好名；王阳明阐发只要尊重德性人人都可以成为尧舜的奥义，而那些庸俗之人却讥笑他的学说近似于禅家顿悟、立地成佛的教义。王阳明不过七天就平定了朱宸濠的叛乱，于是借在外执行命令的空档，住在庐山脚下，纵情攀登，即便是一个小小的天池寺也逗留多时。王阳明在庐山上刻的字，不是他一早一晚就能遍游题留的；天池寺里存留的王阳明的诗，也不是他一时之间就能写出的。庸俗的人见到这些必然讥笑其对于军机大政草率交差，而对游山玩水则流连忘返，这是近古的士大夫所没有闲暇去做的。庐山脚下，尚有宋牧仲（宋荦）题留的几个石刻，但庐山绝顶除了袁石公（袁宏道）外，很少有人登上来了。即使像奉命前来祭拜的县吏，看似有清缘，其实也只是不得已匆忙而来、匆匆而去罢了。大概县吏勤于职守，担心游山玩水会让他分心，有负于做臣子的职责，这是此人忠诚纯正的表现，不是远胜于王阳明吗？王阳明在赣州任巡抚时，王心斋只是一个盐商的儿子，他以宾客之礼求见王阳明，与其高谈四日，然后拜其为师，执弟子之礼，终身服事。然而，当王阳明与王心斋这样的平民后生以对等之礼纵谈之时，庸俗之人必然讥笑其不自重，有失大臣的体面。王心斋忽然不敢以宾客之礼与王阳明对谈，而是恭敬地执弟子之礼，对此，这些庸俗之人也必然讥笑他是曳裾侯门、结纳显贵。庸人的见识，必定如此，并且他们肯定还要说这是他们不屑于去做的。

南宋·江参·摹范宽庐山图

（庸俗之人还议论说）朱熹在南康军（古代政区名）做知府，只要做好知府就行，何必讲学？白鹿洞不过是个山洞而已，又何必改成书院，招集生徒，以触犯韩老相国（韩侂胄）的禁忌？况且执掌大权的宰相既然对朱熹深恶痛绝，又明令严禁伪学，宰相的命令，谁敢不遵？朱老夫子糊涂地加以冒犯，这是识时务者一定不会做的。并且朱老夫子是职守一方的贵人，却轻身犯险，常常登上庐山绝顶，作诗刻字，甚至留宿在天池寺中，夜看佛灯，毫不避讳亲近异端（此指佛教）之嫌，以此而论，县吏不肯拜佛，羞于与僧人讲话，不屑于观赏天池，留恋云壑，（从表面来看）庸人的行迹胜过先贤朱子了。周濂溪也是大儒，应该日日钻研经书，代圣人立言，讲解、阐明圣人之学，津津乐道地传布圣人之说，为何还有闲情写作《爱莲说》，留心此等小草呢？对此，庸俗之人必然讥笑其玩物丧志。

陶渊明，是古之豪杰，生活贫穷，妻儿挨饿，他却不求仕禄，这已近乎对骨肉无情。更有甚者，他饿得以致乞食，敲开人家的门又不发一言，只是寄希望于来世的冥报，对此，庸俗之人必定讥笑其迂腐荒诞、不知羞耻。陶渊明所交往的也不过是刘逸民、周续之等几个无意于功名的人，他甚至还加入白莲社，与惠远谈空说有。对此，庸俗之人必定又讥笑其钻研异端学说，近乎邪教，其不能显贵实在合情合理。况且庐山险僻孤危，陶渊明竟然乘坐肩舆让他的两个儿子和一个门生抬着他登山游玩，倘若三人不小心在悬崖上跌一跤，那他的门生（在父母尚在的时候）登高临深，就是不孝，而他忍心让自己的两个儿子流汗跌倒，也不是慈爱的行为。陶渊明的所作所为，都是庸俗之人绝不肯去做的。

至于李白，为了躲避结交叛逆藩王的灾难来庐山居住，正应该在此隐蔽踪迹、静心思过，可他反而居住在高耸的五老峰上，纵酒赋诗，最终难以逃脱流放夜郎的惩罚，对此，庸俗之人必定讥笑其不知明哲保身的道理。白居易谪居江州（今江西省九江市），按照礼节应该务求避嫌、勤于职守，以求恢复原来的官职，可他竟敢深夜送客，邀请茶商的妻子弹奏琵琶，佐酒谈情，相对流泪。庸人说："挟妓饮酒，这在法律上有明确的规定，白居易是知法犯法，应该受到杖责，对其绝不能姑息。"然而，白居易对此傲然不顾，并且斗胆写作《琵琶行》，违背礼法，惊世骇俗，玷污、触犯做官的戒规。今日的士大夫是绝不肯去做这种事的，即使偶尔做一次，也必定深加隐讳，况且他既然不敢说出口，又怎敢用笔记录在纸上呢？这些庸俗之人，既然能公然显示出仗义不平的神色，责骂白居易触犯礼教、败坏风俗，那对他的《琵琶行》，也一定想要销毁印版，对琵琶亭和庐山草堂，也一定想要全部拆毁消灭其遗迹，如果真是这样，那风流就会绝种，家家户户都是庸俗之人了。

　　像这样的庸俗之论，大可不必旁征博引，我上面列举的这些事例就足以让人知晓了，即使其他往来庐山、与庐山有交情的君子们，其行乐之事，难道不也是借文字陶冶性情、与山水做朋友，借美人香草抒发忠君爱国的思想、借吟风弄月抒发个人的喜怒哀乐吗？那些庸俗之人，一定不屑于如此行乐，也一定没有闲暇如此行乐，更一定不肯也不敢如此行乐，（非但如此），他们必定还轻蔑地讥笑、鄙薄古代如此行乐的人。他们表露出一副中庸之貌、木讷之形，即使对孔子"割鸡焉用牛刀"的戏言，孟子"齐人有一妻一妾"的讽喻，都觉得这似乎有伤盛德，不敢谈论，如果只是从这些人的表面形迹粗略观察，即使古圣先贤恐怕也不如他们。我是何人，见到他们岂敢不敬，岂敢不畏，岂敢不垂头沮丧，岂敢使自己的一言一动违背常理啊？我曾私下开玩笑说古代大人少而小人多，后世小人少而大人多。我是如何知道的呢？《论语·子路篇》说："说了就要守信用，做事就要有结果，这是浅薄固执的小人行为啊！"对此，我努力学习，仍不能做到，庸俗之人却不屑于去做，因此我说"后世小人少"。那些所谓的"大人"，说了不必守信，做事不必有结果，如果忽略"硁硁然小人哉"这句话而去观察，这样的人到处都有，难道不是我所说的"后世大人多"吗？不观察一个人的内心思想，而只是泛泛地论其表面，即使古代的豪杰、旷世的奇才，也不能令庸俗之人刮目相看，为之心生感动，这是由来已久的事了，所以孔子说"我不想说话"。

戊寅（9月25日）　　阴云满寺，但天不寒冷。昨晚，我出去散步，走到山腰的"白云天际"石刻下，来回数里，大汗淋漓犹如洗浴过一般。今日我倍觉头目爽朗，由此可信，阴寒伤人，静坐时不觉得，我这一活动就感觉到了。我近来细思人的肉体本是庸浊之物，因而最好居住在平原污下之地，这样生息繁衍的后代，其肤貌就能光润悦目了。高山之处幽凉奇旷，在这种地方生长的人既稀少又瘦弱，形貌如同野鹿、野猪，这大概就像五谷喜欢粪土，琼花之根也不会因为长自污秽的粪土而自觉羞愧了吧！或者是造物主将名山视作秘宝，不肯让世俗之人在此繁衍生息过多，玷污了其清奇，所以空出地方以供出世的豪杰、脱俗的仙人在此游乐远眺吧？这也是说不定的。

有人问："鄱阳湖有多深？"我答："七千三百五十丈。"我是怎么知道的呢？我是根据庐山的高度推测的。因为耸峙的山与流动的水是比和

（卦中地支的五行属性相同者称"比和"）的，它们结合在一起就形成了艮兑（卦象中，艮为山，兑为泽）之象，（此处有高耸的庐山），那江西之境必有一个钟灵毓秀的大丘壑，才能与之匹配。如果有个大力之人能挟带庐山去填塞鄱阳湖，二者必能凹凸相合，使鄱阳湖变作千里沃野，这样两郡居民的生活必然能富庶起来。可是两郡的居民庸人多、奇人少，不能将庐山和鄱阳湖带来的灵秀之气发扬光大，也不能为两郡增光。

己卯（9月26日）　早晨和傍晚风雨交加，天色昏暗犹如晦日的夜晚，寒不可耐。我穿上数层的葛布衣服和单夹之衣，穿了十层也不能御寒，无奈我盖上被子昼眠，被子又薄，于是我把琴桌、诗囊全都压盖在被子上，这样到了夜晚才得以入睡。有人说："您在家中未必挨饿，现在竟然宁愿在此挨饿也不肯舍弃天池回家；您在家中未必受冻，现今竟然宁愿在此受冻也不肯归去，这是为什么呢？"我说："饥寒确实让人厌恶，但世间尚有比饥寒更让人厌恶的东西，所以我宁愿在此稍忍饥寒也不愿回家；居家生活确实让人愉悦，但也有比居家生活更让人愉悦的事情，所以我只有久住天池了。"

今天，又有几个书生前来观看铁瓦，大概是他们听说铁瓦的价值比较贵重，不是一般的陶器所能比价的吧！

水一搅动就会浑浊，火时高时低就容易熄灭，植物被连根拔起便不能生长，锋利的干将、莫邪宝剑，随便地砍削硬物也会折断，土地震动就会给众物带来灾祸，因此五行皆以安静为本体，学习做人不也应该如此吗？

有人问："宇宙为何刚健地运转不停？"我答："这是纯真之气的作

春深無處
尋嶺色遊
于天涯寧
不惜此芳
辰乎 古狂

清·高其佩·山水册

用，譬如人的呼吸，即使人卧病在床，其呼吸能暂停吗？并且宇宙的运转是有规律的，这种运转规律就是它安静的本体。真正学习、培养静寂心性的人，不论行走还是骑马，其心性都是静寂的，即使他率领百万大军屠城灭敌，其心性也是静如止水、不随便躁动的。没有修养的人，即使遇到一点小的荣辱得失也会让他的虚夸之心躁动不已，挫伤他的英气，使他的鼻端像颤动的蝶翅一样不断鼓动，所以这样的人最终是成不了大器的。"

庚辰（9月27日）　　晴，寒。久晴后必当温暖，我又可以在此住上一旬多了。

四仙祠左壁因为有人自缢而早已毁坏，验殓尸体那天，寺僧因为怕鬼而把横梁、门轴全部砍掉，四位仙人露天而宿，我暗自为之悲伤不已。今日我叫来木匠，命其修补，然后这才释怀了一些，回到寺中。周颠仙人常常驱赶云雾、禁止风生，让我得以清闲地远眺娱怀，我怎能对这毁坏的墙壁置之不理呢？至于我之所以不能成仙得道，只是因为自己受世情的牵累罢了，对于其他方面我还能苛求什么呢？

天池寺东廊有个大的蜜蜂巢，其中的蜜蜂就是我前面所说的采云蜂。今天傍晚，我叫来一个小和尚，让他拿着蜡烛与我一同观看，我们看见群蜂密集，拱卫着蜂王而宿，秩序井然，行列不乱。小和尚说蜜蜂采完兰花的蜜后，便将蜜放在头顶，献给蜂王，而自己不食用，并且它们能用翅膀蘸取天池之水供蜂王饮用。蜜蜂只是一种小虫罢了，却能自食其力，何况蜂王对它们也没有什么恩德，可它们仍能如此地效忠蜂王，难道人还不如蜜蜂这种小虫吗？

蜂蚁懂得效忠，乌鸦懂得孝顺，鹡鸰知道友爱兄弟，黄莺也能以啼叫求取朋友，鸿雁有从一而终的情义，因此诗人们对它们歌咏赞叹，以敦睦人伦、淳厚风俗，由此可见，禽鸟飞虫都是值得人们效法的。因此，贤人效法圣人，圣人效法万物。

羊猪最是无罪，却不免被杀，这是因为它们无功无能，贪吃并且貌丑，又缺乏感情、不太聪慧，是以能招来杀戮。有人说："如果羊肉、猪肉的味道不美，它们大概可以免遭杀戮了吧！"如果真是这样，恐怕羊、猪早已灭绝了。大概是因为杀死羊猪可以吃肉，所以人们才饲养它们，然而又因为它们活着无用才招来杀戮的吧。

我不吃牛、犬、驴、马、驼峰等肉，是因为可怜这些动物辛劳；我不吃雁肉，是因为可怜鸿雁有节操；我喜欢吃野鸡的肉，是因为厌恶它可以化成蛟（译者按："雉成蛟"事见《礼记·月令第六》："水始冰，地始冻，雉入大水为蜃，虹藏不见。"雉，野鸡。蜃，或解作大蛤，或解作大蚌。古人认为蛤、蚌皆蛟属，故此处言"雉成蛟"）。我不吃独立生长的动物的肉，是因为爱惜动物的生命。我看到这些动物被杀，听到它们临死时的惨叫，便不再忍心食用了，这是我培养恻隐之心的一种方法。我十岁以前，不管对什么肉都厌恶不食，并且不食妇女亲手所做的饮食，有时不小心误食，我便会恶心地呕吐，对此，我实在不知道是何原因。我十六岁时，从西部边塞回家，途中寄宿的旅店里多是妇女掌勺做菜，为此我常常整日忍饥，即使同行们都暗自讥笑我，也不能使我勉强食用丝毫。我回到家中后，见到家中做饭的全是妇女，因此不敢不尽力从众，天长日久，我也便对此心安了。我吃肉觉得味美，也是在自己成为少年以后了。最初，我不穿皮衣、帛衣，每逢过年换新衣时，我便忽忽不乐，有时会迁怒割毁皮衣，因此常常受到

清·查士标·晴峦暖翠图

父亲的杖责,然而我最终还是不能悔改。这些都是我十岁时的乖谬积习,我不知是何种因果报应,使我如此地不近人情。戴殿撰(**殿撰,又称修撰,明清时则多称状元为"殿撰"**)曾与云岩禅师开玩笑说:"靖安县多山,从前一定有苦行的头陀在某山的石室中专心修行,终其一生不被人知晓,对他们来说,皮衣、帛衣、味美的肥肉以及妇人所做的饮食,又哪里能够梦见呢?不料其再世还俗,化身为今世的舒白香。"戏笔记此,供人一笑。

近来,我收到谭子受四月九日从蜀地寄来的书信,对其能担任渝江通判极为欢喜,他清廉勤恳、自我勉励,是位有志节的君子。随即我忆起他出山为官时,与我垂泪告别,当时我写了一首诗赠给他,诗云:"纵使像司马相如这样的大才也会接受贿赂,我希望你固守廉洁,清瘦吟诗。有朝一日你如果能成为陈平那样兼济苍生的宰相,千万不要忘了我这个曾在故乡与你割肉分食的老朋友。"蜀山万重,一雁孤飞,竟能将你的讯息送达我的身边,这都有赖于陈玉弁的帮助。

游山日记卷九

　　辛巳（9月28日）　　早晨起来，寒雾四塞，我不能再像往日一样观看奇妙的云气，享受晴朗温暖的阳光带来的愉悦了。过了一个时辰，天气还是这样，于是我知道深秋已至，应该不作留恋地回去了。

　　近来，我所说的那个苦行小和尚，在僧房舂米，虽然辛劳，却无怨恨之色。天池诸僧中，我独觉此人贤能，于是今天在他舂米时我帮他扇米。我操控着机枢，风呼呼地从我肘腋间生起，我感觉自己好像造化在手，掌握着旋转乾坤的大权，（在机扇的转动下），米与糠井井有条地分离开来，丝毫不乱，犹如君子和小人，各自类聚，也各安其业，都不敢违背我的"教化"。机轮只是转动而已，最初并非有意厌恶米而喜爱糠，但时间一久，沉者自沉，浮者自浮，任其各自浮沉，毫不留心，这样恩怨就不必归到我身上了。我虽然专握赏罚之权，但对我参悟的大道有何损伤呢？我一旦违反机轮转动的规律而操作，糠与米就会混在一起，我也因此会受到人们"折鼎覆餗"（比喻力不胜任，必至败事）的讥笑。天道运行而不停滞，其对事物的栽培或倾覆，皆是无心而为，（打个比方），天道也不过是个大风车罢了。佛家有轮回之说，如果用这个风轮下的米和糠作比，（风轮转动之下），米一定不会混入糠胎，糠也难以强行混入米胎，气质相类的东西互相吸引、聚合，这就像水往湿洼处流动、火向干燥处燃烧一样，皆不是有心造成的，实在是由于自己前世造作的善恶和前世根基的清浊，以致理与气相互感召，各成因果，这无异于在分金炉中冶金，五金受到冶铸，各自的真性便全都显露出来了。在造化这个大冶炉内，谁敢不以类相从，按类投入六道轮回之中？这个道理是很容易明白的。有人创造出阎王判案后由小鬼将死去的人送入六道投胎转世的学说，借此胡乱地证明轮回的存在，深知事理的人对此反而不肯相信，这未尝不是画蛇添足的过错。我在扇米时偶然参悟到此理，故随笔记下。

吃饭时，西辅问："对于思念您的人，您能保证他们中没有人带着干粮、穿着草鞋、翻山越岭、攀登山崖前来寻访您吗？"我笑着说："怎能没有这样的人？我惭愧的是我不值得寻访罢了。从前，我在塞外，富裕的回人，常常以山谷计算牛马的数量。每当山谷中浓云密布、雷声大作时，他们便把母马驱赶进山谷，希望这些母马能与蛟龙媾合。如果偶有母马因此怀孕, 生下的马驹必然是千里马。然而观察其形貌, 与普通的马极为相似, 不能单凭外表或口舌来辨别它们的优劣, 如要辨别, 有一种方法: 牵来数千百匹马驹, 将母马驱赶到万仞绝顶之上, 然后放开众马驹的缰绳, 将它们驱赶到陡峭如壁的山崖下, 母马见之, 必然俯视长鸣, 于是数千百匹马驹一时之间都会竭尽全力、鼓足勇气向上奔登。有的奔登数仞就会停止, 有的奔登数十仞才停止, 这样的马也就不值一提了。奔登数百仞而停止的, 也是普通的马。这样的马即使能竭尽全力登上绝顶, 途中要么放缓速度, 要么扑跌于地, 都绝非龙的后代。如果真是母马在山谷中与蛟龙媾合受孕而生下的千里之驹, 则会昂首一鸣, 足如踏云, 不喘息地超越众驹、飞驰到万仞绝顶之上。这样的马是很难见到的, 偶一见到, 马的主人便会将此马献给国王, 国王接受后, 命人给马披上锦绣, 用筐承接马屎, 用画有蜃形的祭器承接马尿, 并尊其为'国马', 不必再等到此马长大, 根据它奔跑的行程才断定其为千里马了, 国人已经深信不疑了。因此大宛国的千里马, 很少会有拉着盐车、攀登高山的苦厄, 这是因为大宛国的国民知道怎样辨别千里马。倘若不是将母马驱赶到万仞绝顶, 它即使有能力到达, 也肯定不会向前, 它具有超群的神姿, 难道会为了一点三品之职的食料而轻试自己的绝技吗?"

有客人讥刺老年人不应该还喜欢妓乐。我说:"这正是老人应该做的事, 何必讥刺呢? 少年时血气还没有发展稳定, 所以圣人告诫不要迷恋女色。壮年的时候, 要承担作为青年人的职责, 志在四方, 如果喜好妓乐, 就会分心。并且少壮时气盛志骄, 一旦爱上妓乐便容易沉迷, 往往为之倾家荡产也在所不惜。老年人则不必警戒妓乐, 如果没有财力征歌选妓也就

算了，但如果是乐此不疲的人，其资财必然能够胜任。用多余的储蓄，在有限的晚年里寻找乐趣，这也应当是他们的子孙和宾客所乐意看到的。况且到了老年，要警戒贪得无厌，这时能把自己储藏的金钱花费在声妓上以愉悦心情，那其为人就不是贪婪的，不贪婪就不刻薄，不刻薄也必然能够厚待亲友，乐善好施，所以其子孙反而因此得福，不在于为子孙积累了多少金钱。张燕公（**唐朝张说，封'燕国公'**）头发花白时仍喜欢莺歌燕舞，虽然无足称道，但像郭子仪晚年，家中姬妾数百，则是大有深心妙用，其名位因此而保全，众人对他的猜忌和由猜忌引发的祸端也因此而消弭，后来他的子孙继承了他的爵位，他也在史书上留下了美名，于是其功绩、名声流传千秋万代，永垂不朽，其中很大的功劳要归属于他喜爱声妓。怎么能够说老年人不应该喜好妓乐并加以讥刺呢？造物主让人生时劳作，在年老时闲适，因此在太平盛世，贵老、敬老、养老、娱老，皆有明文规定，这样的规定大有深意，是为了启发人们的孝悌之心。况且老年人是为人公允还是徇私偏好，（**都是性格所致**），不能过于勉强，如果其人能喜好妓乐，必然长寿。试观古代享有长寿、创立大业、成就大名的人，往往能在老年还喜好女色，就像汉武帝、唐明皇，宫女数万，汉武帝说自己可以三日不吃饭，但不可一日没有妇人相伴，他是如此地喜好女色。如果像世俗所说的那样，老人纵欲，有可能减损寿命，那戾太子（**指汉武帝的嫡长子刘据，因巫蛊事被迫谋反而自杀**）就不至于不得善终，杨贵妃不至于被赐死，而汉武帝、唐明皇二人就应当中年夭折了。因此，我个人认为喜好妓乐反而是长寿的征兆，这些可以让妻子、儿女们不必为老人担心。"

客人又说："您为老人谋划，确实是好心，但对于那些被喜爱的妓乐来说会怎样呢?"我说:"您这就错了。那些老人既然知道自己好色,自己又能好色,他的性情、言貌一定不会过于浊恶衰老,家庭开支必然富饶,亭馆必然洁净,家中空闲的屋子及闲居的姬妾必然很多。并且他所蓄养的姬妾必然是贫穷人家的女孩,其父母依赖她们才得以生活丰裕,又怎会怨恨老人呢?再说,她们尽力侍奉老人,可以在装饰华丽的绣房内过奢华的生活,每日享受弹奏丝竹乐器等清雅的欢娱,应该也是无心与同行的姬妾们争宠一时的。这不是比充作贱役的妻子,饥饿困辱,或时而受到鞭笞责骂,抑郁一生而劳苦丧命好得多吗?假如遇到像谢安石、白居易这样的老人,他们是一代名士,风流雅达,一旦无力蓄养姬妾,便开阁放纵,任凭姬妾们自行选择归属,终究不忍心长久地妨碍姬妾们美好的前途。即使她们遇到的老人不是显达的贵人,然而老人已到晚年,不能再使她们为其生育众子,这就像杜牧无法怨恨曾经中意的那个女子一样,难道不是一件好事吗?又何况红叶题诗的宫女受到唐朝皇帝的宽容,红拂与李靖私奔对隋朝宰相杨素毫无损伤,有才识的人,都会任姬妾自行选择归属,这并非是我有意偏袒老人。"客人听完,微笑退出。

壬午(9月29日)　天未明我即起床。因为我近来总是难以睡好,晓钟一响便想着山下的云气已经升腾起来,等我去观赏,为此我近来喜欢早起,常常是在还未下床的时候就大声询问宗慧是否起床或是否愿意同我一起去看云。宗慧也渐渐地喜欢看云了,将来他一定会因此而报答我吧。

正午,几个游人来到寺中,知客僧十分殷勤地迎接、款待。其中一个猥髯蛙腹的游人叹息说:"庐山真好啊,从南到北半天走不完,倘若可以种植豆麦,何难致富?我家乡的山也非常适合种植农物,可惜不及庐山宽广，所以古人独独夸赞此山。"我听闻此言，十分高兴。从前，有个人酷爱仙鹤，蓄养了许多小鹤，一个贵人见到后向其讨要，那人不得已从笼中捉了一只献给贵人，脸上有一副施恩于人的得意之色。第二天，那人去贵人家登门拜访，贵人对其丝毫不作感谢，那人心中不耐，便夸耀自己蓄养的仙鹤很美。贵人皱着眉、摇着头说："我昨天尝了一下，味道还不如雁、鹅呢，有什么值得珍贵的？"

黄龙寺多古藤瘦竹，都是制作手杖的好材料。老僧选了几根奇特挺拔的，琢磨成手杖，涂上红漆，拿出来让我观赏。我叹惜许久，老僧以为我想索要这些手杖，便打算把它们全都赠给我。我笑着推辞说："等您选到一根方竹将其削圆涂漆后，再赠给我吧，到时我将感谢不尽。"

不知道子都（古代美男子名）美貌的人，相当于没长眼睛（译者按：此句本出李渔《闲情偶寄·声容·选姿》："不知子都之姣者，无目者也。"），这话说得也不完全对。西施，本是卖柴的女子，又曾在溪边浣纱，苎萝村中房屋相连，难道就没人居住吗，倘若见过西施的人都为她的美貌倾倒，万口传扬，又何必等到范蠡大夫前来寻访，才奏闻越王，然后得以实现其借助西施灭亡吴国的计划呢？平庸之目，必然不能赏鉴奇才，由此可以确信。

六位客人将要去饭堂吃斋饭时，知客僧已将化缘的簿子拿出来了，其中四人见机而作，迅速离开，只有那个蛙腹的客人和另一个客人被知客僧留住为难。我见此为之哀怜，心想他肯定是因为腹大而行动迟缓（才没有及时离开的吧）。二人皱眉忍痛地捐出一些钱后，知客僧才拿出乌金太子像，让二位客人参拜观赏。二位客人恭敬不安地自堂下拾级而上，虔诚地烧香叩头，然后惊讶地相互看着对方说："这是乌金啊，真不知比赤金昂贵多少倍?"

癸未(9月30日) 晴,寒。黎明我即起床,到凌虚台观云,竟无一点云雾,或许是云还在睡觉吧。近来,诸僧和宗慧都知道我唯独癖好观云,不论早晨、傍晚,一有云的信息,便敲窗扣门向我报告,除此我们也没什么可商量的了。我初入山住在此寺时,尘根未净,每听见挂搭僧敲门大呼说"借歇",便惊惧,猜想是有客人来拜访我,大呼"接帖"。等我知道自己弄错了之后,则不免失笑,我是如此地害怕来客是官员。后来,我久居心定,便没有这种猜疑了。刚才我戏作了一首诗,其结句为:"归时倘遇敲门客,却又疑为挂搭僧。"

西辅说:"您夜深才睡,黎明即起,难怪偏偏有人诽谤您总是长睡不醒,我都为您感到冤枉。"我说:"这是难以辩白的。我曾戏引诸同乡与我彻夜长谈的事以证明我不爱睡觉,但人们还是未必相信。古时米颠(北宋书画家米芾,因言行违世脱俗,放荡不羁,人称'米颠')与朋友聚会饮酒,忽然隔着座席大呼苏东坡说:'我一点也不疯癫,可是世人都说我疯癫,(你们不信)可以问下苏子瞻。'苏东坡笑着回答说:'吾从众。'我私下担心诸公证明我不爱睡觉时也说这样的话,那我就冤枉得更难辩白了。从前,我在怡恭亲王府邸做幕僚时,恭亲王退朝饭罢,常来西园,(有一次,他来时),我仍在酣睡,恭亲王告诫左右不要打扰我,然后自己便绕着小山游玩一番。过了许久,侍监(清宫官名)报告恭亲王说我醒了,恭亲王来到西斋坐下,等我洗漱更衣完,才走进天香馆,笑着对我说:'京城里的睡仙有百万人,考察谁最能睡,当属你为第一。'我不禁呼冤,恭亲王问我何冤,我笑着对答说:'王爷您戌正(十九时,即晚上七时)入睡,寅正(凌晨四时)上朝面君,计算所睡的时间不过三十刻,因此我曾有诗云:"自幸无官贪夜坐,上床多在上朝时。"我之所以这样说,是因为我寅正才睡,即使一直睡到正午醒来,也不过三十余刻,可您竟诬陷我是睡状元,难道我不是冤枉的吗?'恭亲王便说:'某朝有一人因久坐不出门而闻名于时,于是有人诬陷其三十年未曾踏出房门观望门外的风景,其人听说,也满口呼冤而辩解说:'我十九年前曾送某客到大门柳树之外,伫立着观望了很久,怎么能说我三十年未曾踏出房门呢?'既然如此,你又承认自己正午才起,那必然会像故事中那人一样受到冤枉了。'于是,恭亲王与我皆大笑。像恭亲王这样贤能且与我相处这么久的人,尚且不肯证明我不贪睡,那我受的冤枉岂是容易辩白的啊?我忽然记起古人'居山常晚起'的诗句,觉得其反面意思大概是说居住在市朝就很难晚起了吧?我则与之相反,这就是人们认为我迂腐的原因吧。"

工匠修筑四仙祠,门壁皆已完工,又在墙壁上加了白色涂料和彩画,我付给他们工钱后就让他们离开了。周颠仙人笑容未敛,我也心安了很多。西辅玩笑地抄录我写的《游山日记》,已抄完八卷,这些日记虽然算不上什么文章,但西辅的勤恳是非常值得我怜爱的。

正午,一个云游道人前来寺中借宿,我见其神气还算清朗,便与之交谈几句,发觉此人非常聪慧。于是,我询问其修炼之功,但发觉他所修炼的大都肤浅杂乱,心中暗自哀怜,便为他略略指示了一点入门之径。道人大为惊喜,便对我参拜,请求我指示一些修炼的窍门。我便历举道法中的那些旁门外道,以及画符炼丹种种魔障,说这些都是欺世造孽、无益有损的行为,徒然辜负了百年仙缘,让自己一生清苦,此外我还用委婉隐喻的方式为他讲解各种恶趣的源流利弊，使他明白哪些才是正道法门。道士感动地悲伤哭泣，急忙向我拜求下手工夫，我被他的诚心打动，授予他存想正诀，他立刻发誓要进入罗浮山的某座道观，闭门修养，了此一生，剔除万念，务求真正悟道，以报答师恩，他坚持要对我行弟子之礼，然后四拜而去。

知客僧见道士与我萍水相逢，立时就能有所领悟，似有所得，于是也前来向我求教。我说："师父是钝根之人，贪瞋念重，想借参禅了悟难有出路。我与您同住两月，未曾以正法相规劝，正是因为此种缘故。但达摩有言：'不要轻视未悟之人。'我也有平等慈悲之心，承蒙您视我为师，我难道能忍心不管您吗？"于是，我教他死心念佛，以观想眉间白毫（即眉间白毫相，佛祖眉间生白毛之相，乃其三十二相之一），普摄三根（指贪、瞋、痴三毒），学习往生净土的法门，为其频频设喻讲解，或明确有据地指点，并告诉他临终正念（修行者临死时，心中没有邪念，只是一心正念菩提）。知客僧欣然且自感幸运地说："弟子入佛门四十年，今日才算遇到明师。"说完，他合掌三拜而退。

西辅也到我面前来请教说："佛、道二家之学，儒者视为异端，您不拒而远避，就已算庆幸的了，现今竟又现身说法，教育他们各自祛除习俗之尘，引导他们走上真修之路，您的心意确实是好的，但您不怕很快就会招来儒生的诽谤吗？"

我说："坐下，我同你说。佛、道二家之学，在中国已流传一两千年，或许在前代受到推崇，在本朝也未犯禁，即使尧、舜、商汤、周文王复生于二家盛行之后，又怎会忍心诛尽这些无罪的道士、僧人呢？或者这些君王能使佛、道二家的信徒尽数还俗，各自授予百亩田产、五亩宅地，以此养活、教化他们，确保没有一人流离失所吗？可是他们既没有可杀之罪，君王对他们又没有良好的教化方法，以致这二家流弊增多，真修渐灭，这样谁能保证他们中没有肆意作恶、惑民乱法的人呢？作为儒者，每个人都有教化百姓的责任，不考虑这些问题，寻找潜移默化、转变风俗的方法，而只是信口开河，力倡排斥异端，借此博得自己所学是正学的虚名，这样的人往往不知治理国家的大计，更算不上通达。并且佛家之学，近乎墨学而实非墨学，其所提倡的恩怨、平等、普济三种学说，很像墨家提倡的兼爱之学，但是墨子之学专求务外，不遵循自己的本性以治理内心，况且墨子想借这种学说教化民众、改善风俗，恰恰扰乱了儒家亲疏仁爱的等级，反而造成了人民的困扰，因此我们应当力拒墨子之说。佛家不是这样，其志向、学术，全然不是为了人们活着时的生灭无常考虑。佛家领悟了人们的杀盗淫邪之恶，全都来源于贪瞋痴妄之心，而贪瞋痴妄之心，实际上是由于利名声色等外部诱惑造成的。假如不摒弃这些外部诱惑的私欲、恶行，恢复人本来具有的善性，而佛教中人又没有孔子这样的老师，颜回这样的朋友，不能受到克己复礼、和平精粹的教诲，于是他们只能凭借坚韧不拔的毅力、雄壮刚毅的气质，舍弃国家、城池以及妻子、儿女等一切，独居在没有外部诱惑的地方，以修养他们清明无瑕的内心，恢复他们天命无私的本性。本性恢复后，就能对阴阳的道理、死生的缘故、鬼神的情状全然深知，他们难免就会对那些贪婪、残忍、仇恨、杀戮的愚痴之人生出慈悲之心，于是便创立六道轮回、三生果报的学说，以引导民众不入轮回，其本意与商朝君王利用鬼神作为教化百姓的手段一样。今世的儒者如果真能秉持尧舜的中庸之道，寻求孔子、颜回那样安贫乐道的志趣，原本是可以不信因果、不入轮回的，可是有的人非要极力倡导排斥佛家，就像孟子排斥墨家一样，如果天下的愚夫愚妇全都悍然不畏鬼神，不信因果，放纵自己贪嗔痴妄的心志，在伦常日用之间，毫无忌惮，然后君王以他们触犯法律为由给予刑罚，这难道不也是一种欺骗、坑害百姓的行为吗？何况世尊其实并没有想让天下百姓全都抛弃父母妻子成为僧人的想法。我是如何知道的呢？我是从释迦牟尼创立佛教之初，自己从不生火做饭，而是亲自率领弟子们进入国都乞食而知道的。倘若他想让天下百姓全都为僧，那他和他的弟子们又去哪里乞食呢？况且母亲是父亲的妻子，释迦牟尼如果不想让国人娶妻，那他自己又何必作盂兰盆会以报答母恩呢？大概他是想自己努力去实践艰难之事，以深求性与天道，而将所悟的道理化成粗易、浅显的学说，去劝化国人，以酬谢国人在他乞食时给予的恩惠，而安慰自己的慈悲怜悯之心。至于其专心致力的学说，全是为了人的死后，与治世之法绝不相妨。佛家之学与墨子之学绝不相似，（墨子之学）实际上是要掌握国家政权，改变原有的法律、规章制度，其所做的一切只是以兼爱之说作为掩饰，借此夺取仁义在民众心中的传承，这与儒家是势不两立的，所以孟子极力驳斥墨学，这实在是不得已之事。道家之学，近乎杨朱之学而实际也非杨朱之学。道家提倡保全天性、长保元神，只求自我长寿，这很像杨朱提倡的为我之学。但杨朱不能抛弃妻子儿女，断绝人事，像蝉脱壳一样摆脱浊秽，浮游在尘世之外，他反而想用自己的学说改变国家、人民的风俗，如果他的愿望实现，我们将会看到匹夫匹妇以至所有人只知道谋求自我的私利，即使是君父之恩也可以不报，兄弟之亲也可以视如路人，师友之间的相互切磋，情礼规定的相互施济，就全都无用了。杨朱的

廬山遠公開池種白蓮以
八人為社社中陶謝
雲蓮一因無酒而不至一時
遊而長未對清修靜玄淘
今儗多據石傳謝山乱古延末

清·上官周·庐山观莲图

学说一旦流行，天地就会成为无情的宇宙，民间就会灭绝慈让的风气，还拿什么治理国家呢？所以，孟子极力驳斥墨学，这实在是不得已之事。道士则不这样，他们都是隐居于山间之人，厌倦世俗而出家，隐居于山巅水边，与人无争，与世无求，只是仰慕长生不死，不想与形体同朽。因此，他们摒弃生前的安逸快乐，追求死后的明灵，相信自己能得到真传，刻苦修行，从而舍生求道。这就像水结为冰，又深藏在地下，烈日可以晒干沟渠，但不能晒干地下的一勺之冰；江湖可以化为桑田，但岷峨高山上的积雪不会融化净尽。这是很显明的道理，可有的人非要说求道者多是贪生纵欲之人，又往往在富贵满盈之后（才开始学道），即使有真仙召引他们，他们也未必肯舍去逸乐而入山修行。于是，说这话的人便因某些求道者修仙无成，而妄议世间没有仙人，这就像取火之人不借助阳燧（古代利用日光取火的凹面铜镜）取火，而妄自猜测日中无火，这难道是通达的议论吗？至于道家崇拜老庄，（这些人又说），是因为其信徒好胜争名，才推崇二人为祖的。老庄的著述阐明了清静无为、自然成物之理，以效法轩黄（即黄帝。因其名轩辕，故称）之治，一切都是为了去除周朝末年因礼法、典章繁多而引发的流弊罢了。贤德的人对'道'的理解过了头，又多发表快意恣情之论，于是背离了中庸之道，受到后世儒者的非议，其实老子和庄子都是热心救世之人，不是隐居山岩、忘却世情之人。道家推崇他们为祖，其过错原不在老庄，浅学之士排斥道家的同时也一并排斥老庄，怎么可以呢？《道德经》五千言，《南华经》三卷三十三篇，有谁见到其中有服食导养、金丹铅汞的学说呢？有谁见到其中有画符诵咒、呼风唤雨的文字呢？今人有子孙不肖，尚且不能因这些子孙的不肖而非议其祖父，又何况非议其祖宗呢? 并且为了保全本性而隐居的道士, 有的确实已经忘却世情, 但如果因此就说他们是杨朱那样的自私自利之人, 败坏人世的教化, 这本就是不恰当的比拟, 又何必攻击他们, 让穷民无所归依呢? 至于有的道士杜撰道经, 书中虽然没有精微之义, 但推其本心不过是想借鬼神教化民众, 劝人为善, 未必对愚夫愚妇没有益处。再说佛道二家的一些庸陋经书, 多是其信徒伪作的,(他们这样做)是想借此让民众敬信, 广施教化, 不能因此而非议佛、仙。由此观之, 佛道二家的志业、学术、功能全是为了人的死后, 绝不与尧、舜、孔子争治世之权, 表面看来与杨、墨之学相似, 实际上却非杨、墨之学, 即使孟子复生, 深观佛道二家的学理、本意, 也绝不会忍心驳斥。何况我们这些人有幸生在儒学昌明之世, 人人都有希望领悟大道, 家家都有希望获得封赠, 即使有万千杨朱、墨子那样的人, 每家每户都可以提出意见、发表看法, 他们又怎能搅乱民心、扰乱风化呢? 又何况佛道二家的真传已将衰绝, 我们只应该可怜他们身处饥寒、没有固定的产业养活自己, 仁人君子们又怎能忍心为了博取自己是正学的虚名, 而排斥异端绝其生路呢,(如果仁人君子们真能忍心这样去做)这难道不是故意驱赶孤苦无诉的百姓进入流亡失所的处境, 致使百姓遭殃, 扰乱法度, 然后借此显示自己具有经世济民的才能吗? 因此, 我希望贤能的士大夫们, 想治理好国家必须懂得治国的要领, 想匡救时弊必须作长远谋划, 不能像乡野小儒那样, 拾取古人牙慧, 堆砌文辞, 只图一时口快, 发表意见, 令百姓遭殃, 这样大概才算得上有经世济民之才吧。"为了分辨佛道二家是不是异端, 我记下这些文字。

西辅说:"佛道二家各有真传, 无损于治世, 我今天算是受教了。可是我多次听说晋宋（**此指东晋、南朝宋**）以来，儒士有以僧、道为师的，未曾听说僧、道有以儒士为师的。您反其道行之，难道是想借此独特之见启发人们心中的疑惑吗？"

我说："噫！道在哪里，老师就在哪里。门户之见，本来就不该存在，转移风俗之法，儒释道三家的学说都可采用，所以我们应当消除对三教之间纷争的疑虑，使他们共享和平之福。并且你怎么能说僧、道可以作儒士的老师，而儒士反而不能作僧、道的老师呢？你为何重视佛、道而轻视我们的孔子之道呢？"西辅这才醒悟。

甲申（10月1日）　　晴，微暖。我打算去佛手崖游玩，因西辅患上足疾，未能成行。西辅患上足疾肯定是风湿的缘故，山居虽然快乐，却也会带来痛苦。

乙酉（10月2日）　　风，寒。我又剃了发。剃完发，我让宗慧取出浸泡在天池中的竹筒，用竹筒里的水为我洗涤。竹筒里贮存的水尚有竹子的气味，我担心用它带回去的泉水变味，应当仍将其浸泡在天池。我又洗了书套、被单、汗衫等物，我打算用天池之水洗尽身上的尘垢，这样大概就能由肌到骨皆香了。

丙戌（10月3日）　　晴。风已停息，天气渐暖，我又可以在此山小住了。可惜我携带的秋衣不能抵御高山上的寒气，并且重阳祭扫已近，按礼我必当回家祭扫才行，（**想到这点**），我每次面对周颠仙人的画像时，都会现出一副别离悲伤之色。我对土木雕像都有这样的感情，又为何不能与活人交往呢？

我让宗慧去黄龙潭汲水，顺便抄录了自己近来所写的二首诗赠给茂林禅师,(我之所以这样),是因为茂林禅师将要从主持的位子上退下来了。

　　早晨起来,我为西辅煎药。西辅饮药后,足疾好了一点。西辅已卧病不能起,宗慧和诸僧又往别处去了,蝉皆蜕去,不再鸣叫,我独自站在后崖闲眺,想起自己的两句诗曰"万里忽从胸次阔,千峰都向眼中明",这样的境界,在我之前的人也不是常常体验到的。

　　西洋有个名叫欧罗巴(**明清时对欧洲的称呼。此处舒白香误认为其乃国家**)的大国,距离中华九万里,幅员广阔,不亚中华。崇祯中期,利玛窦游小西洋(**明末以后一般指今印度洋**),听闻东方有个出产蚕丝的国家,颇通贸易,利玛窦这才乘坐商船来游中华。他发现中华历法已有错误,请求以自己所学予以纠正。因此,明怀宗(**清政府初定崇祯帝庙号为"怀宗",谥"端皇帝",后于顺治年间去其庙号**)让利玛窦在京城住下,向其咨询历算之学,渐渐地,崇祯帝已能对千年以来的夏至、冬至了如指掌,于是这才聘请西洋人制定历法,迄今钦天监仍用西人,其实就是从这时候开始的。我在京城时,曾去宣武门附近的天主教堂游玩,天主教堂即西洋人拜神的地方,西洋国家很看重这种风俗,为此专门建立教堂。其国到处都有这样的教堂,他们的国王大臣,以及军民男女,在附近的教堂,每七日必会聚集一次,跪在神前,聆听神父讲解经训。讲解的内容大致是,能不婚不嫁且学道的人,死后成为天神,享受各种福乐;一婚一嫁者,敬慎守持各种戒律,也可以升入天堂,否则坠落地狱。(**西洋国中**)一家有三个儿子的,便会有一个或两个儿子不娶妻,专门讲解传布这种经训,国人对其敬如神明。讲解最精、持戒最固的人,就会受到众人的推服,并且将其尊为教化之主,地位在国王之上,国王见到他也必须跪在他脚前行礼,由此也就可以推知其他的事情了。天主教的学说大体是人活着只是暂时寄居于尘世，人终极的追求是升入天堂，（不婚不娶）断绝后代是入道之门，保持童子之身是修道的途径，对此西洋国人全都信奉，已经成其风俗，一千七百年牢不可破，中国也渐渐有信奉的人了。我曾在认识的人那里借来西洋国的图史经论观阅，不觉哑然失笑，喟然叹息说：诡诈啊！西洋国主。他们这是忍心欺骗民众以巩固王位，使其家族一姓相传至一千七百余年，未曾有篡夺之祸。聪明啊！西洋教主。他们这是表面上重视信徒，却暗中斩断信徒们的后代，使其国一千七百年未曾有过人口过多、衣食不足而导致互相劫杀的惨祸。假如其国民洞察了他们的这种意图，那天主教必然无法流传。嫁娶多了，人口必然繁多，人口繁多则民众难富，民众处于贫穷就往往去做强盗，强盗多了必然相互残杀，世界上哪有国家传承了千余年而人口不满、国家不败的呢？正因如此，他们的国王才天天礼拜，叩头于教主的足前。只有这样，他们国中秀慧的、喜欢荣贵的、追求声誉的男女，才能灭绝嫁娶的念头，专心学习教义，他们学习久了，就又会以此教义教育他们的弟侄。居上位的人有哪一种爱好，在下面的人必定爱好得更加厉害，风俗既已形成，谁敢提出异议？所以，我既笑其能用诡诈的手段欺骗民众，也能体谅其采用这种手段是为了安定民心。中国的圣人提倡对人民要满足其欲望和需求，公允治理，以诚相待，这确实是治理国家的好方法，然而自古以来，一治一乱，往往相承，这难道全是国中君主、宰相、官吏们的过错吗？人口繁多就会导致财用匮乏，如果遇到某年粮食歉收，怎会没有人饿死呢？某些治国者对此之所以有恃无恐，不过是坚信"自古皆有死""民无信不立"这两句精义足以让国家坚守万年，是合情合理的传承吧了！我

北宋·李公麟·西园雅集图(局部)

偶尔翻阅前天我所记下的有关佛道二家无损于治世的议论,认为不妨就用他们的教义来治理他们自己,但又恐怕某些迂腐的儒士可怜僧、道们没有后代,欲令他们全部还俗,重新归入士、农、工、商四民之中,以增加户籍。这样必将产生街市田野人满为患,以致再也容不下一人的情景,然后这些迂腐的儒士也就知道每家每户,虽然依旧分为士、农、工、商,但人口数量却是日益增多的,然而到时他们又有什么办法呢?这全都是(让僧道还俗),又让他们配偶、生子所造成的,不知只凭臆断想出此种策略的人是否考虑到这点?理学家不可以空谈逞才,拘守古代成规的人不可以辅治天下,至于夸耀文辞、崇尚口才的人更是不值一提了。在此,我姑且举出西洋国家民俗的利弊,他们尽力推行,尚且可以绵延国王的权位,何况中国有圣人的经典呢?

丁亥,朔(10月4日)　晴,暖。簇拥有序的蜂群忽然乱了起来,嗡嗡地飞满天井,显出一副惊恐万分的样子。我命小和尚察看蜂巢,原来是有

一只大黄蜂想要驱赶巢中的蜂王。小和尚杀死大黄蜂，亿万蜜蜂这才飞舞着相继回归蜂巢，大概它们是要回去争抢勤王的功劳吧。

黄龙潭寺僧削制出四块八尺长的木板，作为禅堂和祖师堂的楹帖，请我题写新句，我随笔写道："孤月印潭心，钵里有龙听说法；拈花开笑口，座中多士正参禅。"这是禅堂的楹联。"开山据庐岳之中峰，本支得地；演法合龙潭之正派，作祖生天。"这是祖师堂的楹联。此外，我这里还有几副挂在墙上的楹联要写，这是与黄龙潭寺相邻寺院的寺僧请求我写的。我如果仍在此居住不去，必定还会有人来劳扰我，（请我写这写那），因此我萌生了归家的念头。

又有几个游客来到寺中，他们说自己是要入山收租，所以特来寺中拜佛，于是我听见寺院的厨房里又有推磨声响起了。小和尚说："这几个游客都是文人，刚才他们站在四仙祠里阅读您所写的《天池赋》，过了许久，赞叹道：'好长！'"

游山日记卷十

戊子（10月5日）　晴，风止。知客僧与游客在东堂吵闹，大概是客人吃罢斋饭，知客僧在向他们化缘吧。我猜想这几位客人必会遭遇此难，可是他们仍被知客僧的热情打动（接受了其招待）。凡是人情往来，对客人以礼相待的情况有很多，唯有因敬重对方的品德而与其交往，以及为报答对方的恩情而叙说旧情的人，才能无所希求，或者可以受恩不报，此外则必须有办法予以报答，方可接受别人的恩惠。这几位客人糊涂不知此理，以致与知客僧吵闹起来。

既不能号令他人，又不听命于他人，具有这种习性的人，即使小有才智，进入社会也一定会陷入困境。别人尊敬我，我反而轻视他们；别人轻视我，我又会怨恨他们。这是不能增进德行的征兆。

"恭敬胜过怠慢的人吉利，谦卑能使尊贵者更有光彩"，这几个字不只是存诚学道的人应当写在衣带上牢牢记住，即使谋生、经商、垂帘行医、卖卜算卦的人，在与世人交往时，如果想自己少犯错误并且能与他人和谐共处，都应该对此反复诵读。我希望西辅也能记住这几个字。

别人求我写字，我已答应，因此日暮时分我仍在烛光下书写，我所写的全是《北山移文》里的语句。(有人说)不出来做官就不了解自己的学问有多高，然而圣人担心自己还没有足够的处世、从政的能力而不敢轻试其学问，这才是真正的高明。

三更时，狂风大作，几乎有撼动石墙之势。(我在屋中)静听松涛，那声音也极有次序。风从山下渐渐刮到山顶，停息时也是这样，所以风声戛然而止时，长松仍被狂风吹动得摇摆作响。涧底之松，苍翠茂盛，并且很少被风吹得这样摇动，想来这未尝不是它们的一种福气。

己丑(10月6日)　风止，天虽阴却不冷。茂林长老来到寺中，一是与我告别，二是为了给我送行，他赠给我一些茶、笋、香椿、白菜，我留他小坐，趁机写了三封信，并附上我为诸寺所写的题壁诗请他带给诸寺，这些诗都是茂林长老乐意阅读的。

宗慧献上所摘的茅栗、山楂，我吃得津津有味，他摘取这些东西大概是想回去后赠给昌智、盼霞、莱馥吃吧。西辅的脚渐渐康健，可以拄着拐杖行走了。

庚寅(10月7日)　天气晴朗，令人愉悦。我送茂林长老回寺，到了山崖处便返回了。我起初打算今日去五老峰游玩，明日下山，但因西辅患上足疾，只得改期。西辅一再坚持要按当初的约定而行，我说："凡事要顺人情，不能勉强，我难道不乐意去五老峰游玩嘛，可是与我一同来游的伙伴正患病受苦，我如果不管不顾，即使去了五老峰游玩，也是无情之游，我对此又怎会感到快乐呢？况且你如果强撑病体踏着高峻的石级上行，谁敢保证你不会像跨越门槛时那样被绊一跤而摔倒于地跌伤头呢？你如果逞一时之勇非要出游，不仅使我心中不安，实在也是与自己为仇。和平忠信，是修身的关键，处处虚心，学业才能进步。"

刚才我放下笔休息了一会儿，到后山闲眺，正逢浓云布满山谷，从文殊塔西侧如潮水般涌出，下层的云气飘升迅疾，上层的云气在阳光下跳跃，浮动之中，媚态可爱，这与我曾经赞叹过的锦绵玉山般的云气虽姿态各异却同样妍丽，可谓是变化无穷。于是我悟出潮水禀受地气而喜欢向下流动，所以它的来去守信有常；云雾禀受天气而喜欢向上飘升，所以它能做到无心成化，难以预测。潮可以比作妇人的节操，云可以比作才子的文章。

饭后，我陪着西辅拄杖缓步，让他舒展一下足部的筋骨，于是我俩来到白鹿升仙台，观赏明太祖亲自撰写的《周颠仙传》。大石碑高丈二，宽三尺七八，厚七寸，石质坚白而细润，四百余年仍未剥损蚀薄，碑上的书法也有唐代书法家虞世南、褚遂良的笔意，这是詹希原（字孟举，明徽州府人。洪武初官中书舍人，以书法名于世）奉诏书写的。碑亭四壁皆有十余尺宽，亭内的梁柱都是由石头制成，又凭借山上的岩石为地基，更是难以倾圮，由此也可看出当时负责此事的地方长官做事是多么敬业。碑文所署的年份是洪武二十六年(1393)。周颠认识朱元璋时,朱元璋还未发达,他(辅佐朱元璋)暗中启发了明朝的国运,明朝建立后,他又派遣赤脚僧去南京献药,治好了明太祖的病,所以明太祖命人在此立碑建亭以表彰其灵迹,报答其恩情。由此可见,大英雄、真仙佛,都是极重感情之人。天若无情,万物不生;人若无情,一事不成。

站在升仙台上,眺望西北方的湖山,东林寺塔只像杯水中漂浮的一根筷子而已。从东林寺南上数里,才到达庐山山脚,庐山陡峭壁立,高七千丈,上山的路径全是用石块砌成的层层石级,虽然行人需要弯腰屈膝,膝盖几乎碰到下巴,但每一步都有下脚的地方,还可以并行,几个人相互挽扶,拾级同登,虽然辛苦但也不会坠落山崖。庐山横亘五百里,上山的路只有四条,其中由这条路上山的人最多,这也是因为明朝初年为了迎接御碑特意开凿了这条高峻陡峭的山路,这条山路虽然简陋,却也是花费了不少的人力、财力。于是,因周颠仙人与明太祖的交情以及明太祖遗留的德泽而开凿的这条山路,便可以让像我这样的游人受惠数百年了。

站在升仙台上,向北眺望佛手崖,它宛如五代画家荆浩、关仝所画的奇妙图画,眼界为之一新。于是,我和西辅向着佛手崖的方向步行了数百步,然后坐在岩下休息,抬头仰望,看见它玲珑地镶嵌在天空中,幽邃深远,让人(心中清凉),身上的汗水不拭而干,这真是一处清凉的境地啊。岩石层层,翠碧的色彩中间有一条玉带般的分界,犹如画家用麻皴法所画的冰纹(一种人字形伞盖状的花纹),横斜错落,展现出上天造物的极度工巧。深入数寻,岩石渐低,则有泉乳两滴,悬空而落,好像雨止天晴时,稀疏的林木上仍有一两滴水珠坠落到池塘中,所以此泉叫作"一滴泉",又名"雌雄泉"，(之所以叫作"雌雄泉")乃是因为下雨时，这泉乳的滴声与雨声相互应和，细微之处有宫徵之音的区别。泉乳的滴水落在凹地形成一个清澈的小池，寺僧沦茶煮粥、洗濯灌溉，全都依赖这落下的一滴滴清水。(夏天)山中其他泉水偶尔也有湖心见石、溪涸扬尘之时，可是佛手岩的僧人仍旧可以汲取此水沐浴消夏，由此可以悟出学习贵在能探求本源，学有所成贵在能努力不止，正可不必贪多欲速，就能成就自己以及成就外人外物，全都有赖于这种不竭之源和持之以恒，这是非常显明的道理。

我因见到具有灵气的泉石而心中喜悦、感动，不觉引发诗情，坐在岩石的缝隙间赋诗数篇，然后才回到寺院。我看见老僧背上生了毒疮，为之哀怜，担心治疗疮伤的医生乱开攻下之药，如果这样老僧的寿命就到头了。于是我用诗稿纸为其开出一个药方，即用生芪、当归补正气，使毒疮溃烂流脓，然后配合清和解毒之药，并且我把自己随身携带的一些零钱赠给他买药。老僧颇受感动，于是有了想为我建造房屋让我在庐山久住的好意，可是随即他又因缺乏买山的钱而脸现愧色，觉得自己实在难以践行诺言。

顺着崖北而去，也有很多奇石，它们表皮皱褶而秀美，其中的一块奇石奋力地伸向天空，好像一条将要奋飞的石龙。罗洪先(明代理学家。学问广博，私淑王守仁，为江右学派代表人物)书写的"游仙石"三个大字，深深镌刻在石龙的唇间。罗公原本就是奇士，刻字的石匠也不是俗人。上天喜欢奇异的事物，所以造化出庐山；庐山喜欢奇异的人物，所以时不时地有一两个奇士来此游玩、题咏，这就像蓄养着仙鹤的名园一样。达官贵人或许会讥笑仙鹤体瘦，然而仙鹤的寿命却很长。日晡(下午三时至五时)，我回到天池，随笔记下这些文字，供人一笑。

辛卯（10月8日）　晴，暖。吃完饭，我写下"茂林修竹"四个大字，并在一把纸扇上题写好诗句，派人送给茂林禅师，顺便向他讨要些生长在黄龙潭水边的宝树的种子，因为这些树种可以种植，焚烧时也能散发出香气，与旃檀（即檀香木）佳树类似。距此二十余里，有座碧云庵，那里的主持听说有个萧居士因为喜爱天池，久留不去，便派一个弟子前来拜访我。他的这个弟子眼神明亮，面有儒气，来到寺中便随众上堂，诵经如流水，声音琅琅，极为动听。儒家学子到亲戚邻里家看望客人，有肯进入书房背诵经书的吗？攻习学业必须专心然后才能有成，行止坐卧不离所学内容，这样即使愚钝，也没有不能明了的。那个小和尚活在世上有什么贪求呢，可是他仍能专心做事、诵经，何况我们这些人呢？于是，我记下这些文字，以劝勉自己和他人。

壬辰（10月9日）　晴。碧云庵的小和尚觉意读过我留在四仙祠墙壁上的《天池赋》后，喜爱得不忍离去。他在那里站立了很久才回到寺中，并写了一首诗拿给我看，诗曰："池生功德水，香满聚仙亭。读罢《天池赋》，低头欲摘星。"他又请知客僧介绍，请求做我的弟子。我教导他说："诗文不仅是小道，也会大大地妨碍真如佛性，原本是可以不学的，你如果真能大彻大悟，即使不学，也能会写。但你既然想学，就应当从修慧入手，放下一切有为相，静心止观（佛教语。禅定、智慧的合称。止，禅定。观，智慧），这样坚持三年多，然后学习中国的经典，这就像种桃之人本是为了获得甜美的果实，但若想观赏花朵，也不是难事。"觉意欣然有悟，向我下拜，说："弟子今日才算得见真正的祖师。"知客僧退出后，独自哀叹说："我云游

过天下一半的寺院，惟有听闻萧居士的开示，句句沁人心脾，对此我也算没有白白地为僧学道了。"西辅听闻此言，对其德业的进步大大地夸赞了一番，并将知客僧的话转述给我。

觉意求我作字，我为他作字数幅，然后他便离去了。于是，我又打算去后山游玩，观赏青云，我听说它们已经飘升到高入云霄的山峰顶端了。

癸巳（10月10日）　　晴，暖。我让宗慧去佛手岩汲水，虽然只是一勺，已不知是几千滴汇聚而成的了。瀑布之水太多，显得奢侈，佛手岩的水太少，又显得吝啬，这都是它们各自的天性。而天池的水则恰到好处，不少也不多，真是令人赞叹！

甲午（10月11日）　　晴，暖。我派宗慧到竹影寺前汲取甘露泉水，为明早登上五老峰时沏茶之用，另外，这也是为过几天辞别庐山而早作预备。想到我将要归家，实为惆怅。

吃罢饭，我戏用秃笔挥洒残墨，在四仙祠的墙壁题字，四壁都被我题满了字。我或仰或坐，有时甚至趴伏在地上题字，大大小小将近千字，累得我腰足皆疲，这实在是一件苦事，却也非常可乐。

　　知客僧听说我打算回家，依依不舍地将要流下泪来。我素来不喜欢此人，可他对我如此深情，令我十分感动，无奈他太爱根据个人的好恶议论别人的是非了。学人的胸怀，要觉得人人可爱，人人可教，这才能够明心见性。

　　西辅行走如常了。重阳节我们将去登五老峰，真是千载难遇的时节，这实在是西辅的足疾促成的。刘樵兄弟抬着肩舆来到寺中，打算明天抬着我出游，其情也令我十分感动。陶渊明的两个儿子和一个门生，哪能比得上抬我的这两个樵夫啊！

　　乙未，重九节（10月12日）　　晴云横空，日光和煦，凉适可游。吃罢早餐，我随即前往五老峰，取径"白云天际"、佛手崖、升仙台等山峦溪谷，迤逦向东。经过大林寺，寺毁于火，寺僧已然逃走，其遗址可以建屋，旁有小溪环绕其前，我卷起叶子取了一点水品尝，味道非常甜美。过了大林寺，是牯牛岭，再登百仞，又有所谓的塔儿岭，皆可乘坐肩舆通过。名为"马厂"的山谷最为宽阔平坦，可以容纳千座营帐，当地人说明初朱元璋与陈友谅大战鄱阳湖时，朱元璋曾暂住于此，这大概是传言吧。继续向东南而行，进入一条巨大的山谷，山谷长七八里，长长的茅草没过膝盖，双脚踩到的不是烂泥就是碎石，这可苦坏了抬舆之人。又走了很久，才来到圆觉、万松二坪，这里的寺院统称为五老峰寺，寺僧中的年老白发者犹未登上过绝顶，何况是游客呢？起先西辅说五老峰庵有赌徒，也只是偶尔罢了。五老峰距离此寺尚超过千仞之高，崖壁直立如石墙，见不到任何上山砍柴的路，大概是峰上多虎，樵夫们不敢上去砍柴吧。我最初猜想既然峰上可以聚赌，一定不高，因此一直不欲来此游玩，如今见它如此高峻特立，还有什么理由不一登绝顶，让我远眺畅怀呢？无奈轿夫望之生惧，路人也劝我不要继续攀登了。这时，正巧有一个扛着巨木的人从山凹走来，我便询问他是否登上过峰顶，他说自己从前跟随众人上山射虎，登上过绝顶一次，但山路狭窄，几乎难以置脚，还有难以预料的危险，像我这样的人是难以登上去游玩的。我听后大笑，下轿徒步而行，让猎人引路，西辅也拄杖跟从，宗慧提着水瓶、扛着锸跟随于后。我随即笑着对猎人说："倘若我跌死，就地把我埋了就行。"于是众人全都振奋精神，攀援而上，行至数里，便樵径断绝，蓬蒿没人，虽然四旁皆藏匿着蛇虎，我也无暇顾及。每当劳累出汗时，我便在茅草丛小坐，举起水瓶喝几口水，略微休息后继续攀登。如此大约十刻钟，我才登上绝顶。在绝顶上，我听见虎啸之声，百谷皆震，我也发出狂笑以作应和，随行者也都大声喧哗，于是老虎恐惧地逃避。山峰像五根手指，惟中峰最高，我蹲坐在中峰绝顶，向下俯视陡峭的山壁。以前有人曾在我坐的这个地方往壁下抛掷丝绳衡量高度，有七千六百余丈，这又远超天池所在的高度了。遗憾的是我们刚登上绝顶时云雾四塞，看不见什么风景，西辅甚是惆怅，说"六月时我经过峰下，也是

吴湖帆·庐山东南五老峰

苦于雾浓，看不见上面的山峰，谁料今天登上绝顶了，竟然也是如此。"我便向山神大声祈祷，希望（浓雾散尽）让我一览鄱阳湖、九江以及其他山泽的美景。祈祷毕，东南方的浓雾拔地飘升、均匀地散开，好像主人掀开帘幕迎接宾客。这时我便看见长湖千里，也不过像澄澈的小池塘，南康县城，不过是池塘边的一座小亭罢了。白鹿洞、栖贤寺等名胜古迹，只能通过苍翠的树色略微认出，大孤山看起来只不过像一只草鞋罢了。我刚向东南方眺望完，东北方的云雾又像帘幕被主人挂上了帘钩而分散开了，九江一条条地犹如绣肠，回环可数，其中那条直直奔流、水气随意飘浮的，就是浔阳的八里江。我庚申年乘船顺风渡江，白浪横空，几乎覆舟，现在我在五老峰的绝顶上眺望，看见它不过像一条白绢而已。置身高处视人低，这未尝不是贤者的过错，但浔阳江应该不会因此而嘲笑我吧。中峰左侧，一座悬崖奋力高耸，俯瞰江湖。昔日我在孤塘（即姑塘镇，在庐山东麓、鄱阳湖之滨），傍晚时忽然仰头望向此处，惊诧地以为是悬挂在天际的一片黑云。船夫说："那是五老峰。"现在我在中峰游玩俯视，只觉得它娟秀可爱，于是我缓步而下，掉头向左，径直登上其峰顶，峰顶上有"目无障碍"四个刻在石壁上的隶体大字，崖下有很多石洞，大概就是刚才老虎发出啸声的地方。我坐在洞顶赋诗数篇，吃了一点黄精，饮了几口泉水，非常高兴地长啸起来。很快云气复合，峰右像第四根手指的山峰，虽然高度不及中峰，但其石壁奇峭如怪云，颜色也很明媚，因此青云屡屡与其融为一体。峰顶耸拔直插云天，奇异阴森得令人觉得恐怖。五老峰上的石块皆坚整雄秀，奇崛有势，没有一丝尘土，树木多枯朽不能生长，草也短瘦，这是受狂风摧折的缘故。昔日我听游客说五老峰上石块碎小如瓦砾，殊不知牯塔等山岭上多有碎石，五老峰上则非如此，难道是游客因为登山疲惫，而想当然地以为如此吗？日晡（下午三时至五时），我才向五老峰作揖告别，攀援而下，壁草润滑如油，不能踩踏，我抚着名叫司徒全的猎人的两个肩膀，十步一跌，乘势急趋而下，每次跌倒我都忍不住大笑不止。藏匿在长长茅草中的蛇虎见到我们到来都急忙奔避，（我之所以这样猜想）是因为时时听见有茅草倒伏之声。等我下山来到五老峰寺时，众僧已经做完晚课，轿夫也已经吃饱饭在等待我了，我这才乘着肩舆、踏着月色而归。自从东汉的费长房在九月九日登高以后，谁不在重阳节这天登高望远，然而能攀登到五老峰绝顶的，则少有其人，即使有，也未必是在重阳节这天。我极为愚钝怯懦，平时步行一里就腿脚疲倦得想要休息，今天我竟能直达峰巅，摸着云霞，纵目吴楚，又恰逢九月九日，这难道不是我四十年来经历的第一大快事嘛！

李白声称自己游览过天下众多名山，但论俊伟奇特，很少有能超过五老峰的。我则认为如果把"俊伟"二字换成"雄秀"，才足以描绘其峰顶的气象。《图经》载："李白生性喜欢卓越超绝的事物，不受世俗束缚，看见五老峰，觉得奇特，便定居于此。后来他将要回归中原时，仍恋恋不舍，不忍离去，他指着五老峰发誓说：'期望与您再次相会，我绝不敢忘却盟约，这里红色的崖壁、翠碧的山谷，可以为我作证。'"我近来寻访李白书堂的遗址，但无人知晓，如果以地势推断，书堂遗址应该在五老峰西北千丈之下的有泉水处。因为李白当时还是凡人，不能不饮水，峰下至圆觉、万松二坪，才有流动的泉水，所以寺院坐落在这里，难道这座寺院就是在书堂的遗址上建成的吗？如果在五老峰东南，只有白鹿洞后面的凌云、九叠等山谷可以居住。李白人品高洁，后人便猜想五老峰如此奇特他不能不居住在那里，这样想的人大概没有考虑到李白也是要饮水的吧，因此李白在诗中只说"庐山东南五老峰，青天削出金芙蓉。九江秀色可揽结，吾将此地巢云松"。诗中曰"东南"，曰"青天削出"，曰"可"，曰"将"，我猜想这应该是李白在峰下引颈眺望五老峰时所作的臆想之辞，他未必就曾登上过峰巅。

苏长公（指苏轼。因其排行居长，故称）乃千古奇士，也未曾登上过五老峰绝顶。我是如何知道的呢？我从他所写的五老峰诗的开头一句"偶寻流水上崔嵬"（句见苏轼《书李公择白石山房》），已经判断出当时他倦于攀登，肯定不只是无水可寻的缘故，并且"崔嵬"二字，我也觉得比拟得太过不伦不类了。苏东坡是天才，描绘事物用字不苟，倘若他到过峰顶，必有奇特的作品，绝不能如此草率地用字。至于李空同（明代文学家李梦阳，字献吉，号空同）所写的《五老峰》诗，仍像是湖中仰望之作，试观"东南涛浪吞，五老古今存。秀色彭湖远（译者按：《四库全书》集部七十六《空同集》作"秀色彭湖浴"），诸峰庐岳尊"四句，便可以窥其大概了。站在峰顶俯瞰江湖，江湖只像池沼般大小，哪能见到涛浪吞噬与诸峰雄长的态势呢？王凤洲（明代文学家王世贞，字元美，号凤洲）也只是到达过天池而已，（虽然如此）他也是有赖于地方长官派遣多人抬着肩舆载他才能登上天池的，（他在天池逗留未久，）当天晚上便下山返回了。袁石公（明代文学家袁宏道，字中郎，号石公）情操奇雅、腿脚强健，癖好泉石，我曾读过他的《游天池度含鄱游栖贤三峡》一记，文笔坚洁，几乎可以与柳宗元的游记争胜。正是因为这篇游记，我才喜爱上了袁石公，然而他也未曾登上过五老峰

绝顶，（袁石公尚且如此）何况其他人呢？袁石公记事，文笔确实饱含宗旨理趣，他写诗学李昌谷（唐代诗人李贺，因居住在河南府昌谷乡，世称"李昌谷"），却仅得其貌，并且在幽怪方面也不如李昌谷。

朱熹在游庐山五老峰诸山的文章题跋（译者按：指朱熹《记游南康庐山》一文）上说；"晦翁（朱熹晚年号"晦翁"）与程正思、丁复之、黄直卿一同前来，游览江山胜景，乐之忘归。"其石刻既不在峰顶，并且文中说"游五老峰诸山"，这里提到的"诸山"，显而易见不是说的五老峰绝顶。万松坪下的镜湖庵、象鼻山、青莲谷、月宫院，虽然距离五老峰的峰顶有一千丈，然而在此俯视九江、鄱阳湖，它们仍像掌纹般细小，题跋中所谓的"览观江山"，未必不是在这里"览观"的。

王文成（王守仁，号阳明，谥文成，世称"王文成"）为天池寺题写的匾额是"庐山最高处"，其实天池之高，与五老峰绝顶相比还差二三百丈，并且其诗文集中也没有载录有关他登上过五老峰的诗，由此可见，即使像阳明先生这样清雄奇伟的人，也未曾登上过五老峰绝顶。难怪五老峰的峰顶只有老虎出没，绝无上山砍柴的路径，并且上面的长茅古藓，高得遮没人的头顶，阻碍人前进的步伐。我是攀藤援石，下巴与膝相拄（指极度弯着腰）才登上去的，又有名叫司徒全的猎人跟从、扶掖着我，即使这样，我仍是多次枕到猎人身上而跌倒，幸亏有树根萝薜牵挂住我，才不至于坠落悬崖。李白、苏轼、朱熹、王阳明等人都是震铄古今的豪杰，其死重于泰山，谁肯像我这个不肖之人一样轻视生命、冒险攀登呢？由此，我知道他们全都未能登上五老峰的绝顶游玩。司徒全本是猎户，昔日因老虎吃掉了驿马，被官府以杖限文书（旧时官府要下属限期完成某事，逾期则予以杖罚的公文）逼迫上山打虎，于是众猎户登上五老峰，杀死两只老虎，司徒全也因此折断了一只手臂，以后再也不敢效仿冯妇（古代善于打虎之人，事见《孟子·尽心下》）打虎了。前年忽有乘坐肩舆的八位客人来到万松坪，想让寺僧引导他们登上五老峰游玩，五老峰寺的僧人不知道上山的路径，客人们也是请司徒全带路，攀援着藤石而登。他们有轿夫二十人，左右扶掖，像这样应该不难登上五老峰游玩了，谁知他们还未攀登到一半，已经精疲力竭、汗如雨下，腿脚颤抖地望着峰顶跪倒于地，相互叹息说："到此为止吧！就将此地视作五老峰绝顶就行啦。"于是，他们询问司徒全在峰顶能看到什么景物，然后将纸放在石头上，（根据司徒全的描述），一一记录下来，（等回去时）借此向亲戚朋友们夸耀他们的这次"壮游"。刚才司徒全之所以乐意为我导游，是猜想我一定不能登上绝顶，这样他就可以不用辛劳而获得酬金了，等他见我虽然屡次扑跌却愈发奋勇前进，反而有余力在他扑跌时帮扶一把，这时他才下定决心引导我上山。如此看来，我这次的游览恰好与司徒全遇，谁说这不是幸运呢？倘若我请轿夫、寺僧带路，他们肯定只会劝阻我不要攀登。寺僧终其一生只是徒然地名为五老峰寺僧，只知道聚众赌博，竟无一人攀登到五老峰绝顶远眺江山，其品格又在我的两个轿夫之下了。

我记得《太白年谱》记载，安禄山反叛后，唐明皇迁徙蜀地，诏令藩王某为东南节度使，此王举兵谋反，当时李白隐居庐山，此王派人胁迫李白，招致其加入谋反的行列，不久兵败，李白逃至松山被捉获，关押在浔阳狱中。宣慰大使崔涣等审理李白，认为其罪较小，并且因此向朝廷举荐说"李白有经世济民之才，请赐予他官职，让他为朝廷进言献策，以光大朝列"。朝廷没有答复。随后，李白仍以结党叛乱之罪，被流放到夜郎。李白行至半路，即承恩赦还。由此观之，唐朝中期政教虽然衰落，其君主、大臣仍然爱才。结党谋反，是重罪，李白虽然是受胁迫，没有参与谋划，宽恕其罪就够了，崔涣等人反而借用判案的案卷向朝廷推荐李白，请求赐予他官职，以光大朝列，皇帝接到奏书也只是不作答复而已，并没有斥责崔涣等人，这是上天的恩泽之气仍旧保佑着唐王朝，而当时的皇帝也有诚意迫切求治的缘故。唐朝中兴之兆，于此可见。李白虽然不免流放夜郎，但最终又被赦还，由此也可看出当时法律的宽容。李白依仗才气，傲视权贵，又放逸不羁，不注重小事小节，倘若他是生在唐朝末世，那就难免因罪受戮了。

我二十多岁从西塞回来，寓居城南，曾在重阳这天登上绳金塔顶，题写诗句，抒发快意，当时我自以为已经身处高地了。现今回想，绳金塔不过二三十丈，与五老峰绝顶相比，只是其三百分之一二罢了，当时我的眼界是多么的卑陋啊！后来，双丰王子赠给我一幅《坤舆全图》（清康熙时期来华传教士南怀仁仿明末利玛窦《坤舆万国全图》绘制的屏风式世界地图），其为八尺大轴，要卷合六次，两轴才能相触。图上标界有星辰运行的度数，这是依据浑天（我国古代的一种天体学说。认为天地皆浑圆如鸟蛋，天包地外，犹如蛋壳裹着蛋黄一样）的三百六十五度有余，巧妙地分缩入地球，形如车轮，可以将天地间的海洋、山脉、国家、土地都按照面积缩小比例画在上面，毫无悬殊。图中万国错杂排列，边幅全是以海为限，山川人物与风俗寒热的差别，各以区域的不同而分别纪述。共计中华有十八省，此外蒙古、高丽、安南诸外藩共为一区，靠近海滨，占地球的二十余度，既然这样，从整个大地的角度观察中原，二者的差距也像我所比较的五老峰绝顶与绳金塔一样罢了。圣人所说的"大"，大得连整个天下都承载不下。道体包络天地，又怎能有穷尽呢？九万里高的风犹在道体之下，又何妨将高高的五老峰绝顶与低矮的山丘等同视之呢？我自从有了《坤舆全图》，经常卧床神游，觉得庄子用作比喻的大鹏仍在宇宙之中，没有摆脱形迹，即使佛道所谓的三十三天，也是可以用成数（一数是另一数的几成，相当于现今所谓的"比率"）描绘、记述的，不能算作最高、最大的境界，（如果从小的方面说）一定也能将非想诸天（佛教所谓的诸多天界）放进圣人所谓的连一毫都无法分开的"小"中，并且绰绰有余，这样或许就能体会孔子的心境了吧（译者按：《中庸》曰："君子语大，天下莫能载焉；语小，天下莫能破焉。"舒白香认为这是孔子之言，故在此处提及孔子）。

西洋算法对于高度、深度的测量，就像中国的勾股丈量，丝毫不差。《庐山志》上记载，庐山高七千六百丈，乃是古人在五老峰峰顶的崖上坠丝所量，这是不懂测量高度的方法，所以我在此提及算法一事。日月星辰高远之极，没有梯子可以让人登上去，可是它们千古以来的运行变化都能通过观测准确地记录下来，如果不是借用了成数这种算法，如何能知晓它们的高度和运行变化呢？由此可知，测量高度难道一定要用绳子吗？西洋国家的山，有的高达千里，有的高达五七百里，鸟尚且不能飞到，人又怎能在上面垂绳测量呢？如果不使用一定的测量高深的方法，我们就无法准确度量这些山峰的高度。用成数之法计算的人会将五老峰视作低矮的山丘，然而他们最终还是不能站立在扶摇而上的大鹏的背上，俯视西洋诸山，（如果真能这样），他们必然看到所有的高山都真的像低矮的山丘一样。怡太贤王妃七十庆寿，她的孙子中有降袭公爵的，按照礼制穿着绘有龙纹方补的官服（**清朝官服的一种**）跪在堂下叩拜，王妃忍不住流泪悲泣，喟然叹息说："没想到老身能亲眼见到我的孙子有受封公爵而穿上龙纹方补官袍。"上公（**公爵的尊称**），是尊贵的爵位；龙补，是最高品级的官袍装饰。即使是普通的公侯获得这样的荣誉，都能让父母感到欣慰，而太妃却不免落泪，这并非是她奢求更多。王妃平生所见到的丈夫和儿子的官袍，都是四团龙补，没有两个方补的，她突然看到这种情景，自然会感慨激动，这是情所必至。这也让我想到，在辽阔无边的苍天眼中，自在奋飞的大鹏和奔忙劳累的一蚊一虻，同样是微不足道的啊！对于小与大的辨别，有时候确实难以用常人的思维去理解。

丙申（10月13日）　　有云，天暖。我拜别天池寺中的仙佛，即将回归人间，在云雾弥漫中与诸僧作揖告别。归途中，我路过黄龙寺，径直穿过茂密的深林，树上的露珠滴落如雨。我穿过芦林，坐在石头上略微休息了一会儿，其间作诗一首，靠着石头将其记录下来，云烟满纸，远处的樵夫隔着云雾好奇地窥视着这不寻常的一幕。不久，我越过含鄱，走下绝壁，（**因山壁陡峭**）而无法停步，云气也始终跟随着我为我送行。当我来到欢喜石畔时，云雾似乎凝立不动，原来这里已经离人烟俗世很近了。自此下山，木石禽虫，虽然依旧美丽，但在我眼中却显得卑微庸俗不值一提，再无事情可以记于笔端了，于是《游山日记》到此为止。回想起自从我出游到今日下山，正好是一百天。甲子年九月十日，靖安县舒梦兰白香随笔。

游山日记卷一

嘉庆九年六月一日戊午（7月7日）　　偶携胡生西辅、苍头宗慧为匡庐之游。亭午登舟，则卢修常、詹朴园、涂甥人烈已先立船头迟我，一笑而别。水急帆驶，岸上人顾我乐甚，谓天香自此远矣。

不逾时，已过樵舍，西辅诵予《吊娄妃》旧作结四语云："樵舍江头阵云黑，汨罗溪水同呜咽。燕王若果移南昌，龙子龙孙亦鱼鳖。"予不禁相视而笑。

日晡，泊雷洲，榜人家也。南风，雨濛濛，着面凉适，遂绕堤而游，所见有树杪、楼窗与篙橹接者，江涨如此。日未夕，已抵吴镇，盖百八十里也。

晚饭脱粟至三碗，下饭仅盐豉、干菜而已。因语西辅："东坡谓颜阖晚食当肉，为善于处贫。然则食前方丈无下箸处，是不可以处乐之验也。"

始虑多蚊，以风雨，蚊竟不至。入夜小霁，望云中远树，若芜湖铁花，盘空竞秀。花间一炬生绮芒，有光烛地，则长庚星也。俄复晦而雨，遂关篷灭烛。通夕嗽而汗不干，达旦始寐。

己未（7月8日）　　阴雨而风，舟师不敢渡鄱湖，与邻艘结队而济，泊东岸湖神庙前，盖所谓"鼋将军"乎？入夜风声如潮，转能寐，则动生静也。

庚申（7月9日）　　风渐息，已前解缆。日方中，已达南康。长湖张帆，有千骑纷驰之势，亦壮观也。舣舟废堞下，遂由堞入城，主于观察第。逆旅主人羊叟者，鞞其脑，一目突出，几与鼻争高，以为疾也。俄见其两子皆然，始信赋形之异，不仅在天。为之一笑。

薄暮骤雨，入夜晴。

辛酉（7月10日）　　入山，至三峡桥僧舍止焉。桥下百尺，两壁如削成，汇众泉，猛注狂奔，激涛翻雪，声汹汹如疾风震霆，坐危楼屏息骇顾，若将坠压飞腾者。数日尘劳，至是一洗而空矣。

桥畔小泉净而冽，山僧以竹筒引之入厨，煮茶甚甘芳。问其名，则"招隐泉"也。饭罢，偕西辅徐行里许，得一寺，榜曰"栖贤"，爱其楼北两窗瞰五老、太乙诸奇峰，遂假居焉。既夕，仍归宿三峡之楼。夜静烛灭，目塞耳通，乃若暴雨翻盆，雄风拔木，百千震电驰击松涛海波中，一息不停，都入两耳。其声有亘古不休之势，何时可寐？暗卧辗转，嗽益数，但觉楼岌岌动摇，不知是嗽撼其榻，抑是急湍喧触使然也。中夜呼灯起坐，聊复记此。

吾谓居此楼三日，必当耳聋。或曰："寺僧奈何？"殊不知寺僧三日不闻此声，必反疑闻根已断，身将入灭，其忧更过于聋也。思之绝倒。

壬戌（7月11日）　　　晴。移寓栖贤之北楼，文海大和尚竟不以敝绤草笠为贱客，接以儒礼。予观其神智可谈，方今佛法中衰，不婴世网，必受禅缚，遂为说"西来直指"及"心死土现"之义，谓苟无出世慧定，不若死心念佛，远绍莲宗，为得主有常，不堕邪障。诸弟子昏昏欲睡，和尚独欣然听受，貌益恭。既而语西辅："老僧参访南北数十年，所见士大夫道友夥矣，未有若萧居士者，得匪维摩居士乎？"西辅笑颔之。盖予自避喧入山，畏人物色，老妻戏书十余字授予，拈之得萧姓，尚名，字志君，义颇相承，故偶姓萧耳。

王逸少卜筑庐山，适西天僧持佛舍利来，逸少礼之，遂舍宅为寺，即今之栖贤寺也。佛堂铸生铁为塔七层，下贮舍利，更有舍利藏楼上，不知是何代古德所遗，尚未借观。逸少宅本归宗寺，此盖栖贤寺僧转述时随笔之误，亦遂懒于削正耳。云水无心，于斯可见。有华识。

砚池汲有招隐泉一滴，携至寓楼，用以书日记数行，并识。

癸亥（7月12日）　　　晴。夜嗽甚，头岑岑作痛，巳正方起。

寺中藏书颇富，半残蚀，聊为理《资治通鉴》《释氏通鉴》《王凤洲纲鉴》《净土资粮》诸书，皆有缺失，为怅叹者久之。西辅力谏，谓予以避喧来此，乃复耘无主之田，自损游兴，非计也。予笑从之。

西辅独行诣天池、黄龙、五老诸峰，为予先容，作避蚊之计，日午行

明·沈周·西山云霭图卷（局部）

矣。

日晡，观《镡津集》。小倦，寻老僧话于丈室，闻梵呗声，迹之，遂复绕铁塔一游，巡檐览《戒坛律仪》，尚存家法，但偶有别字耳。暮蝉群嘶，与潺潺玉渊声相乱，殊可听也。

甲子（7月13日）　　晴热，愈多蚊，幸其愚而不诈，颇易扑，然益烦劳苦嗽。若深山上兰都复如此，亦何异章门热恼耶？则不唯不望吾沤舸至矣。晡食，西辅自五老峰归，欣然相告："有天池、黄龙两寺，高出云表，老僧着絮衲度夏，蚊与蛇皆绝迹焉。且彼距李青莲、白香山草堂不远，又有所谓佛手崖，一老妇一僧居之，虎迹纵横，都无怖畏。僧言年年游猎人射虎其上，辄有获。僧犹厌其射，谓虎受僧戒，不伤人，何故使血肉狼藉，秽我兰若。然则天池、黄龙，真仙境矣。"予闻之大悦，加饭一盂，已决计迁居绝顶，禁足坐夏，庶几不虚此行耳。唯沤舸不可复来，盖虑其登高临深，且我云踪靡定，焉知不更上一层，何从物色？冀朴园语沤舸也。

五老峰常在云中，不轻识面。峰半僧庐为博徒所据，不可居。西辅至峰寺，云亦下垂，至寺门，一无所见，但闻呼卢声，亦不知五峰绝顶，尚离寺

几千丈也。

天香馆壁间一蕉扇，弃捐多年，来时朴园粘《恕堂诗笺》，随意取置行箧内，遂同入山。西辅携之游五老，悬崖一跌，蕉扇已飞入云中，翱翔于万古无尘之地。如此清缘，真足为天香增重。因笑语西辅："君若为扇，则君极乐而我苦矣。"

痰嗽益剧，达旦不眠。西辅甚忧之，属人购蜂蜜于郡城，三日始得。僧言此物虽郡城亦不常有，然则斋钵不识蜜，不足怪矣。斋钵，馆童名，吾爱其愚而用之。沤舸尝笑言："斋钵所至，人聚观之，正若南康军人看白鹿也。"

乙丑（7月14日）　　　晴热苦闷，舆者适欲予出游，遂诣白鹿洞。观《朱子学规》，叹其能躬行修道之教。石洞若梁，则喜事者所凿，李渤当日无此也。山川回合，环顾有情景，自外观，不翅洞耳。继游万杉寺，并至开先观瀑布所注，所谓龙潭者，掬水洗两目，始周视古今磨崖文字，亦鲜佳者。主僧延予至禅室，瀹茗品泉，风味近招隐。盖此山之泉，无弗甘芳，数日来舌根不枯，赖有此耳。既复敬观所藏仁皇帝御书《心经》，金章石质，宝气佛光，溢于宸翰。予往在怡邸所见圣祖墨宝数十轴，笔法与此卷无异，信真迹也。又一轴乃宋牧仲所施阎立本《地狱变相图》，写生殊妙，惜《陀罗尼经赞》书法不称耳。归途值钓者，得鱼盈尺，西辅就买之，携行松径，见者悉惊诧垂涎，以为希有。予自入山，凡得啖豆腐者三，皆酸涩不可入口，并山蔬亦无买处，今日意居然亨鲜，虽觉讨分，聊且自娱，知不免山僧妒也。

愚谓庐山品绝高，与渊明绝相似：其不产一物，则渊明之贫也；无日不在云雾中，则渊明之北窗高卧醉醺醺也；拔地干霄，绝无倚傍，肖渊明之孤节；水立岚驶，泉吟石啸，类渊明之逸才；未尝有灵祇淫祀，以召祈祷，亦奚异"息交绝游"；永不生仙枣玉芝，以启封禅，正有若埋名不仕。恐后贤未甘淡泊，厌薄此山，并著其品望如此。

丙寅（7月15日）　　晴，热。西辅以蜜和鸡子汁饮我，嗽少瘥。饭后至不可着衣，白日蚊翊翊螫人，脱天池、黄龙亦复如此，则不若还家避暑矣，岂不绝倒。

丁卯（7月16日）　　晴，亦热。西辅买黄精一斤，谓可益寿。与长老约观舍利子。作书寄朴园，西辅欲遂录浃旬所记，寄庄溪、修常、沤舸、武承，代问讯也。

既封家书，沙弥见予弄笔砚，疑其识字，乞作一楹帖，随笔题云："剧怜山色经旬住，喜听泉声彻夜醒。"盖比以嗽不眠耳。

日落，偕西辅出游三峡，坐石上弄浅水，浣手至洁。复以巨石掷峡口，水势辄驱之入潭，殷殷若雷起地下。因悟古之人以水喻民，方其平浅时，任人濯足，其弱将不胜一羽。迨夫众泉怒合，乘势兴波，若旱蛟赴壑，阵马摧锋，虽贲育为之辟易，亦何异陈涉首难，三户亡秦，其始皆可欺可辱之民耳。凡诸学侣，谁不以将相自期？尚其深念此言也。

戊辰（7月17日）　朝微雨，辰霁。盥沐。与长老启铜塔钥，出所藏舍利观之，凡二种：琉璃瓶所贮十三粒，大如黄豆，有若宝石者，若玛瑙珠者，紫色者、玻璃色者、玉色者，都不甚圆，有光气。僧言尝夜自塔中放光，观者疑为野烧云。其小者略与碎珍珠同，亦兼数色，计二千二百五十七粒，则所谓“坚固子”也。宋牧仲中丞施一赤金盘、金匙，为盛观舍利之用，金盘乃被无赖僧易以镀金，可嗤也。吾观其相传载记，言舍利十二粒，问之僧，则曾于坚固子中遴一巨者入舍利，然终不相类。于是命拣出，仍旧分藏，以存真传信，不亦可乎。舍利盖得之三峡桥硅，石函二重，一石钵贮之，盖晋唐时敕藏者也。饭后西辅率宗慧入郡市物，为迁寓计，兼觅寄朴园之书。

小僧为予呼待诏剃发，洞洞属属，手执刀欲堕。予畏其或伤首也，得半而止。僧有惭色，予曰：“无害。彼盖剃僧头，任意驰骋，圆通罔碍。今见我首与僧异，故不能游刃有余，曷足怪也。”隔宿浸卧簟于玉渊潭，曝之既干，有香气，竟可名“玉渊香簟”。

己巳（7月18日）　晨起，命奴取被囊、食箱，同诣玉渊石濑上，徐徐浣濯，如去心垢。仰首见五峰诸老，对面谈也。俄复不见，不知是峰起入云，抑是云下接峰。泥者必以为山川出云，则齿冷矣。

饭后，西辅诣近村，觅舆将为迁计。午未间小雨。晡，风发差凉，重栉发。

庚午（7月19日）　朝，风起云涌，差不热，遂欲登庐山绝顶。卯发栖贤，面壁而登十数里，渐与云近，意益豪。俄入云，既出云上，俯视人家塔庙，皆陆沉矣。山万仞，多悬崖，窥之目眩。云中风若水浇背，舆者震掉，吾步行导之，渐逾绝壁，始得少平阔可履之径。然山上之山，又复层起数里。过芦林，至黄龙，万木蓊蔚，多千章之材。绕林数百武，山犬迎吠，则主僧茂禅师已立俟矣。此寺高过栖贤七千三百五十丈，天池则更高于此。风凉弥甚，夏已入伏，僧衲皆棉。入寺即屏扇，夜着毡半臂，拥絮而眠，风声瑟瑟，酷似人间对菊花饮酒时也。昏暮亦微有数蚊，可不帷而卧。得此二善而嚏嗽复发，增唾涕之扰，始悟人间无十全快事，趋避正徒劳，不若耐烦任运，反得便宜。为之一噱。

黄龙多虎，月初吼数夕，木石俱动。予至稍迟，不及聆山君謦欬，为可惜也。寺门一犬颇狡狠，一日忽为虎攫去，僧群逐之，得不死，而腹项裂矣。颇亦多蛇，巡山行者言，密林往往相值，长老则谓兰若中无之，不识其言信否耳。予于是复有迁意。

辛未（7月20日）　　因嗽罢朝餐，服药少瘥。云水僧闲话寰中所见胜迹，如峨嵋、五台、补陀、落伽，皆有灵异可观也。此僧识彻公，并知启元和尚迁寂时预定行期，端坐而逝。予在都下与启元为邻，意颇轻其人不达禅观，不料其死日乃能如此，人固不可皮相哉！

壬申望（7月21日）　　晴，凉。登藏经楼，观所藏梵笈七百二十牍。复同主僧诣后山御碑亭下，读其文，则胜国万历十四年为母后修福，颁《大藏》于黄龙敕也。石白色，殊坚，亭亦石构，写经纸又都不恶，故未随明社墟耳。

癸酉（7月22日）　　晴。茂禅师治具款我，求作像赞。饭罢，同西辅出游天池，宗慧荷锸挈笔砚以从。逾修岭，入巨壑，迤逦北上七八里，所见多石室废址，绝无人烟，庐山之兴废可想。惟天池一寺，孤立云表，亦只叠乱石作墉，禅房朴陋无可观，惟正殿铁瓦仅存，是明初旧物，盖已数遭火劫矣。天池澄泓，居院中，深可二尺，潦不溢，旱不涸，亦从无一滴出山下流至人世间者。予笑语西辅："此水若燃灯古佛，声臭皆无。其俯视三峡奔流，正如金刚怒目，不足齿也。瀑布天资虽绝高，未免受才气之累，矜奇自炫，声名震天下，骇人视听。时士忽天池而惊瀑布，不翅谓子贡贤于仲尼，何可不辨？"于是汲天池煮茗，清美亦甲于诸泉，不识陆鸿渐品第若何？池中金鲫数十，则阇黎所豢，不足为池水重也。寺后临崖，望九江、彭蠡，清波可掬，遥岑几千叠，俯视亦仅如湖涛起伏，未觉其高于水也。举目万里，襟怀亦与之相际。司马子长登庐山，必曾至天池留连度夏。何由知之？吾读其文而知之。

崖上为聚仙亭，盖明祖敕祀周颠仙人，及以金丹愈帝疾诸禅客者。比一穷民，贾失利，室人交谪，遂登山自经祠中，寺僧坐是受胥役之累，亦几自经。予因笑谓："此缢鬼焉知非五老峰庵聚博人？故死亦好高如此。"

庐山圣母祠危踞层岩，范以石槛，倘坐其旁索新句，必当险怪。遂与僧约，信宿间移居此山。且以近岫皆童，无密箐，不碍游瞩，蛇亦少，其寡蚊与凉，又无异黄龙，故可居也。日晡归黄龙，比入寺，虎啸者三，闻之甚快。此虎殆欲嗣"虎溪三笑"之风，遇我不薄。既卧，更留意听之，辗转不寐，至漏深灯灭，怪风满林，始复遥闻其吼，大慰岑寂。西辅谓予不畏虎而畏犬，不畏龙而畏蛇，不畏王公君子而畏驵侩小人，可谓知言。

甲戌（7月23日）　　晴，小热，仅可着夹衣。午餐微汗，然终不用扇。有自山下来者，云人间方酷暑，不可复耐。末由分此风惠我阎浮，吾唯独享滋愧耳！

万树鸣蝉，良与三峡涧涛声无别。静境至深山止矣，犹复厌物外之喧。清旷宜人，天池为最。

补剃七日前未净之发，仅事也。日晡，题茂林禅师像，其辞云："三衣瓦钵，外无长物。万劫离尘，一心念佛。任他千偈如翻水，不及老僧伸一指。山中顽石点头时，座右枯藤独无语。"赞非诗也，故附记于此。

乙亥（7月24日）　　凌晨起，沐。趁早斋，盖不肯使僧再炊，破常住会食之例。否则仅能及午餐，未免馁耳。

书扇四、壁障五。西辅掘黄龙竹根为予制游山之杖，颇轻洁，不欲其端类蛇首，授意镌刻作佛手，当铭识之。嗽尚不愈，奈何！

晴，小热，着丝葛三重而已，仍不须扇。不审章门毒热作何状，想必人人念深山为乐国矣。

丙子（7月25日）　　大士生日也。晓起焚香，瀹龙井为供，回向先慈净土九叩首焉。至主僧丈室言别，欲明旦迁居天池，并以家问若来，幸颐指为托。

沙门妙华，瑞州人，行脚四方，即曾识彻公及启和尚者，独惓惓有别离色，以峨眉所得张三丰草帖泪万年松一叶见贻。受松反帖，遂横书大幅，劝勿忘彻公念佛百偈。盖知圆顿甚难，凭木而渡，庶乎不溺。妙华亦极可此言，故以为报。因语西辅："任尔神通盖世，不敌一诚。"予自入山未尝著一论赠人，乃不谓妙华得之，足信诚能动物耳。妙华欲重诣都下，住西山戒坛之太阳洞，谓此洞一虎守门中，惟瓦钵可作糜。心偶妄动，则虎有怒色，若严师之督弟子者，果志真修，居此最善。予因力劝其倘必住此，则唯有死心念佛，无事盲参瞎证，犯虎威也。此虎数十年守洞，未尝食僧。戊申春，一道士谓能伏虎，乞居此洞，僧亦惮是役之险，乐让道士居。才五日，戒坛巡山僧过之，不见虎守洞，以为道力所驱也。入洞相访，则道衣与一足存焉。予笑谓："此虎既喜护法，仍旧茹荤，殆亦若萧居士乎？"一坐喷饭。黄龙之虎，窟寺后，齿高于僧，大如牛。猎者事一神，剪纸作五伞，割鸡祀之，喃喃诵虎咒数千百言，然后药弩而机之，矢不虚发。邻近诸山皆有获，独黄龙虎不入彀，足见其高踪远虑，不婴外患。惜予留连信宿，但闻声相慕而已。主僧又盛设，斋予于堂，叮宁后会。因忆妙华倘入都重参彻公，质予所著论手迹，应悟萧居士即舒白香，得毋破妄语戒乎？其实如虎食道士，特偶然耳。

丁丑（7月26日）　　晴，小热。移寓天池，杖一筇，戴笠与山僧拱别，缓步行数里，凡三息宝树之下。所谓宝树者，来自西天，庐山绝高处可种，往往长至一由旬，团圞若盖，无丑枝，碧叶高秀，茂于柏，千秋不凋，着子可种。寻当携一粒归植人间，恐秽土不能生耳。

至天池才一炊许，而朴园之信使已到。读其书欣然，知所莳罂粟仅得八实，然双丰华胄，已不绝于人间矣。庄溪在远寄药物，适与嗽宜，即夕当服之，以为报也。沤舸遂已见所寄日记，且欲得八册，收众人之所弃，是一世之所非，宁不畏通人笑耶？传营、人烈及普儿，亦皆有清穆之思，阅其书殊慰。

游山日记卷二

戊寅（7月27日）　　朝，晴。饭罢，西辅率宗慧下山三十里，仅买得少许豆腐，仍不可食。记隔旬与朴园书，引苏公"归去蓬莱却无吃"一诗取笑，不谓为今日谶也。西辅愤发欲往还百里，赴九江市之，并欲买鲜鱼啖我。予曰："休矣！人间毒热，鱼必馁。"毅然竟行，高义不让蔡明远。惜我不能书鄱阳一帖，报其勤耳。

晡，大风撼屋欲动，斯其所以作石墉铁瓦之意乎？十方之风总聚于此，无难效列子御之而行，辄又愧无仙骨耳。

宗慧言："主人大缪，不求官已奇，乃复舍膏粱之奉，入鹿豕之群，乞食于僧，瘦同野鹤，使我攀藤撷蔬，足跕跕如飞鸢欲堕，何为也哉？"予亦第匿笑引愧而已。

山僧颇疑我状貌似曾为大官也者，时时作周旋问讯。窃厌其扰，遂指天誓水，自明非官，且谓："彼官者，上应天星，即使微服来游，夜必放光。予实欲依法座下听讲修心，种来世放光之福，师第以行脚沙弥畜之可耳。"于是乎僧有傲色，我得以自在嬉游，久居避夏，不亦乐乎。

沙弥则疑予或是大贾，因谓："曾作小负贩，折本而逃，乐此山有虎无蚊，可避热、债。"沙弥亦望望而去。以是信富贵多忧贫贱乐也。

夜深风益厉，几欲拔山而去，令我时时作飞升之想。梦醒风息，翻为怅然。

诸寺多畜一雄鸡，雏而入山，当不知有牝鸡之晨。天池独畜一牝犬，老矣，亦不知有牡。是境可修心之验也。

蝉嘶至绝顶遂变，而号如巨鸟，迫而察之，则小于常蝉。鹤鸣九皋，声闻益远，岂不然乎？

曾以巨爆竹掷舍身崖下，山中人惊为旱雷，百谷皆应。顺风之呼，声非加厉，所到远。然则居显位，握利权，仍不能令行禁止，大畏民志，其声光魄力，反不逮爆竹明矣。

己卯（7月28日）　　朝，风息而阴，是云又高于我矣。行者三人来挂褡，人肩一担，担以二木盘盛衣钵拜具。其盘合之殆可卧，且以隔泥涂，为计良得。一楚产，其二自峨眉山来，并有饥色。主僧哝哝告斋粮已绝，但啜粥耳。因黯然叹谓此辈亦谁解佛法，实无业之穷民耳。昌黎《原道》谓"耕者一而食者六"，为二氏诟病，殊不知世日积则生齿蕃，虽使一夫授一亩，犹恐不遍。坐是胜国末，游惰之民，邪僻之行，百出不穷，为世大患，亦岂皆二氏之教耶？唐季苾刍果悉能大振宗风，化游惰皆成佛子，当必无人满之患，转易足食，亦岂非四民之福哉！儒生动欲治天下，而不知所以为治，以教化为先，虽法古而不须泥古。法古者，道之经；不须泥古者，道之权也。熟读《伤寒论》而泥其方，又不审脉理虚实而妄投之，疾鲜不殆。王荆公岂非名士？其获罪于苍生在此。昌黎文公未必不以不作相全其名耳。

或问：东坡、山谷何人也？曰：通儒也。不辟佛，亦不佞佛。然则辟佛者非乎？曰：苟其人一生言行，皆合乎孔子之道，亦不非也，则程朱大儒之谓矣。彼盖深究乎心性体用之全，佛氏言用处少，专于出世，与中庸相反，故不能不拒其说，亦慈悲救世之心也。若未尝深究其旨，第攻其貌，存我见以窃儒名，且必为真儒所笑。故古德不畏昌黎而畏程朱，为其抉心性源流辨是非也。至于鬼神生死之义，圣人亦尝为仲子微示其旨，从可悟生也、死也、人也、鬼也，即佛氏之所谓色也、空也、心也、佛也。马大寂若居孔门，道力不在孟子下，何以知之？于司马温公论五祖六祖而知之。上智人必颔是说，则庶几苏、黄之徒矣。

或问：因果报应之说，果可信乎？予曰：圣贤不必信，愚人不肯信，机诈小人不敢信，中人则不可不信。圣贤欲净理明，言行但求其心之所安，苟念念不离因果，则反以祸福之心范仁义之性，非不思不勉之能矣，故不必信也。夫妇之愚，若夏虫朝菌，何知朔腊，其不信固宜。若夫机诈小人，习为不义，苟例以因果报应，则十八狱皆其传舍，其敢信乎？唯中人质可为善，失教乃迁，倘能动以慈悲，开以罪福，俾不致犯教伤生，肆行无忌，虽欲期刑措可也。殷人以神道设教，《易》亦称"不善""余殃"，《书》曰"从逆凶"，非果报乎? 吾故曰 "不可不信"。

庚辰（7月29日） 朝晴，午热，暮风。西辅昨日自九江还山，言农家望雨，低田则仍在水中。奈何！

晡食，至四仙祠趺坐，望平陆江湖，目空万里。西辅言，人间仰面瞻此祠，岌岌然如适自九霄下坠，赖云物拥之而游，其势将压。然则坐此祠中，呼吸可通帝座矣。

辛巳（7月30日） 晴，微风。日午亦热，衣重帛而已，不须扇也。以是欲游佛手崖，不果。隐隐闻山下雷声，其殆将雨乎？

偶忆黄龙佛殿左龛奉一旧木主，大如卓楔，色黯黝，深刻处微白，审视之，则中年妇人影也，面慈而目秀。右方一巨印文云：某某皇太后之宝。盖即藏经寺中之万历太后遗像也。御碑之敕，颁于十四年，时帝始廿四岁耳。明社墟百余祀矣，僧之不识考订者，辄呼为观音大士，朝暮顶礼，未尝非奉佛之报。同时颁一万岁牌，上盘九龙，骈首而吐水，合注一佛子之顶。佛座异以四金刚，下为岩壑，以六鳌戴之，皆铜所铸。又有大金铜香炉，围长十数尺，二花瓶高与僧齐，色泽淳古，皆万历太后所赐也。补记于此。

暴雨，一茶时已，复见日。盖龙将行雨去人间，过此山也。

予三五岁时最愚，夜中见星斗阑干，去人不远，辄欲以竹竿击落一星代灯烛。于是乘屋而叠几，手长竿撞星，不得，则反仆于屋，折二齿焉。幸犹未龀，不致终废啸歌也。又尝随先太恭人出城，饮某淑人园亭，始得见郊外平远处天与地合，不觉大喜而哗，诚御者鞭马疾驰至天尽头处，试扪之，当异常石，然后旋车饭某氏未迟。太恭人怒且笑曰："痴儿，携汝未周岁自江西来，行万里矣，犹不知天尽何处，乃欲扪天赴席耶?" 予今者仅居此峰，去

明·盛茂烨·烟寺晚钟图页（潇湘八景图册）

人间不及万丈，顾已沾沾焉自炫其高，其愚亦正与孩时等耳。随笔自广，以博一笑。

壬午（7月31日）　　风竟日，夜弥甚。以服宗慧所撷萱得寐，即鹿葱之已放花者，果益睡乎？

薄暮至寺后之聚仙亭，观周颠仙像，有颠意。复观明太祖所记颠事，亦拙朴无诳语。一代之兴，必有深识前知者默启其兆，吕公之择婿，虬髯之望气，陈希夷之大笑堕驴，无心而发之，既皆有验，岂篝火狐鸣之类哉！

癸未（8月1日）　　朝风。已饭，晴热，着丝衣两重而已。西辅始辑录予诗，因自书《宿天池寺》二绝，为卧室壁障，西辅欲刻诸石也。

薄暮至庐山圣母祠前，观其崖，孤悬无着，俯窥之，若乘云凌虚，此身正与虚空等，殆所谓舍身崖乎？旧志谓此崖险绝，无敢窥，独阳明王公尝窥之耳。"吾有大患，惟吾有身。"予不得神游崖下，一赏其孤悬奇绝之势，实此身为之累也。老子之言，有味哉！

甲申（8月2日）　　晴。无风，遂热，竟亦袗絺绤，但不须扇。饭时虽不免微汗，然静爽之气，终觉宜人，不似城市喧浊，令人叵耐。疲劳枯淡中所得如此，亦差不负耳。

饭后，西辅携宗慧诣黄龙市茶、笋、香油，皆彼土所产也。

黄龙既为明太后藏经道场，檀施于胜国为最，故至今林木之盛甲于匡庐，至鲜有盗伐之患，则虎守之也。其法嗣散处诸山，皆得而有其林木，无敢专伐，故木离斤斧之患，得终天年。以是悟封建之制，洵久安长治之源也。五霸之伐叛尊王，则虎耳，故圣人亦多其功。或曰："唐末藩镇专征伐，与封建正同，乃唐鼎卒移于此，果可恃乎？"予曰："此不揣其本而齐末语也。殷周之际，版图不过万余里，辄分千国，诸侯之地，犹不逮唐时一宰，岂尝若藩镇节度，带甲动逾数十万，奢淫恣睢，不识先王之道，不习周公之礼。天子又用非其人，驭非其法，恶得不篡？岂得因噎而废食，訾封建耶？"

今日独有十余僧络绎相过，一少者价人求书，予漫应之，不欲识其面，但于窗隙中见其年耳。犹以为此辈虽庸，亦耽登瞩。既而西辅自黄龙来归，则言是方丈六年一代，今届退院，诸山数十辈咸集黄龙作多阄，百失一得，群拈之，得者受贺，遂谓为有道之僧，尊为和尚。予不禁捧腹大笑，是何异糊名遴德以治民。而众僧之触热来会，则走马应不求闻达科也。不己之俗而俗彼在家之人，得无愧乎？

自以天池水浣白罗汗衫，至八易其器，可谓洁矣。欲题襟作"无垢天衣"，与"玉渊香簟"为偶也。

"女矜冶容，意岂思贞？士苟闻道，宁慕宠荣？僧不达法，斯多俗情。吾观天池，无臭无声。汲之不竭，注之不盈；淆之不浊，澄之不清。海不扬波，地赖以宁。譬诸圣心，欲净理明；譬诸虞廷，垂拱治平；譬诸学佛，永证无生；譬诸仙道，大丹已成。岂复有意，为世所营？或复尸位，以竞浮名。是犹淫女，乐人相轻。呜呼大梦，何时可醒？"随笔作偈，晓黄龙诸僧，书罢视之，则通首用韵，非偈子体，其病在好作诗耳。结习之难除，若是哉！

乙酉（8月3日） 溽热，仅着一层罗，似人间端午节时。忽见诸僧顶上齐放光，知剃发人至，亦遂栉沐从众也。

剃工终不善栉发，盖庐山之上，无非僧者，至若远客，不过一信宿便归人间，何至用彼栉沐乎？故此技终未娴也。剃工言渠以二寸铁周游诸寺，一月再至，则圆顶皆光，十口之家，赖兹不匮。予诘以为利若此，若曹无踵至者乎？工曰："噫！所在多虎，日小昃则群游涧壑，砺其齿于泉石上，铮铮有声，谁敢以性命博此微利？""然则汝能搏虎乎？"工曰："恶！恶敢！特以短视故，不能见虎，无怖容。又以剃僧发，于佛有功定，可援僧例，免充食料，遂无疑惧。恃此二术，故敢于虎狼穴中空手行耳。"舒子曰："旨哉！剃工之言。不闻不见，则心无疑怖；心无疑怖，则外物之机械无自而起，虽鬼蜮可以相忘，虎狼可以同卧。郭汾阳单骑见敌，及赴鱼军容之召而不设备，皆不疑不怖之诚也。吾闻此言，得养心涉世之方焉。"

戏以天池水濯缨，至洁，一乐也。吾自入山，所戴惟箬笠，雨缨帽置行箧许时，乱如飞蓬，故濯之，当又非沧浪之水所敢望矣。

夜卧，竟令人思簟，乍热可想，窃又自笑不知足。此簟自玉渊一浣之后，遂不复施之寝榻，畏寒故也。六月向尽，乃始思及之，其所获清凉之福，盖已久矣。

今夜有数蚊飞鸣帐外，是热可生蚊之验也。职是又小嗽不眠。

丙戌（8月4日）　　山上晴。俯视聚仙亭前几百里，则浓云如冒絮，团团密布于展齿之下，若龙涎之聚烟，若海波微动，而不知其际。其上则日华烘染，异彩晶莹，我立云上悬崖，古松翼我如盖，朝暾则反浴天池之中，幻成灵境，奇观哉！俄而下界云翔出天池，犹能作檐声，片刻而散，想农田已沾沃矣。是犹李邺侯帷幄定难后归衡山也。

日晡，室中溽热不可坐，遂出坐聚仙之亭，望江湖冈阜起伏于晴云湿雾中，顷刻万状，实观之不足。人生安得有此境长娱目前！环顾四仙翁，笑容可掬，当亦乐此清缘也。

峨眉僧言: 登峨眉者三宿而后造其颠, 去地盖百二十里。绝顶乃普贤道场, 僧庐则层绕而下, 不胜数, 谒山者亦无虚日, 僧赖以丰。普贤院后有小池, 豢小龙十余, 长尺有咫, 蛇首而四足, 鳞灿灿, 游与鱼同。观者咸易之, 谓非龙也。亦往往漉藏钵中, 携入院, 覆以巨石, 及旦启视, 则惟水而已。僧疑而迹之于池, 则游泳如故。亦有强置瓶水中携下山者, 半途辄逸, 而封识俨然, 于是乎神而龙之。然从古至今, 止豢此数龙于池, 亦不见茁壮老死。予谓: "夫龙者, 变化不测, 岂仅能若是已耶? 抑龙之为技, 不难于伸, 难于屈, 屈之又屈, 至尺咫, 复能历千古不变, 而后为龙之绝德也乎? 彼老聃一柱下史耳, 形若槁木, 沐发辄晞而待干, 其不修仪观可知也; 心若死灰, 遁世则终古无闷, 其屏弃才智可知也。周之士大夫过者见之, 见者亦过之而已, 独吾孔子以生知之圣, 目悬朝曦, 无隐不烛, 叹之曰: '彼老子, 其犹龙乎! '然则龙之为物, 不专贵乎行雨也, 得云而驾, 亦不惜为苍生一劳, 卒于彼行藏屈伸之妙用, 无加损焉。以是悟龙贵能屈, 屈至扶寸, 以养拙无为, 斯其为老子之龙乎? "僧曰: "诚如是, 则彼之忽变而逸, 为炫才矣。"予曰: "恶! 此正其遁世之能也。关尹不望气而物色之, 虽《道德》五千, 亦可不作, 犹龙之圣, 岂乐以语言文字垂休声哉! 峨眉之龙, 洵堪媲德老聃矣。"

僧又言峨眉二异, 谓寺岩一洞曰"雷洞坪", 平时无异, 独将雨则洞下殷殷作声, 徐徐而上, 游客竞观之, 见朵云出自洞口, 云中轰轰一黑物乘之而驶, 至九霄风雨之会, 始大奔腾叱咤, 金蛇满空, 千峰万壑, 震荡辟易。观者胥闭目塞耳, 股颤颤屏息而匿, 此一异也。其一俗呼"万盏神灯供普贤", 则于每夜方午, 遥遥见四方平陆, 熠熠若萤光数千百点, 环空而上, 渐近则

北宋·范宽·雪山萧寺图

如烛，造绝顶则皆已大如月矣，圆明飘忽，离合隐显，一一至佛堂回翔乃出。观者目眩神夺，瞻之在前，一瞬忽仙仙远飏，俄复径诣普贤座，若蜻蜓之映水而飞，凭虚立者，揽之以手，又空无一物，圆光如故，夕夕而至，转转不穷。从古大智咸不能测识其理，辄叹为佛光而已。予笑迂儒不信佛，并不信鬼，或见鬼磷，则谓为碧血所化，若腐草之萤。脱使登峨眉见彼光怪，必且疑古人之血聚于此山，岂不绝倒！

丁亥朔（8月5日）　　晴。晨兴，爇炉薰供佛，盖以先二人忌辰皆在此月，触序惊心，不免翘勤净域，祈冥福耳。卦气消长于七月为否，追惟少壮，凡十载之间两遭屠割，不孝私衷，用敢目为"否月"也。

戊子（8月6日）　　晴。晨沐未竟，西辅报岩下云凝如玉脂，于是握发而观之，千丈雪芝，万万朵映日耀目，山立而不移。脱使有如是一物，塞空常住，我定筑菟裘其上，老是乡也。

日午有梓人来游，遂命整寺中户牖之不可闭者，故钉之脱者咸新之，晡食始去。

西辅斫细竹一枝，安六合帐内以搭衣，殊便。遂并书床整理之，屏除衣笥，专设吾行箧之书，仅半床耳。其半敷"玉渊香簟"，为卧看《南华》坐看云计也。

己丑（8月7日）　　卯睡方熟，沙弥叩窗而报曰："文殊崖云又起矣。"于是带残梦，披衣往观，则将欲行雨之云耳，非凝脂玉叶、雪峰堆絮之属，然亦浓酣飞布，岩壑皆隐，使我与沙弥对面相失，但相闻笑语声耳。予既乐久居天池，静观元化，凡云之性情心迹，皆深悉之，尝欲作《云谱》分疏其妙，辄又终日为云忙，无暇及也。

饭后果大雨，檐声如瀑。徐察天池，得雨水反有浊意，是云自地起，赋气未能极其清，故天池不乐受耶？下士谓韩、樊之封爵等耳，乃不屑与哙等伍，所以取祸，殊不知信即终穷，亦羞与哙为友也。此志惟萧何知之，故亦惟萧何惜之而已。

晡，又大雨一炊时，云势甚宽，不识南州得雨未？室人曾约记晴雨日事，以待归时相对验，谓天时百里不同，然此雨或当同耳。

山寺晓钟清越，静数之，得三十六声，如是者三，则百八声也。暮钟则以十八扣为率，缓急各三度，亦一百八声。每声必随而诵咒，缓者数十句，急扣则一字一声，且夕无敢懈，即此是收心入定之法。彼沙弥者，既见弃于亲，又绝无婚宦之想，年尚弱，岂知慕道？只以师传若是，不敢不然，久久则习而安之，身心俱寂，虽不能禅，亦庶乎其寡过矣。恐老妻姑息儿女，不使勤学，并记此以为之劝。

天池在明初香火极盛，供器多颁自上方叔季，檀施因之益广，故志言殿宇宏丽甲庐山。王阳明先生大书"庐山最高处"五字揭诸山门，皆毁于火，今则破屋数十椽，诸僧一瓦钵煨粥而已，对之黯然，故予亦甘藜藿也。然愚谓果修禅定，则宁为今日天池之僧，不可为明季天池之僧。习儒业，岂不然耶？世禄之家鲜克由礼，其子弟未始不贤，实为境累。安乐之累德，百倍于贫，勿徒以贫为子孙忧也。予每禁儿女不得近鲜衣美食，老妻辄惘惘有不平之色，又见予贫不事事，不无隐忧，故复以天池诸僧譬而晓之。

游山日记卷三

　　四日庚寅（8月8日）　　　　先母吴太恭人忌也。斋沐，回向谒观音、势至，九叩首焉。

　　先二人隐德慈恩，梦兰即毕生述之，亦何能罄其万一。曩不幸，于行状、墓志中约略陈启，家有藏本，子侄外甥辈尚不难读而知之。至若予兄弟，本四人也，仲兄小名地官，谱名克叙，与季弟宁安保，一下殇，一不成殇，又皆随任没，瘗长城外，故乡族戚鲜有知其名次者。及见先二人塞外归来，膝下唯长兄庆云及不肖梦兰而已，辄疑其所以行三，殆以涂氏姊比肩排第。殊未知长兄之上有长姊，小字铭姑，七岁殇，脱共男女相次第，则长兄尚居其二，何况梦兰。然则此一姊一兄一弟之孝友绝伦，早慧之异，只缘凶短折，遂并其兄弟子孙，无一知者，岂非梦兰之罪哉！《礼》云：下殇之祭，终于父母之身。吾永感十六年矣，春秋荐亡长姊与仲兄、季弟，楮锭之献，未敢或阙，非过礼也，其敬德怀恩之情不能自已，终我之身，恶忍废。窃虑吾子侪外铴，既未闻幼德之详，寖久，或并其名次忘失，幻泡渐灭，庸非恨事？爰欲于古寺斋居，追慕先亲之际，敬记长姊、仲兄及季弟一二端德慧遗事，示儿曹焉。

长姊铭姑生乾隆庚午，有宿慧，先王母、外王父母咸爱之。其承欢好学之异，姑不具论。岁丙子，家从兄玉书受室，张筵召客，姻娅集者以百数。一族姊与铭姊嬉戏，推而仆之汤壶上，壶汤方沸，尽倾入吾姊衣裤，举体溃裂，族姊则惧而引避，婢有见者奔告于诸尊，始群救之。医至，欲解裤敷药，姊呻吟力拒曰："死则死耳，礼不可以下体示人。"竟不能敷药而止。父母不无憾推仆之者，诘曰："是某姊推仆汝乎？"铭姊力辩曰："吾自仆耳，非彼也。岂可以定数中事，诬贺客耶？"本日夜午，疾已革，父母坐床前垂涕守视，姊忽背诵其所读《孝经》《小学》，琅琅焉不遗一字，叹曰："此父母口授儿者，谨诵之为别，以志儿未敢忘也。"父母悲益甚，则力谏曰："儿谪仙也，以父母心慈德厚，乐为其子，其所以为女，及死于汤火之厄，皆宿业也。故吾愿父母勿怼某姊，即所以忏儿之罪。"既而白父："床后似可怖，爹试往侦。"父起不旋踵，铭姊复琅琅语曰："积阴德，遗子孙。积阴德，遗子孙。"如是者再，气遂绝。噫欤，怪哉！曾未闻七岁女郎重伤濒危，转为致死者深讳力解，而复以积善贻谋，报亲之德。去来了了，重礼轻生，有若吾长姊铭姑者也！无怪先二人岁时生忌，言及辄相对流涕。梦兰生也晚，虽不及见姊，而熟闻姊之所以死，其异如此。具录之，不敢有一言虚也。

家长兄硋亭辛未生，归西桥涂氏二姊癸酉生。仲兄地官则生于丙子，殁于甲申。是时先考官宁夏，举室无少长，皆患大疫，独仲兄无恙，才九岁耳。昼夜皇皇，奉父母汤药，按摩呻慰靡弗至，稍间即审视兄姊两弟，以下及仆妪之疾，一一分方合药，次第而疗。医至辄迎而拜之，垂泣求救；夜则好言召胥隶之老成者，坐户外唱筹守视，每夕以钱酒犒之，隶不忍惰。漏凡数十刻，一城皆寐，辄呼老厨役笼烛相导，诣北门无量佛殿叩首而恸哭，祷云："吾家江西人，父母兄弟断不可疫殁于此，愿求身代，虽死如生。"复叩首痛哭而去。应门老僧见仲兄夜深必来，所祷只此语，亦感动流涕，不忍夜眠以待之。祷至两旬，不复至，料病者举得生矣。忽一夕，僧寐方觉，闻仲兄哭于殿上，声益悲于初祷时，旋复大笑，若有众击节和者。僧大疑，起而察之，则湿萤群飞，重扃上落叶可扫。诘旦门启，辄闻途之人叹息，相谓舒二郎孝子也，九岁儿月余侍疾，无少懈，父母兄弟疫初愈，二郎遂积劳卧病，数日死矣。僧不觉惊怖失声，执途人而告其求代及夜来所闻。行路之人皆为泣下，独吾母尚未知也。母病最后愈，犹失音弥月，不能言。方仲兄初病，人无知者，所卧帏为鼠所覆，压其面，通夕不呼。乳媪往视，始见之，以为寐也，搴帏则闻呻吟曰："勿令吾父母闻吾病也，帏夜三鼓时，已堕吾面。"呜呼，痛哉！吾仲兄之至性纯孝，将死犹用心酸苦若是。其病其死，其所以不令母知，固皆已曲成其志。然是时家事之败坏，久病者之昏沉瞀乱，九死一生，不复知生之可幸，死之可悲，至于此极，奈何可思。仲兄既不服一药，求仁得仁，默默以死，试思其求代之诚，以病为乐，既病之日，以死为安，惟恐伤病母之心，但嘱云"死便埋我"，其人其志，梦兰更何能拟诸形容，亦何忍曲为摹画，第追思哽塞而已。

　　宁夏有毕贡士者，富于财，所居宅旁辟邻舍数十百楹，筑为典肆多年矣。一夕空中飞落一碌磚，裂其阶石，举室震惊，典架即烈烈火起。水军群集，激以水，则非火也。其妻妾聚谋，相谓明日当避于某庄，或言衣某绣、戴某珠，则见所谓珠绣者纷掷于前，眷属益惶怖，持兵相卫。忽闻儿啼庛树上，梯而接之，即抱中儿也。灶下婢寻复奔白："大甑晓炊将熟矣，忽闻鸡角角声出甑中，急启视之，鸡飞去，饭犹米也。"白未竟，贡士适延一符箓道士来驱邪，为户限所仆。婢即摇首瞪目，披发掌批道士颊，作秦声叱曰："若何来，吾岂妖耶！毕叟毁吾屋而作质库，吾归见之，恶得不怒，是以惊扰之。与汝何涉？来驱我！"复掌批道士，毕遮护，遂批毕颊。毕怒，嗾群仆捉婢欲笞，则见楼上相风竿倒地，即横撞诸仆之踝，罔弗屈体呦呦，言"不敢，不敢"。婢乃鼓掌狂笑，顾毕曰："叟尚疑我是汝家婢耶？"毕至是始信有凭之语者，长跪婢前，惴惴言："我屋皆契买于邻，无强辟者，神何故迁怒相责？"婢容忽惨敛，呼毕起，径入其闺，妻妾皆挽手匿窥于帏，则见婢挥泣指北院老枫曰："吾夫手植也。崇祯间，夫死于寇，吾恐不能全其节，自缢于此。吾既以烈死，不忍求替，又无生期，遂久依兰州圣母得五通之术，仍不祟人求血食。以是阴德，应托生固原副将为女，路经瓦亭，适神役来迎舒二郎复位，吾因念家在此邑，附之同来，见此枫树在汝家，凄感怒发，遂致纷扰。汝虽购之邻，然能为我作佛事，我且德汝。"毕诺诺首肯，婢遂直趋一炭室僵卧，众莫敢窥。次日，此婢忽大哗，奔告主母："奴不知何时熟寐炭上，顷觉，则旁坐黑毛人，掩奴口嘱云：'主人既许我追荐，我不扰矣。主母又觞我于堂，我醉卧砧上，主人见之遽惊仆，弥令我惭，为我谢主人，都莫惧避，第速作醮，汝能传我语，亦不汝祟。'"并以钱一掌与婢，婢待毛人去，即弃钱而哗。毕方偃卧，闻婢语呼曰："有是哉！吾顷谒祖，见捣衣石上两巨目，烂烂开阖，怖几死。"毕妻则言其早间盛馔祷祠堂，求祟不扰，皆婢魇寐炭室后所未知者。众益畏服，趣召僧，瑜珈竞作，国人皆传而异之。当是时，毕谒吾父，父诘以传闻之言，毕缕缕自陈如此。然则吾仲兄孝德所感，仍作瓦亭山二郎神矣。

时母已知仲兄殁，拊心大恸，泪雨下，不闻哭声，热虽退，而音未复，势尚可虞。吾父窃忧之，遂属毕卜病于祟。翌旦，毕欣然传语，谓以病状命其婢往叩吉凶，婢畏缩，迫之，始逡巡入于炭室，则毛女已迎立。告曰："舒二郎母病本不可为，肺气绝而语音全失。二郎曾语我，音在东方日出处，县君第力疾登楼，东向跪，作艾七壮燃瓦上，对日向咽喉吸之，音可立开，速令汝主人往白。"毕闻之骇异，欲验其术，故早来。吾父虽未信，然不妨姑示所语，诫婢妪扶掖吾母登西楼，试燃七艾，向朝日跪而乞音。时梦兰已六岁矣，随母跪楼上，眼见此事。犹记艾烟未烬，吾母已呼梦兰曰："崽，汝亦病瘠作如此状乎？"遂放声大哭。楼下悉闻而惊曰："太太生矣。"呜呼，痛哉！仲兄孝德竟能于代死之后，复起沉疴。百岁人所在不乏，其于事父母生死竭力，有若此九岁童子者乎？有之，则吾兄之寿不翅百岁；无之，则吾兄之寿转可千秋。仲兄之夭，正仲兄之所以寿也。或乃仅惜其髫龀入塾，已通六经，设假之年，何求不得？此则世俗中功利之见，不足为孝子重者。圣人师项橐，正不必以贵寿期之明矣。吾家小宗，单传数世，至曾祖王父下，始生从兄弟一十五人，其十二即仲兄也。一下殇之子，兄若弟不忍割弃，齿而序之，实以有成人之德则成人之，非偏爱也。

清 · 王翚 · 溪口白云图

梦兰己卯生，四弟宁安保生壬午正月，亦与仲兄同年殁。其未殁也，得饼饵辄献诸仲氏之灵曰："哥哥可怜。"然后食。嬉戏则自为将军，令我作偏官，执戟旁侍。予时已六岁，绝爱此弟，乐为之执役不辞。父母而下，亦罔弗怜其慧者。一旦痘发，症甚险，所延痘医殷翁者，视之攒眉。予心大恐，长跪殷翁前，请曰："救吾弟。"继之以哭。殷惊拽之，且诳曰："无碍，老夫当必为三郎愈之。"予始大喜。署东有新屋三重，其中为客堂，左右辟复室各二，镂窗饰彩过于密，故内室不恒有光，客堂亦常扃，几榻上尘可书字。明日向晡，涂氏姊忽召予曰："三弟来，婢言猫产四子，在东院左室，盍随我背人往观，各取其一。"予闻之，踊跃前导，入东院两层，启扉入左室，不闻猫声，呼之则应于复室，于是觅得其巢，欲攫猫子，就窗看猫母绕足号，姊曰："休矣，姑令其乳哺弥月，再来取。"予遂舍猫随姊出外室，闻堂前怪声甚厉，诣户窥之，则见西壁第二椅坐一黑物，黯黯如烟雾中有人形，不能辨雌雄面目，划划作声。其物又时立椅上，顶摩承尘，旋复坐，起伏不定。予观之目眩，遂闭目趺坐于地，姊大怖，力弱，欲牵予起，不可动，亦都不敢啼，畏黑物也。署有猎犬，甚狞恶，闻怪声迹至东堂，则奔吼直登其椅，怪忽不见。吾始仗犬势，扶二姊，凭之而归，闻吾母哭于内寝，则四弟顷已痘殇矣。举家号动，悲忘其恐。涂姊复诚我切不可言见鬼事，致撄父怒，然至今每与姊言及所见，历历如在目，究不审所见何物。或曰："即四弟之魂魄也，人小鬼大，且彼慧，爱恋兄姊，故向之啼踊。既为异物，则声态迥异乎人，转为所怖。"或又以为即毕氏之祟，二郎命之迎四弟，亦未可知。盖四弟痘障两目，犹时见二哥来云。涂姊尝两是其说，质于予，予莫敢决。总之，皆鬼也。迂儒谓无鬼，信乎？四弟即祔瘗仲兄之墓，墓在中卫宁安堡西木厂侧，有双碣焉。梦兰至不肖,年四十余不闻道,又曾无一事之知、一技之长,仅仰赖父祖遗荫,不耕而饱;又幸有长兄贤劳,卅年游宦,以终二亲养,俾梦兰不必干禄而得免不孝之名。又得游山泽,观鱼鸟,久居天池,萧然度夏,皆父母长兄之赐也,恶敢不于先忌日追慕纪述吾长姊、仲兄、四弟之孝友逸事,以慰亲泉下之心,永孝义门内之传,稍减不肖了庸惰之罪。尚冀吾子侄外甥熟观之,以勉为善哉!

阴,凉。同老僧斋于丈室,三衣无汗。自晡日卧簟,达晓辄寒不可寐,忽忽欲病。撤簟敷褥,即安寝矣。

辛卯(8月9日)　大雨终日,昨所谓凉者,变而寒矣。西辅客衣皆着之,犹有惧色。不免避热来,复避寒归,归仍大热,则又复追慕天池。人生亦安有两面便宜之境?可深思也。

晚,晴。峭壁下泉声潆潆,使我忘天池之高,恍似栖贤北楼听玉渊索句时也。银河历历,在天池鱼藻之中,泉亦时沸涌作泡。寺僧曰:"地云起矣。"盖山下云起则池中泡作,历验不爽。山泽通气,不其然乎!

壬辰(8月10日)　朝寒,觉绵被尚薄。盥漱始毕,老僧复邀予看云。往坐凌虚台偃盖松下,见诸培塿上冒絮纷起,绵绵蔼蔼,联属作片,则缘崖漫谷,弥望四塞,浮游荡漾,浩如瀛海,莫窥其际。俄顷即四散消灭,山河大地仍到目前。此造化之奇文,山川之壮观,人顾以习见忽之,暴殄天物,莫此为甚。是犹作试官浪掷佳篇,不免受才人白眼,不可不戒。

晡,晴,渐暖。宗慧见岩下百合争花,荷锄掘之,得百合一筐。西辅狂喜,以谓倘绝粮,此可恃也。予笑命煮食少许,味正苦,但西山之薇,亦未必甘耳。

窃谓旦暮如呼吸，云如梦思。朝云之变化，则闲情妄想也；夜云之变化，则香衾好梦也。然则《天香云谱》仍是造绮语之业，破戒可乎？

癸巳（8月11日）　　阴，凉。服秋季丸药三日矣，睡起觉口苦。因忆四旬来，以嗽止药，不复有口苦之异，以为在家贪夜坐少寐，故口苦耳，今则戌卧辰起，仍觉此异，岂丸药之弊乎？薛公望当代名医，为予切脉至数旬，始赠此方，故庄溪力劝之服，未尝无效，似不可以口苦辍也。随笔记之，以俟归质之庄溪。

山蜂酿蜜岩穴间，每亭午云游入窗，则蜂声随之，翙翙满室，云散亦散，殆必采云作蜜也。故予《天池杂诗》谓"山中蜜有烟霞气，世外云无富贵心"，纪此异耳。

星河夜朗，低头见牛女会于天池，始忆今宵七夕也。假使廿年时客中睹此，必有小词。四十老夫，不作此曹狡狯矣。

甲午（8月12日）　　晴，早凉。卧闻知客僧与樵子哄于山门，遂不欲起，久之声息，盖倦矣。徐徐盥漱，临天池观鱼，须眉可数。夜来所谓牛女者，渺不复见。人间事何莫不然？愚者兢兢守妻子货财于石火电光之内，不转眼都成幻泡，得不与僧樵之哄同一哂耶。

辰正刻，复阴，想人间秋雨不乏。去此十余里，有金竹坪，泉石可玩，欲晴霁一往游也。书至此，檐声潺湲，云又入吾新竹帘，若筛玉屑。停笔嗅之，作烧笋气，岂适自僧庖来乎？惜云不能语，第见我默默枯坐，握管对虚空谈耳。

朝饭云中，一彩蝶乘云游戏，至檐下为蛛网所缚，吐哺救之。适有行者至，知客见其蓝缕也，傲而诘之以曾谒何山。行者曰："五台、南海、补陀，今自曹溪度庾岭，特朝庐岳。"知客曰："所朝诸山，皆乞有朱印为凭否？"
行者曰："何须此物？所参在心印，不在纸印。"知客怒叱之，以为谒山皆妄
语，遂大哗笑，自诩能驳倒行者，嗾沙弥以数饼挥而去之。行者作吴音咮哝
自语，似笑知客疯狂者。知客复岸然示众，谓行者疯狂，宗慧亦从而和之。
予窥帘匿笑，以谓两僧孰疯姑不具论，此行者妄遭白眼，殆亦如彩蝶云游，
忽撄蛛网。清净禅林，杀风景恶缘屡见，不离五浊，而欲免帘中匿笑，何可
得哉！

乙未（8月13日） 朝晴，凉适，可着小棉。瓶中米尚支数日，而菜
已竭，所谓馑也。西辅戏采南瓜叶及野苋煮食，甚甘。予仍饭两碗，且笑谓：
"与南瓜相识半生矣，不知其叶中乃有至味，孰谓贫无可乐哉！昔尝侍食于
怡恭亲王，膳羞数十器，王犹颦蹙问予：'近颇有新物可口者乎？'予笑对
曰：'尽撤诸肴，随意留一物，至日昃乃食，皆可口矣。'王亦大笑。今日食匏
叶而甘，即此义也。"

丙申（8月14日） 昼阴晴不定，颇凉快，夜忽风雷怒作，卧闻辟户掀
瓦声，转不闻雷，但飞电满窗而已。殆以万木群吼，掩雷霆叱咤之威耶？

丁酉（8月15日） 朝，风息，遂晴。碧天如洗，池水蔚蓝可染，赤鲤
游之，又恍若金梭织素，良可玩也。只以夜来不寐，头目岑岑，不欲游，命宗
慧诣黄龙乞炭烹泉而已。

宗慧在吾家执役于庖，吾非祀灶不入庖，一岁之中相见无几，但识其
状，似乎短小精悍者，故此游命之荷担。渠甚乐从，始问其名，曰宗慧，则又
喜其名近释，遂乐呼之，亦更无他仆可呼。于是乎朝朝暮暮，耳目之所接，
无非宗慧，一若天下于我，未有亲密如宗慧者也，天下之仆夫，亦未有贤劳

石苔應可踐叢荊
莫攀青溪歸路自迷
月來聚遠

桯山　虛舟普度書

南宋・虛舟普度・歸樵山水圖

如宗慧者也。宗慧颇亦伐其功，恒谓主人食无菜，奴登某山，入某壑，掘蕨采薇，屡伤其足。又尝见一人，息厌厌坐阴崖下，见奴而避，问之不能言，但颐指山北，俯仰之间忽不见，得非鬼耶？予闻必慰而劳之，未寝必先命之寝，既食则速命之食，撷蔬来归，则挥使昼眠以憩。天下之可信可矜，又未有过于宗慧者也。

既而思之，夫人情蔽于近习而难于达聪。汉唐愚暗之主深居简出，不恒与忠贤卿士咨谋治安，耳目所交，总不外宦官、宫妾，久久亦渐若天下之可亲，未有若宦官、宫妾者也；天下之贤劳，亦无若宦官、宫妾者也。宦官、宫妾又谁不自炫其能、自伐其功，以谓外廷人人有家室，谁不欲窃君之柄，唯奴婢死亦从君，何须权利？于是乎暗主信之，假以威福，鲜有不涂炭生灵、肝脑将士。幸而不至于更姓改物，子若孙尚仍旧习，牢不可破，甚至身受其害犹不悟，若唐德宗之念卢杞者，明英宗北狩归来尚思王振，至怀宗国事已去犹祀杜勋，近习小人之毒，中君心深锢如此，可不深思切戒乎！

唐明皇才识英伟，开元之治，日与姚、宋、张、卢诸君子訏谟讲贯，远近之人，无不爱也，遐迩之言，无不察也，宦官、宫妾亦何能蔽其聪明。逮夫诸贤徂丧，艳嬖谄佞始从而借其聪明，充其嗜欲，豪杰作伪，百倍中人，遂酿成天宝之祸，流血万里。才识若彼，宁不悟妇寺为殃，顾乃雨铃伤听，只念杨妃，不复念祖宗创造之艰与亿兆苍生之命，以及劫迁西内，但愍力士，曾不悔宠任小人之失及修身教子之无方，抑何暗耶！一人之身，明暗各半，其效皆由于耳目所近之智与愚，心思所任之贤不肖，习与之化，自性乃迁，又不独笑明皇矣。

且如吾，比在家虽亦孤陋，然日夕穷经考古，则有晴川塾师；讲求时务，则有朴园外甥；庄溪相过，则研理析疑，风趣横生；修常若来，则商确齐家，和平精实。至若语文字用笔之妙，论诗歌声态之精，则如龚沤舸、黄仲实二三同学，偶一过从，或缄书质难，发函启口，动足移情。诸戚友皆贤才也，故能益我知，能消我鄙吝。宗慧之徒，又恶从识我之面？且如宗慧之才之志之状貌，虽一年一见不为疏，终身不见亦无足思慕，今竟能使我但觉其可亲可信至于如此，岂有他哉，亦只以离群索居，日蔽于近习之闻见而已。由是观之，士大夫之宠任门仆吏胥，鱼肉其民，以上负国恩，子弟之溺爱床第，而孝衰于亲，悌衰于长，及痴憨纨绔，比匪狎伎，反怨薄良友令妻而不之顾者，亦岂皆不智之人哉？之其所亲近而癖焉，则欲长道消，不至于败德遗诮、五伦离叛而不止，兼至死又都不悟，良可矜也。故聊于游戏弄笔之顷，一微讽焉。

西辅比乞得少许干酱，适主僧以十数秦椒见馈，和酱食之，赞不绝口。因忆丙辰秋日，偶与镇国公永珊同斋于觉生方丈，彻和尚苦行粝食，所供惟菜羹、椒酱。永公称酱美，笑顾予曰："不吃长斋人当不赏此味。"予笑曰："诚然。但公已绝荤久矣，亦尚偶思肉味否？"公正色答曰："凡事之所贵，必贵其难。苟不知肉味之美，而绝不茹荤，亦奚足尚？"予今食椒酱而美，始信永公不妄言，为能受十足具戒，真居士也。

闷坐，偶独诣舍身崖巅，俯窥其下，所立石忽动，瞿然而退。因叹忆伯昏无人之射不易学也。

天池主僧蠢蠢然，木讷而静，故可久处。惜为知客僧教坏，下山必告，还山必面，礼意如此，恶可不报？不免着吾敝葛袍，束带往答，能无憾于知客哉！

吾敝葛着九年矣，非无轻纱，终不弃此。西辅顷疑而诘之，予叹曰："此怡太绵王之赠也。王偶服此相过从，予美其朴且适体，王遂解授典衣官，缝合歧衼以衣予。绵王薨已六年矣，其笔札玩好馈贻之物虽多品，无一弃者，念故之情，赖兹不匮。至不恒宣之于口，形之于笔，则畏鲰生俗子或疑我喜夸贵游，故默默耳。"

西辅见后山月色极佳，呼予出观，遂缘崖徐步。凄凉明净，寂若太古，因忆范德机"雨止修竹间，流萤夜深至"，妙得鬼趣，合天籁，真不刊之句也。印香王子昔语予："比夜忽得'大地惟山静，中天只月明'十字，自谓不俗。"予极叹宿根有悟。乐莲裳书作楹帖，属予旁注贻印香，犹悬斋壁，而王子化缑山之鹤亦六年矣。顷因敝葛思绵王，逮其贤叔，尤觉怆怀，并记其好句于此。

游山日记卷四

戊戌（8月16日）　　晴。西辅有事诣沙河，凌晨便行。

捡箧得沤舸近作，音格日高，是必为后起诗人之杰，尚须以冷淡制其才气，以肃穆敛其聪明，以薛荔兰茝掩其思径，则吾无间然。初盛唐大家，过人处不在才智，在才智所不到处也。

沤舸问宋初史事得失，殊有识，但儒林好议，亦匪无根。范、窦诸公，当五季风教大衰之后，偶欠一死，以成其济时之志，未始非世主良佐，苍生厚幸。及其遗泽既斩，苛论遂出，罪彼者其惟《春秋》乎？故君子出处进退，必权以生平学识，身世从违，与当时之功，后世之名，皆合乎义，而后可以身许人，否则以此身还六合耳。韩王则起于宋祖幕僚，世宗时虽已服官，非所知拔，故责备稍轻，晚节之缪，论者且例以管仲、魏征之情而恕之。然则诸贤之不逮韩王，特不幸早达而已。

日将落，西辅登山，流汗喘息，言山下毒热不可耐。予迎笑谓言："前日乍寒，子已觉人间暑退，似可归者，予逆知归且必悔，果何如哉？"荷担人旁睨而笑。然则西辅之怨热过于担夫，非西辅之懦，实天池一月清凉贻之戚也。富贵人一旦贫贱，更易失节，亦犹此耳。

窃欲以严寒方贫，酷暑方贱，果能耐寒暑而不怨不避，亦美德也。予有失德，当知自警。

天池崖下一里许，有竹影寺，本石洞也。老樵曾于少年时猱升而入，两壁磨崖字高于其身，最上石室可坐十许人，几榻皆石，洞外则有王阳明"庐山高"及"竹影寺""白云天际"诸石劚。不谓卅年来，两壁渐合，仅能于洞口侧身望尺咫未合之处，斜光射入，石上字隐隐可读。设使非曩开今合，安有鬼工能入石镌刻等身大字者乎？以是悟古人往往于木石或水晶之中，见有书画及竹叶桃花，诧为奇绝，皆此类耳。山河大地，与天同气，本亦无时不生，无时不变，一息之暂，可喻沧桑，宁俟有力者负之而趋，始叹化机难测耶！

天池之芳冽固矣，不谓能以彼之清，浣物之垢，无浊不净。予居两旬，巾服皆洁如新制，窃叹其有体有用，真圣水也。行当破大竹，汲贮数瓯，归饮莲根诗社人，以表潜德。

为西辅荷担刘樵者，且且为人斫香薪，寸寸截之，负至南涧水碓中，春

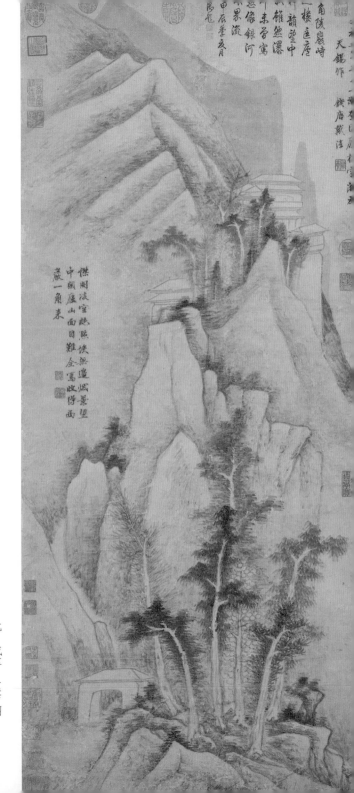

元·戴淳·匡庐图

为香末，诸兰若供佛之香胥赖焉。庐山深处水碓皆呼为"香碓"，本此。予比山居杂咏有"深溪转水舂香碓，几树蝉声挂夕阳"，盖偶眺南涧时作。山上不甚闻舂声，但闻蝉耳。

刘樵言："斫香薪者，往往悬崖失足，辄无生理。有一樵为崖石所压，救至，群举石，则足已糜烂如醢矣。"压者接踵，至者仍络绎不绝，则信矣山民生计之艰也。

刘樵问宗慧工食多少，曰："七八千耳。"樵叹羡曰："子何修得此清福！吾日荷香，陟危岩，跕跕流汗，家复蚊而热，睫不敢交，则又裹糇上山去，终岁若此，所得才半于子耳。"西辅诘之以："如子劳勤，亦何之不可？"樵曰："吾宁不思逸，然父母老矣，吾兄弟六人，同力荷香，仅能不冻馁父母，更何忍畜妻养子，自累吾职。"舒白香闻之，肃然起敬而叹曰："是真盛世良民也。昔贤任宰，衡司教养，脱能使天下民心人人若是，虽欲致君于尧舜不难，而顾疑三代直道，不在斯乎？自信不能识时务，然尝读历代之史，所见古时卿相以下，及郡邑有司之不若樵者，食君厚禄，自千石以至万钟，犹尚贪婪酷虐，不恤其民，以致获戾王章，籍没赃产，动辄逾数十百万。其甚者，婢仆优伶履珠炊玉，而堂北封君蹙额艰窘，不获名一钱济他三党，而翻为其子之仆妾宠嬖所轻笑者，比比皆是。无怪萧居士深恶其人，而肃然致敬刘樵也。"吾自闻刘樵之言，不复念宗慧私勤，第景慕刘樵公义。因忆明皇幸蜀时，田间父老面陈其过，不唯不怒，犹嘉叹焉。明皇之天质固高，亦实其德慧生于疢疾之验。倘使安不忘危，能于开元方盛时，殷殷察迩言，访良弼于刍荛侧陋之下，蒙尘之役，吾知必免。事固有数，惟君相不可言数，是《春秋》责备之义，即臣子责难之忠也。

己亥（8月17日）　　　晴暖。亭午雷，殆将雨乎？阴凉适意，遂题两绝句于四仙祠外粉壁上。书毕，数之得七行，就上首横读，竟成"天仙一人枝上飞"七字，居然可句，岂周颠仙人方游戏古松之杪，微示乩意于天香笔端为笑乐耶？无心巧合，良亦可喜，并记之。

庚子（8月18日）　　　晴。剃发人昨晡过此，以畏虎留宿，僧亦虑其虎食也，故往往留宿与餐。今晨遂为我煎香沐发，至三浣天池之水，可谓洁矣。

午颇热，于是暖天池之泉，浴吾尘垢，尽香皂三丸。然后振衣而起，则风雷大作，山无一寸不出云，云亦无一寸不雨。天忽变寒，呼汤稍迟则不复敢浴，可谓千古一时，生平快意之遭，莫胜于此。吾体作青莲香矣！

辛巳望（8月19日）　　　世尊佛以今日入胎，至明年四月八日始出胎，故后世七月十五作盂兰之会，报母苦也。晨起为先慈礼佛，遂以黄精饷老僧。竟日晴明凉爽，气若高秋，但不审人间热否。

日将落，度南涧缘崖而上，至文殊塔望东林、西林二寺，乃在平畴冈阜间，无甚清景，想直以高僧名士重于古耳。九江郡依稀一掌，介彼弥漫秋涨间，允称泽国。人亦何苦欲久视争雄于滚滚黄尘之内，不畏热耶？

步月还寺，见老僧负手太息。天池上一半尺金鲫，蓺廿年矣，适以产子不落，毙而浮，人皆惜之。予谓小鱼寿若是，亦足抵人中老妇见七世孙者，犹尚产子，恶得无厄？且彼幸生天池，享尽清甘之福，又久叨佛芘，没于中元，缘命不小，以因果测之，当有庄姜、钩弋一流人生此江右。乙丑四月生，即此鱼也。随笔一笑。

壬寅（8月20日）　　　晴，凉。命宗慧浣敝葛袍。

西辅抄辑予少时词曲残稿,得一卷,钉之。

癸卯（8月21日）　　晴,凉甚。着丝葛四重,行日中无汗,可谓爽矣。

捡行箧,得沤舸所选毛泽民小词,读而善之,为点识精神所在,装作一卷。

甲辰（8月22日）　　凉爽如昨日,但微阴耳。浣枕衣于天池,甚洁,遂曝之矮松之上。枕此高卧,当可梦见陶贞白、张志和一流人也。

乙巳（8月23日）　　冷,雨竟日。晨餐时菜羹亦竭,唯食炒乌豆下饭。宗慧仍以汤匙进,问安用此,曰:"勺豆入口逸于箸。"予不禁喷饭而笑,谓此匙自赋形受役以来,但知其才以不漏汁水为长耳,孰谓其遭际之穷至于如此。何异苏老泉本将才也,世主既以廷臣荐,召而用之,乃竟官之为邑簿,老泉亦拜受不辞,主臣皆失,一失于知人不明,一失于自信不确,聊以惜汤匙及之。

丙午（8月24日）　　晨起开户,则白云冲帘入室,塞栋披帷,枕衾皆湿。因悟晓钟时拥絮如冰,殆误拥浓云卧耶? 高唐之观,宋玉之情,只如此耳,乃后人唐突神女,讥刺襄王,疑议蜂起。痴人之前,固未应说梦也哉!

宗慧试采荞麦叶,煮作菜羹,竟可食,柔美过匏叶,但微苦耳。苟非入山既深,又断蔬经旬,岂能识此种风味? 以是窃叹肉食人孤负玉蔬,乘舆人孤负岩壑,生长富贵人孤负民间疾苦。果有志清修进道,尚其念哉。

入夜,塔铃相语,凉月在窗,蟋蟀哀吟,凄清欲绝。敬忆丑刻乃先子大事之时,不孝如我,惝然食息廿余年,尚忝人类,能复寝哉!

二十一日,丁未（8月25日）　　先父守中甫保斋图六府君忌辰也。平旦盥沐,奉香楮,敬诣佛殿九叩首,回向资福,终日斋。

先二人同生己酉,府君终己亥,仅享年五十一耳。时以长兄牧永宁,迎养入粤，二伯父亦牧宾州。七月初，伯父适有事桂林，卧疾，府君冒暑往视，手调药，呻应按摩，坐床前通夕不寝。伯父疾良愈，则长兄奉檄襄事棘闱，当交割州事，府君复触热还署。桂林多山，舆者夜行踬险隘，府君惊焉。府君性乐善，宦辙所止无久暂，辄喜造桥浚沟洫及兴复有功之祀，虽贫乏必拮据藏事。永宁多同乡贾，欲创许仙祠，多年未果，府君既就养州治，捐赀倡焉。七月祠落成，待府君归而主祭。府君既入城，则先谒真君，诸首事肃逆于门，且曰："大夫捐金乐义，吾属无以酬令德，敬立生主于许仙之旁，永祈翁寿。"府君逊谢者再，众不从。然后执爵祀神，众兼酹府君生主，乐作于庭，府君意欣然感之，满饮数爵，然后归。时正秋暑，急解衣呼汤而浴，浴起即头眩潮热，遂病。长兄意皇皇，求医祷神，巫觋杂进。府君卧中闻祝咒之声，怒曰："安用此？吾试诵吾咒以晓若曹。"于是衣冠起坐，喃喃诵数千百言，一僧窃听曰："楞严咒也。"然府君生平不惟不习咒，并不信咒。既而大呼长兄名，兄跪膝下，拳拳捧州印，若辟祟者。府君曰："痴儿，人谁不死。吾已受命为接引，行在今宵，同事者周元理及某某诸公皆善士，殊不寂寞。驺从如许人，迎候竟日，汝曾不劳以钱酒，而作此态乎？"长兄垂涕出，焚楮于庭。府君曰："婢妪皆避，不可近室门。"太恭人泣于帏后，府君遥语曰："勿泣，第远匿。"于是起立床前，整巾服，知未束带，则索带束之，且喟然语长兄曰："生为正人，死为正神，夫复何憾！唯不应命梦兰归应乡举，致彼抱终天永恨，为可怜耳。"言次复趺坐诵咒而暝。呜呼！痛哉！呜呼！恸哉！此数端言行，稍近神怪，又非时俗所敬信，是以墓志行述中，曩未悉载，然不孝闻之母兄，藏诸胸腑，廿余年未忘一字，亦恐子侄外甥辈或未闻也，谨于先忌致斋之次，补记如此。至梦兰不孝之罪，糜磔难道，终身之丧，恸

北宋·屈鼎·夏山图

深此日。犹记是科试卷，以钱坤一先生搜遗得荐，时余额俱足，惟领解尚阙其名，是用搜遗，颇蒙谬赏其四股义法，欲使充解。既见五策太冗长，有迂阔之论，乃复大索，得陈君解焉。孰知数千里外，已遭惨变十余日，梦兰尚憒然为此，悔恨何穷！故从此绝意省闱，不敢以不孝之躯侪多士矣。

戊申（8月26日）　　　　夜来风欲卷屋去，达旦不眠。山僧言窗外虎迹纵横，盖虎亦从风而游耳。竟日阴晴不定，我时在云上，云时在我上，或复暴雨翻盆，不能见雨，则一室之内，两目之外皆云也。

　　晚饭罢，随喜至凌虚之台，反照射石崖，金翠耀目。俯视平畴，错错然浓云四起，若锦茵之铺絮未匀者。湖上亦然，则似河冰积雪为山耳。朝暮为此事，不遑暇食，恶得闲情更思及尘中事耶。

　　己酉（8月27日）　　　　凉。老僧招予至后山看云，云已挟雨入山门，俄而大注，昼如晦。西辅坐云中抄诗，襟袖寒湿，急闭窗，谓恐有龙攫新诗去也。

　　知客师忽请赴斋，意在化缘。予笑谓古昔一僧携经及二钵入山，忽遇虎，以钵投之，为所食，复投以经，虎大惧而逃，僧以为得佛力也。雌虎见其雄仓皇来归，亟问故，雄曰："遇僧。"曰："何不当一斋啖之？"雄吐舌曰："才吃他两张薄脆，便取出缘簿来矣，敢赴斋耶？"知客亦为之绝倒。盖予实金尽，无可施也。

庭户浓云，至夜久不散，将复大风雨为变怪乎？久居绝顶，始知山之灵者，其晴雨温凉，竟未可时推理测，譬诸美人才子，性情行事必有异于庸流耳。

庚戌（8月28日）　　　晓钟时梦觉，遂不复寐，以床下不见物，久卧未起。寺僧朝食，钟又鸣，然后启户，则浓云四塞，不审连日何故作此，剧欲逐客耶？然虽旦昼无光，终不似尘中昏闷，损人性灵，故乐居耳。

西辅怜予久绝蔬，托春香人市得鸡子及小鱼二物，庖中居然有釜声。顷，予方漱，微闻宗慧白西辅，谓："应食鱼乎？食蛋乎？"西辅问尚余几许，对曰："蛋止一枚，二寸鱼则有三只。"予不禁吐水匿笑。如此大事，尚须请命而行，则甚矣天香之穷，而宗慧之近于古也。

予比年交游散落，索居寡欢，惟庄溪近在比邻，常枉顾。今春则值其兄子瘵没，爱女产亡，每相见，殆无欢语，不能笑。晴川塾课专，不轻与东家言笑。沤舸新春归，尚喜来会，或偶与庄溪相值，始闻聚笑之声。上元胡黄海自岭外归舟，过我，笑哑哑不绝。又携得李绣子见怀之诗，此两日笑声屡作。既而吴白厂弃官来访，饮之酒，彭秋潭不期而至，庄溪、沤舸、王省堂、黄仲实又适在座，于是纵谈狂笑，为之大乐。秋潭之笑声清而中节，白厂之笑则如蒲牢大吼，声震瓦屋。因忆昨秋胡果泉北上过我，极口称白厂快人，生平于痛饮狂笑之外，别无所求，信不诬也。黎湛溪南昌任满，始过天香馆，谈笑半日，其笑声严冷而媚，三尺之外，几欲不闻，与白厂相反而风趣过之，故亦可乐。刘恕堂往还两载，未尝真笑，一日送其宰弋阳之行，风雨骤集，久不止，于是乎略迹深谈，始知其胸中大有所见，为之一快，几交臂失此笑也。唐诗叹"一月主人笑几回"，或以为过，愚意则谓此犹是广交人语。因记半年来快心之笑，只此数回，乃欲得之旬月耶？云雾中闷坐无聊，随笔一笑。

午未间云散日出，居然辨髡者为僧，发者为西辅、宗慧。先是主僧自外入，犬迎吠，僧怒叱之，予笑曰："公与犬皆在云中，恶得不疑而相谤？"因记《笑林》有耳聋一人访其友，其友外出，犬迎吠于门，则罔闻也。既而遇友于途，诘之曰："君家何事夜不眠？"其友急摇首而辩，聋人不信，谓："苟非彻夜不眠，何故君家犬频频呵欠？"

一沙弥朝暮撞钟，辄曼声朗诵诸佛号，如老妪夜哭，极为感听，风雨际尤觉凄惨，其貌亦劬劬可怜，终日荷锄执爨，无厌倦之色。师若弟皆轻侮之，予心识焉，来生当作一多男命妇，享福寿，或作官，则必以年劳超擢，白首无祸，但录录少奇节耳。一沙弥眉目颇姣，其师爱之，延知客教之诵经，夏楚诟詈声旦暮不绝，甚至握铃铎击鼓而诱，可谓勤矣。窃听所教，则皆世俗中荐亡祈福之语，与佛之所以立教、僧之所以为僧，未尝讲也，其意盖在博斋衬以为利耳。此沙弥晓暮击鼓，辄多躁妄之声，闻之生厌，固由质劣，亦未尝非教失也。三代人才之盛，自童稚父母之前，以及就傅交友，所闻善教，无非修言行以学，尽子臣弟友之职，利欲之戒又深入其心而不敢犯。逮其学识充明，朝廷始相德以官，量才而使，故所事皆有可观，非风教得其本根，何克臻此？沤舸今年在一家教读，每为学子说读书要切定身心求解，始真受益，其徒甚惊疑其说，以谓此圣人所制题目，留与后人干禄者，与身心何涉。沤舸偶笑述于予,予曰:"毋,此真可痛哭伤心之语,何忍发笑。第自勉之,勿令真正读书人以此童所志薄我可耳。"今见知客教沙弥,劳而无益,反不若荷锄执爨之僧,清真寡欲,不失人道,从可悟以利欲为教,竟不如不教为愈也。

龚沤舸本字适甫,立志修言行,文学益进。予往在汉江舟中寄一偈云:"灵关有秘钥,阅世常一启。中有窈窕人,颦眉出于世。或为大豪杰,甚至为圣贤。栖遁则为仙,救度则为佛。是皆通宿命,福慧靡不有。其或厄于遇,降为奇绝人。淖约若处子,倩盼独娟好。所事都不屑,岸然邀虚空。嗅彼曼殊花,吐为五色茧。抽丝作文网,万物无所遁。胥受此人役,世法半粗迹。但使百姓由,日用而不知。道妙恶可说,脱谓圣无秘。性道当易闻,脱谓圣有秘。性外却无道,至道若曲蘖。无论作何酒,不可须臾离。又如春在花,无论结何实,一花偷一春。人但谓花好,不知花即春。人但谓才美,不知为道灵。《易》载道之根,《礼》载道之干。《书》载道之实,《诗》《骚》道之葩。声节道之香,辞华道之色。其实本一物,幻为种种形。舍本而逐末,如捉隙中影。到死无所得,是名为俗学。近古鲜通才,多为学所误。甘为一世士,无怪为俗学。苟为百世计,必先穷道源。心与天为徒,一若我已死,岂复可富贵?一若我未生,岂复有嗜欲?随俗办人事,心断不可俗,是为奇绝人。斯文所托命,拚此数十祀。与彼神圣人,作一牛马走。百二灵关中,适甫必能到。"沤舸之所志,迥非俗学,与之言故如此也。偶以证沙弥释学之误,叹忆沤舸,遂牵连书之。

格物穷理,以致其心之所知,无时或息,若天运之健行焉。守身素位,安静无为,则效地体之镇而有常,此儒者居易俟命之学也。心妄动则欲念摇之，身妄动则人事扰之，皆由自取，毕竟无益。盖理明而德进，益也；殉欲而趋利，损也。

观人在居平无事时，能不从众逐嗜欲，则授之以事，可以有守。闻人言可乐可荣之遇，而不为动色驰情，则假之权宠，可以有为。然要在居平无意中观而察之，偶然矫饰，可暂而不可长，伪物必败，亦终不可欺人也。

理明则心开，气正则心平，方可望学问变化气质。苟不能穷理养气，则读书虽多，气质如故，竟谓之不学可也。

胡子问："颜圣所好何学？二程子对作何等语？"此中最耐人寻味。

"心苗仗理培"，顷得此五字，并识之。

心不妄动，不惟是明德工夫，便欲学二氏"葆光""炼神""长生久视""出生死"，亦不外乎此。果能永不妄动，渐如止水，影过鉴空，毫无计度，亦最是安乐法。吾极羡此境，深愧未能，始悟英雄才子不过鞭此妄心，以作为奇文创事，媚世惊人，自性本心因而全失。初意亦只谓慧中有剑，或可降魔，殊不审妄心狂慧即魔也。譬诸浇油救火，更无熄时，拆屋断火路，令火自灭，却又非矜才好胜人所能猝办。故往谓造道有存养，无捷径，先除妄念，庶几诚意有下手处，不自欺以充其智勇之量，则妄日除而诚日著矣。沤舸试庠序此理以为当否？

或问人品高下之别何为定评？予曰："善哉问！自后世以石隐忘世者为高尚其志，而苍生社稷几成贪浊者渔利之薮，是诚学道者所当辨也。盖学以成己之德行为高，仕以求不愧所学为高，工贾以食力营什一，不作伪、不欺为高。农为本业，其迹近高，但能作苦有恒，以养父母，则品高矣。此四民高下之迹也。至于学士用心，义利诚伪之间高下之分，何翅霄壤。夫一念在

明·文徵明·丛桂斋图

义而出于诚，虽为人牧豕作佣，无害于梁鸿之高；一念在利而作伪，则虽谦恭尽瘁，取法金縢，适足重王莽之罪。人品高下实在乎人所不知、己所独知之地。近道斯高，近欲斯下，出处显晦与执业同异，则所谓迹而已矣，高下之真不在此也。伊、吕、夷、齐同一高品，桀、跖、莽、操同一下流。"

游山日记卷五

辛亥（8月29日）　　晴。平旦即起，命人诣黄龙求宝树种子及大竹截筒，为汲天池、招隐、聪明、瀑布诸名泉，归饮入山来犹念我者。一念之德，深于一饭，故彼以兼金，我以泉报。脱笑吾迂，则此泉无分矣。

偶至前山，见乌翠蝶二，大于掌，又有大粉蝶一双，栩栩然穿花对舞，或两两接翅翻身，媚于歌女，良久不散。疾呼西辅出，则已仅存一蝶矣。仙师南华先生乃千古第一高明才子，其载道之言，发羲《易》敦化之妙，却无一语落阴阳卦气之障。其讽喻纪事，格物摭情，无义不精，动笔启口，辄令我死心拜服，至老而不衰。于戏! 不知天地何故以一石全才付之吾师, 而又使长穷不死, 著为此经, 以娱乐二千年后南华弟子, 厥恩甚巨。故吾每尸而祝之, 愿先生永不落劫入尘世, 长为蝴蝶戏花间, 足香艳之清娱, 食才情之福报。顷见此蝶, 不觉叹先生之文何其妙也。

日来已衣夹, 顷默计之, 凡丝布六层。想人间必有裸者, 是 "天时不如地利" 也。桂林有汪秀才者, 聋其耳, 性喜刻印, 终日兀坐同朽株, 闻见都绝, 心如凝冰, 故盛暑亦能衣絮, 是 "地利不如人和" 也。汪又能弹琴, 使客听之, 居然成操。蒋香雪极赏其印, 价于予, 予得友汪之枯寂以祛热恼, 意甚乐, 遂留之度夏, 为予作五十余印。汪字道几, 贫而傲, 又最怕冷。某学使者怜其才, 招至京师作誊录。为仕进计, 已入馆矣, 及冬恶寒, 遂弃之而去。比语予曰: "仆往谓都下士夫亦无甚大过人处, 及身历严寒, 立时舍去, 始叹服群公不可及也。" 此丁未年事。己未, 伍雨田公车至京, 则言道几已穷死。予时念之, 补记其言貌于此。

食时西辅忽问予: "同此字, 同此章句, 何故有妙有不妙? 传与不传, 殆亦有幸不幸乎? " 予曰: "姑舍是, 汝知刻印, 姑与言《说文》。妙为少目, 试思少女之目与老妪之目, 妙不妙在目眵乎? 目神乎? " 西辅曰: "眵, 肉所为, 奚足爱? " 予曰: "然则汝无难辨传文矣, 又奚疑幸不幸哉? "

天池一雄鸡, 距长三寸, 行则弛其股, 而后能步。日出则负暄矗立, 人扰之不惊, 朝立殿西廊, 暮徙而东, 有恒度。予居弥月, 绝未尝闻其啼声, 始心异而问其年, 僧曰: "此乾隆四十八年所畜也。一生无匹, 故能寿。" 年高德进, 悟虚声之无益于世, 故不鸣。昔人谓鸡有五德, 其家之馆师则谓七德, 盖自谓吃得, 笑东家舍不得也。此鸡则更有眷德、口德, 九德咸备, 竟可以鸟纪官矣。

黄龙竹万竿，西辅选一绝大者，截作八筒。予命宗慧穿节浸天池一月，然后以次镌字，作天池、竹影、黄龙潭、栖贤、三峡、招隐瀑布、聪明泉、佛手露凡八目，总名之"八功德水"。归装若此，差可自豪，但恐老妻见予一身外惟八大竹筒，疑其作叫化总管，为绝倒耳。

千年宝树下竟有孙枝，茂禅师许赠一本，和山土盛以竹器，必能移植天香馆，生根发干，由扶寸而尺，尺而丈，丈而寻常，寻常而百仞，入云参天。至尔时，吾在何处？

壬子（8月30日）　晴，暖。宗慧本不称其名，久饮天池，渐欲通慧，忧予乏蔬，乃埋豆池旁，既雨而芽。朝食，乃烹之以进，饥肠得此不翅江瑶柱，入齿香脆，颂不容口。欲旌以钱，钱又竭，但赋诗志喜而已。予往作观音土诗，有"昔贤忧民有菜色，欲求菜色安可得"之句，今而后，予庶几有菜色矣。

茂林遣弟子来问予疾，并言比尝过栖贤，文海禅师时时念问萧居士，又不知流寓何处，疾已瘥未。不禁感叹，信古道存于乡也。西辅、宗慧诣黄龙，茂林必设斋款曲，予亦欲款其弟子，则豆芽又竭，似未便斋以白饭，于是大索行厨，得炒米、蔗霜各少许，命宗慧瀹之以奉，为两瓯，知客师亦同饷焉。都复感谢，予不但愧且乐矣。又索得庄溪所寄寸金丹数裹，遂以之报问其师。自此行厨中食物都尽，唯存茶具及八大竹筒而已。

茂林弟子茶话间，予偶问黄龙老虎无恙否。弟子答言："自居士尔日入山门，三啸之后，遂久寂然。"予不觉为之泣下，赏音难遇，虎尚知矜惜其声，而谓钟期既没，伯牙忍弹琴媚世乎哉！

癸丑（8月31日）　晴，暖。剃发，至天池已三剃沐，所落发悉以天池水灌入文殊岩中，其迂洁可笑类如此。往见一疏狂后生，悯不佞无知无求，每慨然曰："丈夫在世，要当立不朽之业，故某每举必与誓，不作第二人想，不似公少壮酣眠，甘心自弃。'君子疾没世而名不称'，非圣人语耶？"予唯唯引愧而已。夫立德、立功、立言，此所谓三不朽也，予至不才，何足语此？顷偶失笑，人身唯发不易朽，吾发既入文殊岩，则高爽坚固，浊秽不侵，其不朽当倍常发。惜乎疏狂后生，不及见吾发不朽时耳。

文人之事，所以差胜于百工技艺，岂有他哉？以其有我真性情，称心而谈，绝无矫饰。后世才子可以想见陈死人生前面目，如聆謦欬，如握手促膝，燕笑一堂，不能不爱，则称之，称则传，传斯不朽。至其中所载之道、所纪之事、所传之情，又各有苦心热泪，奇趣妙裁。深人读之，则叹其羽翼经训，有关乎世道人心，微讽曲喻，以风世励俗，未始非文人之功。而又因其语言，考其出处，窥其志趣，以定其生平孝友忠信诸大端，为诚，为伪，为厚，为薄，为忧世，为亡情，为儒，为墨，皆不难以遗言论定，则亦可以见文人之德。是一端不朽，未尝不兼三不朽，故其事为士夫所尚。顾乃仅仅为一身光耀，或甚至炫己骄人，殃民纵欲，为身世诟病，则浅俗无赖，不可复言文事矣。夫兰亭一帖，绝世书也，至今所以能临摹仿佛其当时笔意，未尝不赖勒石者摹拟刻画，以存其不朽之形；圣贤遗言，治世之经也，至今所以能家喻户晓，儿童皆知，我圣人姓孔，贤人姓曾，私淑之贤人姓孟，未尝不赖举子业摹拟刻画，以明其功德之大。此二事，虽至不伦，理可相喻。吾尝二十年爱《兰亭》矣，临摹无少间，然卒未考唐以来勒石谁工，无足憾也。《兰亭》有性情，《兰亭》无矫饰摹拟之态，《兰亭》有右军风流面目，清言妙理，咳唾成珠。吾敬之，吾爱之，每临摹，必先拜之。举世毁《兰亭》，吾不怒也，或复誉之，不喜也。至勒石之善病，未尝不知，惟某某工人所勒，则绝不暇考，岂不因石工之意在乎利，专事摹刻，无性情真面，不足传耶？然则佳子弟果有才识，足以与一代文章之林，其亦本吾真性情，以好学深思载道纪事，聚吾之热血冷泪，以兴起后之豪杰，庶几人种不绝，世赖以康，不贤于寄人庑下，斧凿登登，终老于勒石者哉！

世俗往往谓某人名利兼收，此毁也，非誉也。盖没世之称，小人无分，何得兼？试思石崇之锦障五十里，元载之胡椒八百斤，当时俗子未尝不羡为名利兼收，适足供后世君子一笑而已。

甲寅（9月1日）　　晴，凉。天籁又作。此山不闻风声日盖少，泉声则雨霁便止，不易得。昼间蝉声松声，远林际画眉鸟声，朝暮则老僧梵呗声和吾书声。比来静夜风止，则惟闻蟋蟀声耳。

秋声感怀，荏苒代谢，百年如旦暮耳。一身之中，刻刻明抽暗换，以至于骨化形销，而后是本来面目，彼昏不知，动谓官骸足恃也。山中无镜，两月来麋鹿之姿，白黑消长，无从辨识，惟于作字时，自见其手有风日色，且渐露筋骨，其瘦可知。发辫仅存三四尺，秒细于指，不觉黯然悟老之将至。因忆家兄受室在乌鲁木齐，予年十二，追随父兄宴姚氏嫂家，姚伯握予手遍示诸客曰："未见此郎手，乃竟无骨。"纪晓岚丈亦在坐，夺予手就目观之，予始觉纪丈近视。此会倏忽卅余年，屈指坐中宾主尚存者，愚兄弟外，仅纪丈一人而已。曩疑无骨者，今且露骨，见予手之不足恃也。少时发最盛，卅岁渐脱，犹及踝。一日方栉沐于芳阴别业，怡恭亲王适相过，坐而观之。俟发解，讶曰："吾始窃恶公亦喜作伪，今乃竟无假发耶！此亦贵征。"予笑对曰："梦兰初亦疑可贵，及见王发仅三尺，而贵极人臣，则长发为贱征明矣。"

明·钱贡·兰亭胜景图(部分)

王大笑而去。今则委地者仅存其半，见吾发之不足恃也。反不若文殊岩中诸短发，或可借名山不朽。顾谓官骸足恃，如秦皇、汉武，绝世聪明，犹妄臆童颜可驻，薄天子而求之，适以殃民召乱耳，何为也哉！

乙卯（9月2日）　　　　晴，暖。遣宗慧诣黄龙，报问长老，兼乞米。日方昃，偶出山门，立崖巅宝树之下，风吹凉旭，空翠盈襟，远岫层峦，净如新沐，涧声潺潺，数百仞犹能到耳，人鸟都绝，清静处殆不可摹。喟然语西辅："吾恨不能辟谷耳！如此胜境，久必当归，亦无奈饥寒何也。"

老僧言此山九秋变寒，辄雨雪地冻，春深始解。幸多薪，键户围炉，仅能不僵，且暮任狂风撼屋而已。

丙辰（9月3日）　　　　晴，无风。日出而作，西辅报后岩云起，去地才百余丈耳。欣然往观，宗慧烹龙井新茶，挟小几笔砚至聚仙之亭，予遂借桐叶而坐。西辅曰："先生入山五旬矣，诗文日增，尚无赋，何不戏著《天池赋》，志此清兴？"遂以十数幅长笺相难，且戏曰："必满之乃快。"予笑诺，任意挥毫，纸方尽，云已登山，赋亦遂结。对颠仙朗诵一通，相视而笑。文章本戏技耳，《三都赋》作至十载，工矣而太劳，吾此赋成于俄顷，虽极不工，然甚逸，所谓聊以自娱，不足为解人道也。

蔡眉山尝言："创文稿以纸尽为限，吾服白香。"予曰："此不难，真正才人，一字炼终日不就，所以十年一赋，尽堪千古，亦宁贵速且多乎？"

丁巳秋八月朔也（9月4日）　　　　晴，凉。西辅录得予旧诗二十二卷，分钉之。

刘樵兄弟来春香，果为市米一囊，至孝友人未有不忠信者。吾顷已食粥两餐，急需米耳。犹记白乐天一诗结二语云："莫怪气粗言语大，新编十五卷诗成。"想必朋酒欢会，为新编落成，故其语甚有醉态。予兹编尚多七卷，乃竟落之以粥，古今人之不相及如此。因笑语西辅："汝若生唐时，为白公录诗，今日不但不食粥，当必有小蛮擎觞，清歌谢客。"西辅曰："乐天果甘心啜粥，亦必无此粗率语，某岂乐为彼抄耶？"因忆宋元间一士爱白诗成癖，口沫手胝，歌之哭之，犹未厌，乃至倩人书白诗遍于其体，密刺以针，渍以墨，俾其文终身不灭。士有白癖，其体反因之而黑，岂料西辅竟敢作此唐突语，宜乎乏朋酒之乐，受歠粥之苦。古传人岂易及哉！

戊午（9月5日）　　晴，暖。日出即起，诣凌虚看云，则浓者犹聚，薄者已散漫成雾，不足观矣。殆亦若人间富贵，得之于勤俭艰难，或能久享，垄断弋获，虽多易散，故圣人譬诸浮云，徒障清游远瞩耳。

宗慧行数里，乞得一倭瓜、一鸡子。瓜食数日，昨始烹鸡子饷我，我又让西辅，肠痛筋落，终不能独享，遂分啖焉。今日既得啖菜饭，遂复思肉，人心不足，何异得陇望蜀耶？予庚申归自燕台，始渐贫窘，仍未尝问及家事。内人姊妹见儿女日多，虑其寒饿，遂自刻苦，往往兼旬不食肉，托言持斋。长甥妇亦甘淡泊，同斋而不怨，第以少许肉饷我于外。偶过后堂，见伊会食只一蔬，意恻然不宁，恒喻之曰："贫则贫耳，何必远虑？且我亦岂思肉者，庸必内外异膳，使我抱独享之愧。"乃顷者居然思肉，得毋遗内子笑耶？古人谓望梅可以止渴，对屠门而大嚼可以解馋。杜少陵亦不耻残杯冷炙，故其仙还之日，尚得啖牛肉白酒。予才既万万不逮杜公，不唯不敢望炙与牛肉，虽欲寻一屠沽家对之大嚼，庐山之上无有也。故窃取望梅之义，得思肉一法以解馋。夫远年之肉，既都不可追忆矣，处约以来，肉日少，又不耐乞诸墦间，时人既见我穷无贵志，亦谁肯召之饮者，故此三年之久，醉饱之日可屈指而数也。前年六月，双丰将军忽迂道来访，相邀作西湖之游。予谓游固所乐，但不乐暑中骑马，将军遂假舆于黎侯，载我同去。予私计此行虽热，或可饱食肉，乃不意沿路禁屠，将军又茹蔬祷雨，予既同案食，虽有肉，未便索也。宰之贤者往往割鸡烹燕窝，凌晨而馈，必两器，似可独享，又苦胃寒，晨起恶荤腻，兼性不嗜此，辄以犒仆行。至得雨，有肉处可饱啖矣，则将军疟作，甚委顿，何忍饕餐。迨居节署，事其事，忧其忧，陪医制药，以逮夫经纪其丧，凡数月不知肉味，则又未尝无肉也，食必专席，都如嚼蜡。今日追思诸肉，反欲垂涎，举此一端，足见予实无口禄，徒增意孽。触热而游，既与肉无缘，避热而游，复思肉不得，无怪"四箸纷争半鸡子，五餐同饱一倭瓜"，不觉其苦，犹以为乐。甚矣，其无耻而不知悔也。

己未（9月6日）　　朝，晴，微风。饭后雨数点即止，午始大注，窗暗不能窥书，小憩于榻。忽梦试马尾泉水，风味与瀑布无异，谓其源同也。朦胧间又作一诗，有"戏爇南柯瀹新茗，梦中犹为品泉忙"之句，殆自以为述梦乎，实皆梦也。今者雨止窗开，执笔而自书于纸，晓然决然，自以为此大觉矣，又焉知非梦。人生处贪瞋痴妄之事，何必认真？亦当作如是观耳。

舟在彭蠡，即望见白水二条，及游秀峰，观瀑布，访诸山，僧云："此瀑之左，更有一瀑，不甚直，跳珠散落，有似马尾，故此布而彼尾之，皆象形耳，实未闻同源之说。"乃梦中臆断如此，会须以山志证之。

予比晓钟动即不复寐，辗转待日出始起，亦不为晏。然生平有坚卧不醒之名，竟有薄暮过我，犹问曾否朝餐者，予亦唯唯不敢辨。尝戏语白厂："吾属当不睡则醉，不醉则睡；睡与醉，虽有罪不加刑焉。"白厂翻盏大笑，叹为典切。其实白厂未尝醉，予未尝睡也。拙性喜昼夜不寝而长谈，惜世人多忙，谁肯过我？或问"曾见某人"，辄云"彼长睡何由得见"，其不相识者，恶得不信？今试举一二长谈之人以证。吾往初入都，因吴茗香、兰雪而识乐莲裳。三子者，或同来，或一二人来，谈辄达旦。往往一人病则二人引以为戒，不复来，然予必往问其疾，则又谈达旦，病者或因谈而愈，辄又悔其相戒也。莲裳比戏语兰雪："与舒白香谈，可以令人死。"兰雪则谓："子犹未尝读白香小词，乃真令人欲死耳。"三子皆奇才宿慧，声入心通，虽欲不谈，亦忍俊不禁。即此可信予不睡非难，不谈难；谈亦非难，能使我敢于妄谈者，难其人也。未出游时，蒋藕船犹未作令，信宿必一聚，吾爱其惊才雄辩，谈必漏深，所幸同寓城南，无夜行之禁。是时戴莲士大空尝笑言："吾素性不喜更张，今乃忽望进贤门，何幸改筑塔寺外。"予不禁大笑："故李将军得毋惮霸陵尉耶？"大空敏绝有鉴裁，以冲度掩其机锋，鲜有知其善谈者。每觞佳客，辄相约一谈，否则虽适在坐，必私语曰："某某客且至，君可去矣。"其风趣如此。至亲中，曾连榻长谈而不厌，自少至老，未尝笑我渴睡者，则有西桥姊丈、果泉廉使及朴园外甥，家从子长德、建侯诸人可证。然则相识朋旧之不屑过我、不肯过我、不暇过我长谈者，相遇虽疏，其过亦不专在我，顾疑我无时不睡，以致传闻异辞，一若区区在世，犹未始下床也者，此睡名之所以重乎？抑果众人皆醒而我独梦乎？冤之久者不易白，故历举同乡诸公之曾久处而长谈者，以证吾梦亦常醒，盖谈非梦中事也。脱诸子都复不承，谓予妄证，则予且自疑是梦，正好酣眠，亦不暇哓哓辩矣。

庚申（9月7日）　　风雨变寒。茂禅师冒雨来访，令我欣感承迎，过于交旧，以其貌诚也。欲留一斋，则无菜，仍即以所贻盐笋属主僧会食款之。

茂林当退院，有惜别之色，吾为黯然。昔东林惠远之弟住西林，一旦飘然入蜀，不肯为惠远一留，即虑此情根不断，难证无生。吾与茂林交失也。

丛林迎方丈，例有一四六启事，茂林以启稿相质曰："此曩一才子所创，诸山用之，萧居士以为可否？"盖欲烦西辅录正以新迎大和尚者。予读之不能断句，因谓言："既是才子之文，何敢轻议？但有数别字，似须改正录之耳。"

入暮，大风雨，阴云满屋，头目为之作眩，遂早眠。腹至晓胀满不快。

辛酉（9月8日）　　寺钟鸣即起，雨仍不息，呼僮煎建曲饮之。

唐诗人刘挺卿眘虚，靖安之桃源乡人。桃源有青溪及白云岭，故其诗有"道由白云尽，春与青溪长"之句，王渔洋《唐贤三昧集》谓此篇阙题，盖未悉其乡贯耳。吾少读邑志，即心折此篇中四语，既而稍知风格，始叹"幽映每白日，清辉照衣裳"一结尤妙，非初盛高手不能。然《全唐诗话》《唐诗纪事》皆不载其何处人，唐史亦不为立传，殆以挺卿隐不仕，又无文集，第以十余诗孤行宇内，历千年，但知其名，无从考其邑里也。往见《南州新志》，挺卿忽编入奉新人物，比曾语纂修者云：靖安、奉新皆唐初建昌地也，南唐始分地增置靖安，逮宋又分置奉新。若以其时定挺卿所生之邑，则当载入建昌志；若以其所居之地、所赋之诗、所遗之书堂古迹考定邑里，则皆在桃源。桃源属奉则奉之，桃源属靖则靖之，无可疑也，亦奚必夺彼与此，以启争端。纂修者不听吾，唯叹敝邑山水乏清缘，一古昔高名之士亦不得独据而有。每读其"落花流水，深柳闭门"之句，辄为怅惜。今日见挺卿《登庐山峰顶寺》一篇，结语云"方首金门路，未遑参道情"，不觉哑然失笑，刘先生胸次亦如此耶？靖安虽不得而有，不足憾矣。

禅室户亦可验此山之灵，将雨则力推不阖，久雨将晴则风动即开，其受气专也。

游山日记卷六

壬戌（9月9日）　　晴爽。先众僧而起，以比来早睡，梦醒便不可复寐。西辅饭罢诣九江，以表测晷，才辰初耳。

茂林阻雨，留三日始还，尚余藕粉少许，纸数幅，贻之，尔后并纸亦竭。"去年贫无立锥之地，今年贫锥也无。"吾行箧惟纸颇富，今可谓锥也无矣。

所性俱足者，天之道也，故人皆可以为尧舜。狗子有佛性，不贰不测，亦天之道也。故尧之后无尧，舜之后无舜，世尊之后亦更无世尊。予窃以四时之序拟圣人之德及常人之禀，不偏不倚，无过不及者，中之至也。譬诸时节，惟春秋二分之中一刻足以拟之。从古以来一元会，犹四时也，舜之德合春分之中，孔子之德合秋分之中，其中庸之至，正如权衡称物，铢黍不爽。然舜自厘降，征庸在位，以及于陟方之终，德福兼隆，垂拱庆洽，正若昌昌春令，无物不生。尧德近春分之朝，禹德近春分之暮，故福德不甚相远也。至若孔子之德，追配大舜，乃身外之遭际，无数不奇，与大舜事事相反，则所谓秋分之际，一物不生，昼夜之晷刻虽同，剥复之气机迥别。天地既不能逃数，圣德亦恶可回天？故孔子之功专归后世，有似卉木落实，为来年种子，正秋分事也。颜子一间未达，则秋分之朝；曾子闻道稍迟，亦秋分之暮。或穷或夭，理数当奇。孟子则丹枫黄菊之秋也，风景殊佳，节气则过于中矣。原宪清寒，居然十月坤卦也，夷齐之方寸似之。递降而至于秦皇、汉武、晋祖、唐宗，以及李斯、王莽、刘曜、朱温之徒，苟非酷暑，即是严寒，未尝不生物成物，而炉箑皇皇，宇宙间无宁日矣。反不若庸主具臣，虽无异政，亦只似春霖秋暑，为害无多，故庸人有似乎圣。

癸亥（9月10日）　　晴，暖。夜来行脚僧皆散，西辅又复如九江，万山之上，才三四人耳。忽梦观剧而无声，但有数花面过吾目前，既觉，思吾梦罔弗验者。尝梦观剧，昼必见纷拏扰攘之事，深山之中当不尔。辗转间窗外似有人行声，疑而起坐，残釭尚一点如豆，遂挑灯展卷以自娱。宗慧既万无醒时，所居稍远，呼亦无益，且予卧室窗乃石墉大牖，可容二人，仅以疏棂障楮辟风耳。外临绝壑，无藩篱，虎欲入吾室，直如归洞，不但贼易生心也。天将明，始复就寝，故今日辰初方醒，则闻知客僧撞钟鸣鼓，求韦陀击贼，数数称寺贫如此，仅赖数畦包粟煮粥度命，乃夜尽剥去。贼绝僧粮，佛宁无怒？初尚恶僧喧，既闻所诉，则恻然自疚，此予之过也。予不梦花面，则虽觉不思其兆，当可复寐。贼审吾寐，必入吾窗窃箧去，亦不过敝衣数袭，于我何伤。今则一寺绝粮，实由于我，岂非过耶？贼既恨我不善睡，始迁怒，窃僧包粟至两石之多，足见非一贼明矣。会当以两石谷直酬寺僧，以补吾过。

包粟，秦中呼"玉米"，因戏属句："本欲偷香反偷玉，人嫌我睡贼嫌醒。"为之绝倒。杜陵云："是非何处定，高枕笑平生。"然则先生亦睡而不寐者也。

日落，西辅自九江还山，刘樵荷担行，徐徐有儒者气。予迎而劳之，谦退不自伐其功，此孝悌不犯上、不作乱之明验也。卜子所谓"事父母能竭其力"，及"与朋友交，言而有信"，刘樵有焉，何必读书能文章乃谓之士哉！

西辅言山下棉花大熟，不禁为山民之老而寒者慰幸焉。

西辅六月如九江，所主一旅馆方将纳妇，欣然告西辅："妇美无度，直甚廉，若能留一夕，观其盛乎？"西辅诺以当复来，归而语予，予笑谓："此苦李也，何可食？旅馆当败。"顷诘西辅，则妇好奢而馆不给，主人逃矣，竟不及见其粲者。予曰："何如？道旁之李而实累累，必苦李也。驵侩之徒动辄曰某事便宜，幸其所谓便宜者专属乎利，其得丧无足重轻，倘不免食君之禄，司民之命，为人谋，与人交，或为其祖宗孙子图久远无绝之祀，顾亦詹詹，焉求得便宜？鲜有不偾事失德，为世僇笑，皆逆旅主人之流耳。"

和尚亦归自九江，携楮素便面数十事，谓行者见予仙祠题壁诗，谬赏其书，以白于诸山，胥浼相价求居士作字。予不禁默然，自叹其道术之浅，欲求如舍者相轻与之争席，何异瀑布之水学天池耶？真正读书穷理人，必破此参，然后可以明才德之辨，学经世之务，盖庸德庸言，化民厚俗之良方也。炫才尚智，则民之黠者竞趋其世风所尚，而机械纷起，俗日偷，贪吝相轧，虽父子兄弟可以不亲，而况于人乎？况于其所治之民乎？言寡尤，谨庸言也；行寡悔，修庸德也。禄在其中，不可干也。炫则近干，学乃不固，非才之难，能深晦其才而不炫难耳。

甲子（9月11日）　　晴，暖。遣宗慧报谢黄龙和尚，以西辅所市大月饼贻之。

曝行箧书，才数函耳，尚有不能记诵者，少时乃自矜日记万言，实自欺耳。书不贵强记，阅时辄与不诵等，博而不精，徒博也。鸿词丽赋，不衷乎道，无补于人心风俗，虚车也，故壮夫不为。

髫龀入塾，读所谓《三字经》者，至"文中子"句，疑是酒器而不敢问。稍长，乃知为河汾著述，当唐初，开国将相多出其门，诸弟子推崇河汾，几欲比隆洙泗，其实难同日语也。构九层之台，似难而实易，以众力可同施也。定时之表规才径寸，其中枢轴之巧，运用之微，直欲启两仪之秘，合四时之序，作者固难，即述者亦仅能一心一手，默识而独成之，此其技可喻圣学。盖自谨独以及于天下之平，皆寸心一诚，健行力任，毫无借箸可谋者。穷则求志，求此也；达则兼善，推此也。操之有要，推之后世而皆准，气数之命，只能困厄其身家，于吾道毫无加损。是以七十之徒多三代之佐，岂但如房、杜、李、魏诸君子贞观论赞，仅仅为救时贤相而已哉！圣贤本领乃性道中事，作君作相乃福命中事，二者恒不能相兼，三代兼之者，舜、禹、汤、武、稷、契、伊、周君相外，亦不多有。举赖洙泗门人，修明讲贯，相与策励，甘穷而固守之，以诱启后之明良，故其功大于房、杜，远于房、杜。至深求克己为仁之道，参赞弥纶，与天无尽，直可以终古配天，又岂百年玉食、数世宠荣所能报德而酬庸者哉！洙泗之穷非洙泗之不幸，实万世君相之福也；

明·佚名·树下读书图

河汾弟子之显荣开国，则其君其师及贞观士民之福耳。譬诸合万夫之力造九层之台，谋之者非一朝，构之者非一手，而落其成者且多非造谋创始之人，厥功虽巨，未可与定时之表同语，其匠心之妙，亦明其矣。

颇忆隋大业中文中子以布衣上策炀帝，不用，始退而讲学，聚天下英才而教之。故唐初创业功臣才能器识远过前代，以是知河汾之学术有体有用，虽不能继美洙泗，固已超越近古矣，但微有审时见机不明不早之病。古今豪杰真儒，未有不知己知彼、豫决其出处之宜，而第漫然轻其身尝世主者。夫炀帝之不孝不友，无礼无义，秉钧元老如杨素之徒，骄奢偃蹇，岂复有求贤辅政之志？有识者当悉晓。然知隋社不久可屋，而顾以命世之才、绝人之学，尚懵然以策干之，辱身降志，枉道轻儒，又毕竟徒劳无益，得非仁有余而智不足乎？故吾自读《三字经》怀疑欲白，即不欲以老庄高品列其后也。唯是踵门献策一事，又似在隋文帝时，深山无史籍可考，随笔臆断，妄訾前贤，未尝非梦兰之过，此与前日测挺卿胸次略同。然苟其人品学识不逮王、刘，又何暇訾议及之？两公有知，当谅予爱才敬德之诚耳。

诸葛公王佐才也，志业亦岂无遗憾？后世虽冬烘学子，亦未敢以成就大小降其才于房、杜之下，岂冬烘能见道哉？彼盖读《三国演义》，亲见刘皇叔造庐三请，而后肯以身许人，则其人非功名利禄之人可知也。亲见隆中一对，时事之大局，预测之如观卦影，亦可知事有前定，数无可逃。志业不终，无足为武侯病者，盖亦深谅其不得已而后应，明知其不可而不忍不为之苦心。斯其人学识弥高，反以能屈节不炫才，忧勤至死而不悔不变，为足配三代之英，立臣道之极，万世真儒伪学皆不敢訾议而心服者也。脱使武侯亦曾以策干昭烈，求其相委以匡复之任，而卒又廿年尽瘁，六出无功，冬烘学子亦必且轻而笑之, 盖知其劳绩虽同, 学识异也。真正读书人闻道之后, 出处大节固可以不慎乎哉!

乙丑 (9月12日)　　阴寒竟日, 云时时入吾卧室, 四山皆满。昨拟今日浴, 不能果矣。

悉索敝赋, 得五金, 以施诸寺僧, 佐以月饼, 借偿其玉米之失也。自今以往, 吾囊中无一金矣。西辅甚忧饥乏, 吾则以不负宿心为乐耳。

忽忆沤舸今日必当作破题之类, 不识尚有闲情念山中人否?

主僧出所藏之乌金太子像一尊, 言是胜国某帝子, 以乌金自铸其像, 颁供天池, 希世之宝也。明中叶, 寺毁于火, 太子自火中跃入天池, 为砌石撞折一臂, 补以白金, 故乌像一手独白。予取而观之, 笑语僧曰: "公等读内典, 亦颇如时士读书, 不求甚解。夫世尊降生王宫, 于四方各行八步, 一手指天, 一手指地, 言上天下地, 惟吾独尊, 此释典也。故此像命名铸金, 实仿经义, 顾讹为明帝太子指天指地, 何其谬耶? 像实赤金所铸, 质甚重, 虑其海盗, 以皂漆涂之, 则又讹为乌金耳。一手之折, 实毁于贫, 而贪者以银易金, 而出离入坎之讹言, 又荧群听。吾岂炫博者, 聊欲白太子之诬, 护世尊之法, 望禅师勿负缁衣求进趣耳。" 僧唯唯而退, 自此呼为世尊矣。

天池雄鸡忽无疾而毙, 老僧为诵《往生咒》, 茶毗而瘗之后山。予戏作挽词送之云: "伏惟鸡公, 蒙净土之恩, 享名山之寿。幸免牛刀之割, 得正狐首之丘。伊六畜之荣施, 于斯为盛; 食五德之福报, 唯公独全。悬知卵育之后生, 举羡考终之先辈。噫! 一鸣惊人, 大名士方能后死; 九德咸事, 小英雄足慰平生。"

丙寅 (9月13日)　　阴晴不定而变寒, 加夹衣、纱领小帽矣。以夜来衾薄不眠，忽忽不乐。天池之水弥清澈，如对聪明妙目，虽复无言，亦依依难舍去也。

闻佛手岩老僧卧病，命宗慧以钱饼馈之。此僧犹未面，比曾以斗米借我，情可念也。

山农有欲以伏雌饷我者，素性不喜为口腹杀牲，比曾笑言如不可却，则留作鸡公雏妾。不谓鸡公立时死，西辅遂疑其命犯孤鸾，予则以为此殆如柳翠前身，虑红莲毁戒体耳。

刘樵馈绿豆一升，欣然受之，顷并命煮粥食焉，谓不欲孤樵意也。西辅曰："某自识先生，从游南北十年矣，所见王公大人，兼金之馈，先生往往固却之，不肯受也，今乃于苾蒭樵子，一鸡一黍斤斤焉计其投报，喜形于色，得非矫廉洁于贵人之前，市私誉于藜藿之口？"予曰："善哉问。汝既久从而亲历，其疑易剖，姑为子约略言之。夫与受之际，无贵无贱，无轻无重，以诚为主，以义为衡，未可以形迹泥也。昔在怡邸，恭王之始，不过以文士遇我，故我于馆餐则受，金璧则辞，盖我固不文，王亦非以文为重者，无补于人而受人厚惠，义不安也。明年知渐深，有加礼，不惟设醴，虽厕牏之亵，亦命其世子亲视。世子又贤兄事我，我何敢与朋友之父论布衣之交？故至是我益敬畏，虽金璧之重，苟有为而赐，礼不敢以少贱辞也；无为而馈，义不可以伤廉受也。子盖见我之辞而未深悉其所以辞，遂疑矫耳。至某某某某诸贵人，本不屑与不佞友，特以王之所敬也，下交及之。王性既廉，不受馈，则因而馈其所敬，故我皆断断不受，非矫也，正所以成王之廉而报王之知也。其最下而至于有所请托，虽一言片纸，许我万金，亦惟有正色力辞，不徇其私，亦不泄其语。其人皆未必不笑我迂，不疑我矫，此又都不直一辩者矣。

大抵君子小人之辨，不外乎公私义利之间，而尤以寸心之诚伪为辨。诚于为义者，君子也。诚于为义而不妨蒙不义之名，以曲成其义，大君子也。专心渔利者，小人也。专心渔利而复欲假廉洁之名，以阴窃其利，滥小人也。仆虽未敢妄侧夫君子之林，实深以小人为戒。顾亦尝奉教君子，诵圣贤之遗言，守先人之庭训，不敢不于出处之际，得丧之间，以及夫取予投报之细，悉深思焉。合乎义而出于诚，则一鸡一黍，再拜而受，欣感之情如受人万钟可也。不合乎义而钓我以伪，则所馈愈多，所辱愈甚，却之，固却之，不为矫也。彼僧与樵特贫耳，贱耳，其天爵之灵善，爱敬之肫诚，与王公贵人不甚相远。且彼之一鸡，虽王家之太牢不逮也；彼之一黍，王家之指囷不逮也。苟略乎贫富贵贱之迹，以深观爱敬诚伪之心，而衡以所处约乐之境，则兼金之却，非吾矫廉，鸡黍之感，非吾钓誉，亦奚足疑哉！"

西辅怃然自励曰："行年四十，始确信人之可贵不在乎身外之遭，穷无憾矣。敢问诚于为义，不妨蒙不义之名，以曲成其义，其比似可得闻乎？"予曰："善哉问。即如吴泰伯，本世子也，传季及文，虽其父传贤之隐，实倍宗法，且泰伯非不贤者，顾甘违寝膳之职，没身长往，故当时无得而称。蚩蚩之氓，未必不议其潜逃非义。使泰伯自白其曲成大义之隐，则蚩蚩之氓又且以倍宗不义訾议其亲，故泰伯乐自污也。脱非我孔子如天之目，烛隐阐微，毅然长喟，以至德归之，三代而后，畴复敢贤泰伯者？此所谓大君子也。其次如孟子，亚圣之资也，国之人耳而目之，而甘与皆称不孝者游。及门士疑而请问，而后大声明辨，阐孽子之孤怀，定不孝之实罪，正人伦而辅教化，以曲成交际之义焉。又其次如狄梁公，大君子也，然当武后篡窃时，见几之君子去之若浼，未必不疑狄仁杰不能讨贼，已似非才，又依违恋栈不

明·王绂·勘书图

去，大臣之义，顾如是乎？然梁公是时甘受此不义之名，不忍辞也，苦心孤诣，以曲成其反周为唐之义，天下后世始晓然共知君子之用心，在天下人民乐利之实，不暇顾一身荣辱毁誉之名也。他如伊尹放太甲，周公被流言，当其时小人测度之心，谗人讥谤之口，如潮如雾，殆无时无地不哓哓昏昏，乱人耳目，举朝上下，其能深信二公者，想必无几。使二公恶居其名，则太甲成王，终不能立德，中兴宰衡匡救之谓何，反非义矣。凡此之类，或巨或细，或隐或显，君子之心迹，古今来指不胜屈，姑就子曾读之书，曾闻之说，举数事引申发明。大君子诚于为义，不妨蒙不义之名，以曲成其义，其实非白香创说，不必疑也。"西辅欣然自慰曰："吾始谓圣人之经，先王之史，皆不过文章典实，以资人进取之用耳，今乃信先生之学，未可非也。某虽不文，亦可学为君子矣。"

丁卯（9月14日）　　晴，凉。以夜卧稍暖，风嚏复发，无怪薛公望责其肺热。肺属金，本秋令也，秋始凉而过于暖，则肺金必燥，燥则风火动，嚏涕纷来，毛窍又因之而开，外风易入，故每秋伤风之疾辄久不瘳，未可以外感治也。夫人脉与国脉等耳，尧之水，汤之旱，尧与汤不应有此，圣心亦深以为病。其实如儿童痘疹，元气愈厚则发之愈盛，发之既盛则血气日新，至期颐无复患，此不足为儿童病也。故至理之世，以培养元气为主，不尚文饰，不务虚声，孜孜焉求民之瘼而疗焉。养之以田蚕布粟，而勤其四体，则不逸不淫，而其民易教。教之以忠信孝友，以发其固有之良，其理易明，无智愚皆可学道，故其民易使。作人君师，而能使其人民不饥不寒，易教易使，虽不欲久享其治，不可辞也。此国脉之元气所宜讲者。秦始皇好吃热药，以助火纵欲，其始也亦殊快意，浸假而遂生陈涉之痰，动项羽之火，痰火炽而中风亡矣。唐太宗好吃阴药，故体貌润泽，未尝有疾，浸假而酿成高宗之痿，明皇之泻，赖有徐、狄之参耆，挽回元气，郭、李之附桂，扶助真阳，虽危不殆，盖不比强阳之症，难急救耳。至若东晋之老年痰火，南宋之半身不遂，元气将竭，攻补难施。由是而历观往古，朝朝有病，百出不穷，虽曰定数，亦实鲜国手良医治病于未萌，虚怀令主防患于未病而甘心瞑眩求医也。然苟非上智之士，经济之才，绝一己名利之念，读千古圣贤之书，察百王兴废之脉，而辨其元气之虚实，兵力之强弱，受病之浅深，切脉既精，斯投剂不妄，虽沉疴不难立起。藉非然者，以小智自满，好利而矜名，方且幸人之病以试其古方，饰己之陋以售其私术，适滋病耳。无怪其世主不信，而斯民之瘼亦终不疗也。吾盖绎古史而有会于病，因肺热而思及其医，戏墨如此。

游山日记卷七

　　戊辰（9月15日）　　闻晓钟梵唱而起，径诣文殊崖看云。意方适而剃发人至，不直为此舍妙云归也，遂呼使剃沐崖上，和云栉发，黑白分明，香光则一，可谓与云为徒矣。盥漱已，云始登山，则命宗慧爇巨爆抛入云中，轰然一声，万峰齐应，不禁与颠仙相视而笑，此至乐也。

　　西辅寻紫竹，至天池崖下，春香人瀹茗款曲，指竹所在。且言夜来一虎卧竹间，斑斓可爱，香人不忍惊其睡，但相与对之而笑，虎觉亦不怪其笑，皆见惯也。西辅又言："崖下怪石相压，森森若奇鬼，望之心悸，泉亦聒耳，涧中石巨者可屋。然今自崖上观之,都若拳,声色亦泯人耳目,因境而迁,固甚捷耶?"予曰:"嘻!汝不闻京师一甲胪唱之日,门校尉相问顷何作,曰:似是拣状头。复问拣几何,则云:或谓只一人,殆人少乎?汝昔闻此言,笑其愦愦,殊不知少所见则多所怪,多所见则无足怪。彼校尉者虽愚柔,然执役禁门之旁,所见朝廷大典礼出入于门,盖常有之,若香人之观睡虎也;王公大人之朝觐趋直入禁门者,鞠躬如也,校尉且渐忘其贵,未必暇审其官阀,计其多寡,又何况次焉者乎?亦独立天池之上,观涧中之石,我谓如拳,汝谓如屋,无足怪也。昔刘秉仁来刺江州,到官放所畜骆驼入山,山民大惊,因聚众射而杀之,具状白刺史请赏,以为猎得庐山精。刘往观焉,即所放驼也。夫骆驼一常畜耳,少所见者至尊之为精,非所谓多所怪乎?汝曹居恒,既不耐读书穷理款启之明,又复以私智乱之,栩栩自得,不旋踵而壮盛,智慧与肌骨潜销,欲更充学识,难矣。不佞虽与匹夫之至愚者接,不与其退,不保其往,自一面以至十年,凡以诚问者,必以诚对,以礼来者,必以礼往,稍有为善之心,必多方奖诱,引之入道。明知其未必听也,生同斯世,未免有情,又焉知愚不可明,柔不可强,而顾阻人进德耶?知畏虎而不知念犬之义,怖奇石而不知顾畏民喦,未为近道。汝比恒议我不可与言而与之言,夫必待可与言而后言,智者事也,迂且热中人何忍如此。"

己巳(9月16日)　　　朝晴,暖。暮云满室,作焦曲气,以巨爆击之不散,爆烟与云异,不相溷也。云过密则反无雨,令人坐混沌之中,一物不见。阖扉则云之入者不复出,不阖扉则云之出者旋复入,口鼻之内,无非云者。窥书不见,因昏昏欲睡,吾今日可谓"云醉"。

庚午(9月17日)　　　吾比为云醉,乃至失日,剃沐本昨日事,西辅谓昨为十二，宗慧则谓为十三，吾则茫无主张，姑两是之，然终以西辅可信，遂书十二。今晨闻僧房磨豆声，恍然悟是必作腐，为中秋大烹之计，宗慧之十三信矣。夫纣为长夜之饮而失日，彼失日宜也，以其为长夜饮也，我则何饮？既而曰："饮云。"

朝云如昨日，仍至文殊崖徘徊远望，露草湿衣履若洗，未之觉也，亦可谓宿醒未解，又复饮卯酒者矣，其醉而失日，不亦宜乎？

庚申岁腊自北归，即还靖安谒高曾祖墓，为远客久荒拜扫也。礼毕，遂游扬鹤观，喜其高僻，留信宿度岁。为道士作春帖十许，其中一联云："遥闻爆竹知更岁，偶见梅花觉已春"，颇有"山中无历日，寒尽不知年"二语之意，乃今于十二十三断断考订，何予之无进德哉！或谓白香高，非也，昏也。

喜怒哀乐亦云也，无根而生，由外物之所感而发，当局者迷，遂往往障人灵明，失其常度。故儒以发而中节为和，佛以绝无明种子为慧，毕竟照彻无明，非勇决出世人不能学者，但时时内省，事事皆求其中节可耳。

主僧不遵约，馈所市藕饼梨栗，皆固却之，恐其徒或向隅耳。九江诸寺又寄楮素及扇，属主僧求书，此则不便却，然有愧仙师巧劳智忧之戒。人生但学得无能无求，饱食遨游若不系之舟，便是大本领、大福分，吾已学之二十年，尚未能也。

少时游秦淮，偶同黄星伯登一酒楼，有妓妆而古貌者，孤坐叹云："稼既不登，夫子遂迫我为此，其奈数奇，所遇辄不偶而去，主此匝月，犹未能一失节也。"星伯曰："幸哉！此妓之节，以貌丑全也，乃不知感而归怨于命。"予笑曰："新莽一十八年中，夫岂无干禄不得而自叹数奇者乎？光武中兴，反疑其守节不仕，亦此妓之流耳。"甲辰召试，先生与先子聚于秦淮，交情最密，盖性情风节及言论契合者多，游必并辔，坐必连榻，信不虚也。读至此，为之一恸。有华敬识。

云上屋而檐声作矣，是犹蒸酒者，气上升而露始下，亦何必须龙为也。龙盖喜乘云而游，人或见之，遂有此不虞之誉。

"雩而雨"，"犹不雩而雨也"，不几谓求无益乎？此智者之语，非仁者之语也。仁者虽知其不可而不忍不为，故其诚可通于天；智者知其可而后为之，故其诚不能动物。吾二十前喜言智，三十后始知其非，遂甘犯知其不可而不忍不为之过。人虽笑其愚，此心则差可无愧，非敢谓此为仁也，庶几乎不至于薄，以自补不仁之过而已矣。圣人言"观过知仁"，此"仁"字不必深看，即此之谓也。

任天而动，惟上智与下愚能之，中人则喜凿混沌之窍，混沌死而心亦与之俱死，哀莫大于心死，愚之人反以为乐，弥可哀矣。

吾幼极多感，凡四时风雨虫鸟、管弦铃铎之类，入听伤心。但觉桓子野闻清歌，始唤奈何，犹非情至；至箪瓢陋巷，不改其乐，则不近人情。由今观之，凡富贵子弟懵然但知以服食声色为乐者，愚也；绝不以富贵为乐，而矜尚才美，不可一世，于是乎闻声感心、悲来无方者，近乎智亦痴也。风雨自风雨，虫鸟自虫鸟，闻如不闻，见如不见，非愚无知，即蒲团得定之士。吾幼时安可及哉？而今而后，亦勉求贫贱之乐焉可耳。

一妓以美多金夫，其类之丑者妒且炫曰："彼虽美而贞不逮也。"君子曰："无诸己而后非诸人。"

或问燕子楼可谓义乎？予曰："可，若豫让非忠臣耶？"故君子贵乎晚节。

或问《骚》何故感人最深? 予曰:"虚字多。"《风》何故感人最深? 曰:"比兴多。"老子云:"当其无,有室之用。"栋宇墙壁,室之体也,有室于此,以沉檀为柱,雕玉为墙,乃竟无户牖可入,无隙地可容几榻,亦可以谓之室乎? 文章之苦海,何莫不然。

梵呗声最静者也,自知客僧出之则使人欲怒,甚至拜佛时呵骂弟子,例之以客前叱狗之非礼,不可怒乎?

竟日四山如蒸饭,冷雨,至夜忽月明,天心清澄见髓,如许昏塞,不知都向何处去,要仍向来处去耳。人有积恶著称,忽然为善,果非矫饰,其气象清明令人刮目,亦正如此。改过则无过,人孰无过,患无改过之志。过岂难改,患有自是及护过之心,有志之士,先自求病根所在,日三省焉。

心不妄动,则动必当理。无时不动者,妄心也,临大事必无主张。

禁足易,摄心难,生灭心即轮回种子,一刹那便是一劫,何必真死真出世始为劫耶。

谓此人断不可教,便是此人不受我教化之根;谓此邦之民不足爱,便是我不能治民及民思叛我之根也。

佛者投身饲饿虎及割肉餧鹰,小慧者观之,皆似极愚而可笑之事,殊不知正是大悲心中自验其行力语耳。即如我圣人一日克己复礼天下归仁之义,本至精至确,倘使小慧者不求真解,泛然以孔子世家及三代盛时之治绩尺寸而验之,不甚符也。民溺己溺,民饥己饥,亦大悲心耳,即使禹之时有一水鬼,稷之时有一饿鬼,不足为禹稷病也。不与人为善,逞私智以黢刻论人,吾所不取。

能使其心如槁木死灰者,发生心也,假之以利权,则天下反受其福;其

明·倪瑛·归庵图

心如盛夏之热，无物不生者，多欲心也，假之以利权，则小人得而诱惑之，反足偾事。故求治必先治心，槁木非无情之譬也，寡欲之譬也。无物不生之象，在春则近乎仁，盛夏之热则反近乎多欲耳。

　　辛未（9月18日）　　　平明，老僧扣窗而呼曰："颠仙又驱云至凌虚台下，报先生作赋之情矣。"予狂喜，披衣蹑屐而往，则此云之妙，更有前赋所未及写者。西辅适手予自书赋至，对万里之晴云朗诵一通，千峰响应，画眉鸟啭于岩下，木叶不动，寒蝉未嘶，松梢零露时滴予茗碗之中，生香沁齿，为之大乐。令即粘此赋于仙亭右壁，凡七纸二千余言，爰戏祝周颠仙曰："以是报仙人下交之雅，然能为我驱闲云，补已残之缺，并湖面而满之，斯为尽兴。"言始卒，则铁船峰下云出如潮，若士马衔枚疾走，无声有律，顷刻并江湖远山皆幻成海，灵峰秀鳖，出奇不穷，丽日又焜耀其上，绚发宝光，骇目洞心，神醉腰折，不觉望四仙再拜，复琅琅向壁自诵其赋。遥闻老僧梵唱祝庐岳神，云中秋佳节，予始忆今朝八月望也，则又为遭逢自庆。夫

十二万年以来，有天地即有庐山，有庐山即有天池，有天池即有云，有云即有人，有人即有中秋节，有中秋之名才不过二千年耳。此二千年中，居此寺，度此节，作此赋，观此云，未必不有前乎我、后乎我者，然求其朵朵皆同，字字不异，又适有西辅其人，粘之亭壁，则除是十二万年后今日之我，方能尽同。然则凡无心巧合之事，无论其人文足重与否，皆堪独绝，言虽大而理非夸也。计生平快意之中秋，今日为最。

西辅言："往在黄州拓东坡《赤壁赋》像，登所谓二赋亭者，橼牙相啄，金碧莹然，皆赋力也。焉知此亭不且有喜事后贤勒先生赋像于壁？"予不觉大笑："昔潘岳出游，游女爱之，联袂掷果盈其车，为岳美也。左太冲形貌殊侵，乃不自谅，亦欲效潘岳遨游，致群姬怒而唾面。子乃欲以《天池赋》筑亭勒石，妄拟坡仙，何以异是？不佞生平无寸长，唯自知其陋，未尝敢窃比中人，何况往哲。幸免唾面者，赖有耻耳。"

西辅竟割鸡饷我，并自九江市酒来，登山而踣，罄其瓶，仅存少许。西辅酌一匙大醉而寝，余者携至凌虚崖对月饮之，予亦醉，乘醉作七言一篇，皆酒力也。往谓不善饮者莫予若，乃不意更有甚者。《笑林》载一家宴客，皆豪于饮，独一客唇未尝湿，然中席推案挥拳，四座辟易。急召其从者诘曰："汝主人有狂疾乎？"曰："无之。""然则何故忽如此？"从者审视其席中肴馔，蹶然悟曰："无怪我主人今日人醉，盖缘食此糟鱼耳。"

又一人终岁沉湎，其父屡戒不悛，因怒浸之酒瓮中，压以磨，加封识焉，誓之曰："必醉杀乃启。"其人之妻则未免自忧寡也，背其翁抱瓮而泣，忽闻瓮中吟哦声，听其词云："贤妻何必哭哀哉，家父的封条谁敢开？与其死后猪羊祭，不如磨眼里送些小菜来。"

大和尚既见亭壁《天池赋》中有"舒"字，笑语西辅："吾今乃知萧居士姓舒，比闻山下传言萧居士姓王，则又何耶？"予于是大书特书不一舒，以证其实未姓王，可谓一姓虚而百姓尽觉可疑，戏言非妄，亦未可轻犯如此。盖聊以避喧，则为戏；若避债，则为妄矣。

危峰冷月，夜久风凄，恍惚觉此身介乎仙鬼，扪腹而暖，则居然人也。因忆明明有家在豫章城南，何遂忘之？又有詹外甥者，此时正在天香馆后种罂粟，普旗、昌智、霞馥、莱馥、盼儿等，必团团聚观，或与表兄相喧争，此殊可乐。人烈、匠臣、懋哲、人煦等，即有事于外，亦应归矣。晴川未归觐，必看种花。庄溪今夕未必有暇过天香。修常则持筹而坐，望衡而思，不遑暇食。谦十兄若果来游，不识可能一醉否？予家无藏酒故耳。家兄姊远在衢州，与九兄姊丈长甥诸侄等对月观剧，当必念老三何苦，不知在庐山第几峰也。靖安叔父诸弟侄或知所在，谦三兄及长德、建侯、春侄等则仍谓城南酣卧耳，不料予为乐如此。懋熙、懋修泊恭行尚在矮屋，应未暇念我。唯沤舸此时必当相念，盖彼欲同游不果，恒怏怏耳。曾敬修居深山之中，无利禄之念，村塾解馆，孑然若枯僧入定，或偶忆庚申中秋出都日，与二三内监共卧予舟中时也。随笔戏及，以俟相见时验之。

予自六月入山，至今日始发微汗，亦以着衣多，又亭午登陟，非甚热也。僧亦为节忙，往在扬鹤坪度岁，则道人亦为年忙。今人值尘事劳扰，动欲作僧道以避，岂其然哉！非僧非道，诸缘可了，三教多情，逸我以老，予盖以拙为宝耳。

壬申（9月19日）　　　　晴，暖。为诸山作字十余幅，其纸太涩，羊毫笔入之，如蹇驴负重上天池山也。

癸酉（9月20日）　　　　朝晴，渐热，只可着丝布四重。宗慧去锦桥市物归，途汲得甘露泉一瓶，予亟赏其慧，以之瀹新萌，徐徐玩味，清碧殆欲过天池，然甘滑冲和之趣，则远不逮矣。茂林曾谓甘露泉甲于山椒，故宗慧欲吾品第，亦清兴也。

人未有生而俗者，有意学清谈雅步，自诩风流，反多俗态，不若恂恂然率真而动，不屑屑放利而行。或竟若宗慧蠢蠢无求，亦偶为名泉息担，皆可作雅流观也。

主僧属予题寺楣，信笔作长短二帖，其词云："一水印天心，指月证三生之果；六根无我相，饮泉清万劫之尘。"又"天上有池能作雨，人间无地不逢年"。横榜则大书"香云绣水"，盖即采《天池赋》字。惜纸笔不称，皆成恶札，不免受游人谤耳。

午未间，云雾四塞，雷轰轰欲雨不雨。入夜见月，久忘睡，闻诸僧击柝巡山，为尚余玉米、菘菜之属，虑其诲盗。寺贫至天池止矣，犹尚如此，而谓厚自封殖，自诩为泰山之安，得毋未暇深思耶？

甲戌（9月21日）　　　　朝，晴。既风起变寒，阖户而坐，夜来梦吾母卧疾，甚委顿，遂惊惧大哭而醒，静中追慕，泪溢不止。吾母弃不孝已十又七年，大事之日，长兄未归，不孝已惊怆死矣，一切身后礼仪，举赖鲁云岩、熊大司寇、卢青柯、戈咏思、杨执吾、朱璞心、蒋秋竹、谢大中丞诸君了，悯其孤哀，力任而急为之备。大司寇且毅然语众："白香即死不复生，吾以殓吾母之礼殓若母，可对渠兄弟无愧。"梦兰既苏，闻是说，但稽颡长嘶，不能作感谢语也。凡恩怨久则渐忘，亦恐吾子侄外甥不曾见当时戚友恩义，或渐忘也，谨私志之。予极迍贱，无寸长，何敢言报？亦但能矢弗谖耳。

荀子谓"礼能化性起伪"，盖未深观。夫制作微旨，实先圣之苦心，第泛然以形迹议之耳。予少时初读《丧记》至踊七踊三之类，艴然不悦，以为非仁人孝子所忍闻，诚足起伪。既而深思之，先王制礼为天下后世中庸之轨，贤者不敢过，不肖者不敢不勉，故于其仪物之繁，节目之细，不妨琐琐焉，折中为式，俾确然有所遵守，其用心甚苦，防闲甚微，笃信而勉行之，真能化性。夫行礼无巨无细，以敬为本，敬与伪相反者也，果能敬事，亦恶自起伪？不能敬事，亦何在非伪？顾漫以是尤礼经可乎？比侨寓丛林三阅月，见十方行者及诸山禅友相过从，识与不识，朝暮必随住持僧升堂拜佛，序立诵经至数刻之久，无惰容，无怨色，此所谓百丈清规，童而习之，在在皆然，不敢不勉。勉则安，安则无怨，惰慢之气，邪僻之行，皆可以相观而化，甚善法也。佛教日衰，诸苾蒭不修禅观胸臆中，何事不有？苟无此制外养中之法以纠其惰慢，防其邪僻，其流弊何可胜言。然则彼遁世业空之人，尚须窃先王礼教以永其衣法之传，何故学校师生反厌薄而不屑讲求，恣情傲惰，机械相攻，转似有喝佛骂祖、立证无生

南宋·马远·松风亭图

之智，不几人欲肆而天理灭耶？吾欲英才志士勿自菲薄，群居讲诵，姑以僧之所以奉佛者，敬畏圣言，谦和勤谨，苟居乡有恂恂之风，庶立朝有侃侃之节，盖不骄乃不谄之符，能孝乃能忠之体，居敬乃立事之本，守礼乃宣化之源。才子若是，始真谓之有才；立志若是，始真谓之有志也。"礼失而求诸野"，庐山之僧有谁赏劝，尚守其宗法如此，而况蒙养裕作圣之基，学校储公辅之器。尚冀师若弟借助他山，琢磨加爱，虽欲作珪璋瑚琏，无难也。

有佳木欲其成千章之材，则必出之盆盎，植之深土，以畅发其根，迟之岁月，以观其成。至其教养子弟，则异是，见小利而欲速成，不翅移佳木而植之盆，灌之以药汁而速其一花，花尽必枯，即使不枯，亦断无拔地参天之日，是明于爱木而反昧于爱子弟，惑亦甚矣！吾甥朴园有志于教家成物之学，曾为发此义，并附录之。

晓起望云气闲淡，若无意于行雨者，俄而雨作，视彼油然布空，震霆飞电，行人觅盖，农夫解颜，而卒以飘风散之者，其功德反不伦矣。

游山日记卷八

乙亥（9月22日）　　晴，寒。忽忆往在都下，偶同胡果泉、吴兰雪访方坳堂于彻悟禅房，果泉以上直不得留宿，予与彻公参所悟，机锋云起，午夜不休。坳堂闭目颔首，旁坐而笑，兰雪时时左右顾，似疑予无意于禅，第喜难名僧逞辩才者，其实彻公破参人真能启予，故乐与之辩。漏四下，始共坳堂、兰雪联榻西堂。坳堂暮年不易寐，与予卧谈，遂各举《四书》心得相质。坳堂曰"予成进士，始立志精读《论语》，有同学馆于僧舍，馆上一楼殊静洁，因就假居，登则命人去其梯，手《论语》一卷，趺坐而敬对之。如是三年，渐觉此心露真实圆相，不至埋头注下也。"因举一"舞"字问曰:"公颇悟先王以乐舞教胄微旨乎?战阵击刺之事,既不忍明言,又不可不为之备,于是乎以勺象干戚,童而习之,既足以导乐之和,又可以练励筋骸,为防身御侮之用,所谓教在此而意在彼,洵良法也。不然者,近乎戏矣。"予曰:"善。公诚能读书求间,可与言者。梦兰少时亦曾有注外心得一二端,请举其一。夫祭祀先祖而饰其卿士子弟为尸,服其服,居其位,卑幼坐于上,达尊拜于下。拜之而诚,则难乎为尸;拜之而不诚,则不敬其祖。其礼亦几近于戏,曷若陈宗器、设裳衣、望神主而拜祭为心安理得也欤?先儒但释为子姓乃祖考之遗,神有所凭,易于昭格,独不思拜之之人,何莫非祖宗遗体,谁不可凭,而独凭一尸之身?且今年之尸未必即年年之尸,都不敢重轻轩轾,一切以祖宗事之,受拜者未必不怍,拜之者未必不疑。逮夫国家皆然,每祭必然,则无论少长贵贱,咸视为礼所当然,情所不悖,于是乎受拜者可以不怍,而拜之者亦更无疑,著之为经,永以为法。然吾窃以为尸之主名虽专属乎祭,其制作之苦心精义,似不专属乎祭也。梦兰好思,思此事至于通夕,豁然悟,怡然笑曰:微乎,妙哉!圣人之道,先王之礼,盖已服群心、销逆志于卑幼为尸之日,而人不觉,所谓可使由而不可使知者也。盖祭必用尸之深意,实实在维持宗法而固其国本,明其义例,正言之而愚妄之夫未必深信,于是设为尸,以服其祖宗之服,居其祖宗之位,无论其为臣、为子、为诸孙,一旦为尸,则皆以祖宗事之,神之所凭即吾所当拜,何敢以齿德傲夫尸也。习见乎此而不之怪,则其国其家一旦有孩提嗣爵、宗嫡世禄诸大礼,凡诸尊贵,谁敢不从,亦谁敢不敬?其神明式凭之重,又过于一祭之尸。尸尚受拜而不辞,我且拜之而有素,何况于继体为后,正位设朝?祖宗之灵,俨如在上,伯叔诸舅,敢异议而不屑臣乎?举朝上下，但知有祖宗、社稷、神灵所凭依之人，无论其贤愚长幼，皆当敬事，如先王、先公、先大夫，无可疑者。于是乎名分定矣，群心服矣，逆志销矣，国本有不固者乎？然究其推明义例于无事之时，维持宗法于不言之表，实赖有尸祭之法，潜移默化其强宗尊属不驯之气，及奸雄贵戚僭乱之心，于居平祭祖拜尸之日，而习焉不觉，人遂安焉。此圣人之道、先王之礼，所以微妙深远，而未可以小儒俗学躁心而轻议者也。宗法乃世爵之常经，尸法寓维持之精义，第恐明言之而人或轻尸，则宗法亦因之可废，圣人忧焉，苦心孤诣，不免假神道设教，以辅相天位，锡福宗藩。尸之义，不诚大哉！藉使无尸祭之礼，讲明其尊祖敬宗之义，惟其位不惟其人，一旦以卑幼之宗子继统嗣爵，悉尊属而臣之，窃恐觖觖者难为少主，而听其骄蹇则伤义，绳之以法则伤恩，必也求所以讲之有素，入之最深，无智无愚，皆可以观感而化，以保全恩义，固我宗盟，有善于尸祭者乎？”方坳堂喟然叹曰：“不谓吾子少年时一夕之思，能过我三年学也。”明日彻公语坳堂：“舒居士粲花之论，得未曾有，然欲携酒入东林，不守净戒，亦此公也。”坳堂以为然。

坳堂齐人，性廉介有操守，果泉以同僚相敬，价于予，故得相识，比常有唱和之诗。既闻作江苏藩司，以病乞休，终于家，其风义甚可思也。彻悟北平人，廿岁出家，犹不识一字，既乃博通教典，深达禅观，恶衣一食，苦志焚修，成就辨才，教化僧俗。一时王公大人以及诸山道友，罔弗倾向。恭亲王始疑其矫，留意察之，知实有出世之志，无好名之心。适都僧掌印缺，出访于予，曰：“公所识诸山苾蒭，有无忝此职者乎？”予对曰：“生平只识一彻悟和尚，余无知者，何敢谓更无他人，亦何从辨其优劣。”王曰：“得之矣，吾见亦然。”遂奏补彻悟之名。彻悟闻之，持衣钵造府力辞，王与予皆劝彻

公不可务高名，而坐视其佛法之坏，不之救也。彻公数数陈释子流弊、求道苦心及无力挽回、徒增业障之隐，非敢如俗士好高名也。乐莲裳时亦在坐，既谓予曰："吾素不信佛而恶僧，今见彻公，闻其论，颇心仪焉。其预诸公之游，仿佛晋名士重支公耳。"外舅李嵩漾亦不信佛，然颇欲看姚广孝所铸大钟，与予同车诣觉生，遂参彻悟。恒国公亦适在坐，彻公与予谈，嵩翁与国公啜茗而听之。良久，恒公告退，合掌向彻公跪拜者三，彻公立受，送之丈室门。既而予揖别，彻公拄杖相送至山门之外，立俟登舆，然后返。嵩翁归语内子曰："吾往谓今世和尚但势利耳，安得有北饯唐僧受公侯之拜无愧色者？今乃亲见彻和尚受拜不辞，又能恭送一布衣远出山门，立俟其登舆乃去，恍然觉虎溪三笑之风去今未远。至其辨才之妙，析义之精，虽香郎不能取胜，以是信出类之人未可以时地量也。"彻公入房山，不知所终。乃今者忽见主僧除草于寺门内外，连日不休，讯其故，则云有郡掾来祭庐岳，照例宿天池一宵，从者数十，须典衲籴米而斋之，犹恐获戾。予惨然不能置辞，聊复记彻悟之所以为僧，恒公之礼敬三宝，及坳堂既成进士，始敬读三年《论语》。其人器识，皆未可与俗僧时士同年语也。

西辅问谋生教子之道，予曰："择正业以谋生，本义方以教子。所业既正，则谋生而得遂，其生可乐也；谋生而竟不得生，无悔也。教子有义方，而其子克肖有成，可乐也；即使无成，无悔也。反是则成败交讥，君子无取。"

月夕独坐凌虚台，见山下火光数处，忽明忽灭，因忆《朱子语录》谓庐山下有宝，故常有光。又尝游天池，见崖下光景明灭，顷刻异状，门下生或疑其妄，朱子曰："僧言须祷而后见，则似乎妄，然此光亦岂妄耶？"盖当时呼为"佛灯"，故门人辟之，老夫子诚笃虚怀，又不肯厚诬此光，反为之辩。

不审予畴夜所见，即此光否？

丙子（9月23日）　　阴寒，小雨，山径弥滑。昨闻有承祭掾来，欲游佛手岩以避其喧，今难果矣。

竟有一牡犬求偶于寺，时时喧争，命逐去而阖其扉，扉又以舆台憧憧，不能久阖，物固以类聚者哉！吾初谓天池牝犬不知有牡，乃竟不然，殊自悔誉过其实。今始悟乐道人善，乃谓之益耳。

濛濛雨，入暮不歇，所谓掾者竟不能登山止宿，田舍僧得省米一斗矣。

丁丑（9月24日）　　晴。掾至，予得以窥帘看官，闻其说官话，唾官痰，着官衣，雍容缓步，诣后山主祭。仆役廿余人斋于客堂，则闻戛戛然唇声、齿声、相骂声、呼笑之声、鼾齁声。良久，官自后山还前殿，终不拜佛，盖亦崇正学，辟异端，有道之士也。亦不屑赏鉴天池，但仰面望铁瓦，问曰："生铁乎？熟铁乎？"僧对曰："生铁。"复问："落雨时池水溢乎？"对曰："不溢。"官曰："亦溢耶？"盖缘僧畏官而喉不响，官傲僧而听不卑，故两误耳。斋罢即还，竟不暇照例游山，而主僧之瓶有余粟，釜有余羹，并以其余羹乞我。枯肠得润，皆郡掾之惠也，谨记其高风遗爱如此。

今人无事不胜于古人，今之庸人皆胜于古之豪杰，故吾不甚畏古之豪杰，而极畏今之庸人。相见辄色沮气丧，言动失据，非伪也，以其人语言行事之粗迹，反有似乎大圣贤，虽旷古豪杰、命世之才，略其心而观其迹，皆有不逮，而且必为所轻忽讪笑，故可畏也。今姑就粗迹衡之，东坡《上神宗书》中有云："士大夫……宣力之余，亦欲取乐，此人之至情也。"语意极和平，故可以告之君父。且吾侪所乐之事，亦不过数端，内而性情文章，外而山水朋友，富贵则声妓田猎，贫贱则吟风弄月。境虽不同，其乐亦皆以性情之清妙为本，文章之风趣为用。名山胜水，开拓心胸；快友高朋，增长意气。然而庸庸者不屑为也，且甚能訾笑以此等为乐之人。姑就与庐山有情，时代稍近者略举一二：

王阳明，大豪杰也，居恒倡讲学之风，则讥其迂而好名；阐发尊德性人皆可以为尧舜之奥，则讥其近于禅家顿悟、立地成佛之旨。至其定宸濠之乱不过七日，乃驻节庐山之下，恣情登陟，即一天池寺已盘桓许时，石劖诸书，非旦夕所能遍也，天池诸诗，亦非其一时作也，庸人必讥其军机大政则草草奏销，山水闲情则流连忘返，近古士大夫不暇为也。庐山之下，尚有宋牧仲一二石劖，至绝顶则袁石公外，至者盖鲜。即使奉檄承祭如郡掾，似有清缘，亦但不得已皇皇而来，汲汲而去，彼盖勤于官守，惟恐以游眺分心，有亏臣职，此其人忠纯之迹，不远胜于阳明乎？阳明巡抚赣州，王心斋一醝贾之子，以宾礼求见，高谈四日而后执弟子之礼，终身服事。然方其与布衣小生均礼纵谈，庸人必讥其不自贵重，失大臣体。心斋忽不敢自居于客，而退修弟子之仪，则又必讥其曳裾侯门，结纳显者。庸人之见，必当若是，皆彼所不屑为也。

朱子知南康军，则亦第知军已耳，何必讲学？白鹿洞则洞而已矣，又何必改作书院，招集生徒，以犯彼韩老相国之忌？且权相既深恶我，又大声伪学之禁，相国之教，谁敢不遵？老夫子懵然犯之，识时务者必不为也。且以守土之贵人，轻身犯险，往往登庐山绝顶，作诗刻字，甚至宿天池僧寺，夜看佛灯，毫不避亲近异端之嫌，以视此掾之不肯拜佛，羞与僧言，并不屑赏鉴天池，留恋云壑，庸人之迹又过先贤朱子矣。周濂溪亦大儒也，宜朝朝体认经疏，代圣立言，讲之作之，津津而说之，那得闲情著《爱莲》之说，留心小草，庸人必讥其玩物丧志。

陶渊明，古豪杰也，家贫妻子饿，不为禄仕，已近乎骨肉无情。尤甚者，饥至乞食，叩门无辞，但期冥报，庸人必讥其迂诞无耻。所交亦不过刘逸民、周续之一二无志于功名之士，甚至入白莲之社，与惠远谈空说有，庸人又讥其攻乎异端，近乎邪教，宜乎其不贵达也。且庐山险僻孤危，乃命两子一门生舁舆而游，倘或悬崖一跌，则门生登高临深，谓之不孝，而忍令其二子流汗颠踬，亦觉不慈。渊明所为，皆庸人断不为者。

至若李太白避结交叛藩之难，正当潜踪思过，乃反高居五老，纵酒赋诗，卒不免夜郎之流，庸人必讥其昧于明哲。白香山谪居江州，礼宜避嫌勤职，以图开复，乃敢衾夜送客，要茶商之妻弹琵琶，侑觞谈情，相对流涕。庸人曰："挟妓饮酒，律有明条，知法玩法，白某之杖罪，的决不贷。"乃香山悍然不顾，复敢作为《琵琶辞》，越礼惊众，有玷官箴。今时士大夫绝不为也，即使偶一为之，亦必深讳，盖曾未宣之于口，又何敢笔之于书。人之庸者，则且义形于色，诟詈香山，犯教而败俗。其琵琶之辞，必当毁板，琵琶之亭及庐山草堂，胥拆毁而灭其迹，庶几乎风流种绝，比户可庸矣。

凡此之类，正不必博征远引，即此昭昭耳目，与庐山往还有旧诸君子行乐之事，亦岂有外乎性情文字、山水朋友以及美人香草、吟风弄月者乎？彼诸庸人，必且不屑行如此之乐，不暇行如此之乐，不肯行如此之乐，不敢行如此之乐，犹必轻笑鄙薄古之人行此乐者。彼其中庸之貌、木讷之形，虽孔子割鸡之戏言，孟子齐人之讽喻，皆犹似有伤盛德，不形诸口。若第以粗迹观之，即古圣先贤犹恐不逮，我何人也，而敢不敬，敢不畏，敢不色沮

明·仇英·莲溪渔隐图

气丧，言动皆失其常度也乎？窃尝笑言古昔大人少而小人多，后世小人少而大人多。何以知之？"言必信，行必果，硁硁然小人哉！"吾勉学之，犹未能然，庸人不屑为也，故小人独少。夫大人者，言不必信，行不必果，截去下文以观人，所在不乏，非大人多乎？不诛心而泛论其迹，虽振古豪杰、命世之才，不足刮庸人如豆之目而动其六窍之心，由来久矣，故子曰："予欲无言。"

戊寅（9月25日）　　　阴云满寺，而天不寒。昨晚闲步至山腰"白云天际"石劂下，往返数里，汗发如浴。今日头目加爽朗，足信阴寒损人，静坐时受之不觉，动始觉也。顷细思人之肉体本庸浊之物，故宜居平原污下之地，则生齿蕃息，肤貌悦泽。高山幽凉奇旷，所生人既稀且瘦，形如鹿豕，亦殆如五谷之喜粪，琼花之根亦不羞垢秽者乎？抑或造物秘名山，不肯令人烟蕃庶，涸彼清奇，空其地以供出世豪杰蝉蜕形骸者游眺之乐？未可知也。

或问："彭蠡湖深处若干？"予曰："七千三百五十丈。"何以知之？以庐山之高而知之。盖此一山一水流峙比和，有艮兑之象，为江右一大丘壑，毓秀钟灵，必能相匹。苟有大力者挟庐山以塞彭蠡，凹凸皆平，可化为沃野千里，两郡之居民必富且庶。然而庸人多、奇人少矣，不足为两郡光也。

己卯（9月26日）　　　且夕风雨如晦，寒不可禁。绤绨单夹之衣层累而着，至十重莫能御，则覆衾昼眠，衾又薄，于是凡琴几诗囊，皆取而覆之衾上，夜始得寐。或曰："子之家未必饥也，乃饥亦不肯舍天池而归；子之家亦不甚寒，今寒尚不去，何也？"予曰："饥寒诚可恶，然所恶有甚于饥寒者焉，则宁小耐饥寒也；室家诚可乐，然所乐有甚于室家者，则惟久住天池也。"

今日又有数书生来看铁瓦,盖闻其直甚贵重,非陶器所能方价也。

水动则浊,火动则灭,植物动则不能生,干镆之利,妄动亦折,土地动则百物灾,是五行皆以静为体,学人不当如是耶?

或问:"天何故健行不息?"予曰:"此纯气之官也,譬诸呼吸,虽病卧能暂停乎?且彼之动而有常,即静体也。真习静人,行亦静,驰马亦静,将百万之众屠城灭敌,其心亦静如止水,不妄动也。无学之人,小荣辱得失皆足动夸心,挫英气,鼻栩栩如蝶翅自鼓,故终不可大受也。"

庚辰(9月27日)　　晴,寒。久晴当暖,又可以住旬日矣。

四仙祠左壁久毁于缊者,验殓之日,横梁门轴皆以畏鬼而斫去,诸仙露处,予窃悲焉。今日呼匠至,命其补葺,然后忍释然归耳。周仙每驱云禁风,娱我清瞩,恶可恝置?至吾之所以不能仙,则又只为情累耳,他无求也。

天池寺东廊有蜜蜂桶,即所谓采云蜂也。今夕唤沙弥烛而观焉,则万蜂济济,卫王而宿,秩秩然不乱其行。沙弥言蜂采兰则戴诸其首,以献于蜂王,不自食也,并能以翅挹天池之泉供其王饮。夫蜜蜂一小虫耳,自食其力,何德于王,而犹能效忠若是。人而仕也,顾可以不如虫乎?

蜂蚁能忠,乌能孝,鹡鸰知悌,莺犹求友,鸿雁有从一之义,故风人咏而叹之,以敦伦厚俗,是禽虫皆可师也。是故贤人师圣人,圣人师万物。

羊豕最无罪而不免于刑,为其无功无能,饕餮而貌寝,又寡情而太不慧,足以召杀。或曰:"使羊豕肉味不美,庶其免乎?"然其类绝已久矣。彼盖以可杀得生,又以虚生召杀也。

予不食牛犬驴马驼峰之属,念其劳也;不食雁,怜其节也;喜食雉,恶其可以成蛟也；不食特生，重物命也。见其死，闻其声，皆不忍食，所以养恻隐之心也。十岁以前，凡肉皆厌恶不食，并不食妇人手所作饮食，误食皆吐，殊不可解。年十六，自西塞归，逆旅多妇人当垆，每坐是忍饥竟日，同行皆窃笑，不能强也。归至里门，所见中馈皆阃德，不敢不黾勉从众，久遂安之。食肉而甘，亦成童后事。先是并不衣裘帛，每逢年节易新衣，辄忽忽不乐，或迁怒割毁其裘，往往受先公杖责，终不能悛。是皆十岁时乖缪结习，正不知是何宿业，其不近人情如此。戴殿撰尝笑语云岩："靖安多山，宜必有苦行头陀潜修石室，既没齿而人不知者，其一生于裘帛甘肥及妇人所作之食饮，何从梦见？不幸而再世还俗，即舒香叔也。"戏笔之，以供一噱。

顷得谭子受四月九日剑外书，丞喜其通守渝江，清勤自勖，此君有志节人也。因忆出山时，别我垂泪，比赠以诗云："才似相如尚纳赀，郎官清瘦且吟诗。苍生倘欲陈平宰，莫忘枌榆割肉时。"蚕丛万叠，一雁孤飞，竟能达故林芳讯，陈玉弁力也。

游山日记卷九

　　辛巳（9月28日）　　晨起，寒雾四塞，无复妙云朗旭晴暖之娱。再居辰浃都若此，则秋深可知，竟可以浩然归矣。

　　比所谓苦行沙弥者，春米于寮，有任劳无怨之色。予于天池僧独贤此人，今日遂佐之扇米。运其枢，则风呼呼生吾肘腋，造化在手，握旋乾转坤之权，米与糠井井不紊，一若君子小人，各类聚而安其业，莫敢梗吾风化也。夫轮者转而已矣，初非有意乎恶米好糠，而沉者自沉，浮者自浮，皆其自取，无所容心，恩怨岂必归于我？虽专握赏罚之柄，何损吾道。一有心拂逆其轮，则糠与米混，鼎铉遗覆𫗧之讥矣。天道运而无所积，而栽培倾覆，无心成化，亦只一大风车耳。佛者轮回之说，则譬此风轮之下，米断不至入糠胎，糠亦难强入米胎，同气相求，如水火流湿就燥，皆非有心，实由自业之善恶，宿根之清浊，理与气相感相召，各成因果，不翅分金炉，五金受铸，真性毕露。大冶之内，孰敢不以类相从，分投六道？其理易明。自创为阎王小鬼判送入胎之说，以妄证轮回，穷理者反不肯信，未尝非画蛇添足之过。聊于扇米时参悟及之。

食时西辅问："思先生者，能保无裹粮蹑屩，逾绝壁来访者乎？"予笑曰："岂无其人？所愧予不足访耳。昔在塞外，番回之富者，以谷量马。每当岩壑中云雷郁怒，辄驱其牝马入壑，以幸蛟龙合之也。偶合而孕，则驹必千里。然其貌殊似马也，不能以口舌辨其驽骏，则有一法：尽絷其数千百驹，而驱诸牝马高立于万仞绝顶，如天池山者，然后纵群驹于峻壁下，其母见之，必俯视长嘶，于是乎数千百驹一时皆竭力鼓勇而登。有数仞而即止者焉，数十仞而即止者焉，不足道矣。数百仞而即止，亦常马也。即使其力能造极，而或缓或踬，都非龙种。其所谓岩壑之孕，千里之驹，则矫首一嘶，云生足下，不喘息而超升万仞之上。若是者绝不易得，偶一得之则献诸国王，被以锦绮，以筐承矢，以匜承溺，尊之曰国马，不必更俟其齿长，计程而验，国之人已深信矣。故大宛之骥，鲜盐车之厄，以其国能知马也。脱非置其母于万仞之山，则力虽能到，足亦不前，空群之姿，岂屑为三品之料轻试其绝技也哉！"

客有讥刺老年人不应犹好妓乐者。予曰："此正老人事，何故讥之？少之时血气未定，故圣言有戒。既壮，有弟子之职，四方之志，好则分心。且少壮气盛志骄，所好易溺，往往覆身家有所不顾。老年人必不尔也，苟无力征歌选妓则亦已耳，其有乐此不疲者，必资财能任者也。以多余之蓄，娱有尽之年，当亦其子孙宾客所乐从者。且老年戒得时也，能不吝金帛之藏以娱情声妓，则其人不贪，不贪则不刻，亦必能厚于亲友，好施乐善，故子孙反受其福，不在多积金钱也。张燕公白头莺燕，虽无足称，至若郭汾阳晚年，后房数百，则大有深心妙用，名位全于是，上猜下嫉之祸机胥泯于是，而子孙之爵土、竹帛之芳声，于是且传之奕叶，垂之不朽，妓功甚巨。顾谓老年人不应好此而讥刺之耶？造物者劳人以生，逸人以老，故有道之世，贵老、敬老、养老、娱老，皆有明文，有深意，以诱启人民孝悌之思。矧老人平情作好，亦不甚勉强，苟能好妓乐，其人必寿。试观古昔享大年、创大业、成大名者，往往能耄而好色，即如汉武帝、唐明皇，宫人数万，武帝自谓可三日不食，不可一日无妇人，其好如此。倘如世俗谓老人纵欲，虑或减年，则应戾太子不至不终，杨太真不至赐死，而武、明二帝中年夭矣。故窃以谓若是者反是寿征，令妻贤子不必为老人虑也。"

客又曰："君为老人谋，则诚善矣，其如所好之人何？"予笑曰："是又不然。彼老人既知好色，既能好色，则其人性情言貌必不甚浊恶龙钟，家用必饶，亭馆必洁，列屋而闲居者必多。且所畜姬侍亦必皆贫家弱女，父若母既赖以丰，闲居奚怨老人？又竭力以奉，衣鲜食肥于雕墙绣闼之内，丝竹词翰，尽足清娱，当亦无意与同列诸姬争此一夕。不差胜作舆皂妻，饥馑困辱，或复受笞骂，抑郁而劳苦毕命者乎？且如谢安石、白香山诸老，名士风流雅达，力小不胜，辄为开阁，以听其自择所归，曾不忍久防贤路。即使老者不达，然桑榆易暮，不致'绿叶成阴子满枝'，杜樊川翻可无恨于彼姝，不良快耶？又何况红叶之诗见谅于唐主，红拂之逃无损于隋相，有才识者，任自为之，未为偏护老人也。"客笑而退。

壬午（9月29日）　天未明即起。以比来恒不易寐，钟动辄思岩下云或已相待，遂喜夙兴，往往卧中呼宗慧看云起未。宗慧亦渐能见云而喜，必相报也。

亭午，数游人相过，知客僧延款甚殷。一猬髯蛙腹者叹曰："真好庐山，南北行半日不尽，脱可种菽麦，何难致富？敝乡之山甚宜树艺，惜宽广逊之，故古人独夸此山。"予闻之甚乐。昔人有酷好鹤而蕃其种者，一贵人见而乞焉，不得已笼献其一，甚有德色。翌日造请，贵人者殊不称谢，其人不能耐，遂自夸鹤美。贵人颦蹙摇首曰："昨已尝试，味反出雁鹅之下，奚足贵耶？"

黄龙多古藤瘦竹，皆杖材也。老僧选得奇崛者数枝，琢磨为杖，而漆之以朱，出观于予。

予叹惜久之，僧遂疑欲得之也，举以相赠。予笑却曰："俟公得方竹撝圆而漆之，乃始乞我，则弥足感耳。"

不知子都之美，谓之无目，亦殊不尽然。西家施，卖薪女也，又尝浣纱于溪，苎萝邻并，岂无居人，脱见者都知倾倒，万口称传，亦宁俟大夫来访，始闻于王，而售其沼吴之技耶？庸庸之目，必不能赏鉴奇才，于斯可信。

六客将赴斋，而知客之缘簿已出，四人者见几而作，其一泊蛙腹，二人遂及于难。予恻然悯之，盖以腹大行迟也。二人既攒眉忍痛乐助已，知客始出其乌金太子，使二客拜而观焉。客乃踧踖升阶，洞洞乎炷香稽首，适适然惊顾相语曰："此乌金也，直不知几倍赤金？"

癸未（9月30日）　晴，寒。黎明即起，诣凌虚探云，曾无一点，或云尚眠乎? 比来诸僧及宗慧都知予但有云癖, 无晓暮敲窗扣门, 惟报此事, 余亦无可商量者。予初入山居此寺, 尘根未净, 每闻挂搭僧敲门大呼曰"借歇", 辄惊惧, 疑为客来拜, 呼"接帖"也。既觉其非, 则不免失笑, 其畏轩冕客如此。久居心定, 遂无此疑。顷戏作一诗, 结语云:"归时倘遇敲门客, 却又疑为挂搭僧。"

西辅曰:"先生漏深始眠, 黎明即起, 顾独有长睡不醒之谤, 某窃冤之。"予曰:"难白也, 比尝戏引诸同乡证予非梦, 诸公亦未必相信。昔米颠朋酒大会, 忽遥呼东坡语曰:'仆殊不颠, 乃世人皆谓我颠, 请以质之子瞻。'东坡笑答云:'吾从众。'予窃恐诸公证睡亦作此语, 则冤愈难白。往予客怡邸, 恭亲王退朝饭罢, 每来西园, 予犹酣卧, 王诫左右勿以告, 辄自绕小山一游。久之, 侍监白予醒, 王乃坐西斋, 俟予盥漱更衣毕, 始过天香馆笑曰:'睡仙都城百万人, 考善睡亦当第一。'予不禁呼冤, 王征其说, 笑对曰:'王以戌正眠, 寅正入侍, 计所睡不过三十刻, 然梦兰尝有句云:"自幸无官贪夜坐, 上床多在上朝时。"是梦兰寅正方睡, 虽亭午而兴, 亦不过三十余刻, 顾乃诬为睡状元, 岂非冤哉!'王因谓:'某朝一人以坚坐不出名于时, 遂有诬其三十年未尝履阈窥户者, 其人闻之, 亦极口呼冤而辩曰:"十九年前曾送某客至大门柳树之外, 伫望良久, 何谓三十年未尝出户?"然则公既自承亭午起, 则其受诬亦只与此人等耳。'遂皆大笑。贤如恭王, 久处如恭王, 尚不肯证予非睡, 则其冤岂易白哉? 惟觉古人有'居山常晏起'之句, 殆谓居市朝难晏起耶? 仆则反是, 是其所以为迂耳。"

匠者葺筑四仙祠, 门壁俱完, 加垩画焉, 赍而遣之。周颠仙笑容未敛, 吾心亦安。西辅戏录予《游山日记》, 已盈八卷, 虽不成文, 然其勤甚可念

鸥波亭圖

大德八年春三月作
子昂

元·赵孟頫·鸥波亭图

也。

日午，一云游道人来挂褡，予见其神气尚清，与之言，颇慧。因叩其修炼之功，大半肤杂，心窃愍之，为略指入门之径。道者瞿然，遂造谒求示津筏。爰历举彼法旁门外道，以及符篆丹汞种种魔障，欺世造业，无益有损，徒负此百岁仙缘，　生清苦，凡诸恶趣之源流利弊，为委曲譬而晓之。道士悲泣，亟拜求下手工夫，感其诚而授以存想正诀，登时发愿入罗浮某观，禁足修养，毕此一生，芟除万念，要求真悟，仰报师恩，坚执弟子礼，四拜而去。

知客见道士萍水一遇，已立时悲生悟中，似有所得，于是亦造谒求教。予曰："吾师钝根人，贪瞋念重，蒲团上难寻出路，同居两月，未尝以正法相规，坐此故耳。但达摩有言：'勿轻未悟。'我亦平等慈悲，既辱相师，岂忍终弃。"遂教以死心念佛，以观想眉间白毫，普摄三根，求生净土之法，频频设喻，凿凿指点，并示以临终正念。知客欣然自幸曰："弟子披缁四十年，今始得师。"亦合掌三拜而退。

西辅遂进而请，曰："二氏之学，儒者之所谓异端也，先生不拒而辟之，即已幸矣，乃复现身说法，各祛其习俗之尘，而导以真修之路，意则诚善，不几速儒生谤耶？"

予曰："居，吾语汝。夫二氏之学，蔓延中国一二千年，或为前代所崇，未犯本朝之禁，虽使尧舜汤文复生于二氏盛行之后，其忍无罪而尽诛之乎？抑或能尽使二氏之徒人人返俗，各授以百亩之产，五亩之宅，以养以教，不致有一夫失所也乎？既无可杀之罪，又无教养之方，彼二氏流弊既多，真修渐泯，能保无放辟邪侈以惑民乱法者乎？俨然儒也，人人有师相之责，不此之虑，以求其默化转移之方，而顾漫然腾口，说辟异端，博正学之虚名，昧经世之大略，未为通也。且佛者之学，近乎墨而实非墨也，其恩怨、平等、普济三途，有似乎墨之兼爱，但墨子之学专务外，不率性以治其心，且欲以其说化民成俗，则足以乱吾教亲疏仁爱之等，而示民以难，是故当力拒其说。佛者不然，其志其术，皆非为生前世法计也。彼盖有会于杀盗淫邪之恶，皆起于贪瞋痴妄之心，然贪瞋痴妄之内心，实由于利名声色之外诱。不屏除外诱之私恶，自复本来之善，彼又无孔子为师，颜子为友，不能得克己复礼、和平精粹之传，于是但充其坚忍之力、雄毅之气，并国城妻子，一切舍弃，独居于绝无外诱之地，以养其灵明无垢之心，以复其天命无私之性。所性既复，则幽明之理、死生之故、鬼神之情状，悉能深知，未免慈愍痴愚者之贪残仇杀，于是始创为六道轮回、三生果报之说，以牖民觉世，即殷人以神道设教之意也。今儒者果能执尧舜之中，寻孔颜之乐，原可以不信因果，不入轮回，然必欲辞而辟之，如孟子之辟墨，使天下愚夫愚妇皆悍然不畏鬼神，不信因果，肆行其贪瞋痴妄之志，于伦常日用之间，毫无忌惮，夫然后从而刑之，亦罔民也。何况释迦如来实未尝欲令天下之人皆弃其父母妻子为僧也。何由知之？吾于其立教之初，不自炊爨，躬率其徒入国城乞食而知之。脱欲使人尽为僧，则何从乞食？且母亦父之妻也，释迦倘不欲国人有室，则己亦何必作盂兰之会报母恩耶？彼盖自为其难，以深求性与天道，而以其易且粗者作浅说，劝化国人，以酬其乞食之惠，而慰其慈愍之心。至其致力之专，全在死后，与治世之法绝不相防。初不似墨子之学，实实欲秉人国钧，更张成宪，一切以兼爱之饰说，夺仁义之心传，势不两立，故孟子辞而辟之，非得已也。道者之学，近乎杨而实亦非杨，彼其全真葆神，惟求自寿，有似乎杨之为我。但杨子不能弃妻子，废人事，而蝉蜕于尘垢之外，复欲以其术变人国俗，将见匹夫匹妇，人人但知当为我，虽君父之恩可以不报，兄弟之亲可如路人，师友之琢磨、情礼之施济，皆无所用。其说行而天地为无情之宇，闾阎绝慈让之风，恶可治世？故孟子辞而辟之，非得已也。道士不然，彼特石隐者流，厌俗出家而栖遁于山巅水涯，与人无争，与世无求，而弟浮慕夫长生久视，不欲与官骸同朽。是以屏生前之逸乐，固死后之灵明。信能得真传，修苦行，舍生求道，则譬若水结为冰，复深藏九地之下，烈日可以涸沟浍，而一勺之冰能不干也；江湖可以化桑田，而岷峨积雪可不化也。其理易明，而特以求其道者多属贪生纵欲之人，又每在富贵满盈之后，即使真仙相召，未肯舍所乐而从之必矣。乃因其求而不得，妄议无仙，是犹取火者不假阳燧，而妄臆日中无火也，岂通论哉！至道家尸祝老庄，则其徒好胜争名，相推为祖。老庄之著述则发明清静无为、自然成物之理，以祖述轩黄之治，凡以祛周末文盛之弊而已矣。贤者过之，又多有快意恣情之论，遂越乎中庸之轨，为后儒所訾，其实皆热心救世之人，非石隐忘世之人也。道者宗之，其过原不在老庄，浅学之士并老庄而辟焉，可乎？《道德》五千，《南华》数卷，人人共见其间有服食导养、金丹铅汞之说乎？有画符诵咒、呼风唤雨之文乎？今人有子孙不肖，尚不可訾其祖父，又何况非其祖者？且全真栖隐之士，忘世则有之，谓之为杨朱为我，坏人世教，则亦实拟非其伦，何须攻击，令穷民无所归耶？至其杜撰诸经，虽无精义，要亦本神道设教，劝人为善，未尝无益于夫妇之愚。且二氏书之庸陋者，多属其徒之赝作，借以求敬信，广檀施，未可以是訾佛与仙也。由是观之，二氏之志术功能皆在其身死之后，绝不与尧舜孔子争治世之权，似杨墨而实非杨墨，即使孟子复生，深观其意，亦不忍辞而辟之。何况吾侪幸生此圣学昌明之世，人人闻道，户户可封，虽有万千杨墨，家置一喙，亦奚能乱我人心，挠我风化？又何况二氏真传已将衰绝，但饥寒之可悯，无恒产以养生，仁人君子尚忍博正学虚名，辟异端以绝其生路，得毋有意驱无告之民，入逭逃之薮，殃民毄法，而后大显其经济也哉！吾故望贤士大夫，求治者须明大体，救时者须图远略，不可似乡曲小儒，拾古人牙后之馂饤，快口说以误苍生，庶其有济。聊于辨异端及之。"

西辅曰："二氏之各有其真，无损于治，既闻命矣。但颇闻晋宋以来，儒有师僧道者矣，未闻僧道之师儒者也。先生反是，毋乃创见而启人疑乎？"

予曰："噫！道之所在，师之所在。门户之见，本可不存，转移之术，于斯可用，所以释三教聚讼之疑，而共享和平之福也。且释道尚可为儒士之师，儒反不可为释道师耶？汝何重二氏而轻吾孔子之道？"西辅始悟。

甲申（10月1日）　　晴，微暖。欲游佛手崖，以西辅足疾不果。其疾盖得之风湿，山居之乐即苦因也。

乙酉（10月2日）　　风，寒。剃发。命宗奴取池中竹筒涤濯之，所贮水尚有竹气，恐其变水味，当复浸之，浣书衣、被单、汗衫之属。欲使天池之水尽洗吾垢，庶乎肌骨皆香矣。

丙戌（10月3日）　　晴。风息渐暖，又可小住兹山矣。惜秋衣不耐高寒，又重阳祭扫近，礼必当归，每对颠仙，悯悯有别离之色。彼土木情犹若是，曷可与生人交也。

遣宗慧汲黄龙潭水，遂录近诗二幅贻茂林，以茂林将退院耳。

晓起为西辅煎药，饮之足疾少瘳。西辅既卧不能起，宗慧及诸僧又各

清·恽寿平·晴川揽胜图

他往，蝉皆蜕去，不复鸣，我独立后崖闲眺，"万里忽从胸次阔，千峰都向眼中明"，此一境，前乎我者亦未尝数数到也。

西洋大国有所谓欧罗巴者，去中华九万里，幅员之广，不亚中华。崇祯中，利玛窦者游小西洋，闻东方有出丝之国，颇通市易，利玛窦始附贾舶来游中华。见中华历法已错，自请以所学正之。故怀宗馆之京师，咨以算学，则千岁之日至了如指掌，于是始延纳其徒，迄今钦天监仍用西人，实始于此。予在京邸，曾游宣武门之所谓天主堂者，即西人事神之所也，国俗所重，专在乎此。国王大臣，以及于军民男女，在在有堂，七日必一聚，跪于神前，聆神傅讲解经训。大约谓人能不婚不嫁而学道者，死为天神，享诸福乐；一婚一嫁者，谨守诸戒，亦可生天，否则坠落。一家有三子，辄有一二不娶者，专讲其道，则国人敬如神明。讲之最精，执之最固，为其众所推服者，且尊为教化之主，位在其国王之上，国王见之必跪礼其足，余可知矣。其说总以生为寄，以天为归，以绝嗣为入道之门，以童身为载道之筏，举国信之，已成其风俗，千七百年牢不可破，中国亦渐有信奉之者。予既尝于相识处借观其国之图史经论，不觉哑然失笑，喟然叹曰：谲矣哉！西洋国主。盖已忍欺其民而固其位，一姓相传至一千七百余载，未尝有篡夺之祸。智矣哉！西洋教主。盖惟阳贵其徒，阴斩其嗣，俾其国千七百年未尝有生齿日繁、衣食不足而互相劫杀之惨。倘使其民窃窥其意旨所在，则教必不行。嫁娶既多，生齿必庶，庶则难富，贫则多盗，多盗必相杀，恶有千余年人不满、国不败者？是以其国王旦旦而拜之，捧其足加之于首。其男女之秀慧、喜荣贵、乐声誉者，始绝去嫁娶之念，专心学之，学之既久，复以是教其弟侄。上有好者，下必加甚，风俗既成，谁敢异议？故吾既笑其欺民之谲，未始不谅其安民之心也。中国圣人养欲给求，平情而治，推诚相与，洵为善道，然从古一治一乱，往往相因，岂尽其君相有司之过哉？生齿蕃则财用乏，稼偶不登，恶能无孚？其所恃以无恐者，"自古皆有死""民无信不立"二语精义，足以永万年有道之传耳。偶阅前日论二氏无损于治，不妨即其道以治其身，恐迂儒憨其无子，欲令其人人返俗，归入四民，以蕃户籍，将见肆廛垅亩皆人满，而不复相容，然后知食粟用器之家，其名虽四，其实且日见其多，则何也？为僧尼道士皆相匹而生其子也。不识臆断者筹及此否？夫理学不可以空谈逞才，泥古之士不可以佐治天下，矜辞尚口者抑又末矣。聊复举泰西国俗之弊，彼力行之，尚可绵国王之祚，况中国圣人之经哉！

丁亥，朔（10月4日）　　晴，暖。蜂衙忽乱，喧飞满天井，状甚惊恐，命沙弥察其蜜桶，则有大黄蜂欲逐其王。沙弥毙之，亿万翙翙始相率入于其桶，殆争叙勤王功矣。

黄龙潭寺僧削八尺修版，为禅堂祖堂四楹帖，乞余作新句题之，随笔书云："孤月印潭心，钵里有龙听说法；拈花开笑口，座中多士正参禅。"右禅堂。"开山据庐岳之中峰，本支得地；演法合龙潭之正派，作祖生天。"右祖堂。又壁障数纸，则其邻寺所求也。久居不去，当复劳扰，坐是动归欤之想。

又有数游客，自言以征租入山，特来随喜，而僧庖之磨声复作。沙弥言："客文人也，顷立四仙祠读《天池赋》，良久，赞曰：'好长！'"

游山日记卷十

戊子（10月5日）　　　晴，风息。僧与客哄于东堂，盖斋罢化缘时也。予逆料必有此难，而客犹感彼殷勤也。凡人情之加礼于客有多端，惟敬德论交、酬恩道故者，必无所求，或可以受之不报，此外则当思所以为报，乃可受耳。客殊梦梦，故与僧哄。

既不能令，又不受命，此等性习，纵小有才智，入世必穷。人敬我，遂轻忽之；人忽我，遂怨恨之。此不能进德之验也。

"敬胜者吉，谦尊而光"，此八字不惟存诚学道人所当书绅，即谋生，服贾，垂帘，卖卜，凡与世人相接处，要求寡过而乐群，皆宜三复。西辅识之。

应人求书，至暮犹继之以烛，所书皆《北山移文》语也。不仕不足高，患所以立而不敢轻试其学，乃真高耳。

漏三下，烈风撼石墉欲动。静听松涛，亦殊有次序，风自下渐至绝顶，息时亦然，故其声截然止者，又山乎长松上也。涧底之松，虽郁郁而少惊，恐未尝非福。

己丑（10月6日） 风息，虽阴而不寒。茂林长老来取别，兼送余行，有茶笋椿菘之赠，留之小憩，作三缄以附寄诸山题壁诗，皆茂林所乐观也。

宗慧献所摘茅栗山查，食而甘之，渠盖拾此以归饷昌智、盼霞、莱馥也。西辅足渐健，杖而行矣。

庚寅（10月7日） 晴朗可悦。送茂林还山，至崖而返。初拟今日游五老，明日下山，以西辅足疾改期。西辅必欲践初约，予曰："凡事顺人情，勿矫强，我亦岂不乐游者，同游之人方苦病而不之顾，则谓之无情之游，正复何乐？且子力疾下危磴，保无颠仆若蹶于户限伤首时乎？是不惟负气使我不安，实自仇耳。和平忠信，守身之印，步步虚心，为学始进。"

顷辍笔，至后岩闲眺，适浓云满壑，自文殊塔西涌如潮，伏流甚驶，白波跃于晴旭下，媚生乎动，又与所叹如锦绵玉山者同妍殊态，可谓出奇不穷矣。以是悟潮秉地气而亲下，故主信而有恒；云秉天气而亲上，故亦能无心成化，不可测也。潮以方妇人之节，云以况才子之文。

饭后伴西辅扶杖缓步，以舒其足气，遂至白鹿升仙台，视明太祖御制《周颠仙传》。大石碑高丈二，阔三尺七八，厚七寸，石质坚白而细润，四百余年不磷剥，书亦有虞、褚笔意，詹希原奉敕书也。碑亭四壁皆阔十余尺，覆载梁柱，无非石者，又适以山骨为基，更难倾圮，亦足见当时守臣执事之敬。碑文署洪武二十六年。颙识帝于龙潜时，默启明运，至是又遣赤脚僧进药南京，愈帝疾，故明祖表彰灵迹，以报其情。可见大英雄、真仙佛，皆情种也。天若无情，万物不生；人若无情，一事不成。

升仙台望西北湖山，东林寺塔若杯水中浮一箸耳。自东林南上数里，始抵庐山之麓，壁立而登七千丈，皆砌石层层作磴，行人虽膝与颐接，而履有所受，又可以并行，数人援手，拾级同升焉，虽劳不坠。庐山横亘五百里，登山之径仅有四，惟此为最，亦缘明初迎御碑，特开鸟道，即此已费不赀矣。交情遗泽，又可以惠我游人数百年也。

仙台北望佛手崖，俨若荆关妙绘，眼界一新。于是首崖而步数百武，已憩岩下，仰视其嵌空玲珑，幽邃窈窕，令人汗不拭而干，真清境也。岩石层层，翠碧中界以玉带，若画家之冰纹麻皴，横斜错落，弥露天巧。深入数寻，岩渐低，则有泉乳二滴，浮空而落，若疏林雨霁时，复一二点坠陂池者，故名一滴泉。又名雌雄泉，则以雨声相应，微有宫徵之别耳。所滴水湛然成池，寺僧煮茗粥、濯浣灌溉，皆赖此一滴之水。竟有湖心见石、溪涧生烟焰之时，而佛手岩僧仍旧浴香汤消夏，从可悟学贵有源，功贵不息，正不必贪多欲速，而成己成物，皆赖之以不匮明矣。

予有感而悦其泉石之灵，坐石罅赋诗数篇，始至僧寮。视老僧则疽发于背，为之恻然，恐疡医妄为攻下，则僧腊尽矣。遂以诗稿纸为制一方，以生芪归党补正气，以溃其脓，而佐以清和解毒之药，并以杖头钱赠而赎焉。僧意颇感，于是有迟我结茅之意，辄又愧乏买山钱，难践诺耳。

崖北去亦多奇石，肤色皱秀，众中一怒跃空际，若石龙之将奋飞者。罗公洪先大书"游仙石"三字，深刻唇间。罗固奇士，石工亦不俗人也。天好奇故生庐山，庐山好奇，故间生一二奇士游咏其上，若名园之畜仙鹤者。肉食人或讥其瘦，则鹤寿长矣。日晡归天池，随笔一笑。

辛卯（10月8日）　　晴，暖。饭罢，书"茂林修竹"四大字及诗扇一，遣使送茂林禅师，就彼乞黄龙潭水宝树子，为其可种，焚之亦香，类旃檀嘉树也。

去此廿余里，有碧云庵者，其主僧闻有萧居士以爱天池云，久留不去，遂遣一弟子来访，目烂烂，面有儒气，到寺便随众上堂，诵经如翻水，琅琅可听。儒家学子过戚里看客，肯入塾背经书乎？习业必专而后成，行止坐卧不离这个，未有愚而不明者。彼沙弥何求于世，而犹若是，何况吾徒。爰记此以为之劝。

壬辰（10月9日）　　晴。碧云庵沙弥觉意读四仙祠壁《天池赋》，爱不忍去，立移时始还，呈一诗云："池生功德水，香满聚仙亭。读罢《天池赋》，低头欲摘星。"价知客求作弟子。余诲之曰："诗文小道，亦殊障真如之性，原可不学，果能大彻大悟，亦可以不学而能。但既相师，当先从修慧入手，空诸一切有为相，澄心止观，如是三数年，然后学支那撰著，正如种桃者意在甘实，亦无难饱看花也。"觉意欣然有悟，下拜曰："弟子今日乃真见祖师。"知客僧退而独叹，以谓"老衲卓锡半天下，仅得闻居士开示，语语沁心，不枉披缁学道矣"。西辅甚嘉其进德，转述如此。

觉意乞书，为作字数幅而去。于是复欲作碧云之游，闻其近上霄峰也。

癸巳（10月10日）　　晴，暖。遣宗慧汲佛手岩水，一勺之多，已不知几千滴矣。瀑布太奢，此太吝，皆天性也。不俭不侈，惟吾天池。

甲午（10月11日）　　晴，暖。遣宗慧诣竹影寺前取甘露泉水，为诘旦五老登高瀹杯茗与匡君取别计也。亦遂将归，良为怅然。

饭罢，戏以秃管挥残墨，题四仙祠壁，皆满之。或仰或坐，以至于伏而书之，大小千字，腰足皆疲，诚苦海，亦殊可乐。

知客僧闻予将归，依依欲泪。此素所不悦之人，用情若是，弥可感，奈何以好恶臧否人物。学人胸次，要觉得人皆可爱，人皆可教，方是见性处。

西辅步履如常矣。重九登五老峰，千古一日，实西辅之疾成之也。刘樵兄弟荷舆至，舁予出游，情亦可感。渊明二儿一门生，何如我樵！

乙未，重九也（10月12日）　　晴云潋日，凉适可游。晨餐罢，即诣五老，取径"白云天际"、佛手、升仙诸岩壑，迤逦而东。过大林寺，寺毁于火，僧已遁，其址可宅，有小溪环出其前，卷叶而酌之，殊甘。逾大林，则牯牛岭，登之百仞，又有所谓塔儿岭，皆可舆度。马厂一壑最宽平，可容千幕，土人谓明初大战鄱湖时，曾驻跸于此，殆野语也。又东南行，入巨壑，七八里长茅没盖，足所履微淖即砾，舆人苦之。良久至圆觉、万松二坪，皆谓之五老峰寺，寺僧之鹤其首者犹未尝一登绝顶，何况游客。先是西辅谓五老峰庵有博徒，亦偶然耳。寺去峰尚逾千仞，壁立如岩墙，了无樵径，盖其上多虎，不敢樵也。予初疑峰可聚博，必不高，故久不欲游，今见其特立如此，何可不一登绝顶，畅我遐瞩。奈舆子望之生惧，途人亦谏止其行。适山凹一荷巨木者至，因讯其曾否登陟，则言往随众射虎其上，尝一至焉，径不受履，有不测之险，似非公所能游也。予大笑，舍舆而徒，命猎者前导，西辅亦扶杖而从，宗慧挈瓶水荷锸。因笑语猎人："脱我跌杀，则就其地埋之耳。"

于是乎众力皆奋，猿引而升，至数里，则樵径已灭，蓬蒿没人，其四旁皆匿蛇虎不暇顾也。劳勚雨汗，则借茅小坐，举瓶泉而饮之，少憩复登。如是十许刻，始造绝顶，则闻虎啸声，百谷皆震，予亦和之以狂笑，从者复哗，虎始怖而匿。峰若五指，惟中峰独高，予踞坐中峰绝顶，下临绝壁。昔人曾于予坐处掷丝绳于壁下量之，得七千六百余丈，盖又远过天池矣。所恨初登时云雾四塞，无可观，西辅甚快怅，谓"六月过峰下，亦即苦雾，不见峰，今造极乃复如此"。予遂呼山灵祷焉，祈一览鄱湖九江山泽之胜。祝已，东南雾拔地平分，若主人之掀幕迎宾者。则见长湖千里，亦仅如灵沼澄澈，南康一郡，则沼畔亭也。白鹿、栖贤诸胜迹，仅能以树色辨之，大孤山真只履耳。游目始竟，则东北云雾又分擘如帘上钩，九江条条若绣肠，回环可数，有直去而气径行者，浔阳之八里江也。予庚申乘风而渡，白浪亘空，几覆舟，今自五老峰绝顶观之，才匹练耳。置身高处视人低，未始非贤者之过，浔阳江不我嗤也。中峰之左，一悬崖怒立，俯瞰湖湄。往在孤塘，薄暮忽举头见此，诧之为垂天之云，榜人曰："五老峰也。"今自中峰俯玩焉，但觉其娟秀可悦，于是徐步而下，左顾而径造其巅，则有石劚"目无障碍"四大隶，崖下多石穴，盖即前虎啸处也。坐穴上赋诗数篇，啖黄精饮泉，大乐而长啸。云气复合，峰右如第四指者，高不逮中峰，而石壁奇峭如怪云，肤色亦媚，青云故故与之合。其上挂天而耸拔，佹诡森森欲怖人。五老之石皆坚整雄秀，奇崛有势，无纤尘，木多枯朽不能长，草亦短瘠，则罡风摧折使然也。曩闻游客谓五老峰上石碎如瓦砾，殊不知牯塔诸岭多碎石，峰上则否，岂游客倦于登陟，想当然乎？日晡始揖峰而别，攀援而下，壁草如油不受履，抚猎者司徒全肩，十步一踬，乘势急趋，每仆辄笑不可止。长茅之中蛇虎奔避，盖时闻草偃声也。迨下山至五老峰寺，则众僧之夕梵已寂，舆者亦饱餐相待，始乘之踏月归焉。费长房登高以后，谁不于今日向高而登，然至若五老峰绝顶之上，则登者盖鲜，即有之，未必皆重九日也。予至愚且懦，平步一里辄足弱欲休，今竟能直造峰巅，搴云霞，揽吴楚，又恰逢九月九日，岂非四十年来予第一大快事哉！

李太白自谓游览天下名山甚富，俊伟诡特，鲜有能过五老者。予则以为易"俊伟"以"雄秀"，始肖峰头气象也。《图经》载："太白情好卓逸，不为时羁，见五老而奇之，遂卜筑焉。他日将归中原，犹恋恋不忍去，指山而矢之曰：'期君再会，不敢寒盟，丹崖翠壑，尚其鉴之。'"予顷访太白书堂遗址，了无知者，然揆以地势，当在峰西北千丈之下有泉处也。盖谪仙时尚为人，不能不饮水，峰下至圆觉、万松二坪，始有泉脉，故僧寺在焉，岂即书堂故址乎？若在东南，则惟白鹿之后，凌云、九叠诸岩壑或可居耳。太白人品高俊，后人遂疑非五老之奇不堪高卧，未暇计饮泉否也，故其诗亦只言"庐山东南五老峰，青天削出金芙蓉。九江秀色可揽结，吾将此地巢云松"。曰"东南"，曰"青天削出"，曰"可"，曰"将"，犹恐是峰下引眺悬想而逆计之辞，未必直造峰巅也。

苏长公千古奇士，亦未尝登五老峰绝顶。何以知之？吾于其五老峰诗"偶寻流水上崔嵬"发端一语，已决其倦于登陟，盖不惟无水可寻，且"崔嵬"二字亦太觉拟非其伦。坡仙天才，肖物用字不苟，倘造峰顶，必有奇作，断不能草草罢也。至若李空同《五老峰》诗，则犹似湖中仰望之作，试观"东南涛浪吞，五老古今存。秀色彭湖远，诸峰庐岳尊"四语，可概见矣。峰头俯瞰江湖，仅如池沼，何从见涛浪吞噬与诸峰雄长之势耶？王凤洲亦仅能一至天池，犹赖郡邑长以多人牵挽其舆始得上，即夕便返。袁石公奇情健足，有泉石之癖，曾见《游天池度含鄱游栖贤三峡》一记，文笔坚洁，几欲与柳州争胜。予因是心仪其人，然亦未尝登五峰绝顶，何况余子。石公记事，笔确有宗趣，诗学李昌谷而得其貌，幽怪逊之。

朱子游庐山五老峰诸山题志云："晦翁与程正思、丁复之、黄直卿俱来，览观江山之胜，乐之忘归。"石劓既不在峰顶，且云"游五老峰诸山"，诸山云者，非五峰绝顶可知也。万松坪下镜湖庵、象鼻山、青莲谷、月宫院，虽去峰千丈，然俯视九江、彭蠡，仍如掌纹，题志之所谓"览观江山"，未必不在此间耳。

王文成题天池寺为庐山最高处，其实天池之高，较五老绝顶犹相亚二三百丈，集中亦不载登五峰诗，是清雄奇伟如阳明先生，亦未尝一登绝顶。无怪五峰之巅但有虎迹，曾无樵径，长茅古薛，灭顶而折展。吾盖攀藤援石，颐与膝相拄而登，司徒全从而掖之，犹数数相枕而仆，赖树根萝薛挂胃之，不终堕耳。诸公皆振古豪杰，死重于山，谁肯若不肖轻生蹈此险者？故知其不能游也。司徒全籍本猎户，往以虎食驿马，为有司杖限所迫，群登此峰，杀二虎，折全一臂，尔后亦不复效冯妇矣。前年忽有乘舆客八人至万松，欲僧导之游，五老僧不识径，亦倩司徒全援引而登。舆者二十人，左右扶掖，似不难果此游矣，乃登未及半，已力竭雨汗，足跕跕望峰而跪，相视叹曰："休矣乎！即以此地为五峰绝顶可也。"于是顾问司徒全峰头所见作何状，据石而疏之于纸，聊以夸示其壮游而已。方全之乐导予也，逆料其必不能登，则不劳而获其直，既见予屡仆辄奋进益勇，反有余力扶其颠，全意始决。然则予兹游适与全值，谓非幸耶！脱谋之舆子寺僧，则唯谏阻耳。终其

潘天寿·无限风光在险峰

身为五老峰僧，但知聚博，曾无一人陟峰顶延览江山，品又在舆夫下矣。

颇忆《太白年谱》载禄山叛后，明皇在蜀，诏藩王某节度东南，王举兵反。白时卧庐山，王胁致之，已而军败，白奔还至松山被获，系浔阳狱。宣慰大使崔涣等验治白，以为罪薄，且因而荐之于朝，谓"白经济才，请拜官，献可替否，以光朝列"。不报。厥后仍以党叛事，流白夜郎，半道即承恩放还。由是观之，唐中叶政教虽失，其主臣犹爱才也。夫党逆，重罪也，白虽胁致，不与谋，贷其罪足矣，犹于谳牍荐其才，反请拜官光朝列，乃当宁亦只不报，而不闻责让涣等，是天泽之气未尝离，而求治之诚犹切也。中兴之兆，于斯可见。虽不免长流夜郎，又终不果，亦可见当时法网之宽耳。太白恃才气，傲睨权贵，又拓落放逸，不矜细行，脱生唐末世，难乎免矣。

予弱冠归寓城南，曾于重九登绳金塔顶，题诗志快，自以为置身高矣。及今思之，塔不过三二十丈，方之五峰绝顶，仅得三百分之一二而已，何见地之卑且陋耶！双丰王子往赠予《坤舆全图》，为八尺大轴者，六合成两圜，界以星度，本浑天之三百六十五度有奇，分缩入地球，形同车毂，则海山国土可计里而画，不致悬殊。图中万国错错然，边幅悉以海为限，山川人物与风俗寒燠之别，各有纪述以分野。合计中华十八省，暨蒙古、高丽、安南诸外藩共为一区，介乎海溢，占地球二十余度，然则合大地而视中原，亦犹五峰绝顶之视绳金塔耳。语大莫载，道体之弥纶，有何穷极？九万里风斯在下，正不妨合五峰丘垤平等观也。予自得《坤舆全图》，卧而游之，觉庄子大鹏之喻犹在寰中，未离迹象，即释道之三十三天亦尚有成数可纪，未为至诣，必也能复纳非想诸天于语小莫破之内，而绰然有余，庶几得孔子之心乎。

西洋算法于测高测深远, 如勾股丈量, 丝黍不紊。《庐山志》谓七千六百丈, 乃昔人于五老峰头悬崖上坠丝所量, 是未解测高之法, 故云尔也。日星之远, 无阶可升, 其蚀变千古莫遁, 非有成数, 曷克臻此, 是测高奚必绳乎? 西洋之山, 有高至千里及五七百里者, 鸟且不能到, 何从引绳? 非有测高深一定之法, 不能量也。彼其视五老真如培塿, 然亦末由见大鹏之背, 自扶摇而上者, 视西洋诸山, 亦培塿耳。怡太贤王妃七旬庆日, 诸孙有降袭公爵者, 例着方补而龙章, 拜于堂下, 不觉潜然泣, 喟然叹曰: "不谓老身亲见其孙着方龙补也。"夫上公, 尊爵也; 龙补, 极品之章也。民公侯得之, 尚可以承亲之欢, 乃太妃不免堕泪, 非奢也, 生平所见夫若子, 皆四团之龙补, 无两方者, 乍见生悲, 情所必至。然则彼苍之视大鹏奋飞, 与一蚊一虻之劳, 同可悲耳! 小大之辨, 亦正难索解人也。

丙申 (10月13日)　　　云, 暖。拜别天池仙若佛, 将归人间, 与诸僧揖于云中。归途过黄龙, 径行深树, 露下如雨。度芦林, 小憩石上, 作一诗, 据石书之, 云烟满纸, 樵子则隔云窥焉。既而逾含鄱, 下绝壁, 足不可停, 云气亦随而送之。至欢喜石畔, 云立不行, 盖已去人烟近矣。自此而降, 木石禽虫, 卑卑琐琐, 无事更流其笔端, 于是乎止。忆自出游到今, 正百日也。甲子岁九月十日, 靖安舒梦兰白香随笔。

游山日记卷十一
天香手稿

晓入庐山二首

最喜山迎我，聊携梦入云。篮舆收晓翠，高坐揖匡君。水石阕清响，草花扬异芬。从今卧丘壑，游戏绝声闻。

其 二

七过匡庐下，今朝始入山。此心无一事，身外且偷闲。玉女自殊色，金丹岂驻颜。古来青眼客，都在白云间。

三峡桥

长湖养风度，三峡炫奇特。千狮伏地吼，真有万牛力。水石一相斗，终古怒不息。金井日益深，铁壁斩然直。舆人亦骇顾，过之生惧色。当其无桥时，欲游安可得？缘崖溯泉源，支窦皆可塞。胡为听其聚，百怪相鼓惑。太息斧无柯，临流悟刚克。

宿三峡桥寺楼

危楼瞰绝壁，一念不能寂。枕上百雷霆，涧中千霹雳。时时楼欲坠，跕跕身将溺。宿此不成眠，真如对强敌。澶渊可酣睡，信是莱公绩。

招隐泉

三峡日喧闹，此泉无一语。对之消内热，长夏不知暑。淡荡比高人，幽闲如静女。我来何必招，知我亦惟汝。松下瀹新茗，戏和山翠煮。试鉴萧居士，何如陆桑苎。品题居第六，泉心应不许。吾方学沮溺，未暇为伊吕。

宿栖贤寺北楼

岑楼聚山色，五老北窗东。一榻几千古，野云生卧中。月开三峡印，铃语十方风。那更须禅定，根尘相本空。

栖贤寺北楼晚眺四首

一榻羲皇梦宇宽，醒来双蝶在栏干。云中偶见庐峰石，疑是青天补未完。

其 二

楞伽院钟天际闻，宝陀岩下栖残曛。窗中始识庐山面，回首诸峰又入云。

其 三

满幅湖山落眼前，佛楼高处画图偏。北窗戏枕南华卧，梦入函中至乐篇。

其 四

剧怜山色经旬住，喜听泉声彻夜醒。第一难为归后计，匡庐惟在梦中青。

游白鹿洞用王文成、舒文节两公《独对亭》韵

滴翠满萝襟，凌云一峰见。琴声杂流水，书幌排晴巘。我本麋鹿姿，喜识匡庐面。烟霞恣狡狯，瞬瞬山容变。李郎不终隐，谁入高人传。忍使鹿无归，呦呦感殊眷。洞规崇实学，允为真儒劝。得意在鸢鱼，何心骋才辩。

万杉寺和王公十朋韵

藕丝香雾湿轻衫，云满僧房翠满杉。天际石幢摇落日，远峰新霁忆灵岩。

游秀峰寺用张曲江《瀑布泉》韵

露草湿高屐，钟声出林杪。泉吼百灵惧，云开万峰晓。峨峨双剑石，映日何晶皎。香炉旧鸾鹤，总是能言鸟。梵唱入虚空，昙花芬窈窕。神潭数龙女，各有天人表。风雨听经来，松涛倍清矫。骊珠向僧吐，一悟诸缘了。

望开先瀑布寄沤舸

瀑布几千尺，奇观到此偏。有时云拂地，翻讶水登天。碧汉亭亭立，惊涛故故悬。灵槎倘能渡，吾欲学张骞。

三峡桥寄内

一藤双屐出尘寰，君等贤劳我独闲。三峡泉声惊客梦，此身真个在庐山。

其 二

五老峰头尚结茅，古来谁似谪仙豪。山妻亦有烟霞癖，虑我惊人不愿高。

十三日登庐山绝顶，度含鄱岭

谁倾杯水作湖涛，风起云中万籁号。到此欲谦谦不得，众山惟见我身高。

过芦林

松杉郁浓翠，夹道驰蛟螭。碧水自成沼，远山飞上眉。客来村犬吠，云过落花知。借问龙潭路，孤僧倚杖时。

宿黄龙寺

栖贤卧旬日，遂作黄龙游。绝壁七千丈，登之如小楼。人间方六月，天上已三秋。莫讶香山老，长披白布裘。

黄龙潭

万树一声吼，灵山势欲飞。蛰龙行雨后，斜日带云归。潭水净如拭，山花红未稀。我心无住相，何暇印禅机。

即事题茂公方丈

采药归来日未曛，灵潭秋思碧沄沄。纤尘不到藏经阁，卧看青山吐白云。

初至天池望西南诸峰

太乙独森秀，九奇恣偃蹇。危崖畜余怒，虬松媚贞婉。绝壑起炊烟，山农已朝饭。扶桑挂晴旭，左蠡排苍巘。追忆入林时，聊将学栖遁。心知有此境，必去人寰远。幽寻快所欲，翻悔入山晚。何故十余春，看花卧梁苑。

朴园来书，谓胡芝云丈迁楚臬，闻而喜之

匡蠡生才定不差，秋卿持节拥高牙。芝云去作人间雨，我在天池弄月华。

凌虚台看雨

户牖纷纷似堆絮，浓云对面移山去。虬松奋鬣作风涛，惊得雷车落何处。山头雨自湖心来，懒龙欲归潭雾开。封姨袅娜渐无力，是时我坐凌虚台。雨罢云中漏斜日，乱泉声自云中起。人间倘欲瀹新萌，早汲清波向彭蠡。

天池七夕

山门与瑶阙，相去尺有咫。我自衣萝薜，人方斗纨绮。星汉入天池，低头见牛女。吾家亦七夕，遥为针神喜。

天池山月夜远望

璧月不易满，山阴已黄昏。我来住山上，始觉天有根。遥遥九江水，滟滟浮一樽。鄱湖未归海，草泽妄自尊。祖龙鞭怪石，砌此万丈墩。百亿凌霄松，龙吟复狮蹲。凉蟾生兔魄，照之清我魂。阑干众星列，北斗悬寺门。钩陈落彭蠡，巨鱼不敢吞。却笑天池鲫，汝乃齐大鲲。

题天池聚仙亭壁

天池高秀甲庐山，喜见仙祠鹤驭还。万古清泠一泉水，从无点滴到人间。

其 二

香风吹老碧桃枝，戏劚青琳种紫芝。山上月明山下雨，浮云飞不到天池。

石门涧

向晓微闻上界钟，青天朵朵玉芙蓉。林梢洞壑烦云补，涧下香薪仗水舂。石穴生风常卧虎，松阴悬壁学蟠龙。谁人识得萧居士？已在匡庐第一峰。

山居漫兴

蜂衙喧哄竹窗深，雨后幽花艳石林。目送浔阳孤鸟没，幔开萝洞晚凉侵。山中蜜有烟霞气，世外云无富贵心。雅爱风泉杂仙梵，此间难更觅知音。

天池寺夏坐七首报章门见忆诸君

释子炫经济，衒官说清高。都非有道力，易地夸贤豪。我本山中人，卑栖结蓬蒿。所交半麇鹿，执役惟猿猱。爱此百尺松，层层作风涛。虚舟倘能泛，大地同秋毫。岩上绿瞳翁，贻我双玉桃。一食腰脚健，再食生羽毛。鲲鹏教我飞，万里殊不劳。六月来天池，凉风日萧骚。都忘身外事，至乐心陶陶。

其 二

飞龙挟雨来，云势为之合。日光时一吐，金鳞射岩壑。雷声千仞下，雨向人间落。山半挂晴霞，枝头噪灵鹊。天香倚藤立，多在凌虚阁。却笑老僧

忙，携篮方采药。

其 三

古藓不粘履，石罅生冒絮。危崖发孤啸，精魂失所据。云上听泉声，不见泉流处。闻根自兹净，宁复竞时誉。手把白灵芝，相随赤松去。

其 四

遥岚飞冷翠，石磴蝉嘶急。徐步入云中，暗暗衣裳湿。林花时扑面，且在花间立。却悔着衣冠，多年负蓑笠。

其 五

松梢挂斜日，天际暮烟起。偃蹇铁船峰，朝朝涧声里。匡君得云助，面目生欢喜。壁立亿千年，截断江湖水。

其 六

浔阳几千雉，傍水如浮萍。野烧杂渔火，断续飞残萤。浩荡鄱阳湖，鼋鼍效英灵。长鲸敢吞月，却畏钩陈星。天风吹万舶，仰见匡庐青。谁知绝顶上，有客居南溟。

其 七

先秋已黄叶,轻絮不知暖。随喜出珠林,尘襟借风浣。嵇康眼中事,所剩惟疏懒。午夜一泉鸣,空山月华满。禅心我能定,绮梦从兹断。可许白云峰,补筑天香馆。

天池寺晓起看云

居士爱云如性命,无住心中学禅定。比来枯坐但焚香,消受莲龛一声磬。夜分吟卧不易眠,幽凉境中开洞天。长林虎啸月生魄,松风仍带飞来泉。山僧扣窗报云起,跣足下床忘一履。披衣直上聚仙亭,琼芝玉叶三千里。我与人间隔此云,人间富贵徒纷纷。云端试作苏门啸,不是仙灵不与闻。

天人歌

伏日幸小热,得浴天池泉,甚快。作《天人之歌》以赠答内外甥侄。

水出天上池,浴吾垢中身。五浊一时尽,依稀似天人。天人在人世,方寸无纤尘。天人作人子,但知慕其亲。天人出事君,洁己为荩臣。天人对尊长,言貌必恂恂。天人处兄弟,怡怡而任真。天人与人交,切偲以温纯。天人敬戚族,不分富与贫。天人授生徒,善诱师循循。天人教子侄,好学而亲仁。天人遇妻妾,礼意同嘉宾。天人待君子,洒落寓真淳。天人待小人,不喜亦不瞋。天人接民物,煦煦如阳春。天人处得丧,如视山中薪。天人视死生,如转车下轮。天人修天爵,以觉天之民。

北　崖

偃盖松前试早茶，清凉石畔篆烟斜。天池几翅神仙蝶，飞去人间学采花。

天池即事

几人长夏坐凉曛，饭罢临池学右军。石鼎旃檀烘墨妙，竹林仙梵动鹅群。岩旁日色下垂地，雨后溪声上入云。许借僧庐享清供，有心怜我是匡君。

四仙祠燕坐题壁

庞眉老僧但慵惰，祠壁四穿门不锁。揭来小憩一蒲团，虎亦参禅背岩坐。我正焚香云到几，云归香亦能行雨。仙人若爱曼殊花，来共天香隔云语。

聚仙亭晓望

碧落风高梦醒迟，乘鸾人把玉参差。天池万里无尘翳，满地晴云日上时。

文殊塔望东林西林诸寺

溢浦风涛在何许？东林亦只平畴里。高名几欲冠庐山，远公原是知名士。石楼残照明西峰，塔尖直与银河通。我在虚空拾瑶草，壶天万古青濛濛。俯视云中百泉啸，斜阳又在长松杪。长松之上万重山，天香立处无飞鸟。

缘崖望九奇诸峰

山峰借云势，乃欲争出奇。动静两无厌，山行云不知。我时戴笠游，手把青竹枝。怪彼饮泉鹿，见此犹生疑。

白云天际岩

背倚长江面枕湖，风涛难撼是匡庐。寻诗惯坐云深处，学得松根抱膝书。

寻清凉石不得漫题

聚仙亭下望，那是清凉石? 倚杖听泉声，阴崖一僧立。

舍身崖独立有悟

舍身崖下石奇峭，爱之反欲求长生。俯窥跕跕若将堕，达观事事随缘轻。万里忽从胸次阔，千峰都向眼中明。原来怕死必无寿，莫讶名山太不情。

山居梦觉

优昙欲花风籁清，鹤巢笼月松枝明。仙人骑杖下寥廓，银河落耳生秋声。梦醒残钟隔云断，着破云衣身未暖。沙弥平旦报云来，呼云入卧云犹懒。比来高卧惟弄云，题诗戏柬云中君。百年但喜云中住，猿鸟多情定可群。

问访仙亭故址

涧底流云似渴鹿,壁上古松如怒龙。试问访仙亭畔路,青莲归去倘遗踪。

白鹿升仙台

野人似我真如鹿,六月披裘受清福。兴来枕石学云眠,瑶草琪花相伴宿。飞蝶时时上我身,但见香云不见人。早知世外容疏懒,悔住尘寰四十春。

南　岩

榻上闲云笑我忙,终朝无梦到羲皇。深溪转水舂香碓,几树蝉声挂夕阳。

颠仙人碑亭

随喜入林壑,蜿蜒若无路。岩穷一境现,群岚竞奔赴。踟蹰立仗马,高峰乃徐步。俯躬阚绝壁,斩斩欲相怖。倪迂技殊绝,皴染出奇趣。颠仙遁世人,宁复希宠遇。功臣半诛灭,乃竟不忘故。丰碑答灵贶,矗立饱霜露。未随明社墟,定有神呵护。

中秋凌虚崖望月有忆

中秋月笼千尺松，我坐匡庐第一峰。满襟收得松花月，悬崖倒影如虬龙。九霄凉露天池泻，掬水月明秋一把。手挥秋色去人间，家家月浸鸳鸯瓦。谁知月乃吾所为，清秋夜长生桂枝。举头见月不见我，玲珑万户同相思。有情圆月无情雾，隔断天涯回首处。玉钗横鬓灯垂花，今古红颜怅零露。我能惜花花故香，彩霞作衣霓作裳。虫声满地月明里，镜台雅称芙蓉妆。仙人缥缈生秋思，盖世勋名总无味。风流今夕让谁多？炉峰篆作天香字。

偶憩椵封寺宝树下作

木落叶知本，秋清云欲高。人间许多事，大半皆徒劳。我非不能为，所贵齐贤豪。抗志友千古，声华轻一毛。文章亦多端，雅嗜庄与骚。少小喜放达，万金等秋毫。三十渐闻道，机心忘桔槔。长思弃家累，偃卧聆松涛。比来入深山，登陟追猿猱。椵封古名寺，壁立荒蓬蒿。恶毁须莫成，既成安可逃。幽兰惯伍草，亦耻矜高操。何如作宝树，百丈离喧嚣。

佛　灯

木韵泉声溜月明，文殊岩下佛灯青。谁知三昧为真火，却向云端讶落星。

罗汉池

碧落在我上，白云在我下。出世脱尘鞿，乘得无生马。定关浑不动，一任飞湍泻。万壑好松涛，虚声原是假。

访仙亭

岩下碧桃花满枝，长春时节列仙知。壶中日月明于镜，照破尘心更不疑。

游仙石

抚松坐危石，下临不测溪。梵刹出林杪，群峰为我低。万顷一杯水，江云亦卑栖。枕泉作仙梦，咫尺凌丹梯。

与山僧问答偶成

石林幽邃乱泉多，杖锡云游一再过。岩际金光是芝草，不应呼作佛曼陀。

游佛手岩

深岩郁灵翠，疑是女娲凿。石理互方解，横斜成绣错。条条白玉带，叠叠相缠络。不谓乱云中，藏此一丘壑。

其　二

爱彼石肤色，扪之若女手。上方接引佛，巉巉露两肘。五浊恣贪瞋，人身总孤负。慈声为拯溺，化作蒲牢吼。

其　三

我坐石罅内，蘸笔泉水中。赋诗不起草，随意书青空。金仙憩岩端，妙

南宋·马远·秋江待渡图

目回方瞳。顾我或微笑，碧霄良易冲。

其　四

参差覆五指，我在掌中坐。一手擎苍天，六鳌谁敢惰。崖前千岁柏，悲啸似怜我。剧悔入山迟，低眉向尘锁。

佛手岩一滴泉

石沼清见骨，上有一泉滴。缘名一滴泉，迹之声转寂。岩中入定僧，听此如霹雳。天池泉独仰，相匹为劲敌。

其　二

灵窍不终秘，神髓自吞吐。良久只一滴，一滴乃万古。恍如新霁后，偶滴疏桐雨。石室绝纤埃，禅心通净土。

其　三

有源则应流，无源则应竭。文章得真髓，变幻安可测。我时静听之，不差亦不息。何当面壁坐，准此制漏刻。

其　四

映石一泓清，鉴我如渴鹿。维摩老居士，风趣本不俗。自拾松下柴，僧炉候泉熟。题诗啜茗罢，杖策追樵牧。

留别僧卓岩

秋尽多青云，归鸦已成阵。夕照催我行，繁霜点僧鬓。授之蓬岛药，传以佛心印。无复羡长松，千秋才一瞬。

凌虚台看云戏柬内子

残月依依傍檐坠，沙弥雅识山人意。林端唤起濂溪云，石貌泉声愈清媚。海门日上天镜开，罡风吹至凌虚台。莲花庵前白鹿卧，芙蓉万朵姗姗来。云来我与僧相失，心知我向西峰立。云行山住我依然，回头但见僧衣湿。人间见云不见天，山头弄云如白绵。有心携得云归去，把与山妻作被眠。

游山日记卷十二
天香手稿

天池赋

　　天池之山，介乎翼轸之间，月西坠而可扪，日东升而可攀。跨虹霓而为梁，倚阊阖而为关。摘星辰之的皪，弄银汉之潺湲。溯泉源于玉阙，布膏泽于尘寰。面九奇之峰，背石门之涧。左佛手之香岩，右文殊之塔院。慨古刹之荒凉，考前规之轮奂：则有凌虚之阁，飞仙之观；披霞之亭，赤松之殿。昭明有读书之台，洪武勒周颠之传。讵金石之靡存，等烟霏之易散。其下则有锦涧之桥，绣春之谷；甘露之亭冠其趾，玄猿之洞踞其麓。清凉石罅，幽咽流泉，狮子岩端，砅砰飞瀑。吾尝卷桐叶而酌，掬涟漪而沐；浇魂礧之胸，洗离朱之目。识庐山之真面，伊岂无人？遂草野之初心，我原如鹿。于是蹑危蹬，牵藤萝；策邛杖，跻岩阿。怒石腾空而下压，盘鹰掠屐而斜过。嵌瑶缬翠，笈箓嵯峨。灌莽之深，虎多遗迹；林岚之险，鹃且难窠。仆夫肝颤而胆落，吾方击竹而高歌。引首天池，犹作非非之想。竭足力以探奇，喜精神之弥王。既登峰而造极，遂居高而遐望。俯衡岳之陂陀，挹燕齐之平旷。见岷峨之积雪，若彭蠡之新涨。田畴万顷，恍龟脊之横纹；峦嶂千重，觌湖漘之叠浪。离黄埃而屏扇，陟丹梯而挟纩。濯予缨于天池，消浊劫之尘障。慨水性之趋下，敬此泉之独仰。虽旱潦而不变，历沧桑而无恙。任怀襄之贪瞋，但清澄而廉让。鄙奔峡之喧豗，嗤飞瀑之扰攘。无一滴之旁流，抚三江而如掌。九河震荡，视同水国之雄；七泽弥漫，仅属降王之长。譬洙泗之无波，却渊渊而难量；譬垂拱之无为，觉太平之有象；譬渭滨之渔父，可投竿而作相；譬淮阴之乞儿，可登坛而拜将；譬净土之莲池，映宝栏而清漾。贮南溟于一钵，坐须弥于方丈。读南华之《秋水》，勿纤毫之着相。睹金鲫之泳游，悟至乐于濠上。适心性之逢源，忽形神之交畅。触平生之宿好，寓孤怀之微尚。风前长啸，召园绮于商山；笔底生花，逐优昙而齐放。

舒子于是诣聚仙之亭，踞偃松之前。试龙井之茶，品天池之泉。听林梢之梵呗，赏木末之吟蝉。发鱼山之清悟，聊即景以参禅。既乃借野菊之文茵，翳干霄之宝树。负扶桑之朗旭，裹桂宫之凉露。剪梧叶以为笺，伐松毛而代兔。捉蟾蜍以研墨，著天池之云赋。则见翠峰新沐，碧空如洗。岩下白云，纷纷徐起。皎若凝脂，皓如堆絮，宝日映之，晶莹化水。虽渤澥之银涛，犹嫌不静；即昆仑之艳雪，亦难相拟。其始生之云，则由淡而浓，姗姗其来。

曳裾搔鬓，顾我徘徊。欲窥帘而献媚，未入抱而先猜。恍玉桃之将叶，悟青莲之可胎。倚太末而长顰，怅孤亭之摽梅。云原如梦，我梦如云。依栖弥月，情倍相亲。爰恋我而不去，若知心之友人。我为云歌，云为我舞。忽袅娜以弄姿，复逡巡而却顾。待舒纨而障面，又凌波而微步。若怜余之修洁，欲相深以情素。破明珠十斛，换绝世之姝，未必若此云多情，傍三郎而踟蹰。散黄金万亿，结豪华之友，未必若此云淡荡，空五蕴而非有。

夫云性本傲，至天池而忽谦。但容容而下我，未矫矫以穿檐。夫云动物也，至天池而忽静。若玉人之晓妆，对明窗而窥镜。云又昏物也，至天池而独清。背晨曦而皎皎，向幽壑而亭亭。云固高品也，至天池而渐低。若子陵之狂态，遇伯夷与叔齐。云之心，好变者也，至天池而有常。犹荡子之晚达，比妖姬之暮孀。夫云惯从龙，忽起名山之兴。薄霖雨而不为，撼风雷而弥定。乐富贵之浮云，何若以云为富贵。见其聚，则俨若朱提白镪之充我闾也，却妙无争夺之虞。见其散，亦奚异金钗珠履之弃我归也，却免遗贪浊之讥。积四海之木棉，聚三春之柳絮，铺此崖下，不能百里。兹乃漫漫浩浩，极青目而难穷；奕奕绵绵，亘苍穹而无际。悬根老松，若怒龙之欲下，攫晴云而飞入九天也。云既为我而久立岩前，不忍上天池而溷我也，我亦笔不停书，不遑朝餐，犹恐或失云欢也。云迁延而缱绻，我挥毫而不倦。我看云而垂首，云望我而仰面。我随意以行文，云无心而舒卷。云苟千秋而不散，我亦千秋而不归。畅予怀之渺渺，适云性之依依。我书云而忘饿，云学我而忘飞。势将连地轴而不动，伴天香以娱嬉。此吾生之至乐，何众人之不知！

彼浮云之念重，薄神仙而不为。繫周颠之仙迹，卜兹山以为祠。殆闲云留之以作主，故明祖祀之而不疑。我歆松而操琴，仙飞翔而上枝。我乘云而冉冉，仙步虚而迟迟。恒相视而莫逆，每裁云而和诗。更有赤脚天眼，纯真导师。皆觑我而旁笑，为驱云而不辞。云乃仙之密友，仙谓我为云痴。欲绝粒而餐云，欲幪被而眠云，欲编竹而巢云，欲倚瑟而看云，欲扫迹以栖云，欲禁寒以衣云，欲负耒以犁云，欲种玉以生云，欲为山以兴云。倘作霖以济物，则幡然吾亦行云。是时也，人间醉梦之翁，若残云遇风，昏昏濛濛，不知西东。天涯行役之人，在云水之滨，车声辚辚，望此云而思亲。我虽泼墨如彭蠡之湖，不能染白云而使之乌也；运笔如泰山之峰，不能尽此云而为之图也。读百城之书，何若看千里之云？

彼多疑而易惑，此一悟而无垠。极文章之妙态，置我身于云外。倘置我于云中，便昏迷而兴败。欲订云而成谱，恨云情之狡狯；效机云之作赋，又迂缓而不快。盍信手以传真，了今朝之云债。岂肉眼之所惊，特云心之所爱。叹陌路之多岐，幸云衢之无碍。首天阍以翱翔，纫彩霞以为佩。羌意马之旁驰，觉云容之小变。化冰脂为玉叶，失晴岚之初面。惜尘世之劳人，望天香而不见。纵拨雾而呼我，隔扶摇之九万。但引手于云端，接吾徒之狂狷。天池之云自此而香，天池之水绣我心肠。状云情于俄顷，奏天籁之宫商。茗碗既罄，炉薰渐稀。衍波都尽，树影全移。云窈窕而升崖，若虑我之神疲。始暂与今朝云别，当更与诘旦云期。于是乎投笔大笑，揖云而歌曰：

云心兮茫茫，犹眷恋兮天香。何众草之无知，与崇兰兮齐芳。欲乘云兮轩举，遂远游于帝乡。挥流电之如鞭，约雌霓而为缰。策斑螭之婉娩，任缥缈以相羊。吸广寒之月露，酌北斗之琼浆。洗根尘之宿垢，发心性之灵光。亘万古而长乐，出生死而徜徉。云多情而送我，曷同愒于僧房。或暂栖于檐下，或留宿于予床。吾当抱云而高卧，作羲皇以上之文章。岂若浪子宋玉，

元·赵雍·孤鹤横江图

风流楚襄。寄丽情于骚梦, 赋云雨之高唐。犯绮语之大戒, 诬神女之贞良也哉!

天池杂诗(二十一首)

道力驱烦恼, 悲欢两境平。不须存我相, 方可学无生。石罅松多偃, 云端水易鸣。昼长天镜远, 孤坐爱泉清。

其 二

竹坞炊烟上茑萝, 春香樵子一身蓑。峰峦雨亦层层下, 登瞩人随代代过。诗力渐于贫后长, 愁心偏向客中多。揭来丹碧崖头望, 但有高贤字未磨。

其 三

六根无碍即明通, 澄澈天池饮玉虹。一扇西窗千尺画, 好山都在夕阳中。

其 四

绝顶一泓水, 湛然生暖玉。泉味已消渴, 山光含宝篆。高松结遥秀, 老桂生新绿。我本尘间人, 乃向天池浴。何修得此遇, 那更知荣辱。却忆万丈底, 秋分暑犹酷。

其 五

日光不竭, 充塞地天。昼夜轮回, 普曌八埏。分行二道, 寒暑递迁。丝黍不爽, 终古无愆。谁实使之, 斯岂偶然? 得其真宰, 是谓玄玄。人生如水, 二气如泉。泉源不涸, 万世涓涓。日兮日兮, 吾当爱汝以延年。

其 六

罪福因心造, 心空报亦空。人天虽有别, 终在死生中。

其 七

鹤梦先吾觉，琅函枕道书。雨来窗忽暗，云过竹仍疏。定慧时时长，尘根念念除。但留仙骨在，差许卧匡庐。

其 八

落墨无多便欲仙，宝池清冷不生莲。朝来把笔泉边坐，悟得诗中一指禅。

其 九

俗事不经耳，道心清若秋。何缘古豪杰，汗血思封侯。凡兹共世人，各有饥寒忧。无为急功利，役彼同犁牛。

其 十

且喜天池接帝阍，七香车里渡天孙。盈盈莫更劳乌鹊，傍水牵牛已候门。

其十一

忍向洪崖又拍肩，俗情都尽即神仙。黄榆紫塞吟魂瘦，早我生天二十年。

其十二

缔绤不成暖，扇中风已凉。天池无热恼，禅榻有羲皇。翠壑蕃瑶草，鬘云郁篆香。尘缨了无垢，朝暮濯沧浪。

其十三

兰心太幽洁，梅格本孤清。要假冰霜助，无为怨不情。

其十四

万籁一时寂，千峰卫旅魂。夜阑鸥搏鼠，风过虎推门。瓦钵因僧热，绨袍为我温。客贫诗境富,岩际宝云屯。

其十五

记得前身踏踏歌,桃林稀处乱山多。勋名至竟输牛背,锦片年华但掷梭。

其十六

万仞秋分后,天池已欲冰。老鸥啼向月,寒鼠夜窥灯。虎过常留迹,云眠不碍僧。九霄都易到,香梦一层层。

其十七

砌草时时长,炉薰渐渐销。荣枯皆不息,培覆任人招。

其十八

雅爱匡庐静,山居已十旬。寺贫僧厌客,灯暗鼠欺人。世味淡于蜡,古欢浓似春。幸无冠冕志,留得薜萝身。

其十九

远避高轩入武陵,款关犹自怕人应。归时倘遇敲门客,却又疑为挂搭僧。

其二十

依依又别天池柳,回首丹林尚未空。叹汝一身同落叶,随风常在去留中。

其二十一

十旬高卧学枯禅,夜夜香云到枕边。惜别老僧犹堕泪,情痴何但美人怜。

自天池至五老峰寺示胡生西辅

幽岩适性倦登瞩，百日深居若沉醉。时时卧饮云上泉，非想天中作游戏。传言今日是重九，野菊香寒动秋思。僧庐有户未尝锁，鸟道无踪却须记。笠屐翩翩趁瑶鹤，松篁处处生仙吹。尘间五岳孰从游，眼底三山我能至。老胡秀才扶杖起，病足贪奇不贪睡。餐霞乘兴蹑高躅，陟险轻身酬壮志。灌莽没人石啮踝，履外皆空下无地。磨崖大字剥成藓，卧涧长楠昔为寺。青莲谷接凌霄院，五朵芙蓉向空坠。一筇始抵圆觉坪，四壁遥岑耀灵翠。直上犹需万千步，绝顶方能快吾意。指迷幸遇司徒全，天际清游自兹遂。

九月九日五老峰登高（九首）

万里一时到，目光真有灵。近顾澄西江，远盼清南溟。陂陀向东北，九叠开云屏。荧荧大孤山，隐隐浮一萍。濒湖两名郡，各在沙之汀。水亦不敢流，云亦不敢停。踞坐九霄上，笔锋点苍青。艳艳金芙蓉，轩轩入穹冥。海鹤戛然唳，卑飞见霜翎。重阳费长房，缩地非不经。今宵望五老，应傍少微星。

其 二

雄秀乃若此，终古足临眺。蹲狮守灵谷，崩崖露元窍。孰谓鄱湖深，秋波但微妙。虎亦叹奇绝，为我发长啸。

其 三

晴空恋高躅，四望如琉璃。五老各忻然，速客伸庞眉。中峰逊我坐，四老凭肩窥。风过一声虎，落笔千行诗。忽起万丈云，金光结神芝。悬崖与之合，动静开雄奇。是真造化文，欲赞翻无辞。

其 四

开辟凿混沌，即应有兹山。白云来问道，羡我高且闲。挥袖出长风，晴湖呈玉环。人言九江郡，在彼丛树间。卑卑凌霄峰，数数劳跻攀。从知钓鳌客，乃近蓬莱班。偶与谪仙人，相将戏尘寰。脚踏兜罗绵，八表须臾还。

其 五

昔在浔阳舟，仰观动精魄。栖贤北楼望，疑是补天石。今来绝顶坐，仍敷旧时席。始信薛萝身，远隶蓬壶籍。

其 六

我初至绝顶，云雾昏如埃。目下一无见，迷闷生嫌猜。敬祝庐岳神，氛昏立时开。五峰森怪石，耸秀何雄哉！尘中百丈山，俯伏侪舆台。鬼工不可画，女娲泃妙才。区区磊块胸，万古同崔嵬。

其 七

长云启天幕，一勺沧波清。海舶如群凫，欢呼不闻声。平畴真绣错，到眼生奇情。条条九江水，济济千雉城。三楚一呼吸，飞光跃长鲸。是为神景通，于焉会无生。我时坐峰头，饮泉饵黄精。

其 八

中峰卓尔立，左右各怒张。石色亘盘古，岩岩竞坚苍。云本一弱物，傍之皆雄强。伟哉大块心，造此娱天香。

其 九

万仞一举足，千岩逐履低。盘鹰见其背，碧落悬丹梯。俯观桑榆日，指顾高烟迷。我坐虎穴上，巉巉弄虹霓。五峰惟此最，山灵之所栖。照夜自有珠，辟寒自有犀。会当长住此，寿与松乔齐。

醉　石

濯缨池畔柳，尚倚陶公石。一醉二千年，何须问今昔。

其　二

醉人谁不卧，所贵卧渊明。炼得心如石，壶天万古清。

留别天池

又避霜风去，炎凉总未胜。担头添水竹，云里别山僧。石磴累千级，天香杖一藤。但留双屐在，仙路不难登。

归途题石

远寺秋林向客疏，此时犹幸坐匡庐。题诗作别山如梦，我在云中据石书。

欢喜石

苔痕恍入三生梦，世法都缘一悟轻。愁见半山欢喜石，来时云在此间迎。

其　二

到此舆人笑拍肩，树根低处起炊烟。石床小坐生欢喜，回首碧云高拄天。

云际下庐山二首

画理诗情渐不同，眼看凋尽一林枫。乱泉声里云俱湿，悬瀑山头日又

红。尘事极卑家可念，玉清虽远路原通。归来醉卧天香馆，夜夜匡庐入梦中。

其 二

亚枝风叶学蝉鸣，忽忆前游动别情。绝顶天池应见日，隔林樵斧但闻声。篮舆我在云端坐，峭壁僧从树杪行。看得须弥同芥子，肯将高手拾浮名。

先生少作以才胜，骚艳绝伦，凡数变而至于《和陶》，海内名公悉称之。李绣子有言："真实本领，尤在《和陶》一集。"惟先生胸次空洞，上下千古，乃遂与之颉颃也。华今读庐山诸诗，则谓惟藐姑射之神人，冰肌雪肤，吸风饮露，可拟其性情芳洁，诗格之变至是殆几于化矣。受业黄有华敬识。

甲子岁仲冬八日，读《游山日记》十二卷，步步引人入胜，至天池一赋，直欲仆《骚》，寻当读万万遍也。谨记其年月于此，有华又识。

跋

　　《游山日记》汇儒释于寸心，穷天人于尺素，无上无等，独往独来，夙根既净，今悟益彻，粹语神解。经疏也，内典也，名臣奏议也，高僧语录也，座右铭也，四万八千偈也。文笔之妙，水净林空，冰莹雪化，题曰《游山日记》者，谦也。然雄心远慨，不屑不恭，时复一露，不异畴昔挑灯对榻时语，虽无损于性情，犹未平于嬉笑，印心同弊，遂不免责善独严，然乎否也？

　　莲裳愚弟乐钧书于吴门寓庐。

题词

题　词

乐　钧

百道风泉绕笔飞，庐山顶上看云归。如今纵住嚣尘里，定着天池浣过衣。

江南去住感离群，欲买青山卧白云。一段羁怀成幻想，输君横榻对匡君。

音书久断灌婴城，每上江楼看月明。料理闲身游五岳，六年犹负旧心情。

天池水诗 <small>时兼赠五老峰茶</small>

彭 淑

筠篮滴翠银瓶冻，万仞峰头携下来。不悟堕君云雾里，分明担取庐山回。其一

风味粗官尽放颠，开缄正在菊花前。无多一把松茅火，料理铜瓶手自煎。其二

一枝筇竹两芒鞋，居士谁知姓字乖。肯与云山留口实，天香馆畔着萧斋。其三

道存目击了无疑，一滴清泉感法施。高处挈来低处煮，品量可似在山时。其四

次前韵同作

恽 敬

曹溪一滴清澄水，进破千山过岭来。到得西江上庐岳，分明味向舌头回。其一

我亦粗官尽放颠，分来一杓藓床前。自携顾渚春山里，折足铛支乱石煎。其二

紧峭何人识草鞋，与君此事半生乖。吃茶去是闲风格，可似槌钟上午斋。其三

直下承当百不疑，纵横栟栦任施为。如何更落中泠障，尚记胡卢出溜时。其四

天池水歌　并引

龚鉽

　　香师住庐山绝顶天池寺百日，朱子所谓"天池山泉独仰出"，即其寺也，不溢不涸，味甲诸水。师归汲一瓿饷鉽，饮而甘之，作《天池水歌》。

　　天池之高七万三千五百尺，有水自下升于巅。淳泓一碧石齿齿，挹之不竭同深渊。浮空未暇作霖雨，一滴那得来人间。天香先生住池上，枕流漱石同云眠。洗心澡身百余日，性情肌骨弥芳鲜。我时渴热坐矮屋，短缤自汲无声泉。古井荒莱为谁恻，兀然愁忆天池仙。老桂不花篱菊冷，东湖绿水含凄烟。先生归来顾我笑，清凉有境君无缘。冷冷赠我一瓶水，能益智慧除忧煎。诗肠净洗万籁作，风瓯乱语鸣潺湲。我闻菩提沁人功德水，莲华舌本原涓涓。何当烹茗坐深夜，一杯参透仰山禅。

一滴天池歌　并引

黄有华

　　华既不得从师游，入冬过谒，则所汲天池泉仅余一滴，因以和墨作此篇，且志幸焉。

　　墨沈结春雾，江花吐明水。一滴九霄泉，文澜浩如此。天池徙云翩，几上遥山是。桂树不胜秋，淮南旧知己。端溪一卷石，滟滟沧波起。十丈藕花香，莲根得诗髓。

题　后
徐骧

　　骧居庐山三年，三年中所得诗一卷而已，向谓无负于庐山也。今读此记，云影泉声，触处皆道，觉三年身历不若片时目游之所得为多，庐山负我乎？亦我负庐山耳。读他人游山记，不过令人思裹粮游耳，读此反觉不敢轻游，盖恐徒事品泉弄石，山灵亦不乐有此游客也。

题　辞
詹　坚

　　吾舅有真乐，秋山到眼明。篮舆仙骨重，簪组世缘轻。落叶烹泉坐，高云拥盖行。一时挥淡墨，千载慕香名。

题　辞
黄振宗

　　漫漫浩气压沧洲，人立庐峰最上头。尘世虚声轻一笈，名山新著定千秋。虫鱼木草关风刺，水墨云笺纪胜游。何日从公泛彭泽，蓼花深处狎沙鸥。

又长句乞游山日记

　　东南壁立匡庐峰，插天五朵青芙蓉。蜿蜒覆压九百里，千岩万壑无雷同。仰攀北斗不盈尺，俯窥下界烟云重。天非有意厌平俗，胡为疏凿如斯工。柴桑爱此不忍仕，门前五柳传高风。大雅迄今犹未坠，谁与继者双溪公。读书万卷具特识，江波剪作玻璃瞳。身披鹤氅玉森立，笑挥羽扇声如钟。那堪俯首入人内，但余高兴来山中。千层远蹑谢公屐，一枝高倚仙人筇。鹿眠亭畔枕流卧，喜看匹练悬长松。龙潭倒影浴双剑，云鬟玉女遥相逢。胸中丘壑自千古，眼底兴会何无穷。一啸凌风震河岳，万言落纸摩苍穹。文思直欲竞山巧，笔参造化传奇踪。东山捉鼻欲逃世，苍生未必真相容。闲云在天本无意，何缘慰此田间农。惭余学山不能至，梦魂时与山灵通。从公再乞游山记，高吟一洗尘劳胸。

附 芗夫人自注闺词

淡芗女史 汪汝溶

名山爱向卷中看，病起读《游山日记》，欣然有会其用笔之妙。蔼蔼春云送晚寒。闻有新诗和月到，一时吟望几凭栏。

夫人，秀水汪殿撰同怀妹也，归嘉禾外翰朱雪君先生，并擅才名，世称良偶，各有诗文集。雪君先生且欲注《游山日记》。夫人此注，则附见闺词之中，人烈续梓之，于以证名士真赏，在文章用笔之妙，不妄叹其瑰玮也。乙丑嘉平既望，武承涂人烈谨识。

附录：周劭跋

　　右《游山日记》十卷，诗赋二卷，清靖安舒白香（梦兰）撰。日记自嘉庆九年（1804）六月一日（戊午）入庐山叙起，至同年九月十日（丙申）出山至，恰得百日。不佞因为标点这本书，得有机会多看几遍，案上工作数日，遂疑化鹤飞去，卧作庐山游也。第一，他叙事就好，似乎就是普通随意写写，并不用什么力，而我等看来，却清丽可喜，时时云烟满纸，简直释手不得也。

　　《游山日记》之所以好者，好在其并不完全记日记。他日记内, 亦游记, 亦幽默, 亦小品, 亦道学, 忽而叙高山奇峰, 忽而记草木虫鱼, 有时为神道设教, 有时对和尚谈禅。总之, 他文笔所至, 一如其心中驰骋, 不可有一些拘束, 于是乎妙文泪泪（当作"汩汩", 编者注）不绝矣。

白香是天才, 他崇拜豪杰, 但也体恤愚人, 恐怕他一年莹是吃庸人的亏, 所以庸人他顶看不入眼。他对于庸人几乎破口大骂, 而却又骂得合理, 令人不能替庸人辩白则个。丁丑条下有云：

周濂溪亦大儒也, 宜朝朝体认经疏, 代圣立言, 讲之作之, 津津而说之。那得闲情著《爱莲》之说? 留心小草, 庸人必讥其玩物丧志。

白香山谪居江州, 理宜避嫌勤职, 以图开复, 乃敢黄夜送客, 要茶商之妻弹琵琶, 侑觞谈性, 相对流涕。庸人曰："挟妓饮酒, 律有明条, 知法坏法, 白某之杖罪, 的决不贷。"

彼其中庸之貌, 木讷之形, 虽孔子割鸡之戏言, 孟子齐人之讽喻, 皆犹似有伤盛德不形诸口, 若第以粗迹观之, 即古圣先贤犹恐不逮, 我何人也, 而敢不敬, 敢不畏, 敢不色沮气丧, 言动皆失其常度也乎?

白香这一段, 简直是骂人; 但是骂那一个却未指出, 恐亦是当时一般情形耳。于是不佞始知庸人之多, 不自于今日始, 即乾嘉时亦已有之。白香之言若曰: 孔子孟子若生在今日, 割鸡之戏言, 齐人之讽喻, 亦一定被庸人目为玩物丧志无疑。吾知白香一定羡慕孔子, 何以知之? 从读三代时的书知之, 那时究竟没有一个人要骂孔子玩物丧志也。

尝有人间我怕什么, 愚率然对曰："我不怕盗贼而怕丘八, 不怕孔孟而

清·黄山寿·拟古山水册

畏宋儒；盗贼不足惧，惧其形似盗贼者；孔孟不足畏，畏其窃孔孟衣冠者。夫博弈之徒，贤于校长之流多矣。"白香也有这一种话头：

日晡归黄龙，比入寺，虎啸者三，闻之甚快，此虎殆欲嗣"虎林三笑"之风，遇我不薄。既卧，更留意听之，辗转不寐，至漏深灯灭，怪风满林，始复闻其吼，大慰岑寂。西辅谓予："不畏虎而畏犬，不畏龙而畏蛇，不畏王公君子而畏驵侩小人。"可谓知言。

《游山日记》是一部闲书，闲便闲得好，闲能文章，闲能幽默，闲能通世故，闲能达人情。白香的闲笔极多，在善填表解的人看来，一定以为浪掷笔墨，实则在闲笔中倒颇能看出些真理，如记剃头云：

小僧为予呼待诏剃发，洞洞属属，手执刀欲堕，予或畏其伤首也，得半而止，僧有惭色。予曰："无害，彼盖剃僧头，任意驰骋，圆通罔碍，今见我首与僧异，故不能游刃有余，曷足怪也。"

再如己巳一条云：

晨起，命奴取被囊食箱同诣玉渊石漱衣，徐徐浣濯，如去心垢，仰首见五峰诸老对面谈也。俄复不见，不知是峰起入云，抑是云下接峰？泥者必以为山川出云，则齿冷矣。

中文中亦有此等闲笔，《水浒》一序之外，不易多见得也。

郑板桥善骂秀才，白香则善骂和尚官吏，板桥骂秀才是扳起面孔大骂，白香骂和尚官吏却有一种艺术，这种艺术便是以幽默出之，虽没有板桥那么淋漓痛快，然还是白香有涵蓄，非令人会心一笑不可也：

山僧颇疑我状貌，似曾为大官也，时时作周旋问讯，窃厌其扰，遂指天誓水，自明非官，且谓："彼官者，上应天星，即使微服来游，夜必放光。予实欲依法座下，听讲修心，种来世放光之福，师第以行者沙弥畜之可耳！"于是乎僧有傲色。我得自在嬉游，久居避暑，不亦乐乎？

再看他骂官。其实官何足骂，青年文豪，中小学生类都能道官之劣，不过白香以游戏出之，便令人看得进，强胜日日千言之标语口号也。丁丑条下云：

晴。掾至。予得以窥帘看官，闻其说官话，唾官痰，着官衣，雍容缓步，诣山之后主祭。仆役廿余人，斋于客堂，则闻戛戛然唇齿声，相骂声，呼笑之声，鼾齁声。良久，官自后山还前殿，终不拜佛，盖亦崇正学，辟异端，有道之士也。亦不屑赏鉴天池，但仰面望铁瓦问曰："生铁乎？熟铁乎？"僧对曰："生铁。"复问曰："落雨时池水溢乎？"对曰："不溢。"官曰："亦溢耶？"盖缘僧畏官而喉不响，官傲而听不卑，故两误耳。斋罢即还，竟不暇照例游山，而主僧之瓶有余粟，釜有余羹，并以其余羹乞我，我肠得润，皆掾之惠也。谨记其高风遗爱如此。

白香行文善幽默，以幽默骂人即是一斑。丁亥条下有一例云：

> 又有数游客，自言以征租入山，特来随喜，而僧庖之磨声复作。沙弥言："客文人也，倾立四仙祠读《天池赋》良久，赞曰：'好长！'"

白香虽善嘲人，然究是热心用世人，但与长沮桀溺为相近耳。且引证《日记》一段，以明白香并非口呼大众而脚踢车夫者：

> 闻佛手岩老僧病，命宗慧以钱馈之，此僧犹未面，比曾以斗米借我，情可念也。

关于白香的思想方面，有许多地方是反动的，如赞成封建制度，主张神道设教，这等处当然与时代有关，不佞不为之讳亦不之苛求耳！他是个儒教传统的人，但也倾心内典，所以主张三教同流，而反对韩愈"人其人，火其书，庐其居"那一套，他的理由涉到人口论方面，他是马尔塞斯那一派消极论的主张，有几点是和马尔塞斯相同的。丙戌条下有云：

> 偶阅前日论二氏无损于治，不妨即其道以治其身，恐迂儒愍其无子，欲令其人人返俗，归入四民，以蕃户籍；将见肆廛垅亩皆人满，而不复相容。然后知食粟用器之家，其名虽四，其实且日见其多，则何也？为僧尼道士，皆相匹而生子也。不识臆断者筹及此否？

正学之士如韩愈及其群众，几曾有一日虞及此乎？

于此可见白香有远虑，十八世纪的中国文人，思想能及于社会人口问题，陋如不佞，还是第一次见到，堪称奇迹。

周作人先生极爱好是书，他在《儿时的回忆》一文（见廿四年十月十三《大公报·文艺副刊》）中提及白香的儿时生活，以为难得；盖中国文人，大都耻道其儿时之事，白香作此记时，大该行年总在四十以上，而犹肯谈谈儿时的回忆，自属难能。但庚寅一条，似涉于神怪荒诞，真难逃现代人眼光之诛，姑念其是儿时的回忆，吾辈且以周先生的眼光看之可耳。

关于白香的历史，不佞知道得有限，因为白香根本不是什么名人，你去检《人名大字典》，或者可以找出一个三甲末的翰林，却没有一个舒布衣梦兰。他的家世，所知也极有限，不过他是江西靖安人，靖安舒氏，世为江右巨族，白香父守中，由进士出守（按：《人名大辞典》作为明人，殊不可解，容考）。其兄嵝亭亦仕至监司，白香则布衣未仕，尝为怡恭亲王客，与词学名人乐莲裳（钧）相友善，结有莲根诗社。著作除《游山日记》外，以《白香词谱》最知名于世，此外尚有《天香戏稿》，不佞未见过，闻周作人先生处有白香的杂著一部，未知《戏稿》亦在其中否？

《游山日记》，计包含日记十卷，诗赋两卷，都三万余言，林语堂先生久思重印此书，今秋乃举以点校两事相嘱。此书虽不是什么巨著，却也并非易事，因白香深研内典，日记中屡及之，而不佞对于佛学是门外汉，全凭佛学字典标点，错舛至所不免，正如周作人先生所说："标点古书是大难事，错殆亦难免耳！"此书承周作人先生指示阙文，并蒙作序，特此志谢。

再日记中关于庐山的地名古迹极多，不佞未曾亲历，至感困难。海戈先生甲戌夏曾偕林语堂先生逭暑亢庐，载是书与俱，按址访寻，踪迹极详，故是书由不佞标点后，即交海戈先生详加校阅，所以这本小书，第一步粗枝大叶工作是我做的，而由海戈董其成功。至于我们重印这部书的意义，亦不过介绍给大家另一种日记文学而已，别的重大意义是没有的。

一九三五年十月十七日

黎庵周劭识于苏州